Le maître du jeu

DE LA MÊME AUTRICE
AUX ÉDITIONS J'AI LU

Le maître du jeu
Le maître de mon cœur
Le maître du secret
Le maître du passé
Le maître de la vérité

Belle comme la nuit

JOANNA

BOURNE

Le maître du jeu

Traduit de l'anglais (États-Unis)
par Catherine Berthet

J'AI LU

Titre original
THE SPYMASTER'S LADY

Éditeur original
A Berkley Sensation book published by The Berkley Publishing
Group published by the Penguin Group (USA) Inc.

Pour Léo

1

Elle savait bien qu'elle devait mourir un jour, naturellement. Toutefois, elle ne se doutait pas que la mort se présenterait si tôt, et dans des circonstances aussi désagréables. Encore moins qu'elle lui serait infligée par ses propres compatriotes.

Elle s'écroula contre le mur de pierre. Comme souvent dans les prisons, celui-ci était affreusement dur et solide.

— Je n'ai pas les plans. Je ne les ai jamais eus.

— Ma patience a des limites. Où sont-ils ?

— Je ne les...

Une main surgit de l'obscurité et s'abattit violemment sur elle, lui faisant perdre connaissance un bref instant. Puis, presque aussitôt, elle reprit conscience et se retrouva dans les ténèbres, avec Leblanc.

Ce dernier lui toucha la joue à l'endroit où il l'avait frappée et la fit pivoter vers lui avec des gestes délicats. Il avait l'habitude de torturer les femmes, et un vrai talent pour cela.

— Continuons. Cette fois, tu vas m'aider.

— Je vous en prie. J'essaie...

— Tu vas me dire où tu as caché les plans, Annique.

— Ces plans d'Albion n'existent pas. C'est un rêve, une chimère. Je ne les ai jamais vus.

En dépit de ses dénégations, elle voyait clairement les plans dans son esprit. Elle les avait tenus entre ses mains, avec leurs pages cornées, les cartes couvertes de taches et de traces de doigts, l'écriture nette et précise de la liste. *Il ne faut pas que j'y pense, sinon cela se verra sur mon visage.*

— Vauban t'a donné les plans, à Bruges. Que t'a-t-il demandé d'en faire ?

Il m'a dit de les emporter en Angleterre.

— Pourquoi m'aurait-il donné ces plans ?

L'homme lui serra la gorge, et une douleur fulgurante lui coupa le souffle. Les doigts crispés sur le mur, elle tint bon.

Leblanc finit par la relâcher.

— Reprenons depuis le début, à Bruges. Tu y étais ? Avoue.

— Oui, j'y étais. J'ai fait mon rapport à Vauban. J'étais chargée d'observer les Anglais, rien de plus. Je vous l'ai déjà dit et redit.

Les doigts de Leblanc lui saisirent le menton et serrèrent, lui infligeant une nouvelle douleur.

— Vauban a quitté Bruges les mains vides. Il est retourné à Paris sans les plans. Il te les a remis, n'est-ce pas ? Il a confiance en toi.

Elle fit le vide dans son esprit. Elle ne voulait pas se souvenir. Sa voix était rauque, enrouée quand elle reprit :

— Ces documents n'ont jamais été en notre possession. Jamais.

Elle voulut déglutir, mais sa gorge était desséchée.

— Vous tenez ma vie entre vos mains, monsieur. Si j'avais les plans, je les déposerais à vos pieds pour avoir la vie sauve.

Leblanc jura à mi-voix, la maudissant et maudissant Vauban, qui, lui, était loin et à l'abri.

— Nous savons que ce n'est pas le vieux qui les a cachés, nous l'avons tenu à l'œil. Que sont devenus ces papiers ?

Cherchez parmi vos associés. À moins que les Anglais ne les aient volés. Je ne les ai jamais vus, je le jure.

Leblanc lui fit lever le menton.

— Tu le jures ? Renardeau, je t'ai vue mentir plus d'une fois avec ce visage d'ange depuis que tu es enfant. Ne ruse pas avec moi.

— Je n'oserais pas. Je vous ai toujours servi avec loyauté. Vous croyez que je suis assez folle pour ne pas avoir peur de vous ?

Elle laissa des larmes embuer ses yeux. C'était un talent utile de savoir pleurer sur commande, et elle ne se privait pas d'y recourir.

— On serait presque tenté de te croire.

Il joue avec moi comme un chat avec une souris. Elle ferma les yeux et laissa les larmes rouler sur ses joues.

— Presque, répéta-t-il en suivant de son ongle la trace d'une larme sur sa joue. Mais pas tout à fait, hélas pour toi. Tu auras avoué avant demain, je pense.

— Je dis la vérité.

— Peut-être. Nous en discuterons plus longuement quand mes invités seront repartis. Tu n'es pas au courant ? Fouché me fait le grand honneur d'assister à ma petite réception, ce soir. Il vient tout juste de rencontrer Bonaparte, et il veut me rapporter directement les propos du Premier consul. Je suis un personnage très important à Paris, depuis quelque temps.

Que répondrais-je si j'étais innocente ?

— Faites-moi rencontrer Fouché. Il me croira.

— Tu verras Fouché quand je serai convaincu que tes jolies petites lèvres disent la vérité. En attendant…

Il lui posa la main sur la nuque et défit le col de sa robe.

— … fais en sorte de te rendre agréable. On m'a dit que tu pouvais être très distrayante…

— J'essaierai de… de vous plaire.

Je survivrai. Je peux survivre, quoi qu'il me fasse.

— Tu vas essayer… de toutes tes forces.

— Je vous en prie !

Il voulait voir la peur dans ses yeux. Il voulait qu'elle se traîne à ses pieds… Eh bien, elle le ferait.

— Je vous en prie… Je ferai tout ce que vous voudrez, mais pas ici. Pas dans cette cellule crasseuse, avec des hommes qui nous regardent. Ne m'obligez pas à faire cela devant eux.

— Ce ne sont que des chiens d'Anglais, des espions. Je les ai enfermés ici en attendant de décider de leur sort.

Ses doigts se glissèrent sous le tissu épais de la robe d'Annique, et il tira sur le corsage pour l'ouvrir.

— J'ai peut-être envie qu'ils regardent.

Elle inspira et inhala son souffle chaud et moite, qui sentait le wintergreen. La main de Leblanc passa sous son corsage et il lui saisit le sein. Il avait des doigts lisses et secs comme des morceaux de bois. Il la pinça avec rudesse.

Non, elle ne devait pas vomir sur l'habit de soirée de Leblanc. Ce n'était pas le moment d'accorder des libertés à son estomac.

Elle se pressa contre le mur derrière elle et s'imagina qu'elle plongeait dans le vide, qu'elle se fondait dans l'obscurité, qu'elle n'existait plus. Cela ne marcha pas, bien sûr, mais c'était un but sur lequel elle pouvait fixer son attention. L'homme finit par cesser de la tourmenter.

— Je sens que tu vas me divertir.

Elle ne répondit pas. C'était inutile. Il pinça entre le pouce et l'index ses lèvres sèches et fendillées, et elle sentit le goût du sang dans sa bouche. Il la relâcha brusquement.

— Je ne me suis pas encore amusé avec toi. Mais je le ferai, ajouta-t-il.

Elle entendit le bruit métallique de la lampe lorsqu'il la prit sur la table. Puis la porte claqua derrière lui, et ses pas s'éloignèrent dans le couloir.

— Porc, chuchota-t-elle quand la porte fut fermée, bien que ce fût une insulte pour les porcs, qui étaient en général des animaux doux et aimables.

Elle entendit les autres prisonniers, les espions anglais, à l'autre extrémité de la cellule, mais il devait faire trop sombre maintenant pour qu'ils puissent la voir. Elle se frotta les lèvres du revers de la main et réprima une nausée. Leblanc la dégoûtait. Elle avait l'impression que des limaces lui étaient passées sur le corps. En aucune façon elle ne pourrait s'habituer à cette sensation pendant les quelques jours qu'il lui restait à vivre.

Accablée par cette pensée, elle rajusta sa robe et se recroquevilla sur le sol. C'était la fin. La question qui la tourmentait depuis si longtemps – que faire des plans qu'on lui avait confiés – était réglée. Tous ses raisonnements, toutes ses réflexions n'avaient servi à rien. Leblanc avait gagné la partie. Sans doute parviendrait-elle encore à lui résister un jour ou deux, mais il finirait par lui extorquer les plans qu'elle avait en mémoire... et Dieu seul savait quelles infamies il commettrait grâce à eux.

Vauban, son vieux mentor, serait déçu quand il apprendrait ce qui s'était passé. Caché dans sa petite maison de Normandie, il attendait qu'elle lui envoie de ses nouvelles. Il l'avait laissée libre de décider ce qu'il fallait faire de ces plans, mais il n'avait pas imaginé qu'elle les donnerait à Leblanc.

Elle l'avait trahi. Elle avait trahi tout le monde.

Annique prit une profonde inspiration et relâcha très lentement son souffle. Combien de respirations lui restait-il encore avant de mourir ? Quelques dizaines de milliers. Ce soir, quand elle souffrirait trop, elle pourrait commencer à compter.

Elle retira ses chaussures. Elle avait déjà été deux fois en prison dans sa vie, et chacun de ces séjours avait été une expérience atroce. Mais alors, sa mère était avec elle. Puis elle était morte dans un accident stupide. *Maman, maman, tu me manques*. Elle n'avait personne au monde pour l'aider.

Dans l'obscurité, ce sentiment de solitude était terrible. Elle ne parvenait pas à s'y habituer.

La voix grave d'un des espions anglais s'éleva alors dans les ténèbres.

— J'aimerais me lever pour vous saluer, mais les circonstances m'obligent à être grossier, ajouta-t-il en accompagnant ses paroles d'un cliquetis de chaînes.

Fallait-il qu'elle se sente seule pour que la voix d'un ennemi lui fasse l'effet d'une chaude poignée de main !

— La grossièreté fait partie de ma vie, ces temps-ci.

— Vous avez irrité Leblanc, à ce qu'il semble ?

Il avait les intonations d'un Français du Sud, sans la moindre trace d'accent anglais.

— Vous aussi, apparemment.

— Il ne nous laissera pas sortir d'ici vivants.

— C'est probable.

Elle ôta ses bas, les roula et les cacha dans sa manche pour ne pas les perdre. Puis elle remit ses chaussures. Elle ne pouvait aller pieds nus. Même dans l'antichambre de l'enfer, il fallait garder l'esprit pratique.

— Et si nous lui jouions un tour, vous et moi ?

Il ne semblait pas résigné à mourir, ce qui était admirable bien que fort peu réaliste. Une façon très anglaise de voir les choses.

Devant un tel courage, elle ne pouvait rester assise sur le sol, à se lamenter. Une Française devait affronter la mort avec autant de courage qu'un Anglais, il en allait de l'honneur de la France. Et puis, le plan qu'elle avait échafaudé avait une chance de fonctionner. Elle pouvait échapper à Leblanc, fuir ce château et oublier les plans qui lui avaient causé tant de problèmes. Oui… et les cochons pouvaient aussi se mettre à voler !

L'Anglais attendait une réponse. Elle se leva.

— Je serais enchantée de contrarier les projets de Leblanc. Savez-vous où nous sommes ? Je n'ai rien vu quand on m'a amenée ici, mais j'espère que c'est le château de Garches.

— Je ne comprends pas pourquoi cela vous fait plaisir, mais oui, nous sommes à Garches, dans le quartier général de la Police Secrète.

— Tant mieux. Je connais bien cet endroit.

— Cela pourra nous servir, lorsque nous nous serons débarrassés de ces chaînes. Et que nous aurons ouvert cette porte. Nous pourrons nous entraider.

— C'est possible, répondit-elle d'un ton neutre.

— Nous pourrions être alliés.

L'espion choisissait ses mots avec soin, dans l'espoir de l'amadouer et de se servir d'elle. Sa voix était douce comme du velours. Mais sous cette douceur, elle percevait une grande détermination, à laquelle se mêlait de la colère. Elle connaissait bien ces hommes durs et calculateurs.

Leblanc avait brisé les règles en capturant des agents britanniques de cette façon. Une coutume établie de longue date entre les services secrets français et anglais voulait qu'on ne fasse pas couler le sang des agents ennemis.

Elle chercha son chemin à tâtons le long du mur, ramassant les graviers qu'elle parvenait à détacher entre les pierres pour les mettre dans son bas et en faire une sorte de matraque. Cela constituait une arme très efficace, quand on ne voyait pas. Celle qu'elle préférait.

Elle perçut un faible mouvement, et une voix plus jeune et très faible s'éleva dans la cellule.

— Il y a quelqu'un.

— Ce n'est qu'une fille que Leblanc a amenée ici, répondit l'espion anglais. Ne t'inquiète pas.

— Plus… d'interrogatoire ?

— Non, pas encore. Il est tard. Nous avons des heures de tranquillité devant nous. Des heures.

— Bien. Je serai prêt… quand le moment se présentera.

— Nous serons bientôt libres, Adrian. Patience.

L'optimisme stupide des Anglais. C'était incompréhensible. D'ailleurs, sa mère ne lui avait-elle pas dit qu'ils étaient tous fous ?

La prison de Leblanc était petite et en bon état. Très peu de pierres s'effritaient, et il fallut un moment à

Annique pour remplir son bas. Elle en attacha l'extrémité et le rangea dans une poche cachée sous sa jupe. Puis elle continua d'explorer le mur mais ne trouva rien d'intéressant. Cette cellule avait probablement été une cave à vin, avant la Révolution. Il y flottait encore une odeur de vieux bois et de bon vin, ainsi que d'autres effluves plus déplaisants. Elle atteignit l'endroit où les Anglais étaient enchaînés et s'arrêta pour examiner leur visage du bout des doigts.

Celui qui était allongé sur le sol était jeune, plus jeune qu'elle. Il pouvait avoir dix-sept ou dix-huit ans. Son corps était souple et léger, tel celui d'un acrobate. Il avait été blessé. Elle sentait l'odeur de la poudre sur son habit, et celle de la blessure qui s'infectait. Elle aurait parié que la balle était restée dans la chair. Quand elle passa les doigts sur son visage, elle constata que ses lèvres étaient desséchées et fendillées et qu'il était brûlant de fièvre.

Il était attaché au mur avec une excellente chaîne, mais dont le cadenas était lourd et de facture ancienne. Il faudrait l'ouvrir s'ils voulaient s'évader. Elle palpa les bottes du garçon et les ourlets de ses vêtements, au cas où les hommes de Leblanc auraient laissé passer quelque chose, un petit objet utile. Il n'y avait rien, naturellement, mais il valait toujours mieux vérifier.

— C'est bon... murmura-t-il quand elle fit glisser sa main sur lui. Plus tard, mon chou. Trop fatigué...

Il n'était donc pas aussi jeune qu'elle l'avait cru. Il parlait anglais. La France et l'Angleterre n'étaient pas vraiment en guerre, et cet homme pouvait se trouver là pour quelque raison anodine. Pourtant, elle était sûre que Leblanc avait dit vrai : c'était un espion.

— Si fatigué... Dites à Lazare que je ne ferai plus jamais cela. Jamais. Dites-le-lui.

— Nous en parlerons plus tard, répondit-elle doucement.

Une promesse qu'elle aurait sans doute du mal à tenir, car elle ne pensait pas avoir beaucoup de temps devant elle. Cependant, elle en avait peut-être un peu plus que ce garçon.

Ce dernier se redressa avec peine.

— Il faut que j'y aille. Ils m'attendent, je dois délivrer le Chevalier Rouge.

Il révélait certainement des choses qu'il aurait dû taire, et il allait finir par se faire du mal à force de s'agiter. Elle le repoussa doucement, l'obligeant à se rasseoir. Des bras robustes vinrent à son secours.

— Calme-toi. Tout a été fait.

L'autre homme se pencha pour maintenir le garçon, étouffant ses paroles. Il s'inquiétait pour rien. Ce genre de secret n'intéressait plus Annique. À vrai dire, elle préférait ne rien savoir.

— Dis-le aux autres.

— Je le ferai. Tout le monde est en sûreté, repose-toi.

Dans son agitation, le garçon avait renversé le broc d'eau. Elle le toucha du bout des doigts et le trouva vide. Sa gorge était sèche et irritée. Elle avait tellement soif !

Rien n'était pire que la soif. Même pas la faim, ni la douleur. Dans le fond, il valait mieux qu'il n'y ait pas d'eau pour la tenter. Elle aurait pu se comporter comme un animal, voler l'eau de ces hommes, qui souffraient plus qu'elle. Elle préférait ne pas savoir à quelle bassesse les circonstances pouvaient la pousser.

— Quand vous ont-ils donné de l'eau pour la dernière fois ?

— Il y a deux jours.

— Vous n'avez plus longtemps à attendre, dans ce cas. Leblanc me gardera en vie encore quelque temps, car il espère que je lui serai utile. Et aussi pour se divertir avec moi.

À la fin, il me tuera. Même si je lui donne les plans, avec chaque mot, chaque liste, chaque carte… il me tuera. Je sais ce qu'il a fait à Bruges, et il ne peut me laisser la vie sauve.

— Ses habitudes sont connues.

Il était grand, cet espion anglais à la voix grave et sévère. Elle le devina avant même de l'avoir touché. Ses doigts lui apprirent d'autres détails. L'homme avait plié son manteau et l'avait glissé sous le garçon, pour lui éviter d'être en contact avec le sol glacial. Cet acte en apparence anodin dénotait un courage typiquement britannique – et sa volonté de protéger le garçon.

Elle continua son exploration et découvrit une chemise de batiste, un torse aux longs muscles solides et, à l'endroit où la chemise était ouverte, une peau ferme. Elle voulut s'écarter, mais il posa une main sur la sienne et la pressa contre son cœur. Elle sentit les battements réguliers sous ses doigts. Il émanait de lui tant de force et de puissance...

— Je sais ce que Leblanc fait aux femmes. Je suis désolé que vous soyez tombée entre ses mains, croyez-moi.

Il avait donc décidé de se montrer aimable. Elle retira sa main. Si elle le pouvait, elle le libérerait, et elle verrait bien alors s'il était aussi agréable qu'il voulait le faire croire.

— Ces chaînes ne sont pas très pratiques, dit-elle en secouant les bracelets d'acier qui entouraient les poignets de l'inconnu. Je peux vous en débarrasser en un tournemain. Vous n'auriez pas un morceau de fil de fer sur vous, par hasard ?

— D'après vous ? répliqua-t-il avec un sourire dans la voix.

— Je ne m'attendais pas que ce soit si simple, à vrai dire. Pour autant que je le sache, la vie ne l'est jamais.

— Je suis bien de votre avis. Leblanc vous a fait souffrir ?

— Pas tant que ça.

Il posa une main sur son cou enflé et douloureux.

— Aucune femme ne mérite de tomber entre ses griffes. Nous allons sortir d'ici. Il doit y avoir un moyen, et nous le trouverons.

Il lui serra l'épaule d'une main lourde et rassurante.

Elle aurait dû se redresser pour explorer leur prison. Mais, sans savoir pourquoi, elle s'assit à côté de lui et se reposa un instant. Un lent soupir lui échappa. La peur qui la tenaillait depuis des jours sembla s'écouler hors d'elle-même avec son souffle. Depuis quand ne lui avait-on pas offert de réconfort ? Comme il était étrange d'en trouver ici, dans cette geôle effrayante, et de la part d'un ennemi !

Au bout d'un long moment, elle se reprit.

— Il y a un autre problème. Votre ami ne pourra pas marcher, même si je le libère de ses chaînes.

— Il y parviendra. Des gens plus redoutables que Leblanc ont essayé de le tuer, en vain.

Quelqu'un d'autre qu'Annique n'aurait peut-être pas perçu l'angoisse sous-jacente dans ses paroles. Adrian était mourant. Dans une douzaine d'heures, un jour au plus, sa blessure, la soif et l'humidité glaciale du cachot auraient raison de sa résistance.

Le garçon déclara en français, dans un filet de voix :

— Cette blessure, ce n'est qu'une balle... de rien du tout. Le plus insupportable dans tout ça... c'est l'ennui.

— Si seulement nous avions un jeu de cartes ! ajouta son compagnon.

— J'en apporterai un... la prochaine fois.

Ces deux-là auraient pu être français. Elle regrettait de devoir bientôt quitter ce cachot, car elle aurait aimé les avoir comme compagnons d'infortune, lorsqu'elle s'enfoncerait dans les ténèbres de la mort. Eux deux au moins mourraient ensemble, tandis qu'elle serait seule pour affronter l'ultime voyage.

Mais il valait mieux ne pas penser à la façon dont Leblanc la tuerait. Cela ne pourrait la mener qu'à une profonde mélancolie. Et puis, il était temps de s'éloigner de cet espion anglais. Elle ne pouvait rester assise ici éternellement, à attendre qu'il lui communique son courage.

Elle se releva et sentit aussitôt le froid l'envahir, comme si elle venait de quitter un abri doux et familier.

C'était ridicule. Elle n'était pas à l'abri près de lui et, en dépit de sa voix douce, il ne l'appréciait pas tant que ça. Tout ce qu'il y avait entre eux, c'était de la méfiance.

Peut-être savait-il qui elle était. À moins qu'il ne fasse partie de ces rares hommes totalement sincères qui devenaient espions par idéal… auquel cas il devait être prêt à mourir pour son pays dans ce cachot humide et à la détester pour la simple raison qu'elle était française. Seuls les Anglais pouvaient avoir du monde une vision aussi simpliste.

Eh bien, tant pis. Elle ne sympathisait pas avec les espions anglais. Ce qui était sans doute typiquement français.

Avec un haussement d'épaules, elle s'écarta et reprit son inspection, explorant le cachot du sol au plafond.

— Henri Bréval est-il entré dans ce cachot depuis que vous y êtes ?

— Il est venu deux fois avec Leblanc, et une fois seul pour nous poser des questions.

— Il possède donc la clé ? C'est une bonne chose.

— Vous croyez ?

— Je compte beaucoup sur Henri.

Le cachot ne contenait pas le moindre clou rouillé, ni le moindre débris de verre. Rien qui puisse lui être utile. Elle plaçait donc son dernier espoir dans la stupidité d'Henri, laquelle n'avait quasiment pas de limites.

— Si Fouché se trouve vraiment là-haut, en train de boire du vin et de jouer aux cartes, Leblanc ne le quittera pas. On ne délaisse pas le chef de la Police Secrète pour s'amuser avec une femme. Mais Henri, qui le remarque ? Il se peut qu'il saisisse l'occasion. Il voudrait profiter de moi, et il n'a pas encore eu la possibilité de le faire.

— Je vois, répondit l'homme d'un ton neutre.

Croyait-il qu'elle accueillerait Henri avec joie ? Elle n'avait pas un goût aussi exécrable !

— Leblanc ne doit pas parler à grand-monde de cette cellule, reprit-elle. Ce qu'il fait ici reste secret.

— Donc, il se peut qu'Henri Bréval se faufile seul jusqu'ici, et vous avez l'intention de l'attaquer par surprise, énonça calmement l'Anglais, comme si cette idée n'avait rien d'extraordinaire.

Elle eut alors la certitude qu'il savait qui elle était.

— Je ne pourrai pas vous aider, ajouta-t-il en agitant ses chaînes. À moins que vous ne l'attiriez près de moi.

— Henri n'est pas stupide à ce point. Mais j'ai un plan.

— Dans ce cas, tout ce que je peux faire, c'est vous souhaiter bonne chance.

Cet homme semblait avoir l'esprit pratique, et il savait aller à l'essentiel. Il lui serait utile, si elle parvenait à le débarrasser de ses chaînes. Ce qu'elle ferait, tout comme le reste, lorsque ces fameux cochons se décideraient à voler...

Poursuivant son exploration, elle se cogna contre une table. Il y avait aussi des chaises, ce qui pouvait être intéressant. Elle cherchait à en démonter une lorsqu'elle entendit des pas.

— Nous avons de la visite, dit l'Anglais.

— En effet.

Un homme descendait les marches qui menaient à la cave. Henri. Ce devait être Henri. Elle repoussa la chaise sur le côté, prit le bas empli de graviers dans sa main et se tourna vers l'endroit d'où provenait le bruit. Un frisson lui parcourut le dos. C'était le froid. Elle n'avait pas peur. Elle ne pouvait pas se permettre d'avoir peur.

— C'est un homme. Il est seul.

— Leblanc ou Henri, d'après vous ?

— Henri. Son pas est plus lourd. À présent, gardez le silence, je dois me concentrer.

Elle pria le Ciel que ce soit Henri, et non Leblanc. Contre Leblanc, elle n'aurait aucune chance.

L'Anglais se tint parfaitement immobile, mais sa rage était perceptible. Elle avait l'impression d'avoir un loup enchaîné au mur, derrière elle. Sa présence la perturbait, alors qu'il était primordial qu'elle garde toute son attention fixée sur Henri.

Henri. Elle s'humecta les lèvres et se concentra sur lui. Le petit escalier en colimaçon qui reliait la cuisine à la cave comprenait vingt marches. Elle les compta une à une, puis l'homme se trouva dans le couloir.

Henri avait toujours cru que la réputation d'Annique était surfaite. Quand il l'avait ramenée à Paris pour la livrer à Leblanc, elle lui avait joué la comédie de la faiblesse et de l'humilité. Il s'était senti puissant et l'avait jugée complètement inoffensive. Il était devenu méprisant.

Qu'il approche, maintenant, et il verrait comme elle était inoffensive. Elle savait quel piège lui tendre pour le prendre dans ses filets. Il suffisait qu'elle joue la jeune courtisane stupide. C'était son rôle préféré, elle l'avait déjà tenu des dizaines de fois.

Elle entrouvrit les lèvres en une moue boudeuse, puis ramena des mèches de cheveux autour de son visage. L'encolure de sa robe était déjà déchirée. Elle tira sur le tissu pour élargir encore l'échancrure. Bien. Ainsi, il ne verrait que sa peau nue. Elle aurait pu tenir une demi-douzaine de massues dans ses mains qu'il ne s'en serait pas aperçu.

Vite. Vite. Il approchait. Elle inspira profondément et se coula dans son rôle comme dans un vêtement familier. Elle devint courtisane. Complaisante, facilement intimidée, perdue dans ce jeu d'intrigues et de mensonges. Henri aimait les victimes. Elle deviendrait donc pour lui la plus parfaite des innocentes, en espérant qu'il mordrait à l'hameçon.

Ayant revêtu son costume de courtisane douce et stupide, elle attendit. Le poing fermement serré sur son bas empli de cailloux, elle s'interdit d'avoir peur. Encore un rôle qu'elle connaissait bien : celui de l'espionne intrépide. Elle le jouait depuis si longtemps qu'il lui collait à la peau.

Tout au fond d'elle-même, sous ces divers déguisements, se cachait probablement une Annique aussi craintive qu'une souris. Mais c'était une facette de son être qu'elle préférait ignorer.

La lueur d'une lanterne apparut derrière la lucarne grillagée de la porte, ce qui permit à Grey de découvrir l'intérieur de la cellule. Des blocs de pierre, une table, deux chaises. Et la fille.

Celle-ci se tenait face à la porte, raide, silencieuse, parfaitement immobile, toute son attention concentrée sur l'homme dans le couloir. Ses yeux mi-clos, soulignés par de larges cernes de fatigue, semblaient perdus dans le vague. Elle ne lança pas un regard dans sa direction.

Il la vit inspirer longuement, sans jamais détourner son attention de la petite lucarne grillagée qui perçait la porte. Ses lèvres formèrent des mots silencieux, comme si elle se parlait à elle-même. Articulait-elle des mots de prière ? De malédiction ? Impossible de le dire. Puis, d'un geste gracieux, elle passa les doigts dans ses cheveux, et des boucles souples se répandirent autour de son visage.

Ses mouvements avaient une féminité extrêmement *française*. Ses cheveux noirs, son teint pâle et ses yeux d'un bleu indigo très sombre trahissaient une ascendance celte. Elle devait être originaire de l'ouest de la France, probablement de Bretagne – Annique était un prénom breton. Elle avait l'allure magique des Celtes et s'en servait comme une grande courtisane pour fasciner ses admirateurs. Elle s'humecta les lèvres du bout de la langue, et son corps se balança sensuellement. Impossible de détacher les yeux de sa silhouette.

Elle avait elle-même déchiré sa robe, et le renflement laiteux de ses seins se dessinait contre le tissu sombre. Une courtisane exposant ses appas. Une courtisane menteuse et meurtrière... qui tenait sa vie entre ses mains !

— Bonne chance, chuchota Grey.

Elle ne se retourna même pas, se contentant de hocher brièvement la tête.

— Ne bougez pas. Ne vous mêlez pas de ça.

C'était le comble. Il était totalement désarmé. Il jaugea des yeux la longueur de sa chaîne. Henri ne s'aventurerait jamais assez près pour qu'il puisse le frapper. Annique devrait donc l'affronter seule, et elle ne disposait d'aucune arme pour se défendre.

Il y avait des marques rouges sur sa peau, et des traces de larmes sur ses joues. Elle était l'image même de la détresse. Mais ce n'était qu'une apparence, bien sûr.

Il connaissait cette femme. Il l'avait reconnue à l'instant où Leblanc l'avait brutalement poussée dans ce cachot. Ses traits étaient gravés dans sa mémoire. Il l'avait vue, le jour où il avait retrouvé ses hommes morts, leurs corps ensanglantés, dans un champ de blé à côté de Bruges. S'il avait eu le moindre doute, celui-ci aurait été balayé quand Leblanc et elle avaient fait allusion aux plans. L'ennemi s'était servi de ces fameux *plans d'Albion* pour les attirer à Bruges.

Cela faisait six mois qu'il suivait la trace de cette espionne à travers l'Europe. Et, par une maudite ironie du destin, c'était ici qu'il la retrouvait.

Dans son genre, Leblanc était un artiste. La jolie Annique n'aurait pas une mort rapide ni agréable, et sa beauté n'en sortirait pas intacte. Ses hommes massacrés seraient vengés.

Il ne pouvait pas laisser faire cela. Même une hyène enragée, il ne la livrerait pas à Leblanc.

S'il sortait d'ici… Non, *quand* il sortirait d'ici, Annique viendrait avec lui. Il l'emmènerait en Angleterre et lui ferait avouer tout ce qu'elle savait sur l'embuscade de Bruges. Grâce à elle, il obtiendrait les plans, puis il aurait sa vengeance. Cette femme serait extrêmement utile aux services britanniques.

Henri souleva sa lanterne, et son visage lourd et rougeaud se pressa contre les barreaux.

— Leblanc est furieux contre toi.

— Je vous en prie, dit la jeune femme en s'appuyant faiblement à la table. Oh, je vous en prie.

Ses courbes étaient superbes. Sa robe déchirée faisait d'elle le symbole de la femme soumise et offerte. Sa lourde chevelure, dont des mèches retombaient sur son visage, était d'une sensualité envoûtante.

— C'est une erreur, je vous assure. Je jure...

Henri passa les doigts entre les barreaux.

— Tu finiras par parler, Annique. Tu le supplieras de t'épargner et tu avoueras. Tu sais ce qu'il te fera.

— Leblanc... il ne me croit pas. Il me fera du mal... Dites-lui que je ne sais rien de plus. Je vous en supplie, Henri, dites-lui.

Elle renifla. Sa voix avait complètement changé. Elle semblait plus jeune, moins éduquée, et surtout terrifiée. C'était un remarquable numéro d'actrice.

— Quoi que je lui dise, il te fera souffrir.

Visiblement, Henri jubilait. La jeune femme enfouit le visage dans ses mains, et ses cheveux noirs et soyeux glissèrent entre ses doigts.

— Je ne pourrai pas le supporter... il se servira de moi comme d'un animal. Je ne suis pas faite pour les paysans...

Elle était maligne, très maligne. À en juger par sa façon de parler, Henri était parisien, c'était un homme de la ville. Leblanc était le fils d'un fermier. Et Henri travaillait pour Leblanc.

— Tu as toujours été la protégée de Vauban, siffla Henri. Vauban et son élite, Vauban et ses missions importantes. Tu étais trop bien pour les gens comme nous. Mais ce soir, la belle Annique sur qui personne ne pouvait poser la main ne sera plus qu'une marionnette aveugle livrée au plaisir de Leblanc. Si tu avais été plus gentille avec moi, je t'aiderais peut-être, maintenant.

— Leblanc est devenu le favori de Fouché. Avec le chef de la Police Secrète qui le soutient, il peut faire tout ce qu'il veut. Vous ne pouvez pas m'aider. Vous n'oserez jamais vous opposer à lui.

Elle s'essuya les yeux du revers de la main et poursuivit :

— Je ferai ce qu'il me demandera. Je n'ai pas le choix.

Elle continua de parler, comme si Henri n'existait plus.

— Il me demandera d'enduire mon corps d'huile parfumée, et il m'obligera à exécuter les danses tsiganes que j'ai apprises dans mon enfance. Je danserai pour lui à la lueur des flammes, seulement vêtue d'une chemise de soie. De soie rouge... C'est sa couleur préférée, il me l'a dit.

Grey crispa les doigts sur la chaîne à l'idée de ce corps souple et nu ondoyant devant le feu. Il n'était pas le seul à être fasciné par cette image. Henri agrippa les barreaux et pressa son visage contre la lucarne.

Les yeux baissés, Annique se balança comme si elle était déjà emportée par sa danse sensuelle.

— Je retirerai la chemise de soie pourpre et je m'en servirai pour le caresser. La soie aura la chaleur et l'humidité de mon corps.

Sa main descendit sur ses hanches et se glissa entre ses cuisses. Grey souffrait des coups qu'il avait reçus, il était torturé par la soif, et il savait exactement où Annique voulait en venir, mais cela n'empêcha pas ses reins de s'embraser de désir. C'était plus fort que lui. Par Dieu, quelle comédienne !

Elle poursuivit d'une voix rauque, rêveuse :

— Il s'allongera sur son lit et m'ordonnera d'approcher. Au début, il se contentera de me toucher. Puis il voudra que je pose mes lèvres sur les parties de son corps qu'il me désignera. Je n'aurai pas le choix, je serai obligée d'obéir.

Henri actionna la serrure avec des gestes nerveux. Il était pressé. Bon sang, si le Français était aussi excité que Grey par la petite comédie qu'Annique venait de jouer, ce serait un miracle qu'il parvienne à ouvrir !

Finalement, la porte se rabattit violemment contre le mur de pierre.

— Vous ne devez pas entrer ici, Henri, dit-elle doucement, sans bouger. Ni me toucher sans la permission de Leblanc.

— Leblanc ? Qu'il aille au diable !

Henri déposa la lanterne sur la table, contre laquelle il poussa la jeune femme. Ses doigts agrippèrent sa jupe pour la soulever.

— Vous ne devriez pas... Il ne faut pas...

Elle se débattit, repoussant maladroitement ses mains, comme si elle n'avait pas plus de force qu'un oiseau apeuré.

— Non !

Grey voulut se jeter sur Henri, mais son élan fut brisé brutalement par ses chaînes. La vive douleur qui lui mordit les poignets le ramena à la réalité. Il ne pouvait pas atteindre Annique, ni la défendre contre Henri. Il ne pouvait strictement rien faire, sinon observer la scène.

— Ne faites...

Elle battit des bras, renversant la lanterne comme par mégarde. Celle-ci se balança un instant, avant de tomber sur le sol, où elle s'éteignit. Une obscurité totale les enveloppa aussitôt.

— Idiote, grogna Henri. Tu...

Il y eut un bruit sourd. Henri poussa un petit cri de douleur. Des bruits de coups suivirent. Un, deux, puis trois. Les pieds de la table crissèrent sur le sol, et quelque chose tomba lourdement, sans bruit.

Puis Grey ne perçut plus un seul mouvement. Rien, en dehors de la respiration haletante d'Annique.

Son plan avait fonctionné. Elle avait tout prévu. Les nerfs tendus à se rompre, Grey dut reconnaître qu'il s'était laissé berner. La jeune femme l'avait manipulé comme elle avait manipulé Henri, avec ses dons de comédienne.

Il y eut un long silence, uniquement rompu par d'étranges frottements de tissu, et parfois par les grognements d'Annique. Puis elle traversa le cachot d'un pas sûr, comme s'il n'y faisait pas aussi sombre que dans un tombeau.

— Qu'avez-vous fait à Henri ?

— Je l'ai assommé avec un bas rempli de graviers.

Elle s'assit près de lui et ajouta d'un air pensif :

— Je suis presque sûre de l'avoir atteint à la tête au moins une fois. Quoi qu'il en soit, il ne bouge plus.

— Il est mort ?

— Il respire. Mais avec les blessures à la tête, on ne sait jamais. J'aurai peut-être des explications compliquées à fournir à Dieu quand je paraîtrai devant Lui. Ce qui, étant donné ma situation, peut se produire d'un moment à l'autre. J'espère que je n'ai pas tué cet homme, bien qu'il l'ait mérité sans l'ombre d'un doute. Je laisse ce soin à d'autres. Je connais plusieurs douzaines de personnes qui l'expédieraient avec joie dans l'autre monde.

Elle était déconcertante. Son indéniable dureté était mêlée de fraîcheur et d'insouciance. Et pourtant, c'était cette femme-là qui avait tendu un piège à ses hommes et les avait tués de sang-froid. Il ne devait pas l'oublier.

— Vous ne vous êtes pas contentée de l'assommer. Qu'avez-vous fait, ensuite ?

— Vous voulez un rapport complet ? demanda-t-elle d'un ton amusé. Vous devez être un véritable espion, monsieur l'Anglais, pour demeurer aussi calme et me poser des questions comme si vous en aviez le droit. Très bien, je vous dirai tout. J'ai ligoté Henri, et je lui ai dérobé son argent. Il a une liasse de papiers qui m'a semblé intéressante, dans une poche secrète de son habit. Je vous les donnerai, si vous voulez. Pour ma part, il y a longtemps que je ne m'occupe plus de documents secrets.

Elle lui tapota légèrement la main et continua :

— J'ai également trouvé une épingle qui nous sera très utile. Montrez-moi ces jolies menottes... Là, ne bougez plus.

Docile, il lui tendit les poignets et lui toucha les cheveux en même temps, prêt à la retenir si elle tentait de se sauver avant de l'avoir libéré. La colère, la soif de vengeance et le désir tourmentaient son corps et l'enflammaient.

— Ah, nous y sommes, dit-elle dans l'obscurité. Cette serrure est moins compliquée qu'on pourrait le croire.

Elle s'approcha davantage et fit tourner la menotte autour de son poignet, lui effleurant la cuisse au passage. Le désir de Grey s'intensifia, et le spectacle sensuel qu'elle avait évoqué un peu plus tôt refit surface - elle, nue, dansant devant le feu. Il n'était pas Henri, et il ne la toucherait pas. Mais comment chasser cette image de son esprit ?

— C'est fait.

Les menottes s'ouvrirent comme par magie. Il se massa les poignets.

— Je vous remercie.

Il se leva et étira avec délices ses muscles engourdis. Il était libre. Une vague de joie le submergea. Libre ! Il serra et desserra les poings, envahi par un soudain sentiment de puissance, comme s'il avait pu démonter cette geôle pierre par pierre. Il y faisait noir comme en enfer, ils se trouvaient à vingt pieds sous les bureaux de la Police Secrète... mais la porte était ouverte. Il les sortirait d'ici, Adrian et cette femme... ou bien il mourrait. Oui, s'ils ne parvenaient pas à s'évader, il vaudrait mieux qu'ils meurent tous les trois.

Pendant que la femme s'occupait des chaînes d'Adrian, il chercha à tâtons le corps d'Henri. Le Français était ligoté avec ses propres bas et bâillonné avec sa cravate. Cette femme était très méticuleuse.

Il vérifia pour la forme que les liens étaient solides, puis chercha la poche secrète dans l'habit. Après s'être emparé de la liasse de papiers, il fit glisser le pantalon de l'homme sur ses jambes, le laissant à moitié nu.

— Que faites-vous ? s'enquit-elle en l'entendant bouger le corps d'Henri.

— Je fournis à Henri un sujet de conversation avec Leblanc, quand ils se retrouveront.

Les explications d'Henri leur feraient peut-être gagner dix minutes dans leur fuite. Il y eut encore un cliquetis métallique, et elle annonça :

— Adrian est libre, mais il ne peut pas marcher.

— Je le porterai. Avez-vous un plan pour sortir de ce château ? Nous sommes sans armes, avec un homme inconscient sur les bras, et toute la Police Secrète française à nos trousses !

— Mais certainement. Je vous expliquerai ça en route. Prenez votre ami et suivez-moi vite, si vous tenez à la vie.

Grey passa un bras sous l'épaule d'Adrian et l'aida à se lever. Le garçon pouvait marcher, à condition d'être soutenu. Dans son délire fiévreux, il discutait avec des personnes invisibles, dans diverses langues.

— Ne meurs pas maintenant, Hawker, dit Grey. Je t'interdis de mourir, tu entends ?

2

— Je ne suis pas censée servir de nourrice à des Anglais, marmonna la jeune femme en soutenant Adrian. Il faut tourner à gauche, puisque vous êtes décidé à vous rendre dans cet endroit.

— C'est bien l'église la plus proche ?

— Oui. Il y a aussi l'église de Saint-Cloud, au bas de la colline, bien sûr. Mais nous sommes beaucoup plus près de la chapelle de l'orphelinat. Celle-ci est en ruine, mais je suppose que ça vous est égal. Elle a été incendiée sous la Terreur, et les nonnes et les orphelins ont disparu. Dieu seul sait où ils se trouvent à présent.

— Si c'est l'église la plus proche, un messager doit nous y attendre.

Avec un peu de chance, son ami Doyle serait là.

— Je vois. Les espions anglais avaient le même genre d'arrangement, en Italie.

Malgré la nuit profonde qui les enveloppait, l'air paraissait doux et léger après celui du cachot. Grey inspira à pleins poumons. Sous ce ciel infini, avec cette brise froide et saine, une foule de possibilités se présentait à lui. Maintenant qu'ils étaient arrivés jusqu'ici, il trouverait bien un moyen de les mettre tous à l'abri.

— Je ne sais pas pourquoi je vous aide. C'est un exemple parfait de générosité totalement désintéressée…

Il imagina le haussement d'épaules résigné qui accompagnait les paroles de la jeune femme. Il la connaissait déjà assez pour deviner ses mimiques.

— ... et donc déraisonnable, poursuivit-elle. Ah, nous nous sommes un peu écartés de la route. Rapprochons-nous. Oui, comme cela. Faites attention.

Ils soutenaient chacun Adrian, et Annique cherchait son chemin dans l'obscurité en tapotant le sol avec un manche à balai qu'elle avait trouvé dans le parc du château. Elle leur avait sauvé la vie à plusieurs reprises, ce soir. C'était elle qui les avait guidés dans le dédale compliqué des souterrains du château jusqu'à la porte secrète dissimulée au fond d'un cellier, elle qui leur avait fait traverser les jardins plongés dans les ténèbres, avec l'assurance d'un chat. C'était elle encore qui avait trouvé le bassin de pierre. Il se rappellerait toute sa vie l'eau qu'ils avaient bue à ce moment, et Annique recueillant l'eau dans ses mains et la portant aux lèvres d'Adrian avant d'avoir bu la moindre gorgée elle-même.

Seul, il n'aurait jamais pu soulever Adrian pour lui faire franchir le dernier mur qui ceignait le parc. Ils avaient accompli cette tâche exténuante dans le silence, tandis qu'à cinquante mètres de là, les invités allaient et venaient sur le perron du château, et des notes de musique légères comme du cristal s'échappaient des hautes fenêtres.

À présent, elle les guidait en leur dispensant des conseils, des encouragements et des explications.

— Les ornières sont profondes, car les chariots tournent ici pour se diriger vers l'arrière du château. Le mur sur votre droite est hérissé de pierres coupantes, évitez de vous en approcher. Ah, une branche basse, vous allez la heurter.

Grey l'imaginait très bien leur tracer un chemin en enfer et énonçant calmement : « Sur la droite, vous remarquerez un démon enchaîné. Gardez vos distances. »

Son respect pour elle augmentait à chaque pas... et sa méfiance aussi. Il lui faudrait prendre de grandes précautions pour la capturer.

— La grille de l'orphelinat n'est plus très loin, dit-elle.

De l'autre côté de la Seine, une rangée de lumières aussi fines que des têtes d'épingles dessinait les contours de Paris. À quelques rues de là, une unique fenêtre brillamment éclairée perçait les ténèbres profondes.

— Comment diable le savez-vous ?

Le rire léger de la jeune femme résonna dans la nuit. Elle semblait aussi heureuse que lui d'avoir quitté cet horrible cachot.

— J'ai parcouru cette route de nombreuses fois en plein jour. Ma mémoire est excellente.

Sa voix à l'accent chantant lui donnait quelque chose de juvénile. Il trouvait étrange et déstabilisant qu'elle ait cette allure d'enfant innocente et courageuse, alors qu'il la savait en réalité aussi froide et dangereuse qu'un serpent.

— L'arbre sous lequel nous nous tenons et que vous ne pouvez pas voir, ajouta-t-elle en frappant l'écorce de son bâton, est un bâton, est un magnifique cerisier qui était déjà vieux lorsque je suis venue ici pour la première fois. Je l'ai souvent escaladé, et j'y ai cueilli quantité de cerises, autrefois. L'air est encore imprégné du parfum des fruits qui sont tombés il y a quelques semaines. La route que vous cherchez, celle qui mène chez les sœurs, est juste en face. Par là.

Elle lui toucha légèrement l'épaule, pour lui indiquer la direction.

— Je n'y vois rien, déclara-t-il, perplexe.

— Cessez d'essayer de voir, monsieur l'Anglais. Écoutez plutôt. La nuit vous raconte des tas d'histoires. La rue Bérenger n'est qu'à cinquante pas d'ici. Le boulanger du coin est en train de faire son pain en ce moment même, vous ne le sentez pas ? La rue Bérenger part vers l'est, en direction du pont et de

Paris, où les gens de votre profession ont des amis. Si vous vous dirigez vers le sommet de la colline, à l'ouest, vous finirez par arriver en Angleterre, où vous avez sans aucun doute encore plus d'amis. Le petit vent léger qui vous effleure le visage provient du nord-est, c'est-à-dire du bois de Boulogne.

Il ferma les yeux, dans l'espoir de mieux entendre les « histoires » que racontait la nuit. Elle avait raison. Il était plus facile de percevoir les bruits et la brise sur son visage quand on n'essayait pas de voir à tout prix.

— Vous savez vous diriger dans le noir. Vous avez dû le faire souvent, j'imagine ?

— Plus que je ne l'aurais voulu, c'est certain.

— Vous avez appris tout cela en travaillant pour Vauban ? Vous faisiez partie de son équipe, n'est-ce pas ?

— Vous posez trop de questions. Je ne vous l'avais pas encore dit ? À présent, écoutez-moi bien, car je vais vous apprendre quelques petits secrets. Si vous restez face au vent, vous saurez toujours où vous êtes, car il transporte l'odeur de la rivière. L'odeur de l'eau.

Il l'entendit déglutir en prononçant ces mots. Sa voix venait de la trahir – et de lui donner un indice pour l'appâter. Elle avait soif, terriblement soif.

Il choisit ses mots avec soin avant de répondre.

— Je serai content d'arriver à la chapelle. J'espère que nous y trouverons de l'eau.

Il perçut chez elle un frémissement. Bien.

— C'est très vraisemblable.

— Je suppose qu'il y aura un puits. Croyez-vous que nous trouverons un seau pour puiser de l'eau ?

— Vous ne tarderez pas à le savoir. Comme je vous l'ai dit, nous ne sommes plus très loin, répondit-elle d'une voix rauque. Je vous laisserai à votre rendez-vous secret. Pour ma part, des affaires m'attendent ailleurs, et je ne tiens pas à faire plus ample connaissance avec la communauté des espions anglais à Paris.

Il comprit à sa voix qu'elle ne songeait en fait qu'à l'eau qu'ils allaient enfin trouver.

— Il n'y aura sans doute personne là-bas, et je ne pourrai pas aller plus loin, seul avec Adrian. Par ailleurs, il faut que vous m'indiquiez où est le puits.

— Ne me harcelez pas, monsieur, rétorqua-t-elle en enfonçant son bâton dans les graviers du chemin.

— Adrian a besoin de vous. Cela ne vous coûtera pas grand-chose, à peine une centaine de pas.

Elle poussa un soupir exaspéré.

— Je me demande d'où vient la réputation de stoïcisme des Anglais. C'est une qualité dont vous semblez singulièrement dépourvu. Très bien, ajouta-t-elle en resserrant son étreinte autour d'Adrian. Nous allons trouver ce puits, puisque cela vous obsède tant. Ne nous attardons pas plus sur le chemin à bavarder, sinon tout le voisinage va finir par nous repérer. Voici la grille.

Elle fit résonner son bâton contre les barreaux lorsqu'ils atteignirent le portail.

— J'irai jusqu'au perron du bâtiment principal, annonça-t-elle. Pas plus loin. Vous pourriez avoir douze jeunes espions blessés sur les bras que je ne le ferais pas. Il n'est pas du tout logique de me demander une chose pareille.

Leurs pas firent crisser le gravier du chemin qui descendait en pente raide sur le flanc de la colline.

— J'ai très peu eu affaire aux Anglais jusqu'à présent. Je vois que j'ai eu raison de les éviter, bien qu'il doive exister des Anglais plus raisonnables que vous. Dans le doute, je réserve mon jugement.

Grey ne détectait aucune trace d'une présence humaine devant eux. Néanmoins, si c'était Will Doyle qui les attendait, cela n'avait rien d'étonnant.

Elle fit encore quelques pas et s'arrêta.

— Cela ne me plaît pas, déclara-t-elle, démontrant ainsi qu'elle avait un excellent instinct. Non, je n'irai pas plus loin. Prenez le garçon…

Adrian, bien qu'à moitié inconscient, avait dû suivre leur échange. Il joua alors son rôle et s'affaissa contre elle en gémissant.

Elle vacilla et le soutint.

— Votre ami vient encore de s'évanouir. Il faut...

Soudain, la voix de Doyle résonna tout près, et sa silhouette robuste se matérialisa.

— Il était temps. Je m'apprêtais à prendre le bâtiment d'assaut.

Doyle. Grâce au Ciel ! Grey eut l'impression d'être soulagé d'un poids de deux tonnes.

— Adrian est blessé.

À l'instant où elle entendit la voix de Doyle, la jeune femme lâcha Adrian et recula vers la forêt. Elle s'immobilisa à bonne distance des trois hommes.

— Je vais t'aider.

Doyle était costaud. Il souleva Adrian dans ses bras.

— On m'a dit qu'il s'était fait tirer dessus. Nous nous demandions s'il était gravement blessé. J'ai volé une voiture, au cas où nous en aurions besoin. Elle est dans l'allée.

— Bien.

Grey tourna la tête à droite et à gauche, tendant l'oreille pour essayer de localiser la jeune femme. Le bruit de sa respiration la trahit.

— Il me faut de l'eau pour mon guide, lança-t-il à Doyle.

— J'ai deux bouteilles d'eau bien fraîche dans la voiture, répondit ce dernier d'un ton calme et dégagé. Je vais les chercher.

Annique attendait en silence, mais il crut la sentir frémir. *Pense à cette eau, Annique. Pense que tu as très soif.*

— Je vais vous chercher une bouteille moi-même, mademoiselle. C'est le moins que je puisse faire pour vous.

Elle hésita à répondre, et il perçut son indécision. Elle devait avoir affreusement soif. S'il tendait de l'attraper et manquait son coup, il n'aurait pas de deuxième chance. Elle se déplaçait trop vite dans l'obscurité et savait trop bien se diriger avec son bâton. Il fallait qu'il l'attire vers lui.

— Attendez, dit-il doucement. Je vais vous apporter de l'eau.

Il se dirigea vers la voiture, guidé par le mince filet de lumière qui filtrait par le cache d'une lanterne. Quand il la souleva, un rayon de lumière blanche se répandit sur l'herbe de la cour.

Doyle installa Adrian à l'intérieur du véhicule.

— Où es-tu blessé, mon gars ? À l'épaule ? Non, c'est plutôt à la poitrine. Tu n'as reçu qu'une balle ?

— C'est suffisant, non ? marmonna Adrian d'une voix rauque. Mon gilet est... fichu.

Doyle étala une couverture sur le corps du garçon.

— Je me demande comment je vais annoncer la nouvelle à ton tailleur. Tiens, bois un peu, si tu ne veux pas perdre conscience.

— Laisse-moi la bouteille à portée de main et filons.

— Depuis quand c'est toi qui décides, mon petit ? lança Doyle en redescendant de voiture. Il s'en sortira, dit-il à Grey. Combien de poursuivants vous avez aux trousses ?

— Tout un essaim de guêpes. Je vais payer mon guide, et nous pourrons partir. Où est l'eau ?

Il balança la lanterne autour de lui. Ah, il l'avait repérée. Elle se tenait prudemment hors du halo de lumière et tâchait de se fondre dans l'ombre. Mais ses précautions étaient vaines.

Doyle croisa le regard de Grey.

— Je te la donne tout de suite.

Il grimpa sur la voiture, se mouvant avec la grâce et la souplesse d'un gros ours brun.

— J'ai aussi un panier de nourriture. Du pain, du fromage, des saucisses. Et un peu de vin.

Tapie dans l'obscurité, Annique écoutait. Elle devait avoir faim. Leblanc l'avait certainement privée de nourriture.

— Du pain, oui. Mais l'eau avant tout. Donne-moi quelque chose de facile à transporter. Cette bouteille d'eau.

Doyle lui passa une bouteille et la moitié d'une longue miche de pain fraîche et odorante. Exactement l'appât dont il avait besoin. Il la tenait. Il n'avait plus qu'à refermer le piège sur elle.

— Mademoiselle ?

Elle s'était enfoncée un peu plus loin dans l'obscurité. Prudente, et un peu nerveuse. Quand il s'approcha, il vit qu'elle fermait les yeux pour se protéger de la lumière, afin de ne pas perdre la puissance remarquable de sa vision dans les ténèbres.

Elle s'appuyait lourdement sur le vieux manche à balai qu'elle avait ramassé. Ses vêtements étaient couverts de poussière et de toiles d'araignées, et son teint était blême. Seule, exténuée, à pied, jusqu'où irait-elle avant d'être rattrapée par Leblanc ? Il lui faisait une faveur en la retenant. Car, quoi qu'il lui fasse, ce ne serait jamais pire que ce que Leblanc avait en tête.

Il posa précautionneusement sur le sol la lanterne qui l'encombrait. Avec un peu de chance, le seul bruit de l'eau remuée dans la bouteille suffirait à la retenir sur place. Il se dirigea vers elle, balançant la bouteille dans sa main, le pain négligemment calé sous son bras. Les trucs les plus simples étaient ceux qui marchaient le mieux. C'était un peu comme capturer une pouliche dans un champ. Il fallait y aller doucement, l'air de rien, comme si on pensait à tout autre chose.

— Voulez-vous aussi un morceau de fromage ? Je peux lui demander d'en descendre du panier.

Il parlait comme si Doyle était encore perché sur le toit du carrosse. Ce n'était pas le cas. Il n'avait pas besoin de regarder derrière lui pour savoir que Doyle avait contourné la voiture en silence, pour couper la route à la jeune femme et l'empêcher de fuir. Cela faisait dix ans qu'ils travaillaient ensemble. Il savait que Doyle avait dû se placer à une douzaine de pas derrière leur proie, à droite du chemin.

— Du pain et de l'eau ne suffiront pas à vous remercier.

— Je ne veux rien devoir à un espion anglais, répondit-elle en se balançant d'un pied sur l'autre. Une dette vous enchaîne à quelqu'un.

— Un peu d'eau fraîche, ce n'est pas grand-chose.

Il avait prononcé ces mots d'un ton détaché, comme s'il avait jeté un filet devant elle. Il fallait qu'elle ne pense qu'à la soif qui lui desséchait la gorge. De cette façon, elle ne se rendrait pas compte qu'il approchait. Il y était presque.

Elle pencha la tête sur le côté. Visiblement, son instinct lui soufflait de fuir. Combien de temps avait-elle été privée d'eau, dans le cachot ? Il fallait qu'elle soit désespérée pour prendre un tel risque.

Un dernier pas, et il put refermer les doigts sur son bras. Il la tenait. Elle essaya de se dégager.

— Je n'aime pas qu'on me touche, monsieur.

— Inutile de résister. Vous n'aurez pas une seule chance de vous en sortir, avec Leblanc. Tandis qu'avec moi...

Une douleur fulgurante lui déchira le coude. Le manche à balai décrivit un cercle et s'abattit sur son genou. Une souffrance insupportable se propagea dans sa jambe, et il tomba. Son épaule heurta violemment le sol. La jeune femme s'échappa, lui glissant entre les doigts comme un poisson à travers les mailles du filet. Ses pas précipités projetèrent des graviers autour de lui.

— Bon sang ! Enfer et damnation !

Aveuglé par la douleur, il se redressa et partit en boitillant derrière elle. Quel idiot il faisait ! Il avait pourtant vu ce qu'elle avait fait à Henri, il savait de quoi elle était capable. Il l'entendit fuir à toute allure dans l'obscurité, son bâton frappant les troncs d'arbres tandis qu'elle cherchait son chemin.

Mais Doyle était un vieux renard. Il s'était placé de manière à voir la fille dans la lueur de la lanterne, tout en demeurant invisible, caché dans les buissons.

Elle se jeta tout droit dans ses bras, et il s'empara d'elle.

Du moins, il faillit s'emparer d'elle.

— Ah, la...

Quand Grey arriva à la hauteur de Doyle, celui-ci jurait dans le dialecte breton qui était sa langue maternelle. La fille était libre et tentait de se redresser.

Oh, il allait se faire un plaisir de capturer Mlle Annique.

Il esquiva un coup de son maudit bâton, s'approcha et le lui ôta des mains. Elle était désarmée. Mais elle ne renonça pas pour autant et se battit avec élégance. Robuste et tout en muscles, elle était d'une force étonnante pour une femme. Mais elle était légère, et elle ne lui arrivait même pas au menton. Elle n'avait aucune chance.

Cela lui prit moins de trois minutes. Quand ce fut fini, il lui ramena les bras dans le dos sans lui faire mal, mais sans se laisser frapper non plus. Elle était hors d'haleine et tremblait de la tête aux pieds. La nuit avait été dure pour Mlle Annique. Puis il la traîna péniblement jusqu'au carrosse, en la laissant se débattre pour lui faire perdre ses dernières forces.

Il éprouva une sensation primitive, un instinct de possession. Elle était à lui. À lui.

Doyle approcha en grommelant et en se frottant l'estomac.

— Vive comme l'éclair, hein, ma petite ? Fais-la approcher, que je la voie à la lumière.

Doyle lui agrippa les cheveux à pleines mains et lui renversa la tête en arrière. Elle se débattait toujours, envoyant des coups de pied au hasard.

— Par tous les saints du paradis ! C'est Annique Villiers ! s'exclama Doyle en sifflant doucement. Tu fais de drôles de trouvailles, Grey ! Que diable fabriques-tu avec le Renardeau ?

3

« Parfois, une toute petite erreur se paie cher », songea Annique. Elle n'aurait pas dû se laisser tenter par l'eau.

Le combat avait été bref, et fort peu glorieux. Elle n'avait aucune chance contre cet espion anglais qu'elle avait eu la stupidité d'aider à s'évader. Ils étaient tous deux aveugles dans ces ténèbres, et elle avait appris à se battre dans le noir. Mais son entraînement ne lui avait donné aucun avantage. Elle avait utilisé l'un après l'autre tous les trucs qu'elle connaissait, en vain. L'homme les avait tous déjoués. Il se battait beaucoup mieux qu'elle.

La lutte s'était terminée rapidement. Il l'avait plaquée contre lui comme un paquet, l'empêchant de s'échapper. Ses muscles semblaient trempés dans l'acier, sa force inébranlable. Elle avait perçu le frisson de satisfaction qui lui avait parcouru le corps quand elle s'était retrouvée à sa merci. Il était enchanté de l'avoir prise au piège. Et soudain, elle avait eu très peur de lui.

Une heure auparavant, elle avait posé la main sur son cœur et souhaité pouvoir rester à côté de lui. Pour son malheur, son vœu avait été exaucé. Le destin la traitait avec beaucoup d'ironie depuis quelque temps.

On la poussa en avant. Le cocher – ou plutôt l'espion anglais qui se faisait passer pour un cocher – lui tira les cheveux en arrière pour mieux voir son visage et dit :

— C'est Annique Villiers !

Elle ne pensait pas qu'on la reconnaîtrait. Pas si loin au nord, et certainement pas par des Anglais, qu'elle avait si peu fréquentés. Puis l'homme lança :

— Tu fais de drôles de trouvailles, Grey.

Le choc lui coupa le souffle.

Grey ? L'espion anglais était donc Grey ? Elle s'était attaquée à bien plus fort qu'elle. Rien d'étonnant à ce qu'elle se soit fait attraper ainsi. Elle était tombée sur une opération britannique de la plus haute importance. C'était la seule explication à la présence de Grey sur le territoire français.

Quelle extraordinaire malchance ! Grey était le chef de toute la section anglaise et ne prenait ses ordres que du légendaire Galba. Cet homme avait des agents disséminés dans toute l'Europe et des activités innombrables, toutes beaucoup plus complexes et plus sérieuses que la capture d'une espionne comme elle. Grey aurait dû être en train de comploter contre Napoléon dans un bureau de Whitehall, ou dans tout autre lieu plus approprié à un personnage aussi haut placé que lui. Il était à la fois dangereux et ridicule de sa part de rôder en France, où il courait les plus grands dangers, et où n'importe qui pouvait l'enfermer dans un cachot.

Et pourtant, il était incontestablement en France. Coincée entre ses bras, elle se sentit submergée par la soif, l'épuisement, les longues semaines de fuite solitaire. Son cœur sombra et elle perdit brusquement toute envie de se battre.

— Je vous en prie, ne me faites pas ça.

Grey l'entraîna vers le carrosse, comme s'il venait de remporter un trophée.

— À votre place, je n'essaierais pas de m'enfuir.

— Je vous en prie. Je ne vous trahirai pas. Je ne dirai pas un mot, je vous le jure.

Ses paroles furent étouffées par les coussins contre lesquels il la poussa. Il était lourd, et très musclé.

— Non, je ne crois pas que vous parlerez.

Il la laissait se débattre afin qu'elle s'épuise d'elle-même et devienne plus facile à manipuler. Elle le comprit tout de suite, mais il lui fallut un certain temps pour se raisonner et accepter l'inévitable. Elle finit par poser le front contre les coussins et abandonner la lutte, haletante, aussi faible et impuissante qu'un poisson hors de l'eau.

Elle était en mauvaise posture. Si l'Anglais l'avait prise au piège, ce n'était évidemment pas parce qu'il voulait capturer un petit agent sans importance. Les mots de Leblanc concernant les plans lui avaient mis la puce à l'oreille. Tous les espions d'Europe voulaient faire main basse sur ces plans. Quel dommage que Leblanc n'ait pas su tenir sa langue ! Elle n'avait décidément pas de chance, ces derniers temps.

Elle songea à ce dont un homme comme Grey serait capable pour s'approprier les plans. Elle n'imaginait que trop bien la méthode qu'il emploierait pour obtenir les renseignements qu'il voulait, puis pour réduire au silence une espionne française qui connaissait trop de secrets. Son front était couvert de sueur, mais, à cette perspective, un froid glacial envahit son cœur :

— C'est fini ? demanda Grey.

Elle hocha la tête.

— Je suis content que vous vous soyez enfin mis d'accord, tous les deux, dit Adrian. Vous m'avez bombardé de coups de pied.

Il était assis sur la banquette face à eux. Sa voix était faible, mais il était évident qu'il contenait son rire.

— C'est réglé, annonça Grey. Sauf qu'elle me mordra si je la relâche.

Annique sentit sa terreur décroître. L'attitude de Grey n'était pas celle d'un homme sur le point de commettre un meurtre. Quant à Adrian, il aurait fallu qu'il soit un monstre pour parler d'un ton aussi léger tout en sachant qu'ils allaient la mettre à mort en quittant Paris.

— J'aurais dû vous laisser pourrir dans le cachot de Leblanc, dit-elle. Je regrette de ne pas l'avoir fait.

— Il est un peu trop tard pour les regrets, mademoiselle.

— Il n'est jamais trop tard. Quel sort me réservez-vous, à présent ?

— Je ne vous ferai pas de mal, Annique.

Par exemple ! La croyait-il donc stupide ?

— Je vous ai sauvé la vie. Ce n'est pas une façon de me remercier.

— Vous avez raison.

Un silence suivit ces paroles. Annique fut obligée d'admettre enfin sa défaite, et elle fut submergée par un flot de faiblesse et de désespoir. Grey dut percevoir son renoncement, car il relâcha un peu son étreinte.

— Socrate a dit qu'il ne pouvait arriver malheur aux bons, marmonna-t-elle, que ce soit dans la vie ou après la mort. Je n'en suis plus aussi sûre qu'autrefois. Qu'attendez-vous de moi ?

— Votre compagnie, pendant quelque temps, répondit-il d'un ton satisfait.

— Combien de temps comptez-vous me retenir ?

— Jusqu'à ce que je vous libère.

— Oh, comme vous êtes spirituel, monsieur. Pardonnez-moi si je ne ris pas, je ne suis pas de très bonne humeur ce soir.

Elle posa la joue contre le cuir froid de la banquette. Elle était en proie à une fatigue indescriptible. Dans le petit monde des espions, ses amis et ses ennemis l'avaient surnommée le Renardeau. Mais aucune ruse de renard ne pouvait lui venir en aide, à présent. Cependant, elle tenta une dernière fois de se faire passer pour plus stupide qu'elle n'était.

— Vous perdez votre temps avec moi. Je ne suis qu'un petit agent insignifiant, une souris, un messager.

Je ne détiens aucun secret susceptible d'intéresser les Anglais.

C'était une tentative désespérée. Elle ne s'attendait pas vraiment qu'il croie qu'elle ignorait tout des plans, des projets d'invasion de l'Angleterre, ou de ce qui s'était passé quelques mois auparavant à Bruges.

— Vraiment ? fit-il avec un air d'indifférence.

— Absolument. Je sais que Leblanc a dit le contraire, mais c'est un imbécile.

Grey garda le silence, et elle précisa :

— Il a parlé de ces plans d'Albion, dont j'ignore tout. Leblanc rumine de vieilles querelles, vous comprenez. Il déteste Vauban depuis toujours. Quand a éclaté la Révolution, ils étaient tous deux de jeunes agents ambitieux, et ma mère également. Elle est morte, à présent, ce qui le frustre tant qu'il invente des complots qui n'ont jamais existé. Il veut détruire la fille car il n'a pas pu avoir la mère. C'est très mesquin de sa part.

— Et vous, naturellement, vous êtes innocente.

— Je le suis seulement en ce qui concerne cette affaire. C'est la pure vérité, monsieur l'Anglais.

— Votre vérité est enrobée d'autant de pelures qu'un oignon. Nous verrons bien ce qui apparaîtra quand nous aurons enlevé toutes ces couches.

Cette remarque l'inquiéta un peu.

L'Anglais ne la croyait pas. Elle aurait beau lui servir les mensonges les plus convaincants, il ne la laisserait pas en paix. L'interrogatoire n'allait pas tarder à commencer.

Elle en avait par-dessus la tête de ces plans qui mettaient sans cesse sa vie en péril et n'étaient nulle part en sécurité. Ils étaient comme une arme à double tranchant : mortels pour l'Angleterre s'ils demeuraient cachés, mais dangereux pour la France s'ils tombaient entre les mains des Anglais. Napoléon avait commis une folie en les faisant établir, et elle aurait voulu ne plus jamais en entendre parler.

Le cocher attacha les chevaux à la voiture et elle entendit les rênes tinter quand il leur mit le harnais.

Ce n'était pas un travail facile pour un homme seul, au milieu de la nuit, mais Grey ne fit pas mine d'aller l'aider. Il resta où il était, lui maintenant fermement les bras dans le dos, sans pour autant lui faire mal inutilement. Elle avait l'impression d'être prisonnière d'une, statue de pierre.

— Finissons-en, dit-il. N'êtes-vous pas fatiguée d'être accroupie sur le sol, mademoiselle Villiers ?

— Si, monsieur Grey. Je suis très lasse.

— Dans ce cas, je suggère que nous passions un accord. Si vous me promettez de vous tenir tranquille et de ne pas me donner de coups de pied, je vous permettrai de vous asseoir, et je vous donnerai à boire et à manger. Qu'en pensez-vous ?

Elle savait que ce n'était que le premier d'une longue liste de compromis qu'il l'obligerait à accepter. Chaque « oui » rendrait le suivant plus facile à articuler, jusqu'à ce qu'elle trouve parfaitement naturel de faire tout ce qu'il lui demandait.

— Leblanc utilise ce genre de méthode, dit-elle. Vous finiriez par me faire accepter cet enlèvement en échange de quelques gorgées d'eau. C'est décourageant de voir que les espions sont les mêmes partout.

— Vous voilà bien philosophe. J'ai donc votre accord ?

— Je ne vous accorde rien. Il m'est complètement indifférent d'être assise sur la banquette ou de devoir rester attachée sur le sol. À moins que le carrosse ne soit infesté de puces, ce qui est une possibilité.

Ils entendirent le cocher contourner le carrosse, chassant à coups de pied les pierres coincées sous les roues. La voiture se balança lorsqu'il grimpa sur son siège, puis elle se mit en branle. Ils remontèrent l'allée à flanc de colline, franchirent le vieux portail, puis furent secoués en passant dans les ornières de la rue des Orphelines et sur les pavés de la rue Bérenger. Ils tournèrent à droite et se dirigèrent vers l'ouest. Vers l'Angleterre.

Et vers Soulier, qui était en poste à Londres, au service de la Police Secrète et de la France. Soulier, qui lui donnerait asile pour la soustraire à Leblanc. Avec la protection de Soulier, elle vivrait peut-être assez longtemps pour régler l'affaire des plans. Ces hommes l'emmenaient à bride abattue précisément là où elle voulait aller. Un ange gardien au sens de l'humour bien particulier semblait l'avoir prise sous son aile.

La main de Grey se resserra sur son bras.

— Vous bluffez, et j'en aurai la preuve. Nous allons...

— Pour l'amour du ciel, Grey, laisse-la tranquille, lança Adrian.

— Ce n'est pas à toi qu'elle a voulu casser les dents.

— Ce n'étaient pas vos dents que je visais, monsieur.

— Ah, non ?

— Comme c'est passionnant, ajouta Adrian d'une voix éraillée par la fatigue. Pourquoi ne pas la torturer plus tard... quand elle aura repris des forces ? Ce sera plus drôle.

— Bon sang !

Grey la souleva pour la faire asseoir sur la banquette. Elle lui tourna le dos et se recroquevilla dans le coin.

— L'harmonie est restaurée, commenta Adrian en s'installant plus confortablement sur le siège de cuir.

— C'est facile pour toi de dire cela. Ce n'est pas toi qu'elle a essayé d'émasculer ! rétorqua Grey avec amertume. Mais tu ne la connais pas. Cette femme est un joli petit serpent venimeux.

— Je la connais au moins de réputation. Le Renardeau et moi, nous sommes rivaux de longue date... depuis l'Italie. Entre serpents... il faut se serrer les coudes.

Annique comprit alors qui était Adrian. Il portait un nom différent, en Italie. On racontait certaines histoires sur lui. Elle était certainement tombée en très dangereuse compagnie, cette nuit.

Grey ne lui laissa pas le loisir de digérer cette nouvelle information. Il lui repoussa les cheveux en arrière et lui cala une mèche derrière l'oreille, puis lui releva le menton. La lumière des lanternes extérieures inonda son visage. Elle garda les yeux fermés.

— Elle a peur de toi, si c'est ce que tu voulais, annonça Adrian.

— Je veux qu'elle ait peur. Suffisamment peur pour ne plus me causer de soucis. Annique, avez-vous très peur de moi ?

— Énormément, monsieur. Autant que vous le souhaitez.

Sa voix se brisa. *Mon Dieu !* Elle ne cessait de se trahir elle-même, depuis quelques minutes.

— Je suis même terrifiée, pour être exacte.

— Qu'en penses-tu ? demanda Grey en se tournant vers Adrian. C'est sincère, ou bien c'est juste de la comédie ?

— Elle me paraît sincère. J'ai vu beaucoup de femmes terrorisées dans ma jeunesse. Il est facile d'avoir peur de toi. Crois-moi, je sais ce que je dis.

— Elle se tiendra peut-être tranquille. Par respect pour ta sensibilité, je la battrai et l'affamerai plus tard.

Sur ces mots, il la libéra.

Annique se sentit infiniment réconfortée par cet échange. Elle avait connu de nombreux tortionnaires, et aucun n'avait le sens de l'humour.

Elle se tourna et fit mine de se frotter les yeux. Fallait-il qu'elle ait été stupide pour se laisser avoir de cette manière ! Quand Vauban l'apprendrait, il aurait des mots très durs. C'était pourtant lui qui lui avait appris le métier. Elle avait honte de sa conduite. Ses mains, pressées contre ses paupières, tremblaient.

— On ne me manipule pas facilement, mademoiselle, dit Grey. Vous vous apercevrez que j'ignore totalement la pitié. Et ne songez même pas à vous battre contre moi. Tenez, prenez cela.

Il lui tendit une gourde à moitié pleine. L'eau avait un goût de métal, mais elle lui parut aussi délicieuse qu'un bon vin. Il aurait pu lui demander beaucoup de choses en échange de l'eau qu'il venait de lui offrir d'un air aussi détaché. Il devait bien le savoir.

Il lui posa un morceau de pain sur les genoux. Celui-là même dont il s'était servi pour la prendre au piège. Il était couvert de poussière, à présent.

Annique le secoua pour chasser le sable, en rompit un morceau et le mangea lentement, en alternant avec quelques gorgées d'eau. Au bout d'un moment, elle n'eut plus envie de pleurer. Le pain et l'eau avaient exercé leur magie sur elle, lui redonnant du courage. La fuite lui semblait de nouveau possible. Maintenant, peut-être ?

Elle se renfonça dans la banquette pour donner le change, les yeux fermés, dans une attitude d'abattement et de lassitude. Les lanternes extérieures du carrosse répandaient une odeur lourde et huileuse. Les Anglais la surveillaient probablement avec une grande attention, dans cette semi-obscurité. La moindre tension d'un muscle la trahirait.

D'une voix empreinte d'un profond découragement, elle marmonna :

— Vous avez gagné. Vous voyez… j'accepte la nourriture que vous me donnez, et je ne me défends même plus.

Elle souleva le pain comme s'il était extrêmement lourd et en prit une bouchée qu'elle mâcha longuement. Ils ne s'attendaient pas qu'elle prenne la fuite en mangeant.

— C'est un triomphe sans gloire pour vous, poursuivit-elle. Je n'ai pas mangé depuis plusieurs jours. Vous n'êtes pas aussi malin qu'on le croit, monsieur Grey.

Adrian émit une sorte de petit hennissement. Grey ne dit rien. Le carrosse se balançait en tous sens. Ils filaient à toute allure à travers la campagne silencieuse, s'éloignant de Paris. Cette route, qu'elle connaissait bien, serpentait entre les villages de pierres, les champs et les grandes demeures entourées de vastes parcs. Elle respira l'odeur des roses tardives, des jardins, de l'herbe fraîchement coupée. Parfois, elle saisissait un parfum de pommes. Partout, la fumée s'échappant des cheminées emplissait l'air.

C'était l'endroit idéal pour s'enfuir. Et il n'y aurait pas meilleur moment.

Elle avait appris depuis longtemps à s'accommoder de l'obscurité. Elle connaissait des milliers de trucs pour se mouvoir dans les ténèbres, des ruses que ces hommes ne soupçonnaient même pas. La nuit était son domaine, son alliée. Personne ne pourrait la rattraper.

Elle avala une bouchée de pain, puis fit mine d'en prendre une autre. Maintenant. C'était le moment. Il ne fallait pas réfléchir trop longtemps dans ce genre de circonstances, car l'ennemi le sentait.

Elle se tourna sur le côté et frappa Grey de toutes ses forces. Pour changer un peu, elle visa le ventre.

4

— Dieu soit loué !

Adrian se laissa tomber tout habillé sur le lit. Sa veste était maculée de vin, ce qui était censé expliquer sa démarche chancelante.

— Tu saignes de nouveau.

— Personne ne s'en est aperçu.

— Oh ! dans ce cas, tout va bien ! s'exclama Grey en commençant à lui retirer ses bottes. Imbécile, va !

— Ils cherchent un homme blessé par balle... pas un ivrogne avec une bouteille sous le bras.

— Un ivrogne qui chante faux et qui se précipite au beau milieu de la cour de l'auberge !

— Personne ne fait attention à toi quand... tu ne te caches pas. Il n'y a pas... meilleure ruse.

C'était sans doute vrai, mais la ruse en question avait épuisé les dernières forces d'Adrian.

— La prochaine fois, tu feras ce qu'on te dit de faire.

Lorsque Grey déboutonna la veste d'Adrian, il s'aperçut qu'il avait perdu une grande quantité de sang. Et il fallait encore qu'on lui retire cette balle de la poitrine, ce qui occasionnerait une autre hémorragie.

— Et je ne chante pas faux. J'ai une très belle voix de baryton.

— Mon âne aussi. Ne te redresse pas.

Roussel, l'aubergiste, avait déposé la mallette rouge de Doyle sur la table de toilette. Une collection d'armes très efficaces était alignée dans la mallette de barbier. Grey choisit des ciseaux.

— Je vais découper ta veste.

— Encore des vêtements sacrifiés pour le service, répondit Adrian avec une moue sarcastique. Mais peu importe. Je suis fatigué de cette veste. Cela fait au moins... trois jours que je la porte.

— Il y a quatre jours que tu as été blessé.

Ils parlaient français. Même seuls dans cette auberge qui appartenait totalement aux Services Secrets britanniques, ils ne s'exprimaient pas en anglais. Cela faisait partie des milliers de petites habitudes qui les aidaient à rester en vie. Les voix changent quand on utilise une autre langue. Celle de Grey était douce et raffinée, avec un accent toulousain. En anglais, elle était plus rocailleuse, alourdie par les intonations de l'Ouest, où il était né.

— Les pointes de ces ciseaux sont acérées. Ne bouge pas.

— Ne t'en fais pas. Je serai aussi immobile qu'une bernique collée à son rocher, déclara Adrian.

Il laissa sa tête retomber sur l'oreiller et reprit :

— Nous n'aurions pas dû l'amener ici. Nous aurions pu la laisser dans n'importe quel village.

— J'ai besoin d'elle. Toi, en revanche, je peux t'abandonner sans regret dans le premier village normand venu.

Il fit glisser les ciseaux dans la laine et la soie du gilet, puis dans la chemise en coton.

— Lève le bras... C'est bien.

— Tu as fait entrer un agent français dans un refuge appartenant aux services britanniques. Nous sommes sur le territoire de Roussel. Il va vouloir l'égorger.

— Roussel ne fait pas toujours ce qu'il veut.

Le pansement était alourdi par le sang qui venait de s'écouler de la blessure. Les bords, au contraire, étaient raides et bruns. Grey le découpa en quatre coups de ciseaux.

Adrian baissa les yeux pour observer sa blessure.

— Vu d'ici, c'est terrible. Qu'en penses-tu ?

— C'est mieux que je ne m'y attendais.

Sous une plaque de sang séché, un liquide jaune pâle s'échappait de la plaie. Grey doutait que ce soit normal, mais il ne laissa rien paraître de son inquiétude.

Cependant, Hawker savait lire sur les visages. Il se laissa retomber en arrière et détourna les yeux. Par la fenêtre ouverte leur parvenaient les voix des hommes assis à table, dans la cour.

— Peut-on appeler un médecin ?

— Roussel ne fait pas confiance à celui du village. Nous nous débrouillerons sans lui.

— Très intrépide de notre part.

La fièvre était tombée, vaincue momentanément par la résistance de Hawker. Mais cela ne pouvait pas durer. Ce garçon brillant allait mourir parce que Grey ne pouvait pas prendre le risque de faire appel à un médecin français. Parce que, quatre jours auparavant, ils n'avaient pas couru assez vite dans une ruelle de Paris. Et, pour commencer, parce qu'il avait envoyé Hawker en France.

Le lendemain, il allait tuer ce garçon en extrayant la balle. Bon sang de bon sang !

Une des filles de Roussel leur avait monté de l'eau. Grey en versa un peu dans la bassine. Elle était presque trop chaude pour y tremper les doigts.

— Nous allons nous laver, bien manger et bien dormir ce soir. Demain, nous mettrons un peu plus de distance entre Paris et nous. Puis nous nous arrêterons pour extraire cette balle.

Il s'obligea à examiner la peau rouge et lacérée.

— Tu auras une belle cicatrice.

— Ce qui ajoutera à mes charmes déjà nombreux. Qui m'opérera, toi ou Doyle ?

— Nous en avons déjà discuté. Je suis plus habile pour les interventions minutieuses.

— Tu parles ! Vous avez tiré à pile ou face, je le sais.

Adrian esquissa un sourire.

— Nous pourrions attendre d'être en Angleterre. Je connais un gars à Chelsea qui fait des miracles.

— Tu es lâche.

— Absolument. Disons donc demain. Si tu es décidé, je te suggère de trouver un endroit isolé, car je risque de crier comme une bête.

— Je tâcherai d'y penser.

Il y avait des serviettes empilées à côté de la bassine. Grey tenta de se rappeler ce que faisaient les médecins militaires, après les batailles. Il les avait vus déposer des linges chauds et humides sur les plaies. Cela marchait aussi avec les chevaux. Il allait essayer. Il trempa une serviette dans l'eau fumante et la tordit délicatement.

— Attention, c'est chaud.

— Aïe ! s'exclama le garçon avec un sursaut. Oui. Très chaud.

Il serra les dents et reprit à voix basse :

— Écoute… c'est Carruthers qui a mon dernier rapport. Il est en sûreté. Dis à Giles de prendre ce qu'il veut dans ma chambre, à Meeks Street. La montre rangée dans le tiroir de la commode est pour George. Je lui ai promis qu'il l'aurait, si un jour je ne revenais pas d'une balade en France.

— Tu es en train de revenir de celle-ci, fit remarquer Grey en soulevant le linge pour examiner la plaie.

— Ce sont les ordres, et tu me connais : j'obéis aux ordres… Tu vas continuer longtemps à observer cette blessure ? C'est absurde. Grey, si la fièvre revient… ne me laisse pas parler.

Adrian leva les yeux et fixa une lézarde au plafond. Il détenait de nombreux secrets.

— C'est promis.

— Merci, répondit Adrian en soupirant. Oh. L'argent. Il y en a un bon paquet à la banque Hoare, au nom d'Adrian Hawker. Retrouve un certain Black John. Je suis le parrain de son fils aîné, figure-toi. L'argent est pour le garçon.

Après une profonde inspiration, il ajouta :

— Je crois que je dois de l'argent au tailleur. Paie-le pour moi, tu veux ?

— Tu parles comme Socrate devant sa coupe de ciguë.

Grey trempa de nouveau le linge dans l'eau chaude et le reposa sur la plaie.

— Qui est… aïe… qui est Socrate ?

— Un Grec, qui est mort il y a longtemps. Annique l'admire beaucoup.

— Dommage qu'il soit mort. Cette femme est faite pour être appréciée par un homme bien vivant.

Le visage mince et mat d'Adrian était plus pâle qu'en temps normal, mais il parvint cependant à ricaner de façon presque convaincante.

— Un type comme moi, par exemple. Tu ne lui plais pas du tout, mon vieux.

— Je ne suis pas censé lui plaire. Tout ce que je veux, c'est qu'elle ait peur de moi et qu'elle cesse de chercher à s'enfuir.

Grey travailla un moment en silence, épongeant le sang sur la poitrine de son compagnon.

— Je vais t'asseoir. N'essaie pas de m'aider. Laisse-moi faire.

— D'accord.

Le garçon était léger et semblait fragile comme du verre. Grey glissa des oreillers derrière son dos pour le maintenir assis.

— Repose-toi une minute.

Il jeta l'eau sale par la fenêtre, dans le lierre qui s'accrochait au mur de pierre. La nuit était douce. Des clients s'attardaient sur la terrasse, autour des tables. Il y avait surtout des fermiers du coin, mais aussi, à en juger par leurs accents, des voyageurs venus de Paris et de Normandie. Deux hommes jouaient aux cartes en bavardant dans leur patois des côtes de Bretagne. Les flammes des bougies éclairaient un bonnet de paysan, un chapeau à la dernière mode, une tignasse blonde. Une des filles brunes et potelées de Roussel passa entre les hommes pour ramasser les verres. Au-delà des murs de la cour, les champs résonnaient du chant des grillons.

Ils étaient en sécurité pour cette nuit, dans ce village minuscule, dans cette auberge obscure qui servait d'escale aux espions anglais en France. Le lendemain, ce serait l'enfer.

Le lit craqua sous le poids d'Adrian.

— Tu la traites mal, reprit ce dernier. Elle se démolit en se battant contre toi. Cela fait mal au cœur.

— Comme si je ne le savais pas ! J'ai l'impression de lutter contre un chat affamé.

Ce n'était pas tout à fait vrai. Il avait l'impression de lutter contre des flammes enveloppées de soie. Annique Villiers ne s'avouerait jamais vaincue. Elle s'était débattue follement, avec désespoir, essayant sans cesse de sortir de la voiture. À maintes reprises, il avait capturé ce corps vibrant de rage et l'avait plaqué contre lui pour l'immobiliser. Chaque fois qu'il la maintenait sous lui, elle se soumettait en soupirant, acceptait cette nouvelle défaite, comme une femme qui s'abandonne doucement après l'amour. Sa résistance fondait, son énergie se dissolvait sous sa poigne. Elle était belle et trompeuse à la fois. Captivante comme l'opium.

Diable ! Ce n'était pas le genre de sentiments qu'un officier britannique était censé éprouver pour une petite garce d'espionne française.

— J'essaie de ne pas lui faire de mal, mais ce n'est pas facile. Elle est aussi dangereuse qu'un cobra.

Il posa la main d'Adrian sur le pansement.

— Presse fort, dit-il en finissant de fixer le bandage. Je doute que Mlle Villiers soit pressée d'avoir la discussion que j'ai prévue, ajouta-t-il. Je sais ce qu'elle a fait.

Will Doyle pénétra dans la chambre, un plateau à la main.

— Qu'a-t-elle fait, au juste ?

Il tenait des morceaux de tissus roulés en boule sous son bras, un mélange de bordeaux et de blanc, de vert mousse et de bleu ardoise. Il referma la porte du bout du pied.

— Je veux dire, à part nous pourchasser en Autriche et en Italie au cours des deux dernières années…

— Tu es censé rester à côté d'elle pour la surveiller.

— J'ai placé deux des garçons de Roussel devant sa porte et sous sa fenêtre. Annique Villiers ne cherchera pas à s'enfuir alors que trente personnes s'agitent dans la salle de l'auberge. Elle n'est pas idiote. Robert, il y a quelque chose qui ne va pas, chez elle.

— Tu vas prendre sa défense, toi aussi ?

— Elle ne veut même pas se tourner pour me parler. Elle n'a pas prononcé un mot.

Doyle déposa le plateau sur la table, et les chiffons en tas sur la table de toilette.

— Je l'ai vue à l'œuvre, à Vienne. Elle jacassait comme une pie. Quand elle se tait, c'est que quelque chose ne va pas.

— J'ai dû lui faire mal.

Tous ces os minuscules reliés entre eux par des filaments, tellement fragiles.

— C'est peut-être Leblanc. Il l'a gardée plus longtemps que nous à sa merci.

Grey n'avait pas envie de penser qu'elle souffrait ou qu'elle était blessée. Il était trop facile d'éprouver de la compassion pour elle, d'oublier qui elle était.

— Je vérifierai qu'elle n'est pas blessée quand je la mettrai dans le lit.

Doyle souleva la serviette qui recouvrait un bol de porcelaine blanc et bleu d'où s'échappait un fumet appétissant.

— La soupe de Roussel. Il y a mis des poireaux et du cerfeuil, je crois.

Il plongea une cuillère dans le bol et la tendit à Adrian en ordonnant :

— Mange.

— Volontiers. Passe-moi aussi un morceau de pain, tant que tu y es.

Doyle coupa une large tranche de pain, d'un geste précis et rapide.

— Je suis descendu présenter des excuses à Roussel... Il t'en veut mortellement d'avoir amené cette fille chez lui, Robert. J'ai fait comme si je savais ce que tu avais en tête. Tu veux bien m'expliquer ?

— L'espoir fait vivre, commenta Adrian d'un ton pieux.

— Toi, mange ta soupe et tais-toi, déclara Doyle. Un chef de section n'a pas à s'expliquer avec...

La tranquillité de l'auberge fut soudain brisée par un grand bruit. Doyle se figea. Adrian tourna vivement les yeux vers la fenêtre.

« Mon pistolet est dans mon sac, chargé, songea Grey. Il y en a un autre dans le sac de Hawker. Doyle a le sien sur lui. L'escalier est défendable. Ils... »

Un rire masculin s'éleva dans la cour, en même temps qu'un gloussement de femme. Des chaises glissèrent sur le sol en crissant. Des conversations reprirent, à voix basse. Il y avait eu un incident dans la cuisine, rien de plus. Ce n'étaient pas les hommes de Leblanc. Pas encore.

Grey retira la main de la mallette.

— Il y a trop longtemps que je suis inactif.

Adrian dissimula un couteau à longue lame fine sous les couvertures.

— Nous sommes tous à cran, dit Doyle. Et cette satanée bonne femme enfermée dans la chambre voisine n'y est pas pour rien. Quand diable allons-nous nous débarrasser d'elle ?

— Il compte la ramener jusqu'à Meeks Street, j'en mettrais ma main au feu, répondit Adrian. Il y a du cognac sur ce plateau ?

— Seulement du vin, pour toi, répondit Doyle en tirant sur le bouchon de liège avec ses dents. Je lui ai donné ce peignoir de soie, Robert. Un outrage à la pudeur. Elle n'avait pas l'air contente.

— Mon but n'est pas de lui faire plaisir.

Doyle versa du vin rouge dans un verre, puis y ajouta de l'eau jusqu'à ce que le liquide prenne une couleur rosée.

— Tes intentions concernant cette fille ne me plaisent pas.

— Explique-toi.

— Pour commencer, je n'aime pas l'idée de l'habiller avec les frusques d'une catin.

Doyle désigna du menton le tas de tissus aux couleurs voyantes sur la table de toilette.

— C'est tout ce que Roussel avait dans sa réserve... les habits d'une fille légère qui s'est enfuie sans payer. Ils lui iront, mais ce sont des tenues de bordel.

— Elle a porté pire que ça, au service de la France.

Grey souleva une robe. Le bleu profond était du même ton que les yeux d'Annique. Le coton était doux et léger.

— Très joli. Parisien, de toute évidence.

— Pas le genre de vêtement qui passe inaperçu dans un village de Normandie. Elle n'ira pas loin, si elle nous file entre les doigts, dit Adrian.

Il porta son verre à ses lèvres et ajouta :

— Il y a un banc en enfer pour ceux qui mettent de l'eau dans le bon vin.

Doyle inspecta le plateau et prit un morceau de tourte.

— Certaines de ces robes sont transparentes. Voilà qui va être diablement perturbant.

— Cette fille pourrait porter un sac de jute et être perturbante tout de même.

Quand il lui aurait fait revêtir ces vêtements, Annique ressemblerait à ce qu'elle était en réalité. Une courtisane de luxe, une femme née pour séduire les hommes. Ses jolis petits seins ronds se vendraient comme des pommes sur un marché.

— Elle a assommé Henri Bréval avec une massue qu'elle cachait sous sa jupe. Là-dessous, elle ne pourra même pas cacher un cure-dents.

— Tu commets une erreur, Robert. Cette fille est des nôtres. C'est une des meilleures. Elle est dans le Jeu depuis son enfance. On ne capture pas une des plus grandes espionnes d'Europe pour la traiter comme une catin. Fais-lui porter ce peignoir, ou l'une de ces robes transparentes, et tu finiras par croire qu'elle est réellement une courtisane.

— Ce qui est faux, déclara Adrian en ramassant des légumes au fond de son bol. Pour commencer, elle est capable de vous tuer avec tout ce qui traîne dans une maison.

— Elle est probablement en train d'affûter une arme en ce moment même, renchérit Doyle en massant la cicatrice qui barrait sa joue.

Celle-ci n'était en réalité qu'un maquillage, qui, quand il le portait trop longtemps, lui irritait la peau.

— Je préférerais que cette fille travaille pour nous.

— Il ne vaut mieux pas.

Grey traversa la pièce, s'accroupit devant l'âtre et ajouta une grande bûche dans le feu. Il allait leur falloir davantage de bois. Si la fièvre reprenait Adrian, il aurait froid. Les flammes qui dansaient sous ses yeux lui jouaient des tours. Il crut voir Annique danser comme une Gitane, le corps luisant de sueur et d'huile parfumée.

— Elle était à Bruges.

— Bruges, répéta Doyle.

— Je me trouvais sur la place du marché, dans le café près de la tour, où j'attendais mon contact. De l'autre côté de la place, il y avait un jeune Gitan qui jonglait. Il riait en faisant tourner quatre ou cinq poignards au-dessus de sa tête. Il avait l'air de bien s'amuser.

— C'était Annique, dit Doyle.

— Annique.

— J'ai entendu dire qu'elle se faisait souvent passer pour un garçon.

— Je n'ai compris que c'était une femme que lorsque je l'ai vue chez Leblanc.

Il se revit sur la place, à Bruges, sa tasse de café entre les mains, se laissant doucement envahir par le bien-être, tout en maintenant sa surveillance. Il s'était rappelé par la suite comme il avait été content de voir ce garçon.

— Il s'amusait à lancer ses poignards, à atteindre des buts précis. Il a ramassé une belle poignée de pièces avant de repartir.

— Elle est très forte au lancer de poignard. Pas aussi bonne que Hawker, mais douée tout de même.

— Personne n'est aussi fort que moi, fit observer Adrian.

Il y avait des pommes de pin dans la boîte près de l'âtre. Grey en jeta quelques-unes sur le feu et remua les bûches pour attiser les flammes.

— Une heure plus tard, Fletch vint m'avertir qu'on leur avait tendu une embuscade et que l'or avait disparu. McGill, Wainwright et le frère de Tenn étaient morts.

Adrian posa son bol sur la table.

— J'ai servi avec Wainwright à Paris.

— Le frère de Tenn était un de mes hommes, dit Doyle. C'était sa seconde mission. Stephen Tennant. Quand j'ai appris ce qui lui était arrivé, cela m'a fait un choc.

Il prit le bol d'Adrian pour y jeter un coup d'œil et demanda :

— Tu ne finis pas ta soupe ?

— Non.

— Bois au moins le vin, répondit Doyle en entassant le bol et l'assiette sur le plateau. Ce devait être une transaction sans histoire : les plans d'Albion contre l'or.

Les plans d'Albion contenaient les détails de la tactique d'invasion de l'Angleterre par Napoléon, une liste exhaustive des troupes, des approvisionnements, des navires, des itinéraires, des horaires prévus. Tout y était : la date de l'invasion, les lieux de débarquement, les trajets une fois dans le pays, le deuxième choix de date en cas de mauvais temps.

Avec ces plans, les Anglais seraient en mesure de repousser l'invasion, ou de surprendre la flotte française et de la détruire. Les plans contenaient une mine de renseignements précieux sur la France : la force de chaque navire, les soldats de chaque compagnie, la production de chaque usine. Ils pouvaient renverser totalement le rapport de forces entre les deux pays.

Il en avait été fait trente-six copies. D'après la rumeur, une de ces copies avait disparu. Quand on la lui avait proposée, Grey aurait dû suspecter la tricherie. On ne lui demandait en échange qu'une poignée d'or. Ce n'était rien. Il aurait payé cent fois plus pour avoir ces plans.

Cependant, il avait sauté sur cette occasion d'obtenir les plans et avait poussé ses hommes tout droit dans le piège où ils avaient trouvé la mort. C'était sa faute. Il était seul responsable de ce gâchis.

— Elle était à Bruges. Cela fait six mois que je recherche cette Gitane.

— Tu crois que c'est elle qui a fait le coup ? demanda Doyle. À cause des poignards ?

— Les hommes sont tous morts d'une unique blessure, très nette, dans le cou. Le tueur qui les a pris en embuscade était un expert. Les Français voulaient nous tuer, depuis le début.

Doyle secoua vivement la tête.

— Ce n'est pas elle. Pour l'amour du Ciel, cette fille a été l'élève de Vauban ! La tuerie de Bruges était un massacre sanglant et maladroit. Vauban n'aurait jamais accepté d'être mêlé à une affaire pareille.

— Sanglant, mais pas maladroit, rectifia Grey. Trois blessures nettes et identiques. Combien de gens sont capables de manier un poignard avec autant d'adresse ? Or, Annique Villiers était là.

— Ce n'est pas elle. Hawker, qu'en penses-tu ?

— Ce n'est pas son style.

Adrian avala une gorgée de vin coupé d'eau et grimaça.

— Nous avons tous notre réputation, dans le Grand Jeu. Toi, moi, Doyle... tous. Annique Villiers est espiègle, raisonnable, et se déplace furtivement. Quand elle passe quelque part, personne ne s'en aperçoit. Si elle a déjà tué quelqu'un, je n'en ai jamais entendu parler.

— Cela signifie simplement qu'elle est assez maligne pour ne pas se faire prendre, déclara Grey en se redressant. Leblanc dit que c'est Vauban qui détient les plans.

Adrian ricana.

— Leblanc est un imbécile.

— C'est un fait reconnu, répondit Doyle en caressant sa barbe naissante. Mais je vois mal un vieux révolutionnaire aussi incorruptible que Vauban trahir sa patrie. C'est facile de l'accuser, maintenant qu'il est mort, mais...

— Vauban est mort ?

Adrian se redressa brusquement, grimaça de douleur et posa une main sur son pansement.

— Tu ne le savais pas ? Les nouvelles ne vont pas vite. Il est mort dans son sommeil, il y a déjà six semaines, je crois. C'était le dernier de la vieille garde. Nous ne reverrons pas de sitôt un homme de sa valeur.

Doyle laissa tomber la serviette sur le plateau.

— En tout cas, je peux vous dire une chose : Vauban se serait coupé la gorge plutôt que de vendre des secrets d'État. Cette fille est avec lui depuis son enfance. Elle est faite du même bois que lui.

Annique était impliquée dans cette affaire jusqu'au cou. Grey en était certain, même si Doyle et Adrian refusaient de l'admettre. Il en aurait la certitude une fois qu'il l'aurait mise derrière les barreaux, à Meeks Street. Et il découvrirait où elle avait caché les plans. Qu'on lui donne seulement quelques semaines, et il saurait tout d'elle. Même la couleur des murs de sa chambre quand elle avait sept ans.

— Tu as encore besoin de moi, Adrian ?

— Je me débrouillerai. Mais tu te trompes à son sujet, tu sais.

— Je finirai par en avoir le cœur net. Je vais manger, me laver, puis je l'installerai pour la nuit.

Il avait réussi à contrôler sa voix, mais il ne put empêcher le loquet de claquer bruyamment quand il ouvrit la porte.

Il avait décidé de ne plus se battre contre cette petite sorcière. Mais, cette fois, elle jouerait peut-être la catin et s'offrirait à lui... Dans ce cas, il accepterait sans doute, cela les changerait un peu. Il se servirait d'elle, puis l'oublierait aussitôt. Une femme ne pouvait conserver son mystère quand il la tenait prisonnière sous lui. Elle ne serait plus qu'un corps chaud et soumis à son désir.

Ce n'était pas un raisonnement très professionnel.

— Je pense que je vais l'enchaîner au lit, lança-t-il, sans se retourner.

— Robert... protesta Doyle.

— Laisse-le, dit doucement Adrian. C'est une affaire entre eux, à présent.

5

— Il fait sombre, ici.

La voix de Grey était à la fois douce et rauque. Il parlait d'un ton familier, comme lorsqu'on s'adresse à des amis, à des enfants ou à des domestiques. Ou encore à des prostituées.

— Vous n'avez qu'à allumer une bougie. Pour moi, cela ne fait aucune différence.

Elle s'exprimait avec froideur, du ton que l'on emploie avec un espion étranger qui vous a kidnappée.

— Doyle ne vous a donc pas dit d'enfiler le peignoir ?

— Bien sûr que si. Et si un jour je décide d'obéir aux ordres de M. Doyle, je vous en informerai.

Annique se tenait face à la fenêtre ouverte, le peignoir roulé en boule entre ses mains, lui tournant délibérément le dos. La nuit s'annonçait extrêmement difficile.

Le vent qui soufflait sur les champs environnants lui balaya le visage, transportant avec lui l'odeur de la terre, des vaches et des pommes. Elle éprouva un douloureux pincement de nostalgie à l'idée des champs et des étoiles qu'elle ne pouvait voir.

La chemise qu'elle portait se gonfla sous la brise, puis se plaqua sur ses hanches et sur ses seins, et se gonfla de nouveau. La chemise appartenait à Grey. Elle connaissait un peu les hommes. Il y en avait qui la trouvaient séduisante, vêtue d'une chemise d'homme, pieds nus, avec ses cheveux répandus autour de son visage. Dans le peignoir de soie qu'elle tenait à la main, elle aurait eu l'air d'une catin, tandis qu'avec cette chemise masculine, elle offrait l'apparence d'une courtisane au charme plus subtil. Son choix était limité, ce soir.

Elle l'entendit refermer la porte à clé derrière lui.

— Vous vous êtes parée de ma chemise. Bien, bien...

Il ne se départait jamais de ce fond de colère incompréhensible quand il s'adressait à elle.

— J'aurais sans doute dû m'y attendre. Le peignoir est voyant. Ce n'est pas votre genre.

— Ne m'avez-vous pas déjà assez tourmentée sous prétexte que je suis française et espionne ? Nous sommes en France, monsieur Grey. Vous n'avez pas le droit de me retenir prisonnière. Laissez-moi partir, c'est la seule chose sensée que vous puissiez faire.

— Dès que vous m'aurez donné les plans d'Albion. Nous sommes prêts à payer, vous savez, si cela a une quelconque importance pour vous. Une somme extravagante.

Leblanc avait beaucoup de choses à se reprocher, et celle-ci n'était pas la moindre : ses paroles avaient persuadé Grey qu'elle détenait les plans.

Elle aurait aimé répondre : « Vous voulez les plans ? Mais oui, je les ai cachés sous ma jarretière, vous voyez ? Prenez-les et empêchez M. Napoléon d'effectuer cette invasion stupide, qui tuera des milliers de soldats français et anglais et ne réussira pas de toute façon. » Hélas ! ce n'était pas si simple.

Elle mentit aussitôt, de manière très convaincante :

— Je n'ai pas ces plans. Je ne les ai même jamais eus sous les yeux.

— Vous mentez bien. Je suppose que je ne suis pas le premier à vous le dire.

Elle abattit le poing sur l'appui de la fenêtre.

— Non et non ! J'en ai par-dessus la tête. Leblanc crache son poison comme un crapaud, et vous le croyez ! C'est incompréhensible. Vous m'avez kidnappée et emmenée ici pour rien. Vous me mettez en danger et vous aussi, avec votre...

— Tournez-vous et regardez-moi. J'en ai assez de parler à votre dos.

— Je ne vous trouve pas intéressant à regarder. En fait, je voudrais que vous disparaissiez.

Des mains inflexibles lui agrippèrent fermement les épaules et l'obligèrent à pivoter sur elle-même. Elle garda la tête baissée, pour l'empêcher de voir son visage.

— Cessez de me combattre, Renardeau. Ne m'obligez pas à vous démontrer que vous êtes prise au piège.

— Prise au piège ? Ça oui, je l'admets. Je suis tellement facile à attraper depuis quelque temps ! Même un idiot comme Henri y parviendrait.

— Cela ne m'a pas paru aussi facile que vous le dites. À présent, je veux changer les règles du jeu.

— Je ne joue pas avec Grey, des Services Secrets britanniques. Je ne me le permettrais pas.

— C'est pourtant ce que vous faites en ce moment même.

Ses doigts virils explorèrent son épaule, s'attardant sur le point où les nerfs se nouaient, et elle se figea. Puis il les fit glisser avec douceur le long de son bras. Elle se sentait impuissante, consciente qu'il pouvait lui encercler les bras de ses mains et la tenir à sa merci.

Il continua son massage jusqu'à ce qu'il la sente frissonner sous ses doigts, et elle se rendit compte que ces points faibles, ceux où l'on frappe pour abattre un adversaire, étaient sensibles et vulnérables. Lui le savait déjà. C'était décourageant de découvrir autant d'habileté chez un adversaire.

Elle ferma les yeux. Pour la centième fois, elle souhaita pouvoir voir son expression et deviner ses intentions. Il ne se contenterait sans doute pas de lui faire mal.

— Cette chemise est plus érotique que je ne l'aurais cru possible. La voir sur vous... et savoir que vous ne portez rien dessous...

Il pinça le tissu entre deux doigts et l'observa.

— Je devrais me sentir désarmé. Vous êtes très maligne, Annique.

— Pas si maligne que ça, murmura-t-elle.

Sa main glissa jusque sur le cœur de la jeune femme.

— Vous avez défait exactement le bon nombre de boutons. Félicitations. Un de moins, et vous aviez l'air d'une vierge effarouchée. Ce n'est pas un rôle dans lequel vous seriez convaincante.

C'étaient des paroles qu'il aurait pu adresser à une femme qu'il voulait mettre dans son lit. Impossible de raisonner avec lui dans ces conditions. Elle ne pouvait rien faire d'autre que l'écouter en tremblant.

Il fit glisser ses doigts sur le bouton suivant et l'ouvrit.

— Trop de boutons dégrafés, et le gibier semble trop facile à attraper. Les hommes préfèrent les défis.

Son cœur battait si fort que tout son corps en était secoué. Était-il conscient de l'excitation qu'il provoquait en elle ? C'était probable.

Il dégrafa encore un bouton. Bientôt, elle serait nue.

— On a envie de vous ôter vos voiles un par un, de découvrir vos secrets, les mystères que vous cachez au plus profond de vous.

Son corps ne recelait pas de mystères, il était embrasé.

— Je ne détiens aucun secret, répondit-elle. Vous vous trompez.

— Comme il me serait facile de goûter au miel délicieux de votre corps... Je n'ai qu'à faire cela...

Ses doigts lui effleurèrent les seins, à travers la chemise.

— ... et deux adorables petites pointes se dressent contre le tissu, comme pour me supplier de les prendre entre mes lèvres. Comme ça... Oui. Là, vous êtes sincère. Je pense que c'est la seule sincérité dont vous soyez capable.

— Ne prenez pas cet air supérieur. Vous ne savez rien de moi.

— Je sais que vous aimez votre travail. Tout le monde ne peut pas en dire autant. Vous nous donnez exactement ce que nous voulons, n'est-ce pas, jolie Annique ? À Leblanc, à Henri, à moi. Vous devenez le fantasme secret de chacun de nous. Le rêve que nous caressons quand nous sommes seuls, au milieu de la nuit. Avant même que je sache ce que je veux, vous me l'offrez. J'ignorais qu'une femme pouvait faire cela. Lorsqu'un homme vous touche, c'est au péril de son âme.

— Vous pouvez garder votre âme, je n'en veux pas.

— Je me moque de ce que vous voulez, Annique Villiers. Mais vous savez y faire. Cette façon que vous avez de roucouler... Vous me faites vibrer.

Elle sentait ses muscles tendus frémir sous l'effet de la colère et du désir mêlés. Comment utiliser ces deux sentiments opposés à son avantage ? Elle n'en avait pas la moindre idée.

— Vous aimez faire danser les pantins, n'est-ce pas ? Une ficelle par-ci, une ficelle par-là. Vous prenez l'air doux, vulnérable... sensible aux caresses. Je ne connais pas un homme sur terre capable de vous résister.

Tout à coup, il agrippa les pans de la chemise et l'attira contre lui, l'obligeant à se tenir sur la pointe des pieds. Étouffant une exclamation, elle se raccrocha à lui.

— Ne faites plus jamais ça, dit-il en la secouant brusquement. Pas avec moi.

— Je ne...

— Plus de petits jeux. Allez enlever cette maudite chemise. Mettez le peignoir que je vous ai envoyé ou restez nue dans le lit. Cela m'est égal.

— Je refuse de porter cette tenue indécente. Je ne suis pas...

Elle s'interrompit, déglutit et poursuivit calmement :

— Je ne suis pas une femme des rues qui se vend pour un repas chaud. Je ne...

— Pour l'amour du Ciel, ne prenez pas les choses de manière si dramatique !

Il desserra lentement son étreinte et la relâcha.

— Et oubliez votre pudeur, car, à partir de maintenant, vous porterez des vêtements sous lesquels vous ne pourrez pas dissimuler d'arme. Allez vous coucher.

— Je ne dormirai que d'un œil, comme une souris à côté du chat. Ne me mentez pas, monsieur l'Anglais. Cela m'exaspère.

— Je n'ai pas beaucoup de patience en réserve, moi non plus. Aussi, à moins que vous ne désiriez m'offrir ce...

Il tira sur l'échancrure de la chemise, et elle sentit l'air glacé sur sa poitrine.

— ... ce ravissant petit corps, enfilez ce peignoir et couchez-vous.

— Monsieur, ne me faites pas cela.

— Il ne vous arrivera rien si vous obéissez. Soumettez-vous à mes ordres et vous serez bien traitée. En revanche, si vous tentez encore une fois de vous échapper, je vous attacherai au lit. Faites-vous une raison.

Il mentait, et il se mentait à lui-même, s'il pensait qu'il pouvait l'allonger dans ce lit, fût-ce pour l'attacher, et résister au désir qu'elle lui inspirait.

Il n'était pas un monstre, il ne la forcerait pas. Mais il la désirait ardemment, et il la prenait pour une femme légère, sans moralité. Cette nuit, il viendrait la retrouver, poserait les mains sur elle, et elle serait tellement troublée qu'elle lui donnerait les réponses qu'il attendait. Et, en fin de compte, il parviendrait peut-être même à lui faire aimer ses caresses. Face à cet homme, elle perdait sa force et son bon sens.

Encore une bonne raison de vouloir lui échapper.

Quand on avait perdu toutes ses armes, on ne pouvait plus s'appuyer que sur la ruse, les mensonges, les machinations. C'était ce que Vauban lui avait appris. Sa mère le lui avait dit aussi. René, Françoise, ainsi que le sage et cynique vieux M. Soulier, le lui avaient enseigné. Tous ses vieux amis, dans le Jeu. Elle savait cela depuis qu'elle était enfant. Parfois, vous étiez obligé de faire des choses qui ne vous plaisaient pas vraiment.

Annique était incapable de commettre des actes méprisables. Pour cela, il fallait qu'elle devienne quelqu'un d'autre, de plus résolu. Prenant une grande inspiration, elle considéra les possibilités qui s'offraient à elle et arrêta son choix sur un personnage. Une courtisane mondaine. Un rôle qu'elle avait maintes fois joué à Vienne.

Elle croisa les bras sur sa poitrine et laissa le rôle de la courtisane envahir son esprit. Il l'enveloppa comme un lourd manteau. La courtisane était plus âgée qu'Annique ; elle était maligne et cynique. Elle ne rechignerait pas à porter cet indécent morceau de tissu… ni à faire ce qui était nécessaire.

Elle leva le menton avec détermination. La courtisane n'était pas consternée parce qu'un homme la désirait, au contraire. Cela lui donnait du pouvoir.

Elle eut un léger haussement d'épaules, puis déclara :

— Vous venez de remporter cette ridicule petite victoire.

Dans la peau de la courtisane, elle passa devant Grey d'un air impatient et dédaigneux et traversa la pièce. Seuls trois grands pas séparaient la fenêtre de la table – elle avait compté, après le dîner. Lui tournant le dos, elle jeta le peignoir de soie sur la table, touchant au passage la bougie posée sur le plateau. La scène était prête, tout était en place.

— Sortez. Je vais enfiler ce vêtement vulgaire. Mais je refuse de me mettre nue devant vous.

Sa voix était froide et hautaine, chargée d'ennui. C'était la voix de la courtisane.

— Quoi que vous en pensiez, je ne suis pas une femme aux mœurs légères.

— Il fait trop sombre pour y voir. Enfilez ce peignoir tout de suite, avant que je vous déshabille et vous mette au lit moi-même.

— Quel projet attrayant !

C'était le genre de chose qu'aurait pu dire la courtisane qui habitait son esprit. Elle ajouta :

— Vous avez sûrement beaucoup de succès avec cette méthode, auprès des Anglaises, n'est-ce pas ?

Elle saisit nonchalamment le bord de la chemise, comme si elle se déshabillait chaque soir pour un homme.

— Puisque vous ne voulez pas sortir, retournez-vous.

— Par égard pour votre pudeur ?

— Ce n'est pas une si grande faveur que je vous demande. Contrairement à ce que vous pensez, je ne suis pas accoutumée à l'humiliation.

La surface lisse de son personnage se fendilla, laissant entrevoir un frémissement de peur mêlée de honte. Elle n'aurait pas fait mieux si elle s'était entraînée toute une semaine.

— Je peux aller jusque-là pour vous faire plaisir.

Elle l'entendit bouger. Maintenant, il fallait qu'elle se déshabille. C'était difficile, de jouer ce rôle de courtisane. Elle fit passer la chemise par-dessus sa tête, révélant sa nudité. Il faisait peut-être assez sombre dans la chambre pour qu'il ne voie rien. Et peut-être avait-il tourné le dos, comme il l'avait promis. Sinon, il ne lui restait plus qu'à espérer qu'il serait suffisamment troublé par la vision de son corps pour ne pas remarquer ce qu'elle faisait.

Maintenant. Il ne fallait plus attendre.

Un. Deux. Trois. Elle jeta la chemise sur la table. La main cachée par le tissu, elle saisit le lourd chandelier de cuivre, pivota vers Grey en se guidant au son de sa respiration et balança l'objet vers lui.

Elle manqua son but.

Déséquilibrée, elle chancela. Où était-il ? Où ?

Elle perçut un souffle d'air, puis une douleur fulgurante s'abattit sur son poignet, l'obligeant à lâcher son arme. Le chandelier roula bruyamment sur le sol.

— Sapristi !

Quelle douleur ! C'était un désastre. Elle avait complètement raté son coup. Nue, désarmée, elle recula vivement, en secouant sa main meurtrie.

— Vous êtes rapide, monsieur.

— Assez rapide, oui.

Un autre pas en arrière. La table était là, grâce au Ciel. Elle se précipita de l'autre côté, cherchant le morceau de soie à tâtons. Le peignoir... elle le tenait.

Vous ne vous étiez pas retourné. Vous m'avez trompée.

— Qui a trompé l'autre ?

— C'est la question, je l'avoue.

Elle essaya maladroitement d'enfiler le peignoir, d'une seule main. Il fallait absolument qu'elle mette ce vêtement. Un bras, puis l'autre... Le cordon de soie était là. Bien, très bien, songea-t-elle en tirant dessus.

Grey contourna la table avec une lenteur délibérée. Annique n'était pas assez stupide pour croire qu'elle pourrait lui échapper. Sans surprise, elle sentit ses mains se refermer sur elle, délicatement mais fermement, comme s'il tenait un sac d'œufs sur le point de se briser. Il prenait des gants avec elle. La force de son désir pour elle était telle qu'il lui semblait l'entendre vibrer comme une musique aux sons discordants, mais ses gestes étaient parfaitement impersonnels.

— Vous l'aurez voulu, dit-il. Je vais vous attacher. Ce sera plus simple.

— Sans aucun doute. Mais je préférerais que vous n'en fassiez rien.

— Ah ! Vous dites enfin quelque chose que je suis tout prêt à croire.

Il l'obligea à reculer vers le lit, pas à pas, sans brutalité, juste en la poussant légèrement.

— C'est sage de votre part d'avoir enfilé ce peignoir, même s'il est trop tard. Vous pensiez pouvoir me tuer avec ce chandelier ?

— Je ne vous aurais pas tué volontairement, mais comme je suis assez maladroite, ces temps-ci... Y a-t-il quelque chose que je puisse dire pour vous empêcher de faire cela ?

Elle tremblait de tous ses membres.

— Rien qui me vienne à l'esprit pour l'instant.

— Et si je vous promettais de ne plus tenter de m'échapper jusqu'à ce que nous soyons arrivés en Angleterre ?

— Non.

Son ton était plat, calme et glacial.

— Il me reste des bandes de tissu que je n'ai pas utilisées pour panser la blessure d'Adrian. Je vais m'en servir. Ce sera plus doux que des cordes.

C'était un homme prévoyant. Peut-être était-il habitué à escorter des prisonniers. Comment savoir ?

— Ce ne sera pas trop inconfortable. Vous pourrez même dormir.

— Vous devriez réfléchir. Je suis inoffensive.

— Inutile d'avoir peur. Je ne fais jamais de mal aux femmes. Même pas aux femmes comme vous.

Encore ces insultes incompréhensibles. Comme s'il n'avait pas des douzaines d'espionnes dans son propre réseau ! Il n'y avait aucune logique dans le mépris qu'il affichait pour elle.

Sa jambe heurta le bord du matelas. Il la fit pivoter d'un geste de la main. Déséquilibrée, elle tomba sur le lit. Aussitôt, elle rampa dans les draps pour lui échapper et se recroquevilla contre le mur. Impossible d'aller plus loin. Son dos se plaqua contre le ciment froid, et elle posa le front sur ses genoux. Le Renardeau était pris au piège.

Toutes ses ruses s'étaient évaporées, ses rôles lui échappaient. Il ne restait plus qu'Annique... et Annique avait peur. Très peur.

Elle tendit l'oreille. Le cuir de la valise craqua légèrement. Elle devina qu'il cherchait quelque chose à l'intérieur. Puis il revint vers elle.

— Grey... monsieur... je promets de ne plus vous attaquer. Je suis prête à le jurer sur ce que vous voudrez.

Il s'assit à côté d'elle, faisant ployer le matelas.

— Vous pourriez m'offrir un ou deux petits secrets. Ceux dont vous parliez avec Leblanc.

— Les plans d'Albion, dit-elle d'un ton faussement léger. C'est devenu une obsession pour Leblanc.

— Et pour moi aussi. Nous allons longuement parler de ces plans, vous et moi.

Elle sentit un grand froid l'envahir, accompagné d'une vague nausée.

— Mais c'est ridicule. Je ne suis qu'un pion, dans le Jeu. Je ne suis pas mêlée aux grandes intrigues politiques. Si vous espérez que je vous révèle des secrets importants, vous serez déçu.

— Vous ne me décevrez pas.

Il manipula quelque chose entre ses mains. Probablement les bandes de tissu dont il avait parlé... celles avec lesquelles il comptait l'attacher. Dans un instant, elle serait ligotée, et elle n'aurait plus aucune chance de fuir.

— Je ne veux pas être attachée, chuchota-t-elle.

— Vous ne parviendrez pas à me convaincre. Vous pouvez toujours essayer, bien entendu. Offrez-moi juste un petit secret, et nous verrons.

Non, elle ne lui offrirait pas de secret, mais autre chose. Elle savait depuis le début, tout au fond d'elle-même, qu'ils en arriveraient là.

Le plan de secours. Il y a toujours un plan de secours, auquel on espère ne pas avoir recours. Rassemblant les pans du peignoir de soie, elle rampa vers lui jusqu'à ce qu'elle perçoive la chaleur de son corps. Alors, elle s'agenouilla sur le lit, les genoux légèrement écartés. Elle avait vu des prostituées faire cela, dans la maison close que sa mère avait tenue quelque temps à Paris.

M. Grey avait sans aucun doute visité un grand nombre de ces maisons, et il devait comprendre ce qu'elle lui offrait.

Elle l'entendit inspirer brusquement, puis il se tourna sur le matelas et elle sentit ses doigts se refermer sur son bras. Mais il se contenta de lui soulever le poignet droit.

— Vous ai-je fait mal, tout à l'heure ?

— Non, répondit-elle en se dégageant souplement. Ce n'est rien.

— C'est une des raisons pour lesquelles je refuse de me battre encore avec vous. Je finirais par vous faire vraiment mal, et je ne le veux pas.

— Moi non plus. Et je ne veux pas que vous m'attachiez.

Il émit un grognement, et elle sentit qu'il se tournait de nouveau. Sa respiration était saccadée.

La courtisane ne craignait pas un seul homme au monde. Elle n'avait pas peur de toucher ou d'être touchée. La courtisane possédait une sagesse infinie.

Il était temps de commencer. Elle trouva l'extrémité du long ruban de soie, qu'elle défit. C'était une cordelette fine et tressée, très résistante. Les pans du vêtement s'ouvrirent et se déployèrent comme des pétales de rose. Il allait sentir la soie contre sa peau. Même dans l'obscurité, il distinguerait les ombres de son corps. Elle sentit ses joues s'empourprer.

— Vous savez, chuchota-t-elle, cela a son charme d'être attaché. Mais cela vous limite, forcément. Je préfère être... inventive.

Forte de son expérience, la courtisane tendit la main pour le caresser. Annique l'accompagna, pleine de curiosité.

La peau de son cou était sèche et chaude, un peu rugueuse. Sa joue était hérissée de barbe, et les muscles de ses mâchoires étaient tendus. Étrangement, ses lèvres étaient douces comme de la soie. Elles s'entrouvrirent sous ses doigts, et elle sentit le contact de sa langue. Elle ne savait pas comment réagir lorsqu'un homme lui embrassait les doigts. Une vague de chaleur se propagea entre ses jambes, et elle dut contrôler la frayeur qui l'envahissait.

— Que voulez-vous ? demanda-t-il.

— Je ne vous révélerai pas de secrets. Mais je vous ferai plaisir, si vous me laissez une dernière chance.

— C'est tentant. Pourquoi ?

— Je suis lasse de me battre. Cela devient décourageant.

— Ce n'est pas vrai. Dites-moi pourquoi.

Il semblait si sombre, si sévère... Il fallait qu'il ait assez confiance en elle pour la laisser approcher. Dans le silence qui était retombé, elle perçut le chant des grillons dans les champs et l'écho des voix dans la cour de l'auberge.

— Je vous désire.

Cette fois, elle était sincère. Quelle ironie !

— Je vous ai désiré dès l'instant où je vous ai touché dans le cachot où nous avait enfermés Leblanc. Et dans le carrosse, quand nous nous sommes battus... Une lutte est un moment de grande intimité entre deux êtres, ajouta-t-elle.

— Je vous l'accorde.

— Nous nous sommes battus, mais vous ne m'avez pas fait mal. Vous étiez exaspéré et vous m'avez maintenue en vous allongeant lourdement sur moi. Alors, j'ai essayé d'imaginer... comment ça se passerait dans un lit, avec vous.

Chaque mot prononcé était une humiliation. Elle mettait son âme à nu, comme son corps. Mais cela pouvait fasciner un homme comme Grey, le troubler.

— Je... je ressens un désir profond pour vous.

— Voilà une chose bien embarrassante à avouer !

— Je m'en veux d'éprouver cela, étant donné que nous sommes ennemis.

Il ne pouvait imaginer à quel point la situation était effectivement embarrassante pour elle. En ce moment même, alors qu'elle n'aurait dû être préoccupée que par ses ruses et ses mensonges, une chaude spirale de désir la traversait. Elle tenta de l'ignorer.

Ses doigts, cachés dans les plis de son peignoir, tiraient sur le cordon de soie. Elle le fit sortir lentement du fourreau dans lequel il était glissé.

— Ici, personne ne peut nous voir. Nous pouvons cesser d'être ennemis. Ce qui se passe dans cette chambre... c'est comme si cela n'existait pas.

— Quelle curieuse idée !

— Vous m'attacherez plus tard, si vous le souhaitez.

Il y avait une nuance taquine dans sa voix. Elle s'approcha imperceptiblement de lui.

— Je peux vous attacher tout de suite, rétorqua-t-il. Je n'ai aucune confiance en vous.

— Vous avez raison. Mais, parfois, je ne suis plus un agent français, et je redeviens tout simplement Annique.

Il changea de position, et elle entendit un bruit métallique lorsque sa bague heurta la table de chevet. Il avait posé quelque chose, il s'était tourné.

Rapidement, elle fit trois tours autour de sa main gauche avec la cordelette de soie. Quand elle se pencha vers lui, elle toucha son dos et posa le front contre son omoplate.

— Là, dans l'obscurité... je peux être ce que vous voulez.

Un pouls battit douloureusement en un point secret entre ses jambes. Elle l'embrassa à travers le lin léger de sa chemise et sentit ses muscles se tendre sous ses lèvres. Il se contrôlait extrêmement bien, comme il convenait à un homme dans sa position, mais il n'était pas indifférent. Tout son corps frémissait, en proie à un désir dévorant – un désir qui le rendait vulnérable. Elle posa les lèvres sur la peau nue de son cou.

— Vous croyez pouvoir faire ce que vous voulez ? grommela-t-il.

Elle émit un rire de gorge, imitant une des attitudes familières de sa mère.

— Je ne ferai rien que vous ne désiriez.

Tout en parlant, elle enroula la cordelette autour de sa main droite. Une fois, deux fois. Encore. Le cordon de soie reposait sur ses genoux. Elle se pressa contre lui. Il fallait qu'elle soit tout près de lui pour faire ce qu'elle avait en tête.

Mais c'était si difficile... Le toucher la troublait au plus haut point. Ses seins nus effleurèrent le tissu de la chemise, au travers duquel elle perçut la chaleur de son corps viril. Un éclair brûlant lui traversa la poitrine, lui coupant le souffle.

Il poussa un grognement sourd, semblable à un roulement de tonnerre avant l'orage.

La courtisane qui avait pris possession de son âme sut d'instinct ce qu'elle devait faire. Il fallait lui embrasser la nuque, encore et encore, en s'attardant sur les muscles durs de son cou. Elle tressaillit en sentant contre sa bouche la caresse de ses cheveux.

Grey allait probablement percevoir ce frémissement, et elle lui paraîtrait encore plus inoffensive. Si seulement son cœur cessait de tressauter follement ! Elle ouvrit et referma les doigts sur la cordelette de soie.

Se redressant sur ses genoux, elle lui taquina le lobe de l'oreille du bout de la langue, le mordilla doucement. Elle avait toujours eu envie de faire cela à un homme.

C'était presque le moment... presque. La cordelette était humide de sueur. « Je ne te ferai pas de mal, promit-elle en elle-même. Je serai très prudente. »

— Je me trompais sur votre compte. Vous n'êtes pas si subtile que ça, dit Grey en posant une main sur sa cuisse.

Allait-il la repousser ou l'attirer vers lui ? Elle était incapable de le dire. Tout ce qu'elle savait, c'était qu'elle était à bout.

— Où est passée votre finesse ? continua-t-il.

Maintenant. Il fallait agir maintenant. *Je ne veux pas faire cela. Non, je ne le veux pas*.

— Je ne suis que finesse, susurra-t-elle.

Elle tira légèrement sur la cordelette, croisa les bras et se pencha en avant. Elle l'embrassa doucement, juste au-dessous de l'oreille. Et tout en l'embrassant, elle fit passer la cordelette au-dessus de sa tête et lui entoura le cou.

Puis elle tira violemment sur les extrémités, pour l'étrangler.

6

Ses poumons se contractèrent. Un démon lui écrasa le dos et lui serra la gorge à l'étouffer. Il se débattit maladroitement, les doigts engourdis. Il ne pouvait pas...

Son corps se balança d'avant en arrière, dans une vaine tentative pour se débarrasser de l'adversaire qui le tenait. Des éclairs rouges et noirs l'aveuglèrent. Il se tourna, lançant les poings au hasard, et toucha quelque chose.

Trop tard. Cette pensée l'accompagna tandis qu'il sombrait dans le néant. C'était donc ça, la mort...

Soudain, la pression intolérable cessa. Il inspira l'air avidement. Une douleur aiguë se répandit dans sa poitrine, et sous ses paupières fermées se déploya un rideau rouge sang. D'un coup de pied, il se libéra, roula sur lui-même, heurta un mur et plaqua le dos contre la paroi. Haletant, il se prépara à une nouvelle attaque.

Quand il ouvrit les yeux, tout était obscur. Il faisait nuit, et il n'entendait ni coups de feu ni hennissements de chevaux. La bataille était finie. On l'avait laissé pour mort, livré aux vautours humains qui pillaient les champs de bataille jonchés de cadavres. Où étaient passés ses hommes ? Jamais ils ne l'auraient abandonné. Cela ne pouvait signifier qu'une chose : la débâcle. Ils avaient dû perdre le combat et battre en retraite.

À côté de lui, quelqu'un étouffait. Un mourant.

Il se rendit compte alors qu'il n'était pas allongé dans la terre, mais sur quelque chose de doux. Il crispa le poing sur... du tissu. Il se sentit si désorienté que la tête lui tourna. Puis il comprit. Il n'était pas sur un champ de bataille, mais dans un lit. En France. Dans l'auberge du vieux Roussel.

Et il se battait contre Annique Villiers.

C'était Annique qui était en train d'étouffer à côté de lui. Il se souvenait, à présent. Il l'avait frappée à coups de poing. Avec une telle force qu'il aurait pu tuer un homme.

Qu'ai-je fait ?

Il faisait trop sombre pour qu'il puisse la voir, mais il l'entendait. Ses mains trouvèrent la courbe d'une hanche. Elle était nue et agitée de tremblements irrépressibles.

Enfer et damnation !

Il lui fallait de la lumière. Il se leva en titubant et traversa la chambre. Des braises rougeoyaient encore sous la cendre, et il remua les bûches du bout du pied jusqu'à ce que des flammes orange s'élèvent dans l'âtre. Saisissant la bougie posée sur le manteau de la cheminée, il l'approcha des flammes. Il fallut une longue seconde avant que la mèche s'enflamme.

La jeune femme était recroquevillée sur le matelas, les bras serrés sur son estomac.

Grey ficha la bougie sur une pointe métallique, sur la tête de lit. Annique, haletante, était aussi pâle que les draps de lin. Ses épaules étaient humides et glacées. Il la fit rouler sur le dos. Les yeux vides d'expression, elle le regarda sans le reconnaître. Il fut envahi d'une terreur intense.

Où t'ai-je frappée ?

Il n'y avait pas de sang sur son visage, pas de marques sur sa gorge. Dieu soit loué ! Il ne l'avait frappée qu'une fois, il en était presque sûr. S'il s'était attaqué aux petits os délicats de son visage, elle se serait brisée comme du verre.

Ses bras étaient plaqués sur son ventre, c'était donc probablement là qu'il l'avait frappée. La cage thoracique. Lui avait-il cassé des côtes ? Il la palpa doucement sur les côtés. Elle avait des os fins et fragiles, très peu de chair pour les protéger. Si une côte était cassée, il la sentirait.

Il la prit sur ses genoux et n'eut aucun mal à lui écarter les bras pour l'examiner. Il découvrit de petits seins, une peau très pâle et, juste sous le cœur, entourée par des hématomes plus anciens, une marque rouge de la taille de son poing. Il l'avait atteinte en plein plexus solaire. Rien d'étonnant à ce qu'elle ait du mal à respirer.

— Restez tranquille. Vous avez eu la respiration coupée, c'est tout.

Mon Dieu, j'espère que ce n'est pas plus grave.

— Je vous ai frappée à la poitrine, et vous avez la sensation d'étouffer. Cela ira mieux dans une minute.

Il posa une main sur elle et pressa doucement ses muscles contractés pour l'aider à se détendre.

— Ça va déjà mieux, n'est-ce pas ?

Elle inspira doucement et toussa. Tous ses muscles furent secoués.

— Je vous tiens. Doucement.

Il continua de lui murmurer des paroles rassurantes tout en lui massant la poitrine, tandis que son corps s'arquait involontairement.

— Tout va bien. Du calme. Du calme, mon petit.

Sa voix était aussi douce que lorsqu'il parlait aux juments de son frère. Cela produisit l'effet qu'il espérait. Elle finit par prendre une vive inspiration, puis exhala lentement.

— Voilà, c'est mieux.

La main de la jeune femme se crispa sur la sienne. Sa tête retomba contre lui, et elle se mit à sangloter.

— Tout va bien, ce n'est rien.

À moins qu'il ne lui ait vraiment cassé une côte. Ou bien qu'elle n'ait une blessure interne qu'il ne pouvait détecter. Il appuya délicatement la main sur son ventre, en plusieurs endroits, et elle n'eut pas de réaction particulière. Ce devait être bon signe.

Il fit glisser plusieurs fois sa main le long de son diaphragme, puis sur son ventre plat. Ses muscles étaient durs et bien distincts sous sa paume. Elle reposait dans ses bras, les yeux fermés, respirant avec difficulté. Ses seins frémissaient chaque fois que l'air passait dans sa gorge. Ses mamelons étaient d'un rose plus pâle qu'il ne s'y attendait – sans doute parce qu'elle avait la peau si blanche.

Il continua de lui caresser le ventre et la sentit se détendre, muscle après muscle. Sa peau était douce comme du satin, et elle n'avait pas un gramme de graisse. La toison entre ses jambes était noire comme l'ébène, avec de grosses boucles à l'aspect doux et luxuriant.

— Non ! Laissez-moi !

Elle s'écarta brusquement, se jeta à l'autre extrémité du lit et lui tourna le dos, se recroquevillant sur elle-même comme un hérisson.

C'était bon signe. Elle ne se serait pas tordue en tous sens si elle avait eu une côte cassée.

— Je vois que vous respirez normalement, constata-t-il.

Pas de réponse.

Des pans de soie rouge étaient étalés autour d'elle, donnant l'impression qu'elle se trouvait dans le cœur d'une orchidée. Ses cheveux d'un noir d'encre se détachaient sur la peau blanche de ses épaules. Elle n'avait pas dû avoir la vie facile, ces derniers temps. On pouvait lui compter les côtes. Des traces d'hématomes à différents stades de guérison s'attardaient un peu partout sur son corps... un corps réellement adorable. Sans être pulpeux, il offrait cependant des formes parfaites. On eût dit une figurine de porcelaine. Dire qu'une aussi belle créature était devenue une espionne !

Le garrot d'un rouge vif dont elle s'était servie était abandonné au bord du lit. Le lien du peignoir de soie qu'il avait lui-même introduit dans cette chambre. Quel idiot !

Ce cordon tressé était d'une solidité à toute épreuve. Une arme élégante et mortelle. Si elle avait réellement voulu le tuer, il serait mort.

« Cette fille est des nôtres, avait dit Doyle. C'est une des meilleures. » En cet instant, elle était si faible qu'elle ne songeait même pas à repousser les cheveux qui retombaient sur son visage.

Il l'avait vaincue.

Félicitations, Robert. Un autre espion français mis hors d'état de nuire. Tu as fait du bon travail.

Bon sang, il détestait s'attaquer aux femmes.

Au cours de leur altercation, les couvertures avaient glissé sur le sol. Il en ramassa une pour la couvrir. Ce geste sembla enfin la tirer de sa torpeur. Elle remonta la couverture sur son menton et se pelotonna dans le lit.

— Est-ce que je vous ai fait mal ? demanda-t-elle.

Grey s'attendait à tout sauf à ça.

— Quoi ?

— Est-ce que je vous ai fait mal avec la cordelette ? J'avais peur de vous tuer. C'est très dangereux, ce genre d'arme. Mais je n'avais pas le choix, alors j'ai pris le risque.

Il s'assit sur le lit et glissa une main sous la couverture pour lui prendre l'épaule. Elle ne parut pas avoir conscience de son geste.

— Vous avez pris le risque ?

— J'ai manqué mon but, avec le chandelier. Il ne me restait plus que la cordelette. C'était mon dernier recours. J'étais presque certaine de ne pas vous tuer, mais on ne sait jamais. Il y a toujours un risque.

Le calme de sa voix faisait partie de ses mensonges. Il n'avait pas besoin de regarder son visage pour le savoir. Les légers tremblements qui secouaient son corps trahissaient sa peur et son épuisement. Elle était sous le choc. Il avait déjà observé cet état chez certains hommes après une bataille, ou chez des prisonniers pendant leur interrogatoire. Il arrivait toujours un moment, quand on poussait quelqu'un à bout, où il devenait détaché, presque indifférent. Annique en était là.

— Il y a toujours un risque, répéta-t-il avec douceur.

— Je ne me suis jamais servie de ce genre d'arme pour éliminer un ennemi. René m'a montré comment faire un jour, dans la cuisine de Françoise. Mais il ne s'est pas débattu aussi violemment que vous. Je suppose que c'était à cause de la porcelaine.

— La porcelaine, oui. Ce devait être le problème.

— Françoise n'aurait pas été contente, si nous avions cassé sa vaisselle.

Elle se passa une main sur le visage.

— René m'a appris beaucoup de tours dangereux, et même mortels, mais ils ne m'ont pas été aussi utiles qu'il le pensait, expliqua-t-elle en soupirant. Je n'aurais pas dû essayer de vous étrangler. Je le savais, mais je n'ai pas écouté la petite voix qui me le disait. Cela n'a servi à rien, en fin de compte. J'ai été si maladroite que je n'ai réussi qu'à vous faire mal et à vous mettre en colère.

Annique n'avait pas été aussi maladroite qu'elle le disait. Si elle avait perdu le contrôle de la situation, c'était parce qu'elle n'avait pas vraiment voulu le tuer.

— Vous ne m'avez pas fait mal.

— Je suis sûre que si, mais vous vous maîtrisez. Grâce au Ciel, je ne vous ai pas brisé la nuque. C'était ce que je craignais le plus.

Elle s'étira sous la couverture.

— Pourtant, vous méritiez que je vous blesse. Vous n'auriez pas dû me traiter comme vous l'avez fait. C'est vraiment méprisable de prendre des femmes au piège, de les kidnapper et de les obliger à porter des vêtements indécents, tout cela uniquement parce que vous ne leur faites pas confiance.

— Nous exerçons un métier méprisable.

— C'est ce que je me dis parfois, répondit-elle en haussant les épaules. Vous n'avez pas besoin de me tenir. Je vous assure que je suis totalement résignée.

— Docile comme un agneau.

Sa main demeura fermement posée sur l'épaule de la jeune femme. Sous sa paume, il percevait la tension qui l'habitait. Cela l'intrigua. Son corps lui livrait des secrets, malgré elle.

— Vous êtes sceptique. C'est naturel, vu votre profession. Cependant, je trouve triste que vous ne puissiez tout simplement vous fier à moi.

Elle parlait de simplicité ? L'esprit d'Annique Villiers était semblable à un labyrinthe sans fin. Mais, avec un peu de temps, il s'y retrouverait. Il l'avait déjà en partie percée à jour. Il était presque sûr...

Il promena un doigt le long de son épaule et la sentit frissonner. Elle avait les nerfs à fleur de peau. Comme les poulains de son frère, ceux qui n'avaient encore jamais été touchés par un homme.

Annique n'était ni blasée ni endurcie. Comment avait-il pu se convaincre que cette femme avait l'habitude des hommes ? D'après Adrian, elle n'avait rien d'une catin, et Adrian ne se trompait jamais sur les femmes.

Combien d'hommes as-tu connus, Annique ? Pas beaucoup, j'imagine. Tes maitres t'ont-ils préservée afin que tu sois plus convaincante sous les traits d'un garçon ? Si c'était le cas, ils avaient commis une erreur, car son ignorance la rendait plus vulnérable. Tôt ou tard, cela se retournerait contre elle.

— Que diable vais-je faire de vous, Annique ?

— Laissez-moi partir.

— Non. Non, pas question.

— Je savais que vous ne seriez pas d'accord. Pourtant, il vaudrait mieux pour vous et pour moi que je quitte ce lit et disparaisse tranquillement dans la nuit. Vous n'avez pas besoin de me garder prisonnière.

— Que s'est-il passé à Bruges ?

Un frisson courut sur sa peau. Elle savait.

— C'est pour cette raison que je vous garde. Essayez de me faire confiance. Je vaux mieux que Leblanc.

— J'espère vous échapper à tous les deux, répondit-elle dans un soupir. Même maintenant, j'ai encore une chance.

— C'est possible. Vous êtes habile.

Dans son réseau d'espions, il aurait pu compter sur les doigts d'une main les agents de la valeur d'Annique. Elle valait à elle seule toute une division de cavalerie.

— C'est justement pour cela que je ne vous lâcherai pas.

— J'ai connu plusieurs hommes dans votre genre. Aucun d'entre eux n'était sensible à la raison, commenta-t-elle d'un ton résigné. Nous sommes dans une impasse. Qu'allez-vous faire de moi ?

— Du diable si je le sais ! Vous emmener en Angleterre, probablement. Une fois là-bas, j'aviserai. Entretemps, nous aurons fait plus ample connaissance.

— Je voulais dire, qu'allez-vous faire de moi ce soir ? Je vis au jour le jour en ce moment, monsieur.

Certains hommes auraient poussé l'interrogatoire plus loin dès maintenant, l'auraient harcelée pour la faire parler. Elle était si épuisée qu'elle pouvait à peine réfléchir. Il y avait de fortes chances que, sous la pression, elle commence à commettre des erreurs. Il suffisait de lui faire peur, puis de se montrer un peu compatissant, et elle craquerait. Il avait vu cela se produire des centaines de fois.

Sauf que... même en admettant qu'il puisse se résoudre à employer ce genre de méthode, il doutait que cela marche avec Annique Villiers.

— Je ne déciderai rien ce soir. Et je ne vous attacherai pas.

Il passa encore une fois la main sur ses cheveux noirs et emmêlés. C'était le premier pas dans sa tentative de séduction. L'habituer à être touchée. De toute façon, il en avait envie.

— Pensez-vous que vous puissiez vous retenir de me tuer jusqu'au petit déjeuner ?

— Je dois me reposer avant de faire une nouvelle tentative. C'est épuisant, de se battre contre vous.

Il posa une deuxième couverture sur elle. Par chance, elle ne se tourna pas pour le regarder. Elle aurait compris qu'il la désirait. Le lendemain, il la ferait surveiller par Doyle. Un homme marié, et totalement insensible à son charme.

— Vous feriez aussi bien de dormir. À moins que Vauban et les autres ne vous aient enseigné une façon de tuer son adversaire avec un oreiller ?

— Oui, on m'a appris cela aussi.

Elle se pelotonna sous les couvertures comme un animal frileux et émit un petit gloussement amusé.

La dernière couverture avait glissé sous le lit. Grey la tira vers lui et l'étendit sur le fauteuil. Puis il s'assit, posa les pieds sur l'appui de la fenêtre et ramena les pans de la couverture sur lui. Les nuits étaient fraîches.

La poitrine d'Annique se soulevait régulièrement. Cela pouvait signifier deux choses. Soit elle dormait, soit elle se préparait à l'attaquer de nouveau.

Il verrait bien.

7

Annique s'éveilla paresseusement. Le lit était chaud et confortable. Une odeur de pain frais montait de la cuisine.

Soudain, elle prit conscience qu'elle était nue.

En un instant, elle se rappela où elle était et fut sur le qui-vive. Ce n'était pas la première fois qu'elle s'éveillait en se sachant entourée d'ennemis. Elle ne s'autorisa pas le moindre mouvement, ni de changement dans le rythme de sa respiration. Au cours de la nuit, les couvertures avaient glissé sur ses hanches, et elles ne cachaient plus grand-chose de sa nudité. Grey pouvait la contempler à sa guise.

Grey... Il n'était pas dans le lit. Annique tendit l'oreille et perçut sa respiration, un peu plus loin sur la gauche.

L'avait-il observée dans son sommeil ? Éprouvait-il du désir pour elle ? Une fois que cette question lui eut traversé l'esprit, elle ne parvint plus à la chasser.

Jusqu'à présent, son attitude envers les hommes avait toujours été très détachée. Et voilà que maintenant, elle espérait qu'un espion britannique allait la voir nue et la désirer. Quelle folie !

— Je sais que vous ne dormez pas.

Sa voix était plus proche qu'elle ne s'y attendait.

— Vous devriez vous lever et cesser de jouer la comédie.

— J'espérais que vous n'étiez qu'un mauvais rêve et que vous finiriez par disparaître si je continuais à dormir.

— Eh non, je ne suis pas un cauchemar. Le jour s'est levé, et je suis toujours là.

Elle s'assit dans le lit en remontant la couverture sur sa poitrine, puis posa le front sur ses genoux pour cacher son visage. Cette situation était intenable. Leblanc pouvait la retrouver d'un moment à l'autre, cet Anglais lui inspirait un désir inopportun, elle n'avait pas de vêtements, et bientôt, il faudrait qu'elle affronte Grey en plein jour. C'était réellement décourageant.

— J'ai l'habitude des cauchemars qui persistent lorsque le jour se lève.

— C'est ridicule pour une femme de votre talent de faire la tête comme une enfant de cinq ans.

— Je ne fais pas la tête. Vous devriez sortir et me laisser m'habiller.

Grey finirait peut-être par porter ses pas ailleurs, ou même, si elle avait un peu de chance, par disparaître totalement de la surface de la terre.

— Il n'est pas question que je vous laisse seule. Je n'ai pas le temps de vous courir après, ce matin. Je n'ai pas non plus envie de me battre avec vous, déclara-t-il d'un ton excédé. Et j'en ai par-dessus la tête de parler à votre dos ! Ce n'est pas parce que vous m'ignorez que je vais disparaître par enchantement.

Elle resta immobile et l'entendit traverser la chambre.

— Je ne... Pour l'amour du Ciel, allez-vous me regarder quand je vous parle ?

Le moment était venu. Quand il approcha, elle leva la tête dans sa direction et ouvrit les yeux.

L'obscurité. Comme toujours. L'obscurité qui persistait depuis cinq mois. Elle n'espérait plus rien d'autre lorsqu'elle ouvrait les yeux, sauf quand elle était tirée brusquement du sommeil et ne se rappelait plus où elle était.

L'homme se figea, et elle attendit. Au bout d'un moment, elle sentit de l'air sur son visage. Les gens essayaient cela, de temps à autre : ils agitaient les mains devant ses yeux, pour voir si elle clignait des paupières.

— Vous êtes aveugle.

— Je ne suis pas *aveugle*, rétorqua-t-elle, furieuse.

Ces gens qui croyaient tout savoir la mettaient toujours hors d'elle.

— Je ne vois pas, c'est tout.

— Seigneur !

Il lui prit fermement le menton et lui fit tourner la tête.

— Je ne peux pas le croire. Quand est-ce arrivé ? Comment ?

Sans savoir pourquoi, elle lui dit la vérité.

— En mai dernier. Ce n'était même pas pendant une bataille. Juste des soldats qui traversaient un village et qui... s'amusaient. Ils ont tout détruit, pour la simple raison qu'ils étaient armés et qu'ils cherchaient à se distraire. J'ai reçu un coup de sabre sur la tête.

Elle regretta aussitôt d'en avoir parlé. Les souvenirs, à présent, l'assaillaient. Les souvenirs des dernières images qu'elle avait vues. Une nappe aux couleurs vives piétinée par les chevaux. Les longs cheveux sombres d'une femme qui s'enfuyait. Un homme recroquevillé sur le sol. Tous tués, les uns après les autres. Même les femmes et les enfants. Un village peuplé d'innocents incapables de se défendre, morts pour rien.

Baissant les paupières, elle se dégagea et se détourna en s'abritant sous la couverture. Elle replia soigneusement les images dans un coin de son esprit, comme des vêtements d'hiver que l'on enferme dans une malle à la belle saison, et rabattit le couvercle sur ses souvenirs. La plupart du temps, elle évitait de penser à ce jour-là. Il ne revenait que dans ses cauchemars.

— Vous n'avez pas de blessure apparente, observa-t-il.

— Les yeux n'ont pas été touchés.

Elle s'interrompit et prit une longue inspiration.

— Le médecin, à l'université de Marseille, m'a dit que c'était à cause du coup de sabre que j'ai reçu. Quelque chose appuie sur le nerf optique. Un caillot de sang ou un morceau d'os. Il a employé beaucoup de termes latins pour annoncer cela, vous comprenez, car il a demandé une grosse somme d'argent à ma mère pour chaque mot.

Elle fit un ample geste de la main, afin de détourner l'attention de Grey tandis qu'elle s'essuyait le visage de l'autre main. Un tour de passe-passe qu'utilisaient les illusionnistes.

— Ce grand docteur dit que si cette chose se met à bouger dans mon crâne, je verrai de nouveau. Mais il est fort probable aussi que je mourrai. Ou peut-être pas. Ce grand homme ne s'est pas compromis. En revanche, il m'a recommandé de ne plus me faire frapper sur la tête, ce que n'importe qui aurait pu me conseiller sans avoir eu besoin de me palper le crâne pendant une heure. D'après moi, il ne sait pas grand-chose.

Voilà, elle avait eu le temps d'essuyer ses larmes, et peut-être n'avait-il rien remarqué.

— Et vous vivez comme cela depuis cinq mois.

Impossible de définir la nature de cette nuance, dans sa voix. Ce n'était pas de la pitié.

— Mais je suis toujours la même.

Il émit un petit rire et lui reprit le visage à deux mains pour observer la fine cicatrice sur sa tempe, qu'il effleura du bout des doigts.

— C'était là, n'est-ce pas ?

— Oui, comme je vous l'ai dit.

Cela la rendait furieuse qu'il l'examine ainsi sans qu'elle puisse s'échapper. Être nue devant lui la gênait moins que de devoir révéler son secret. Oh, pourquoi n'avait-elle pu s'échapper avant d'être obligée d'avouer la vérité à Grey ?

— La blessure a guéri très proprement.

— En effet. Il paraît que personne ne peut voir la cicatrice, maintenant que mes cheveux ont repoussé.

— Vous étiez avec votre mère lors de sa mort, n'est-ce pas ? Comment avez-vous pu faire le voyage de Marseille à Paris alors que vous êtes aveugle ?

— Cela ne vous...

Les doigts de Grey se crispèrent sur son visage, et elle jugea préférable de ne pas le mettre davantage en colère.

— J'ai marché.

— Vous avez... marché ? Ce n'est pas possible. Vous étiez seule... et aveugle.

— Maman a...

La douleur lui serra la gorge. Sa mère était morte.

— Maman avait... beaucoup d'amis. Un réseau important, qu'elle avait créé avant la Révolution. Ils m'ont aidée.

Nombre de gens l'avaient aidée. Les connaissances de sa mère. Les amis de Vauban. Les amis de Soulier, qui avait été l'amant de sa mère et faisait partie de la Police Secrète. Des amis de René et Françoise. Des hommes qui avaient connu son père. Des gens avec qui elle s'était liée d'amitié au fil des années. Si elle était arrivée jusqu'ici, c'était grâce à toute une légion de gens ordinaires auxquels elle avait pu confier sa vie.

Les Britanniques ignoraient qu'elle avait une mémoire remarquable. Son esprit contenait bien plus que les plans d'Albion. Cinq mille noms étaient bien en sécurité dans sa tête, des noms qui représentaient un sanctuaire, une aide, dans n'importe quel coin de France. Elle irait en voir certains dès qu'elle se serait débarrassée de M. Grey.

— Je suis passée d'amis en amis, tout le long du chemin. Puis j'ai été trahie, et Henri est venu me chercher pour me livrer à Leblanc.

Grey garda le silence, continuant à examiner sa cicatrice, qui ne pouvait pourtant présenter un grand intérêt. Quand il eut fini, il enfonça les doigts dans ses cheveux et la maintint solidement, pour l'empêcher de tourner la tête. Que voulait-il voir ? Ce n'était pas la première fois qu'il l'observait, après tout.

Cela la perturbait de sentir les mains de cet homme sur elle. Elle ne voulait pas éprouver de désir pour lui. Mais cette faiblesse s'était emparée d'elle et la tenait comme une maladie. Quelle guigne ! Cet étranger à la mine sombre, cet ennemi, cet espion ne pouvait en aucun cas être son amant.

Il passa les doigts dans ses cheveux, puis les laissa retomber. C'était un geste étrange, une intimité qu'elle n'avait encore jamais connue. Mais il y avait un certain nombre de choses qu'elle avait faites uniquement avec cet homme. Et elle ignorait totalement ce qu'il avait en tête.

— Vous avez bien surmonté la situation. Le fait d'être aveugle.

Il y avait quelque chose dans sa voix... Vauban avait ce ton quand elle faisait quelque chose qui l'impressionnait. Elle aurait sauté dans le feu, uniquement pour entendre Vauban lui parler ainsi. Peut-être existait-il aussi des hommes prêts à risquer leur vie pour Grey.

— Je m'y suis habituée, mais c'est très gênant, et cela risque de me coûter la vie.

— Vous le cachez bien. Je ne m'en étais pas aperçu.

— Parce qu'il faisait nuit quand nous nous sommes rencontrés. Et parce que j'ai fait semblant de dormir durant une partie du voyage.

Il y eut un silence, comme s'il réfléchissait.

— Cela vous rend plus facile à manipuler, n'est-ce pas ?

— C'était aussi l'opinion d'Henri, monsieur.

Stupéfaite, elle l'entendit rire.

— Je ne commettrai pas la même erreur qu'Henri. J'ai l'intention de bien vous surveiller, Annique.

Pour un chef de section, il était d'une incroyable stupidité !

— Vous ne comprenez donc pas ? Leblanc va faire rechercher une femme aveugle. Je suis un bagage extrêmement dangereux pour vous.

— Mais personne ne saura que vous avez perdu la vue.

— C'est moi que Leblanc recherche. C'est moi qu'il doit empêcher de parler, coûte que coûte. Je connais de tels secrets sur lui... Laissez-moi partir, monsieur, et c'est moi qu'il suivra. Pas vous.

Cette auberge ne devait pas être bien loin du petit village où vivait Vauban. Si seulement Grey pouvait l'aider à aller jusque là-bas... Vauban était vieux et fatigué, à présent. Depuis la dernière attaque, son esprit était confus. Il ne lui donnerait pas d'ordres au sujet des plans. Ceux-ci étaient sous sa responsabilité, à présent. Mais elle pourrait une dernière fois s'asseoir au coin du feu, prendre la main du vieil homme dans la sienne et lui parler de petites choses dont il se souvenait encore. Chez Vauban, elle retrouverait des amis de confiance, qui la conduiraient jusqu'à la côte. De là, elle passerait en Angleterre, trouverait un abri chez Soulier et prendrait sa décision... Peut-être trahirait-elle la France.

Si seulement Grey pouvait entendre raison !

— Leblanc ne pourchassera pas des espions britanniques uniquement pour avoir le plaisir de les tuer. Dans le Grand Jeu, nous ne nous entre-tuons pas de cette manière. Sans moi, vous serez hors de danger.

Grey traversa la pièce d'un pas ferme. Lorsqu'il revint vers elle, il portait quelque chose – quand les gens transportaient un objet, elle le devinait, car ils marchaient différemment.

— La robe devrait vous aller. Elle est bleue. Et pour l'amour du Ciel, cessez de m'appeler « monsieur ». C'est ridicule. Vous essayez de me tuer, et l'instant d'après, vous m'appelez « monsieur Grey ».

Il déposa une pile de vêtements sur ses genoux.

— Je vous parlerai comme j'en ai envie. Alors, c'est non ?

— Naturellement, c'est non. Je ne vous laisserai pas partir. Dieu du ciel, qu'avez-vous fait à vos pieds ?

— Cela ne vous regarde pas.

Il lui prit les pieds sous la couverture et les tira à lui.

L'espace d'une seconde, elle songea à lui décocher un coup de talon. Mais elle se ravisa. Si elle le provoquait et qu'ils se battaient, il la renverserait sur le lit. Et si cela arrivait, elle risquait d'avoir un comportement déraisonnable.

— Vous allez vous empoisonner le sang, si vous continuez comme ça. Vos chaussures ne vous vont pas.

— Ce ne sont pas à proprement parler mes chaussures. Je sais qu'elles ne me vont pas très bien, mais je me serais fait remarquer si j'avais marché pieds nus. De toute façon, ce ne sont que des ampoules. Il m'est arrivé de voyager pendant des semaines avec de pires blessures que cela.

— Il y a trois paires de chaussures dans cette pile. L'une d'entre elles devrait vous convenir. Sinon, je vous en trouverai d'autres.

Il la tint par les épaules, avec moins de délicatesse qu'auparavant. Ses doigts s'enfoncèrent dans sa chair.

— N'essayez pas de vous enfuir avec des pieds dans cet état, Annique.

— Ah, c'est un très bon conseil. Je vais plutôt déployer mes ailes et m'envoler.

Cela l'étonnait toujours, de voir que les espions avaient si peu le sens de l'humour. Grey ne semblait pas enclin à rire, en ce moment.

Il la relâcha si brutalement qu'elle rebondit sur le matelas.

— Habillez-vous. Vous avez dix minutes.

Il sortit en faisant claquer la porte. De toute évidence, il était impossible de discuter avec Grey tant qu'il n'avait pas pris son petit déjeuner. Sa mère disait que certains hommes étaient comme ça. Il faudrait qu'elle s'en souvienne, à l'avenir.

8

Grey fit asseoir Annique sur une chaise, face à Adrian, la guidant légèrement de la main, bien que ce fût inutile. Elle était experte dans l'art de tromper son monde. Si les hommes de Leblanc venaient jusqu'ici en disant qu'ils étaient à la recherche d'une aveugle, personne ne penserait à la jeune femme brune à l'air insouciant qui prenait en ce moment son petit déjeuner sur la terrasse ensoleillée, devant l'auberge.

Les yeux baissés, elle posa les doigts sur le bord de la table, trouva la serviette et la secoua pour la déplier.

Grey surprit Adrian à l'instant précis où celui-ci croisa le regard vide de la jeune femme. Il vit le choc sur son visage, la compréhension instantanée de la situation.

— Elle ne voit pas.

— Personne ne doit le remarquer, répliqua Grey.

— Très bien. Mon Dieu, que j'aime avoir ce genre de surprise le matin au réveil !

Le garçon souffrait, mais il était alerte. Il tiendrait le coup encore quelque temps.

— Tu dois donner le change, répliqua Grey.

C'était l'évidence, mais il le dit à haute voix afin qu'Annique sache ce qu'il voulait.

— Tenez vingt minutes tous les deux, et je vous ferai sortir d'ici. Mangez.

À l'autre extrémité de la cour, Will Doyle jouait le cocher avec une grosse jument pie qu'il faisait marcher en cercle pour observer sa démarche. Il était parfait dans ce rôle... ainsi que dans celui de comte allemand, de banquier, de souteneur cockney et de pasteur de l'église anglicane.

Après un dernier tour, il fit arrêter la jument près de Grey.

— Personne sur nos traces, pour le moment.

— Ils doivent croire que nous nous sommes réfugiés à Paris. Cela nous laisse une bonne longueur d'avance.

Mais des hommes à cheval pourraient les rattraper facilement.

— Nous n'avons qu'à prendre la route calmement, l'air de rien, et ça marchera.

Oui, avec de la chance. Avec beaucoup, beaucoup, de chance.

— Je veux qu'on retire cette balle à Adrian le plus vite possible. On essaiera de s'arrêter quelque part après Saint-Richier. Tu as tout ce qu'il nous faut ?

— Tout l'attirail du parfait chirurgien. Je l'ai volé à un médecin de la marine, à Neuilly. Le cheval était aussi à lui, précisa Doyle en tapotant les flancs de la jument. Dommage que je n'aie pas eu la présence d'esprit de kidnapper aussi ce fichu chirurgien.

— En effet. J'imagine que tu n'as jamais extrait de balle au cours de ta carrière ?

Grey prit garde de demeurer le dos tourné à l'auberge, car Adrian savait lire sur les lèvres.

— Je vais le tuer. Je ne sais pas faire ce genre de chose. Tu es sûr que tu ne veux pas essayer ?

— Il vaut mieux que ce soit toi. Adrian a confiance en toi, et ça compte.

Doyle s'accroupit et palpa des deux mains la jambe du cheval, comme l'aurait fait un cocher.

— Ce n'est pas une balle qui va tuer ce gibier de potence de Hawker. Comment ça se passe, avec la fille ?

— Elle n'est pas comme je le croyais.

Sans même s'en rendre compte, il s'était retourné pour la regarder.

Hawker et Annique formaient un joli tableau, assis côte à côte devant la table, sur la large terrasse ombragée. Des rayons de soleil filtraient à travers les branches et dansaient sur leur chevelure. Ils avaient le même âge, des silhouettes gracieuses, de grosses mèches noires et brillantes qui retombaient sur leur visage. Ils se ressemblaient – non par les traits, mais par leur expression. Ils avaient tous deux un air espiègle de diablotin échappé de l'enfer. Penchés l'un vers l'autre, ils mangeaient tout en parlant à voix basse.

— Elle lui plaît, observa Doyle. J'espère qu'elle ne va pas tenter de lui filer entre les doigts. Vu son état, il serait obligé de la blesser pour l'empêcher de s'enfuir.

— Tant qu'il fait jour, nous n'avons rien à craindre. Elle est aveugle, Will.

Doyle demeura de marbre. Lui eût-on annoncé qu'Annique était impératrice de Chine qu'il n'aurait pas battu un cil. Toutefois, la jument dut percevoir sa surprise, car elle se mit à piétiner nerveusement le sol. Doyle émit un petit sifflement entre ses dents, et l'animal se calma.

— Mince alors. Aveugle ?

— Elle a reçu un coup de sabre sur le crâne il y a cinq mois. Elle en a gardé une cicatrice, cachée dans ses cheveux.

Doyle sortit une petite pique en ivoire de sa poche et la cala entre ses dents.

— Comment se fait-il que je ne l'aie pas su ? J'ai entendu dire qu'elle s'était rendue à Marseille avec sa mère, mais pas un mot sur le fait qu'elle n'était plus en service. Aucun de mes indicateurs ne m'a averti.

— Elle cache bien son handicap. Elle a dû passer des mois à s'entraîner.

Combien de temps lui avait-il fallu pour apprendre à se battre dans le noir ?

— Voilà pourquoi nous l'avons capturée si facilement. Elle était aveugle !

— Sans compter qu'elle était affamée, épuisée et blessée. Si bien que trois hommes suffisaient pour la mettre hors d'état de nuire.

Annique prit sa tasse de café, les yeux toujours modestement baissés, souriante. Il s'était trompé au sujet de cette robe bleue. Au lieu de la faire ressembler à une catin, elle lui donnait une allure jeune, belle, chic. Ainsi vêtue, elle semblait aussi insouciante qu'un papillon dans le ciel printanier.

— Tu as déjà frappé une femme ?

Doyle lui décocha un regard en coin.

— Non, l'occasion ne s'est jamais présentée. C'est amusant ?

— Pas vraiment. Tu te sens diablement moche, après.

— C'était un accident, je suppose ?

— Non, juste de la stupidité de ma part.

Il était officier. Elle était sa prisonnière, et il l'avait frappée. Il n'avait aucune excuse.

— Je lui ai donné un coup de poing dans le plexus solaire, si fort qu'elle a eu la respiration coupée. Je ne crois pas qu'elle en garde des séquelles, mais surveille-la.

— Je surveille tout.

Doyle se pencha en avant, prit un des sabots de la jument et le posa contre sa cuisse pour l'examiner, d'un geste aussi naturel que s'il avait été maréchal-ferrant. Après une brève inspection, il sortit une lame de fer de sa poche et la passa sur les bords du sabot, en prenant son temps. Un perfectionniste, William Doyle. Il leur avait sauvé la mise un bon nombre de fois.

— Tu veux me raconter comment ça s'est passé ?

— Elle m'avait passé une cordelette autour du cou.

Grey écarta sa cravate pour montrer à Doyle la marque rouge.

— Allons bon ! Comment diable a-t-elle…

— Ce maudit peignoir de soie. Il y avait un lien à l'intérieur.

— Sapristi ! J'aurais dû le voir. Elle a fait un garrot. Maligne comme un singe, cette petite.

— Dans un sens, j'ai atteint mon but, puisqu'elle a cessé de se débattre. Tu sais combien elle peut encaisser de coups, avant d'abandonner la partie ?

Doyle reposa le sabot de la jument sur le sol.

— On se connaît depuis quelques années, Robert. Combien, au juste ?

— Dix ans, je crois.

— Tant que ça ? répondit Doyle en prenant l'autre sabot. Quelquefois, ça se sent, que tu viens de l'armée. Si tu avais passé ne serait-ce qu'un an dans les Services en tant qu'agent de terrain, tu saurais à quel point la jolie petite Annique est dangereuse. Tu oublierais qu'elle a des seins et tu ferais ce qu'il faut faire. Et le lendemain matin, tu avalerais ton petit déjeuner de bon cœur.

— Ça ne m'a pas coupé l'appétit, rétorqua-t-il, grincheux.

— Mais maintenant, tu remâches ce qui s'est passé. Tu veux être un gentleman. Si tu continues comme ça, tu finiras par te faire tuer.

Doyle recula en grommelant et ajouta d'un ton bourru :

— Tu as renoncé à te conduire en gentleman le jour où tu es entré dans les Services Secrets.

— Parfait. La prochaine fois, tu la frapperas toi-même, et je te donnerai des conseils.

De l'autre côté de la cour, il entendit Annique rire à une plaisanterie d'Adrian. Un rire léger, cristallin, comme de l'eau s'écoulant d'un pichet de porcelaine fine.

Il éprouva une flambée de colère intense.

— Les hommes de Leblanc pourraient surgir dans cette cour d'une seconde à l'autre, et elle reste assise là, à rire comme une écolière.

Doyle suivit son regard et marmonna :

— Ça, mon vieux, c'est le vrai courage. Cette fille joue sa vie. Il n'y a pas un seul endroit en Europe où elle puisse se cacher.

— Leblanc va la tuer. Cela n'a rien à voir avec les plans d'Albion. Il veut couvrir un secret personnel, quelque chose de particulièrement compromettant pour lui. Tu vois ce que ça peut être ?

Doyle secoua la tête.

— Avec Leblanc, ça peut être n'importe quoi. Ce type est un démon.

— Que fait Fouché ?

— Eh bien, il est probablement en train de se demander pourquoi un de ses agents n'a pas encore rendu son rapport... Annique pourrait aller le trouver. Il ne laissera jamais Leblanc la tuer, à moins qu'elle ne se soit servie de ces plans pour trahir la France, ce dont je doute. Mais aveugle, elle ne peut plus lui être utile. Il y a ce bordel, qui appartient à la Police Secrète dans le faubourg Saint-Germain. Il la fera travailler là-bas, avec ses autres filles.

À cette pensée, Grey sentit un goût amer envahir sa bouche.

— Elle connaît ses intentions ?

— Forcément. Il essaie de faire d'elle une courtisane depuis qu'elle a quinze ans. Aujourd'hui, sa mère est morte, de même que Vauban, son vieux mentor. Soulier voudrait sûrement l'aider – il l'a prise sous son aile quand elle était haute comme trois pommes. Mais il est à Londres. Tous ceux qui auraient pu protéger le Renardeau sont morts, ou hors de France. Fouché sera son souteneur. Il est de la vieille école. Pour lui, une femme ne peut travailler qu'à l'horizontale.

Doyle s'interrompit un instant, pour vérifier les boucles sur les sangles.

— Il y a des hommes à qui ça plairait, de coucher avec une aveugle.

— Bon sang !

— Nous connaissons tous les risques que nous courons à travailler dans le Grand Jeu, poursuivit Doyle en se frottant les mains d'un air indifférent. Mais pour les femmes, c'est pire.

C'était bien pire, en effet. Grey détestait envoyer ses agents femmes sur le terrain.

Le portail de la cour était grand ouvert. Des lambeaux de nuages blancs et une brume légère scintillaient à l'horizon, vers l'ouest, annonçant le temps à venir : il pleuvrait quand ils atteindraient la côte. Peut-être les hommes de Leblanc les y attendraient-ils, et ils leur livreraient alors une dernière bataille.

— Elle pensait se rendre en Angleterre en quittant Marseille, j'en suis sûr. C'est le seul endroit où Leblanc ne pourra l'atteindre.

— C'est probable. Leblanc d'un côté, Fouché de l'autre... Elle ne peut trouver aucun refuge en France. Elle comptait donc demander de l'aide à Soulier, à Londres.

— Et au lieu de cela, elle est tombée sur nous...

— Nous avons mis la main sur un petit agent français, ajouta Doyle en souriant. Je parie qu'elle détient une foule de secrets qu'elle finira par accepter de partager avec nous. Elle n'a pas le choix.

— Elle ne tardera pas à s'en rendre compte.

Grey avait l'intention de l'emmener à Meeks Street, où se trouvait son quartier général. Là, elle serait en sécurité et il aurait tout le temps d'étudier cet esprit profond et compliqué. Elle lui dirait tout ce qu'il voulait savoir. Il était très efficace, dans son travail.

— Elle commence déjà à s'habituer à l'idée de faire des compromis.

— Vraiment ? Dans ce cas, je n'ai pas à craindre de me faire étrangler avec un bout de ficelle ?

— Évite tout de même de lui tourner le dos.

Doyle considéra la jument en fronçant les sourcils.

— Je serai prudent. Aveugle... Sapristi, ça m'en bouche un coin.

Adrian était accoudé à la longue table rustique, devant une tasse de café et une corbeille de petits pains. Apparemment, il avait passé une mauvaise nuit. Annique gardait les yeux baissés, l'air absorbé par ses pensées. Elle avait une façon gracieuse d'avancer les doigts devant elle quand elle attrapait quelque chose, un geste qui ne trahissait aucune hésitation, pas la moindre maladresse.

Adrian n'avait pas l'air d'un blessé, Annique ne paraissait pas être aveugle.

— Ils sont magnifiques, tu ne trouves pas ? fit Doyle, qui les observait sans le montrer.

Il feignit d'examiner les rênes, cherchant des traces d'usure.

— De vrais professionnels, ajouta-t-il. C'est un plaisir de les regarder travailler. J'aimerais pouvoir recruter cette fille. Même aveugle, elle nous serait utile.

Le vent s'était levé, et les branches des arbres se balançaient, faisant surgir des ombres sur la terrasse. Annique souriait en regardant sa tasse, comme si Adrian lui avait offert là un présent inestimable. Ce sourire fit à Grey l'effet d'une caresse. C'était de la folie. Il eut brusquement envie de traverser la cour, de traîner cette fille jusque dans sa chambre et de lui expliquer pourquoi elle ferait mieux de ne plus sourire ainsi en public.

— Parle-moi d'Annique Villiers, demanda-t-il à Doyle en s'obligeant à détourner les yeux. Curieusement, il n'y a aucun dossier sur elle, à Londres.

— Bizarre. Il est vrai que les Français ne se sont jamais servis d'elle contre nous. Que veux-tu savoir ? Je peux déjà te dire que c'est la fille naturelle de Pierre Lalumière.

— Lalumière ? Celui qui a écrit *Les Dix Questions ?*

— Oui, et aussi *La Justice naturelle et la Loi, Essais sur l'égalité*, etc.

Doyle s'interrompit, laissant à Grey le temps de digérer l'information.

Pierre Lalumière. Grey avait lu tout ce que cet homme avait écrit. À Harrow, ses camarades et lui passaient des nuits entières à discuter de ses livres. La lecture de Lalumière avait presque fait de lui un révolutionnaire.

— La mère d'Annique se faisait appeler Lucille Villiers ou Lucille Van Clef. Elle et Lalumière sont sortis d'on ne sait où, il y a une vingtaine d'années. Ils travaillaient alors pour un groupe de radicaux, et la plupart de ceux-ci étaient discrets sur leurs origines. À l'époque, la justice du roi avait tendance à retomber sur vous mais aussi sur toute votre famille.

Doyle s'intéressa au harnais, passant les doigts sous les courroies en contact avec l'animal.

— Lalumière a été pendu un jour à Lyon, et Lucille a fini par se mettre au service de la Police Secrète. C'était une des plus belles femmes d'Europe. Je pourrais te citer quelques-uns de ses amants.

— Et Annique ?

— Annique... Eh bien, elle a été dans le Jeu toute sa vie. On peut dire qu'elle a été élevée par la Police Secrète. À sept ou huit ans, elle accomplissait déjà de petites missions pour Soulier, qui dirigeait alors la section du sud de l'Europe. Deux ans plus tard, elle a été envoyée sur le terrain comme observatrice. À cette époque, ils la déguisaient en garçon. Elle faisait partie du cercle des intimes de Vauban ; c'était un des cinq ou six agents spéciaux qu'il aimait bien. Cela te donne une idée de sa valeur.

Doyle s'essuya les mains sur sa veste et reprit :

— Je l'ai croisée à plusieurs reprises à Vienne. Elle est jolie, bien sûr, mais il n'y a pas que ça. C'est le genre de fille que tu remarquerais même si elle était laide. Elle est plus vivante que n'importe qui. Tu peux le constater en ce moment même.

Adrian versait du lait chaud dans la tasse d'Annique et lui donnait un petit pain d'un air naturel. Des gestes qu'elle aurait eu du mal à accomplir sans se trahir.

— Ils vont bien ensemble, non ?

— Hawker sait mener un interrogatoire, rétorqua Grey en tentant de dissimuler son agacement. Il plaît aux femmes. Cela peut nous être utile.

— Ça marchera peut-être. Elle a beau être une professionnelle, elle est tout de même jeune et elle a peur. Elle a besoin de quelqu'un à qui parler.

Doyle lui jeta un regard en coin et poursuivit :

— Hawker ne posera pas un doigt sur elle. Il s'amuse simplement à te tourmenter un peu.

— Je ferai asseoir Annique à côté de toi, sur le siège du cocher. Elle a assez de bon sens pour ne pas essayer de sauter de là-haut. En général, les muscles de son dos se crispent quand elle se prépare à attaquer… Tu es prévenu.

— D'accord.

— Essaie de la faire parler. Sois gentil avec elle.

— J'aime bien avoir le rôle du gentil, répondit Doyle en s'efforçant de donner à son visage grimaçant une expression innocente. Je me demande de quoi ils parlent…

— À 2 heures par rapport à votre assiette, dit Adrian. Ils viennent d'attacher le premier cheval à la voiture. Les derniers bagages sont en train d'être hissés sur le toit. Nous avons cinq ou six minutes.

— Je finis rapidement mon repas.

Annique gardait les yeux baissés sur ses mains. C'était une des premières choses qu'elle avait appris à faire. Quand ses yeux étaient fixés sur ses mains, personne ne pouvait voir le vide de son regard et deviner qu'elle était aveugle. Ses mains étaient prudemment posées de part et d'autre de son assiette. Elle s'était déjà brûlée en touchant la cafetière par inadvertance, elle ne voulait pas recommencer.

Le petit pain était effectivement posé à 2 heures, sur son assiette. Elle le rompit en trois morceaux et mangea posément. Le voyage depuis Marseille avait été long et difficile, et son estomac avait perdu l'habitude d'être rempli.

— Vous avez le bon sens de manger lentement, observa Adrian. Cela signifie que vous avez connu la faim.

— Vous aussi, je pense.

— J'ai l'impression d'avoir été affamé en permanence, jusqu'à ce que je sois assez grand pour voler ma nourriture, répondit-il en riant. Je serais peut-être aussi massif que Grey si j'avais été nourri régulièrement.

— Certainement. Vous devriez vous appuyer au dossier de votre chaise, Adrian. Vous pouvez perdre conscience à tout instant, et je n'ai pas envie que vous me renversiez mon café sur les genoux en vous évanouissant.

— Tant de sollicitude fait chaud au cœur, railla-t-il. Vous m'aimeriez, si j'avais autant de muscles que Grey ? Je ne serais pas devenu un si bon espion si j'avais eu sa taille. Lui n'a aucune chance de passer inaperçu.

— Je n'éprouve aucune sympathie pour les espions anglais et je me moque des problèmes qu'ils rencontrent en France. Vous devriez manger quelque chose, surtout si cet homme doit extraire la balle de votre blessure aujourd'hui.

— Je ne pense pas que manger m'aidera. C'est un peu déconcertant de savoir que le chirurgien redoute l'intervention plus que vous. Quand avez-vous souffert de la faim, Annique ? Pendant la Terreur ?

C'était un sujet qu'elle pouvait aborder sans danger. Elle avala une bouchée de pain, lentement, et répondit :

— C'était à cette époque, oui, mais pas à Paris. Je vivais avec des Roms Kalderash en ce temps-là. Ils mènent une vie dure en hiver.

— Vous aviez été enlevée par les Tsiganes ?

— Puisque vous êtes un espion intelligent, vous devez savoir que ces histoires sont fausses. Les Roms ne volent pas les enfants, ils en ont suffisamment à eux. Les bébés ne sont pas difficiles à faire, au cas où vous ne le sauriez pas.

— C'est ce que j'ai entendu dire. Je n'essaierais pas de cacher ce petit pain, à votre place. Votre toilette est très jolie, mais vous ne pouvez rien dissimuler dessous.

— Cela signifie que cette robe est indécente, répliqua-t-elle d'un air sombre. Je m'en doutais.

— Elle est charmante. Laissez ce petit pain à côté de votre assiette. Roussel est en train d'entasser des provisions dans notre voiture. Il y a de quoi nourrir toute une année. Un des avantages pour vous d'avoir été kidnappée par Grey, Renardeau, c'est que tant que nous vous garderons prisonnière, vous serez bien nourrie.

— Je suis tranquille pour un moment, dans ce cas.

Sur ce, elle but avec délices une gorgée de café. C'était un breuvage qu'elle adorait.

9

Garches, près de Paris

— Arrêtez de geindre, imbécile, vous me faites perdre mon temps.

Jacques Leblanc étala la carte sur la table et suivit de l'index les routes de Normandie.

— Elle est à Paris, déclara Henri d'un ton maussade. Ils sont à pied, et ils n'ont ni argent ni nourriture. Le garçon est blessé...

— Mort, sans aucun doute. Il y a longtemps qu'ils ont dû abandonner son cadavre dans une ruelle, dit Leblanc en continuant à dérouler la carte. Mais ils ont eu le temps de trouver des chevaux, et peut-être même une voiture.

— Si Annique parvient à s'échapper, elle ira retrouver ses amis à Paris. Pourquoi...

— Elle a des amis partout. Taisez-vous.

Leblanc désigna une portion de la côte normande.

— Cette région est le repaire des contrebandiers. La route vers l'Angleterre. Ensemble ou pas, c'est par là qu'ils passeront.

Combien de temps faudrait-il à l'espion anglais pour briser la résistance d'Annique ? Deux jours ? Trois ? Cet homme était une brute. Même Henri avait peur de lui.

C'était une simple question de logique. Il ne faudrait pas plus de trois jours à l'Anglais pour briser la résistance de cette petite garce et lui faire avouer où se trouvaient les plans. Et alors... Leblanc fit glisser ses doigts sur la carte, passant de ville en ville. Où ces plans avaient-ils été cachés, au cours de ces longs mois ? À Paris ? À Rouen ? Près de la Manche ? En Angleterre ? La fille pouvait les avoir emportés là-bas quand elle avait quitté Bruges. Elle en aurait eu le temps.

En réalité, peu importait où ils se trouvaient. Tôt ou tard, l'Anglais serait obligé de traverser la Manche... et c'était là son point faible. Il n'avait pas le choix. Il fallait qu'il gagne la côte, et là, il tomberait dans le piège qu'ils lui auraient tendu.

Henri n'avait pas assez de bon sens pour se taire.

— Nous n'avons aucune preuve qu'elle est avec lui. Aucune preuve qu'elle quittera Paris. Nous devrions...

— C'est du Renardeau que vous parlez, imbécile, pas d'une de vos poulettes. Elle a fait le chemin de Marseille jusqu'à Paris alors qu'elle est aveugle. Vous croyez qu'elle va rester tranquillement dans un coin du Quartier latin, à vous attendre ? Si elle réussit à fausser compagnie à l'Anglais, elle gagnera tout de même la Manche. Elle ira voir Soulier, car elle croit qu'elle sera en sécurité avec lui.

Henri reprit avec entêtement :

— Je pense que...

— Non, vous ne pensez pas. Bon Dieu, je suis entouré d'idiots !

Il n'avait plus le contrôle des événements. En ce moment même, Annique se traînait peut-être à genoux devant l'Anglais en lui disant tout ce qu'il voulait savoir. En lui parlant de Bruges.

Leblanc serra le poing en le faisant peser sur la Normandie, et la carte se craquela sous ses doigts. Cette catastrophe, il l'éviterait, se promit-il. Il pouvait tous les écraser comme des insectes. L'Anglais serait arrêté. Et même s'il parlait de Bruges, qui le croirait ? C'était un espion. Les rumeurs seraient étouffées dans l'œuf.

Et s'il avait les plans sur lui… Ventrebleu ! Ces plans pouvaient faire la fortune d'un homme. À condition qu'il soit assez malin.

Cela ne se passerait pas comme à Bruges. Là, tout son travail, tous ses projets s'étaient effondrés. Et pourquoi ? Pour quelques ridicules pièces d'or. C'était une insulte.

Pressant son pouce sur la ville de Rouen, il suivit la route jusqu'à la côte.

— Vous enverrez des patrouilles là, et là. Arrêtez tout ce qui bouge, fouillez tout le monde.

— Nous ne pouvons pas arrêter tous les…

— Vous cherchez une aveugle, bon sang ! Ce devrait être assez simple, même pour vous.

À Bruges, les plans s'étaient évaporés comme neige au soleil. Il avait pourtant fouillé l'auberge de fond en comble. Cette fois, ils ne lui échapperaient pas, même s'il devait ouvrir le ventre de cette catin pour les retrouver.

— Je vais faire donner des ordres aux patrouilles, répondit Henri avec un signe de tête sec et insolent.

Leblanc lui ferait regretter son attitude. Il réparerait le désastre causé par Henri et retrouverait les plans. Ensuite, il clouerait définitivement le bec à Annique Villiers. Une fois qu'elle serait morte, il n'aurait plus rien à redouter.

— Là… et là. Placez des douaniers. Pour une fois, ils se rendront utiles. Envoyez nos hommes par là.

Ses doigts se promenèrent comme les pattes d'une araignée sur la ligne bleue qui représentait la Manche, désignant de minuscules villages de pêcheurs constitués chacun d'une vingtaine de bicoques et de quelques bateaux retournés sur la plage.

— Elle connaît cette côte comme sa poche. Elle a des amis parmi les contrebandiers, des hommes dont elle ne m'a jamais révélé le nom. Si elle est libre, c'est là-bas qu'elle ira.

Il se renfonça brusquement dans son fauteuil, sortit un mouchoir de sa poche et essuya son front couvert de sueur. Cette pièce était trop chauffée.

— À moins qu'elle ne s'attende à me trouver sur son chemin. Peut-être que si nous déployions les patrouilles... marmonna-t-il en fixant le sud de la carte.

Henri observa le tableau accroché au mur or et pourpre du salon – un paysage qui avait appartenu autrefois au maire de Paris – et laissa tomber d'un ton plat :

— Il y a une infinité de possibilités.

Il fallait qu'il s'occupe d'Henri. Qu'il lui fasse payer son insolence.

— Allez-y vous-même. Ordonnez que les documents qu'elle cache sur elle me soient rapportés sans avoir été ouverts. Qu'ils soient remis à moi seul. Vous comprenez ?

— À vous seul. Sans avoir été ouverts. Bien sûr.

Henri se croyait rusé. Mais s'il posait les yeux sur les plans, il comprendrait qu'on pouvait aisément se passer de lui.

— Et Annique, que faut-il faire d'elle ? demanda-t-il.

— Amusez-vous avec elle si ça vous chante. Servez-vous d'elle pour récompenser les hommes qui l'auront trouvée. Ensuite, ramenez-la-moi.

— Et l'Anglais ?

— Tuez-le.

10

Normandie

Assise à côté de Doyle sur le siège du cocher, Annique garda pendant près d'une heure un silence dédaigneux.

— Inutile de vous en faire, mademoiselle, lança-t-il. Je n'ai pas l'intention de vous pincer les fesses.

Le ton légèrement offensé et l'expression vulgaire finirent par la dérider, et elle ne put dissimuler un sourire en coin.

— Ah, voilà qui est mieux ! s'exclama Doyle, satisfait. Je me demandais si vous alliez finir par m'adresser la parole.

— Je ne me sens pas d'humeur bavarde. Sans doute parce que j'ai été kidnappée.

— Nous vous avons contrariée, pas vrai ?

— En effet. Et je n'aime pas être perchée là-haut.

Le siège du cocher n'était pas rembourré de coussins et se trouvait très loin au-dessus du sol. Comme elle ne voyait venir ni les ornières ni les nids-de-poules, elle devait se tenir solidement, les pieds calés sur le marchepied. Elle serait extrêmement fatiguée à la fin de la journée, ce qui était sans aucun doute la raison pour laquelle on l'avait fait asseoir là. Pas question de chercher à s'enfuir après une telle journée.

La voiture se balança follement de gauche à droite, et elle resserra les doigts sur le bord du siège.

— J'vous laisserai pas tomber, ma jolie.

Doyle avait un accent merveilleux. Seul un vrai Français aurait parlé de cette façon.

— Après tout, on s'est donné assez de mal pour vous attraper. Vous vous y connaissez, en chevaux ?

À force de fouiller dans les méandres de sa mémoire, elle avait enfin réussi à situer M. Doyle. Celui-ci avait plusieurs noms. Sa mère le lui avait désigné, plusieurs années auparavant, à Vienne. Elle lui avait aussi recommandé de l'éviter, car il était dur et têtu comme une mule. Probablement le meilleur agent britannique du moment, avait-elle dit.

— Un peu, admit-elle.

— Dans ce cas, je vais vous faire travailler, pour me reposer. Prenez ceci.

Il lui mit quelque chose entre les mains, et elle devina qu'il s'agissait des rênes. Annique avait passé toute sa vie à s'adapter à des situations inattendues. Elle agrippa donc les rênes comme si elle se trouvait au beau milieu de l'Atlantique et que c'étaient les cordes qui la rattachaient à un navire.

— Nom de Dieu ! jura-t-elle tout bas.

— Ne tirez pas sur les rênes comme ça, cela rend les chevaux nerveux. En réalité, il faudrait les tenir d'une seule main, mais commençons avec les deux.

Il l'entoura d'un bras et lui prit les deux mains.

— Laissez-moi vous montrer. Il faut faire comme ceci...

— Voulez-vous reprendre les rênes ? Je vous en prie.

Mais Doyle lui glissa les courroies entre les doigts et continua :

— Celui-ci guide le vieux Nan, qui se trouve à gauche. Imaginez que vous vouliez le faire tourner à gauche... il suffirait de tirer fermement sur cette courroie. Vous la sentez, sous vos doigts ?

— Doyle, dit-elle fermement, maîtrisant à grand-peine la terreur que lui inspiraient les chevaux, cela vous a peut-être échappé, mais je vous signale que je suis complètement aveugle.

— Oui, mademoiselle. L'autre courroie, celle qui…

— Cela signifie, monsieur Doyle, que je suis incapable d'accomplir un certain nombre de petites tâches. Comme guider des chevaux, par exemple. Cela me paraît pourtant évident.

— Pour l'amour du Ciel, mademoiselle, vous n'avez pas besoin de voir clair pour tenir ces rênes. La plupart du temps, je conduis les yeux fermés, à moitié endormi, et ce sont les chevaux qui font tout le travail.

Annique serra si fort les courroies que le cuir lui entama les doigts. Cette voiture n'avait rien à voir avec le chariot brinquebalant des Roms, tiré par un gros cheval placide, qu'elle avait conduit autrefois.

— Je ne pense pas que ce soit une bonne idée.

— C'est la meilleure façon de se déplacer, mademoiselle. Si je peux vous donner un conseil, rien ne vaut une petite voiture, et il n'y a pas de raison que vous n'en conduisiez pas une, comme font les dames en Angleterre. Pour tout dire, quand on les voit conduire, on se dit que la plupart doivent être aussi aveugles que vous, sauf votre respect, mademoiselle.

— Vous avez un sang-froid admirable, monsieur Doyle. Votre réputation est méritée.

— Et qu'est-ce qu'une jeune fille comme vous peut bien savoir de ma réputation ? Quand vous arriverez en Angleterre, procurez-vous une petite voiture et un cheval avec un peu de bon sens, comme ces deux-là. Il vous emmènera où vous voudrez. Tout ce que vous aurez à faire, c'est placer vos mains sur les rênes, comme ça.

— Une voiture. Oui, je le ferai, si jamais je me rends en Angleterre.

— Allons, mademoiselle. Vous savez bien que nous vous emmenons en Angleterre avec nous. Aussi vite que possible.

Il tira légèrement sur les rênes, afin que les chevaux contournent un obstacle sur la route.

— Plus tôt vous vous habituerez à cette idée, mieux cela vaudra pour nous tous. Nous sommes sans cesse sur les nerfs, à nous demander quand vous allez tenter de tuer Grey.

Il l'entourait toujours de son bras, mais il avait relâché les rênes, lui abandonnant la responsabilité des chevaux.

— Reprenez ces courroies, Doyle. Je n'en veux pas, je vous assure.

— Relâchez un peu les rênes, et les chevaux marcheront tranquillement le long de la route. Ils sont nerveux quand ils se sentent trop tenus.

— Si je comprends bien, vous me suggérez de me détendre et de me laisser porter. Suis-je censée faire de même avec M. Grey ? C'est un conseil typiquement masculin.

— Absolument, mademoiselle. Et pendant que ces chevaux prennent doucement la direction de la côte, vous feriez bien de commencer à apprendre l'anglais.

— L'anglais ? Oh, non. Je n'ai pas l'intention de me rendre en Angleterre.

— Eh bien, mademoiselle, pardonnez-moi de vous contredire, mais c'est là que vous allez. Nous vous apprendrons donc à parler anglais. Ce n'est pas difficile.

Soutenue par le bras de Doyle, Annique avait moins de mal à demeurer sur le siège. Ce fut encore plus facile quand il prit les rênes et les maintint un peu au-dessus de ses mains.

— Juste pour vous montrer comment faire, mademoiselle. Maintenant, prenez-les.

Il dut faire un geste vers elle, puis se rappeler un instant plus tard qu'elle ne pouvait le voir.

— Ces chevaux, ce sont des limaces. Mais ne vous inquiétez pas, mademoiselle. Nous allons bientôt nous arrêter. Peut-être là.

Annique sentit l'air humide, entendit le vent, le bruit cristallin d'un ruisseau et le bourdonnement des insectes. Des oiseaux chantaient au loin. Ils étaient au milieu des champs, loin de toute habitation, et il y avait une forêt dans les parages. Le pauvre Adrian allait être opéré en pleine campagne, où personne ne pourrait entendre ses cris.

— C'est un bon endroit ?

La portière s'ouvrit en grinçant. Grey sauta sur le sol et fit quelques pas sur la route.

— Je crois.

La voix de Doyle fut accompagnée d'un drôle de crissement, et elle devina qu'il se grattait le menton.

— Tu vois ces quelques rochers empilés, au bord de la route ? C'est probablement l'œuvre des Gitans. Cela fait un moment que nous suivons un de leurs itinéraires, à en juger par les morceaux de chiffons accrochés dans les arbres, au niveau du toit de la voiture. Ces rochers indiquent sans doute l'emplacement d'un campement. Il doit se trouver là-bas, dans ces bosquets.

Les deux hommes attendaient qu'elle parle. Ces espions anglais en savaient plus sur elle qu'elle ne l'aurait voulu.

— À quoi ressemblent ces rochers, monsieur Doyle ?

— Celui du milieu est arrondi. Puis il y en a trois placés comme… Je vais vous montrer.

Il rangea les rênes, prit la main gauche de la jeune femme, la posa sur son genou et lui indiqua en dessinant sur sa paume la disposition des rochers.

— Et il y en a un plat près de votre petit doigt, sur la droite. Je ne sais pas s'il fait partie du groupe ou s'il est là par hasard. Il n'y a ni brindilles ni plumes. Juste les pierres.

Ils avaient trouvé un campement de Roms, cela ne faisait aucun doute.

— Des traces de chariots ! lança Grey depuis le champ. Ce sont des Gitans, c'est sûr.

Si des Roms campaient là, ils l'aideraient sûrement. Certes, ils n'aimaient pas être impliqués dans des querelles de *gadjé*, mais ils n'abandonneraient pas une femme qui parlait leur langue aux griffes de ces hommes.

Doyle s'éclaircit la gorge.

— Ils ne sont plus là. Ces morceaux de tissus ont été accrochés il y a longtemps. Des mois, sans doute. Et les traces de chariots sont anciennes. Nous serons tranquilles ici.

Ces deux-là voyaient trop de choses. Annique aurait préféré avoir affaire à des hommes un peu moins malins.

— Vous avez raison, pour les signaux. Il doit y avoir un camp non loin d'ici. Probablement près du ruisseau, plus haut que la route, là où l'eau est claire. Les Roms font très attention à ce genre de choses.

Elle les guida, non vers le bois le plus proche, qui semblait accueillant, mais le long d'un chemin sinueux entre de hauts fourrés. Quand ils atteignirent la clairière, elle sut immédiatement qu'ils se trouvaient dans le campement. L'odeur des feux de camp flottait encore dans l'air, et les roues du carrosse écrasèrent les herbes aromatiques que les Roms plantaient dans leurs campements favoris. L'ail sauvage, le fenouil et la menthe poussaient ici en abondance.

— Vous avez trouvé un lieu idéal, dit Grey en l'aidant à descendre du siège du cocher. C'est exactement ce qu'il nous faut. Avez-vous du sang gitan dans les veines, Annique ?

— Pas du côté de ma mère, j'en suis certaine.

Elle huma l'odeur de sa chemise et reconnut le parfum de vétiver qu'on mélangeait à l'eau pour le repassage des vêtements. C'était une coutume typiquement française. Ces agents veillaient vraiment au moindre détail.

— Je ne sais pas grand-chose sur mon père, car il est mort quand j'avais quatre ans. Mais je crois qu'il était basque. Il parlait parfois avec ma mère dans une langue que je n'ai jamais entendue ailleurs.

Il ne la toucha pas, mais elle eut l'impression que son corps se portait vers lui, malgré elle, comme s'ils étaient deux vieux amis se retrouvant après une longue séparation. Agacée par sa propre réaction, elle se racla la gorge.

— Ils étaient des révolutionnaires, vous comprenez. À cette époque, les radicaux ne parlaient pas de leur famille ni de leurs origines. C'était dangereux.

— Avec vos yeux bleus, je dirais que vous êtes d'origine celte. Bretonne, peut-être. Attendez ici une minute.

Des brindilles craquèrent sous ses bottes tandis qu'il se dirigeait vers les buissons.

Annique se concentra, comme chaque fois qu'elle arrivait dans un nouveau lieu. Le soleil réchauffait son corps. Le ruisseau n'était pas assez proche pour qu'elle sente sa fraîcheur, mais le bruit de l'eau était réconfortant. Elle entendit le carrosse se balancer lourdement lorsque Doyle détacha les chevaux, puis l'écho de leurs sabots dans l'herbe lorsqu'il les mena près du ruisseau pour les faire boire. L'air était chargé d'une odeur de pollen, de relents de charbon et de tabac, mais aussi du parfum particulier de la pommade dont les Gitanes se servaient pour leurs cheveux. Ces effluves familiers lui rappelaient les camps de son enfance. Des Roms avaient vécu ici.

La vie était plus simple lorsqu'elle vivait parmi les Kalderash. Si sa mère n'était pas revenue la chercher, elle aurait peut-être fait sa vie parmi eux. Aujourd'hui, elle aurait un bébé aux cheveux noirs dans les bras et un mari fanfaron à ses côtés, au lieu de cet espion qui l'avait enlevée et projetait de l'emmener à Londres pour la soumettre à un interrogatoire déplaisant.

— Prenez ceci, dit Grey.

Il lui mit un lourd bâton dans la main. Une sorte de massue. Elle n'avait jamais tenu de massue, mais dans les histoires de Robin des Bois que lui racontait son père autrefois, c'était exactement le genre d'arme dont Petit Jean se servait pour frapper le shérif de Nottingham sur la tête !

— Merci, répondit-elle en songeant qu'elle assommerait peut-être Grey avec cette arme, un peu plus tard. Allez-vous opérer Adrian ?

— C'est pour cela que nous sommes ici, répliqua-t-il d'une voix tendue.

— Je vois. Vous avez appris à faire cela dans l'armée ?

— Non, jamais. Je vais défaire les bagages. N'en profitez pas pour vous éloigner.

De toute évidence, la perspective de cette intervention était loin de l'enchanter. Il semblait très inquiet. Cela affectait même sa démarche, constata Annique en l'écoutant tandis qu'il se déplaçait entre le carrosse et le centre de la clairière, où Doyle était en train d'allumer un feu.

Annique n'avait pas encore pris sa décision. Elle inspecta les alentours en s'aidant de son bâton, cherchant les traces des chariots. C'était un campement important. Dans les champs, au-delà des bois, on trouvait certainement des baies, des lapins, et même des hérissons, avec un peu de chance. Des écorces de faines craquaient sous ses pieds. On devait pouvoir bien se nourrir ici, sans avoir besoin de voler de poulets dans les fermes environnantes.

Le sol descendait en pente douce vers le cours d'eau. Grâce à cette pente et au bruit de l'eau, elle pouvait aisément se repérer. Voilà qui était réconfortant.

Elle trébucha contre une racine, mais parvint à garder l'équilibre. Tomber de temps à autre faisait partie du lot des aveugles. Il fallait être philosophe.

Dans la partie la plus élevée de la clairière se trouvaient des mûriers, ce qu'elle découvrit en se griffant les mains contre les ronces. Elle mangea quelques mûres, prit sa décision et se rapprocha de Doyle et de Grey, qui étaient en pleins préparatifs.

Ils parlaient de choses et d'autres. Il lui était arrivé des centaines de fois d'entendre des hommes échanger ce genre de propos anodins, juste avant une bataille. La voix de Grey ne dénotait que le calme et la confiance. À l'entendre, on aurait pu croire qu'il venait de passer des semaines à extraire des balles des corps de ses hommes blessés et qu'il n'avait pas connu un seul échec. Quant à Adrian, il avait un courage remarquable, elle l'avait déjà constaté. Il avait décidé de remettre sa vie entre les mains de Grey.

Mais elle ne l'avait pas tiré des griffes de Leblanc pour le voir mourir maintenant.

Car, selon toute vraisemblance, c'était ce qui l'attendait. Grey n'avait aucune expérience de chirurgien. Si elle avait été vraiment fidèle à sa patrie, elle aurait dû s'en réjouir : d'après ce qu'elle avait entendu, Adrian était un espion remarquable, et un ennemi de la République française.

Il y eut des bruits métalliques – Doyle alignait des instruments sur le sol. Annique décida qu'elle devait trahir la France.

— Grey, je voudrais vous parler.

— Plus tard.

— Non, maintenant, rétorqua-t-elle en s'éloignant.

Elle fit dix pas vers le ruisseau, puis s'arrêta. Il la rejoignit.

— Je n'ai pas le temps, Annique.

— Je peux extraire cette balle.

Un long silence suivit ces paroles. Puis Grey reprit :

— Je ne devrais pas être étonné. Vous avez souvent suivi l'armée, n'est-ce pas ? Où avez-vous appris à extraire une balle ? À Milan ?

— Ainsi qu'à Millesimo, à Bassano, à Roveredo et... d'autres lieux encore.

Elle avait vu tant de champs de bataille !

— L'endroit le plus sûr, quand on est déguisé en garçon, c'est la tente des malades. Tant que j'étais occupée à nettoyer le sang des blessés, personne ne pensait à me donner un fusil pour aller tuer des ennemis.

— Je vois.

Le ton était sec. Grey avait été major d'infanterie, avant d'entrer dans les Services Secrets. Il connaissait bien les tentes médicales, et l'atmosphère lugubre qui y régnait après la bataille.

— Au début, je n'étais là que pour nettoyer. Mais aucune de ces ordonnances n'aurait été capable de recoudre une taie d'oreiller... alors une blessure, vous pensez ! Je suis habile de mes mains, et les chirurgiens n'ont pas tardé à le remarquer. Dès que j'entrais dans la tente, ils me montraient ce qu'ils voulaient que je fasse. J'ai ôté des milliers d'éclats d'obus que les chirurgiens n'avaient pas le temps d'aller chercher au fond de la blessure. Et plus tard, quand il y a eu trop de blessés, il a fallu que je retire les balles aussi.

— Les balles aussi, répéta-t-il.

Il était si proche qu'elle sentit son souffle sur son visage.

— Je n'ai pas besoin de voir pour le faire.

Elle n'aurait su dire pourquoi elle tenait absolument à le convaincre. Sans doute ne réussirait-elle pas à sauver Adrian. Le destin du jeune espion était peut-être de mourir. Mais elle pouvait épargner à Grey le chagrin de voir son ami mourir parce qu'il n'avait pas su le soigner.

— Voir ne sert à rien, vous comprenez. Pour enlever une balle, il faut entailler la chair, ce qui fait surgir beaucoup de sang. On n'y voit rien. Il est toujours nécessaire de chercher à tâtons pour trouver l'endroit où s'est fichée la balle.

— Faites-le.

— J'ai de l'expérience dans ce...

— Je vous ai dit de le faire.

Il tourna le dos et s'éloigna sans ajouter un mot. Drôle de réaction, songea Annique, perplexe.

Ils avaient étalé des couvertures sur le sol, au centre de la clairière. Doyle avait déversé là sa collection d'instruments. Tandis que Grey lui apprenait qu'Annique allait le remplacer, la jeune femme s'agenouilla et passa en revue les instruments métalliques. Il y en avait des douzaines. Elle replaça la plupart dans la sacoche de cuir et ne garda que les plus petites pinces, une paire de ciseaux et un minuscule couteau coupant comme un rasoir. Cela suffirait pour ce qu'elle avait à faire.

Tous les instruments sentaient le sang séché et le poisson. Elle envoya Doyle les laver dans le ruisseau avec un morceau de savon. Elle agissait comme le lui avaient appris les Roms. Pas question d'utiliser une bassine. Les Roms ne lavaient jamais rien dans de l'eau stagnante.

Puis elle se retourna pour toucher Adrian. Ce dernier était assis, torse nu. Grey le débarrassa de son pansement.

— *Chère*[1] Annique, si j'avais su que vous alliez m'opérer, je vous aurais laissée finir votre café, ce matin.

Il saisit sa main et la porta à ses lèvres pour l'embrasser. Difficile à ce moment-là de ne pas le prendre pour le Gascon pour lequel il voulait se faire passer !

— Comment Grey a-t-il réussi à vous convaincre de le faire ?

— C'est tout le contraire. Grey s'est battu bec et ongles pour avoir le privilège d'extraire cette balle, mais j'ai insisté pour le faire moi-même. Si vous n'avez pas encore pris l'opium, vous devriez le faire, car il faudra attendre un moment après que vous l'aurez pris. Je n'ai pas envie de discuter avec vous de la pluie et du beau temps pendant que je travaille. Je ne dois pas me laisser distraire.

— Il ne veut pas d'opium, annonça Grey.

— Si je prends la dose nécessaire, je serai assommé pendant des jours. Leblanc est à la recherche d'un blessé. Si je suis groggy, je suis un homme mort.

— Je le déteste quand il a raison, pas toi ? lança Doyle à l'adresse de Grey.

— J'ai toujours raison. Annique... Renardeau... je ne prendrai pas d'opium. Quant au cognac, pour qu'il

1. En français dans le texte. (*N.d.T.*)

fasse de l'effet, il faudrait que j'en boive tant que ça me tuerait. Donc, je ne prendrai rien du tout. Saurez-vous faire ce travail ?

— Oh, oui. Je l'ai fait des centaines de fois et j'opère très vite.

Mon Dieu ! Ces trois-là se rendaient-ils compte du cauchemar que cela allait être, sans opium ?

— Sur les champs de bataille, on finit toujours par manquer d'opium. On se débrouille sans cela.

— Il n'y a rien de tel que l'expérience. Tenez, c'est propre, annonça Doyle en lui déposant les instruments dans la main l'un après l'autre.

— Généralement, ajouta-t-elle, je suis dans les tentes des perdants, et nous avons beaucoup de blessés.

Elle essuya les ciseaux avec une bande de tissu et les testa. Ils étaient coupants.

— J'ai aussi souvent espionné les Milanais et les Autrichiens, qui perdent régulièrement des batailles. Allongez-vous, monsieur Adrian, pour que je puisse vous examiner. Je ne suis pas grande.

Elle se rapprocha d'Adrian et se plaça dans une position confortable pour travailler. Les instruments étaient nettement alignés sur la couverture. Elle les souleva et les reposa un à un, jusqu'à ce qu'elle sache exactement où poser la main pour les trouver. Puis elle les recouvrit d'un tissu, car il valait mieux qu'Adrian ne les ait pas sous les yeux, et elle posa les pansements sur ses genoux. Maintenant, il fallait qu'elle se concentre sur ce qu'elle avait à faire.

Adrian tressaillit quand Annique posa les mains sur lui, puis inspira longuement et demeura impassible tandis qu'elle l'examinait. Il avait un torse musclé, et il se tenait très raide, luttant contre la douleur. Sa peau était enflammée autour de la blessure, et elle comprit à l'odeur que la plaie était infectée. Cependant, il s'agissait d'une infection banale, et non de la plus grave, qui pouvait entraîner la mort.

Doyle s'installa à droite du garçon, et Grey de l'autre côté. Ils ne le tenaient pas, mais ils seraient bientôt obligés de le faire. Elle avait déjà opéré sans opium et savait à quoi il fallait s'attendre.

— Monsieur Doyle, je vais vous montrer où vous devez placer vos mains.

— Nous avons une chose à faire d'abord, déclara Grey. Je vais parler à Adrian. Cela ne prendra que quelques minutes.

Annique réprima un soupir d'exaspération.

— Vous avez eu toute la matinée pour parler.

Chaque minute comptait. Voulaient-ils éprouver un peu plus les forces d'Adrian ? Croyaient-ils que son courage était inébranlable ?

— Nous allons essayer quelque chose que j'ai vu faire à Vienne. Cela nous aidera peut-être, répondit Grey.

Il se pencha pour parler au garçon.

— Détends-toi, Adrian, et écoute-moi. Concentre-toi sur ce que je dis.

Pendant qu'il parlait, Annique se représenta le schéma des veines dans la poitrine. Avec de la chance, elle parviendrait à les éviter.

Sa grande mémoire était un don du Ciel. Toutes les pages qu'elle avait lues, les rues qu'elle avait traversées, les visages qu'elle avait aperçus dans la foule... tout lui revenait à l'esprit avec précision lorsqu'elle le voulait. Les autres oubliaient. Elle, non. C'était pour cette raison que Vauban lui avait donné les plans dans la petite auberge de Bruges quand Leblanc était arrivé et les avait menacés. Elle avait mis les plans dans sa mémoire et brûlé toutes les pages à mesure qu'elle les lisait. C'était à cause de cette mémoire exceptionnelle que sa mère l'avait toujours emmenée partout avec elle, même lorsqu'elle était enfant. Sa tête était pleine de secrets.

Par chance, sa mémoire contenait aussi des détails anatomiques. Le haut du torse n'était pas le pire endroit pour une blessure, surtout si la balle ne pénétrait pas profondément dans la chair. Ce qui avait dû être le cas pour Adrian, puisqu'il était encore en vie.

Grey tenait au blessé des propos inintéressants auxquels elle ne prêta pas attention.

— Nous allons essayer cela pour commencer et voir comment ça se passe. Tu vas respirer lentement et écouter ce que je dis.

— Cela me paraît complètement idiot, répondit Adrian, mais j'essaierai.

— Concentre-toi sur ta respiration. Comme cela. Inspire. Expire. Lentement... Tu ne dois penser qu'à ça.

Grey répéta les mêmes paroles, sur un ton excessivement lent et ennuyeux. Annique cessa de penser au réseau de veines dans la poitrine et s'assit, les mains sur les genoux. Elle laissa ses pensées divaguer.

— Tu es fatigué, tes paupières sont lourdes. Tu peux fermer les yeux.

Grey continua de parler sur le même ton monocorde.

Tout à coup, elle sentit quelqu'un la secouer. C'était Grey.

— Réveillez-vous, Annique. Voilà. Réveillez-vous. Vous vous sentez bien, Annique. Vous êtes complètement réveillée.

Apparemment, elle s'était endormie, assise sur le sol. Ses jambes étaient encore engourdies.

— Bien sûr que je suis réveillée. Je me reposais simplement pendant que vous bavardiez. Je n'ai pas passé une très bonne nuit, précisa-t-elle d'un ton chargé de sarcasme.

— Vous êtes, comme on dit, un excellent sujet, répliqua Grey. Ce n'est pas le cas d'Adrian. J'ai vu faire cela à deux ou trois reprises à Vienne, mais je n'avais encore jamais essayé. Il y a un homme là-bas qui se sert de cette méthode pour les opérations. Espérons que ça marchera.

— Vous avez fini de parler ?

— Je vais continuer. N'écoutez pas ce que je dis et faites votre travail. Ignorez-moi. Je ne voudrais pas que vous vous endormiez de nouveau.

— Eh bien, tenez-le.

Elle leur montra ce qu'il fallait faire. Doyle maintint le bras et l'épaule gauches d'Adrian, et Grey se plaça de l'autre côté, sans cesser de lui parler. Il lui disait que la douleur était très loin, de l'autre côté d'un mur. Ses propos étaient bizarres, et Annique décida de ne pas y prêter attention.

— Il ne faut pas qu'il bouge.

Elle les laissa faire leur part du travail et cessa de penser à eux. Beaucoup de pensées devaient être balayées de son esprit. Surtout, elle ne devait plus songer à Adrian. Elle n'avait sous les mains que des muscles, des os, de la peau. Ce n'était pas Adrian.

Il lui fallut une minute pour explorer la surface de sa peau du bout des doigts. Bien. La balle était là, sous ce renflement. Il avait eu une chance incroyable. La balle était logée assez haut dans la poitrine et n'avait pas pénétré profondément. Elle se trouvait juste sous la clavicule, près de la deuxième côte, coincée contre de l'os, comme si Adrian avait été touché par quelqu'un qui était placé sous lui. La balle n'avait pas atteint le poumon.

Le patient était immobile. Pas complètement détendu, comme s'il avait absorbé de l'opium, mais immobile. Bien.

Elle s'assit sur ses talons et répertoria une dernière fois les instruments. Le plus simple était de passer dans le trou formé par la blessure elle-même, ce qui éviterait de faire plus de dégâts. Elle prit une pince longue et fine.

— De la main gauche, elle pressa la peau du blessé, juste à l'endroit où la balle était logée. Puis elle ouvrit et referma plusieurs fois la pince. Il fallait faire vite. Ne pas hésiter.

Elle prit une profonde inspiration et enfonça la pince dans la plaie. Une fois à l'intérieur, elle poussa, en ouvrant légèrement l'instrument, suivant le trajet formé par la balle dans le muscle. Du sang chaud s'écoula sur ses doigts.

Elle poussa encore un peu plus loin et sentit quelque chose contre le métal de la pince. Elle ouvrit un peu celle-ci, fouilla et parvint à attraper le morceau de métal dur et minuscule. Oui ! Elle le tenait. Il fallait le ramener. Elle pouvait aller vite, à présent. Le patient retenait son souffle, ses muscles étaient durs comme de l'acier. À côté d'elle, une voix donnait des ordres dans lesquels il était question d'une obscurité solide comme un mur de briques.

Annique fit rouler la balle dans la paume de sa main. Le plomb avait été aplati par l'impact, mais il n'était pas lisse. Il en manquait un morceau. Elle allait être obligée de recommencer.

Le morceau qui manquait avait dû être arraché par l'impact lorsque la balle avait tapé contre la côte. Elle allait devoir pénétrer profondément dans la plaie pour le trouver. Le patient tressaillit et étouffa une plainte. Elle relâcha légèrement la pression de la pince, de crainte de le blesser davantage.

Il redevint immobile. Bien. Elle chercha délicatement, entre les côtes, en évitant les vaisseaux, un morceau de métal qui n'avait rien à faire là…

Elle trouva l'extrémité de la balle à la surface de la première côte. L'emplacement… *Mon Dieu !* Ça n'aurait pu être pire. L'artère était toute proche.

— Ne respirez pas, ordonna-t-elle.

Les muscles sous sa main étaient durs comme de la pierre, et frémissants. Le fragment de métal était logé contre l'artère. Il ne fallait pas qu'il bouge. Elle avança la pince. Surtout, ne pas presser l'artère. Elle devait retirer le fragment sans jamais exercer la moindre pression.

Elle referma la pince sur la balle et doucement, très doucement, la ramena à l'extérieur. Puis elle plaqua les deux fragments l'un contre l'autre. Rien ne manquait.

— C'est fini.

Elle posa la pince sur la couverture, prit les bandages sur ses genoux et les pressa contre la blessure.

— Mon Dieu, murmura Doyle.

Le patient haletait et gémissait comme un animal blessé.

— C'est fini. Tant mieux, marmonna Grey.

À en juger par sa voix, il semblait aussi épuisé qu'Annique.

— Le pire est passé, Hawker. Maintenant, nous allons élever un grand mur entre la douleur et toi. Un mur très haut et très sombre. La douleur est d'un côté du mur, tu es de l'autre. Inspire doucement. Maintenant, expire.

De toute évidence, Annique avait quant à elle retenu trop longtemps sa respiration. La tête lui tourna, et elle eut la sensation que le sol sous elle bougeait.

Adrian perdait du sang. Elle le sentait s'écouler à travers les linges qu'elle pressait sur la blessure. Heureusement, l'écoulement n'était pas abondant. Cela signifiait qu'elle n'avait pas touché l'artère. Elle ne l'avait pas tué.

C'était la toute première fois qu'elle opérait quelqu'un qu'elle connaissait. C'était horrible. À l'avenir, elle éviterait de le faire.

— Je m'occupe de ça.

Doyle écarta ses mains et prit le relais. Il ôta les pansements trempés de sang, qu'il remplaça par des linges propres.

Adrian émit un gémissement et voulut rouler sur le côté, mais Grey lui ordonna de se tenir tranquille. Puis il lui dit de respirer et le lui répéta, encore et encore.

— Faut-il cautériser la plaie ? demanda Doyle. J'ai chauffé le fer, je peux le faire.

— Non, c'est inutile. Le saignement va cesser.

Annique essuya ses doigts poisseux sur sa jupe.

— Ambroise Paré dit qu'il faut laisser le sang s'écouler. Il y a moins de risques d'infection, ainsi. Pas de points de suture, à moins que les saignements ne deviennent trop abondants. Demain, j'en ferai un ou deux, pour ramener les lèvres de la plaie l'une vers l'autre.

Elle voulut rejeter ses cheveux en arrière, puis se rappela que ses doigts étaient trempés de sang et interrompit son geste. Elle prit quelques profondes inspirations.

— Paré dit qu'il faut laisser ce genre de plaie ouverte... pour qu'elle guérisse de l'intérieur...

Grey mit abruptement fin à son étrange monologue, se leva et s'éloigna un peu. Quand il revint, il plaça un linge frais et humide sur le front de la jeune femme.

Elle posa la joue contre sa jambe, dans un geste d'intimité qui lui parut parfaitement naturel sur le moment.

— Vous ne devriez pas me toucher, dit-elle néanmoins. Je suis couverte de sang. Cette robe est probablement gâchée. De toute façon, elle ne devait pas être décente, mais comme je n'en ai pas beaucoup, je dois être prévoyante.

Il lui essuya les joues avec le linge humide, puis replia celui-ci et le lui posa sur la nuque.

— Vous faites cela de crainte que je m'évanouisse. Mais je ne m'évanouis jamais.

— Tant mieux. Je suis désolé, pour votre robe. Merci d'avoir sauvé Adrian.

— Ce n'était pas la pire blessure que j'aie vue. Un jour, j'ai retiré cinquante-deux morceaux de métal du corps d'un homme, et il a survécu. C'était un sergent autrichien. On m'a dit ensuite qu'il les avait fait fondre pour en faire un presse-papiers.

— Bonne idée, commenta Grey d'un ton distrait.

Il réfléchissait. Elle pouvait presque entendre les pensées tourner dans sa tête comme des rouages, avec un bruit métallique.

— Annique... si je l'avais fait moi-même, je l'aurais tué.

— C'est presque certain. Le deuxième morceau était près de l'artère. Je la sentais battre. Allez-vous me libérer pour me remercier d'avoir sauvé la vie de votre ami ?

— Non, répondit-il sans l'ombre d'une hésitation.

— Dans ce cas, je vais aller me laver, au lieu de rester effondrée à vos pieds.

Elle se releva, ce qu'elle aurait probablement réussi à faire même sans l'aide de Grey. Il lui passa son bâton, et elle parvint à se tenir debout seule. Elle savait qu'elle ne s'évanouirait pas.

— Votre sac se trouve de l'autre côté du feu, dit Doyle. Non... plus à droite. Voilà. Il y a du savon et une serviette sur cette pierre. Oui, vous y êtes.

— J'ai donc tout ce qu'il me faut. Je vais aller me laver, et M. Grey pourra continuer sa conversation interminable avec son ami. Tenez ces pansements pressés sur la blessure jusqu'à ce que les saignements s'arrêtent.

— Oui, mademoiselle.

Elle chercha son chemin entre les buissons à l'aide du bâton et trouva le sentier qui descendait vers le ruisseau.

— Et mettez une couverture sur lui.

Elle était furieuse contre elle-même. Il fallait qu'elle soit vraiment stupide pour avoir envie de rester à côté de Grey et se laisser dorloter. Cet homme était en train de la détruire, avec son apparente gentillesse, ses bras forts et doux, alors qu'au fond de son cœur il demeurait impitoyable.

C'était un piège. Ce serait tellement facile de remettre sa vie entre ses mains ! Mais elle n'avait pas la moindre confiance en lui. Elle n'avait pas encore perdu l'esprit. Pas tout à fait.

L'eau était plus tiède qu'elle ne s'y attendait, et cela la réconforta, de même que le profond silence qui régnait autour d'elle. Tout en cherchant la rive où devaient venir les femmes pour se baigner, elle songea que les bois étaient très épais. Ce devait être bien pour se cacher, la nuit, quand on voulait s'échapper.

— Eh bien, ça ne s'est pas trop mal passé, dit Doyle quand il fut sûr qu'elle ne pouvait plus les entendre.

— Au nom du Ciel, Will, combien de temps a-t-elle mis ?

— Deux minutes, trois au maximum. Je comprends pourquoi les chirurgiens de l'armée l'ont fait travailler avec eux. Elle a sorti cette balle de la poitrine de Hawker comme une amande d'un pudding !

— Bon sang, à combien de batailles a-t-elle participé pour devenir aussi experte ? Et quel genre de mère envoie sa petite fille dans un camp de l'armée pour espionner ? Quel âge pouvait-elle avoir ? Onze ans ? Douze ans ?

— Le même âge qu'avait Hawker quand il est venu travailler pour nous.

— Hawker n'était pas un enfant. Il n'en a jamais été un.

— Annique non plus. D'après ce que j'ai entendu dire, elle a assisté à la pendaison de son père. Elle devait avoir quatre ans.

Doyle épongea le sang de la blessure avec des linges propres.

— Il ne saigne pas beaucoup. Va chercher la couverture. Tu vas continuer à parler pour le faire dormir ?

— Je recommencerai toutes les heures. Que diable vais-je pouvoir faire de cette femme ?

— Ce n'est pas à moi de te le dire. Mais fais ton lit un peu plus loin, pour ne pas déranger Adrian quand tu seras avec elle.

— Très drôle. Je descends vers la rivière, pour m'assurer qu'elle ne prend pas la poudre d'escampette. Appelle-moi si Adrian se réveille. Elle va essayer de s'enfuir cette nuit, tu ne crois pas ?

— Avec tous ces bois où se cacher... oui. Mais avant de partir, elle t'assommera avec une pierre, je crois.

Doyle ramassa les deux morceaux de plomb qu'Annique avait retirés de la poitrine d'Adrian et les glissa dans sa poche.

— Hawker voudra les garder.

— Bonne idée, répondit Grey en regardant le chemin par lequel Annique avait disparu. Je crois que je n'arriverai pas à l'arrêter. Elle est trop douée.

Même s'il l'attachait, elle trouverait un moyen de s'échapper.

— Leblanc est à nos trousses. Si elle nous fausse compagnie, il la trouvera.

— À moins qu'elle n'ait de la chance et que Fouché ne lui mette la main dessus avant. Auquel cas elle finira dans un bordel.

Doyle entreprit d'essuyer les instruments pour les déposer dans la mallette.

Il n'y avait qu'une chose à faire.

— Prépare à manger. Quand elle se sera lavée, elle aura faim. Et, Will...

Doyle leva les yeux.

— Mets de l'opium dans son café.

Doyle changea les pansements sur la plaie.

— Tu as quelque chose à dire ? ajouta Grey.

— Ça marchera. Elle aime le café.

Doyle prit la couverture et l'étendit sur Adrian, qu'il aida à s'installer dans une position plus confortable.

— Il fallait qu'on en arrive là, tôt ou tard. J'en mettrai le moins possible. Va la surveiller.

11

Doyle avait préparé une omelette avec les œufs frais et le beurre que l'aubergiste leur avait donnés, et des champignons qu'il était allé cueillir dans la forêt. Il était bon cuisinier, ce Doyle. Mais il fallait dire qu'il savait faire beaucoup de choses, en dehors du métier de cocher. Grey était assis à côté d'elle sur la couverture. Annique avait l'impression de sentir continuellement son regard sur elle, tandis que des plans d'évasion tournaient dans sa tête.

— Vous avez tapé dans l'œil de l'aubergiste, lui dit Doyle. Si nous avons un pot de crème pour notre café, c'est parce que, ce matin, vous avez dit que vous aimiez cela.

— Je séduis toujours les aubergistes, répondit-elle en posant son assiette pour prendre sa tasse de café. Ils devinent en moi une bonne cuisinière, ce qui est terriblement attrayant pour eux. Je m'aperçois que vous aussi êtes cuisinier. Cette omelette est excellente, et pourtant il est très difficile de les réussir sur un feu de bois. Je ne m'y risquerais pas.

Elle ne fit pas allusion au café, qui n'était pas aussi réussi que l'omelette. Trop fort et trop amer. Sans doute Doyle avait-il été troublé par les événements de la journée. Il ferait certainement mieux ce soir. À moins que, n'étant pas Français, il ne soit incapable de préparer correctement cc breuvage.

— Voulez-vous un petit pain, comme ceux du déjeuner ? lui demanda Doyle. Vous n'êtes pas trop fatiguée pour manger, n'est-ce pas ?

— Mais non. Ce n'est rien, d'extraire une balle.

Elle doutait fort que la robe qu'elle portait à présent soit plus décente que celle qu'elle avait abîmée en opérant Adrian. Grey lui avait dit qu'elle était verte et couvrait tout ce qu'il fallait couvrir. Doyle, lui, avait déclaré qu'elle était d'un vert tendre comme les feuilles nouvelles d'un chêne, et si respectable qu'avec, elle ressemblait à une femme mariée de quarante ans. Mais elle n'était pas assez stupide pour croire ces deux Anglais.

Lorsqu'elle eut mangé autant d'omelette et de pain qu'elle le pouvait, elle s'adossa à un arbre et avala son café à petites gorgées. Pour une fois, elle n'éprouvait ni peur ni colère. Elle avait appris, nombre d'années auparavant, à goûter les brefs moments de paix qui se présentaient.

— Vous savez, Grey, j'aime cet endroit. C'est un lieu très ancien. Les gens de mon peuple viennent ici depuis longtemps.

— Les Gitans ?

— Oui, les Roms. Je ne devrais pas dire « mon peuple », car je n'en fais plus partie. Il n'y a plus de place parmi eux pour une femme comme moi.

Une vive douleur lui transperça le cœur, puis elle secoua la tête, repoussant cette pensée.

— Ce camp doit être très ancien. Les Roms viennent sans doute ici depuis des centaines d'années. Ce ruisseau est tellement joli...

— Ce bain vous a fait du bien.

Grey semblait d'une humeur étrange. Il restait près d'elle, comme s'il attendait quelque chose. Il avait terminé son repas et buvait un vin rouge à l'arôme boisé. Il ne lui en avait pas encore offert.

— Énormément. Pouvoir se laver... C'est la première fois depuis un mois que je me sens réellement propre.

C'est un des grands plaisirs de la vie, de se laver. Je me suis rendue dans le bassin, en aval. Il n'est pas large, mais assez profond, avec un fond de sable propre. Je suis sûre que les femmes et les enfants s'y rendent pour nager. Un peu plus loin, il doit y avoir des rochers plats sur lesquels elles frottent leur linge.

— L'eau devait être froide, non ?

— Oui, mais j'aurais aimé ne jamais sortir de l'eau... Doyle m'a donné un savon délicieux. À quoi est-il parfumé ? À la lavande ?

— Je ne sais pas. Il l'a volé quelque part.

— Naturellement. Suis-je sotte !

Elle but encore une gorgée de café. C'était étrange d'être assise à côté de Grey, à lui parler de choses et d'autres comme à un vieil ami. Elle n'aurait jamais cru cela possible.

— Vous avez aimé vivre avec les Gitans ?

— Oh, oui. C'est peut-être parce que j'étais jeune, je ne sais pas, mais c'est la seule période de ma vie où je me suis sentie parfaitement heureuse. Je m'éveillais dans des forêts comme celle-ci, ou dans des champs où chantaient les grillons... et il y avait toute une journée devant moi ; sans corvée spéciale à prévoir. Tout se faisait naturellement. Ramasser du bois pour le feu, faire boire les chevaux, partir dans les champs pour chercher de la nourriture. En ville, nous dansions et nous mendiions. Je n'étais pas très douée pour danser, à vrai dire. Mais vous ne pouvez pas savoir comme je jonglais.

— Très bien, je suppose ?

— Doyle a dû vous le dire, car je suis sûre qu'il connaît toute l'histoire de ma vie. Je dois avouer que j'étais incomparable. Et j'étais encore meilleure au lancer de couteau. Même maintenant, alors que je ne vois plus, je pourrais atteindre ce petit oiseau qui chante dans l'arbre. Je ne sais pas son nom en français. Les Roms diraient un *bardroi chiriclo*.

— C'est un verdier, Annique.

— Ah, je le saurai, maintenant. Eh bien, je suis sûre que je pourrais le toucher, si je voulais manger des oiseaux, ce qui n'est pas le cas. Il faut avoir vraiment très faim pour manger ces petites bêtes.

— Vous n'aimez pas mon café, mademoiselle ? s'inquiéta Doyle. Est-il trop fort pour vous ?

— Non, non, il est très bon.

Elle vida sa tasse, et il la lui prit des mains.

— Qui sait ? fit Doyle. Je finirai peut-être par me mettre au café, moi aussi, si je reviens plus souvent dans ce pays. Vous allez apprendre à boire du thé, en Angleterre ?

— J'en bois quelquefois, quand j'ai mal à l'estomac.

— Vous devenez raisonnable, fit remarquer Grey. Vous n'avez même pas répliqué que vous n'iriez pas en Angleterre.

— Si vous croyez que je dis ce que je pense, monsieur, c'est que vous êtes idiot... ce qui ne me paraît pas vraisemblable.

Elle s'adossa de nouveau au tronc d'arbre.

Adrian se mit à s'agiter, aussi Grey se dirigea-t-il vers lui et se lança-t-il dans un nouveau discours très ennuyeux dans lequel il était question de flotter et de dormir. C'était tout de même étrange qu'un de ces longs monologues ait permis à Adrian de se calmer assez pour qu'elle puisse l'opérer sans difficulté. Il faudrait que Grey lui explique cela plus tard, quand elle serait moins fatiguée. C'était pénible qu'il parle autant, alors qu'elle avait envie de se reposer. Mais au bout d'un moment, sa voix se confondit avec le bourdonnement des insectes et le chant des grillons.

Il faisait très chaud dans la clairière, cet après-midi. Doyle ne cessait d'aller et venir, ramassant les assiettes et attisant le feu. Le bruit de ses bottes semblait aussi naturel que les cris des oiseaux et le piétinement des chevaux attachés à la lisière de la forêt. Tous les sons, toutes les odeurs étaient tels qu'ils devaient être.

Quand elle était jeune et qu'elle suivait l'armée, déguisée en garçon, Vauban venait parfois la retrouver. Ils s'asseyaient dans les champs ou dans les bois, et allumaient un feu. Chaque fois qu'il le pouvait, il lui apportait des provisions. Elle avait toujours faim. En mangeant, elle lui rapportait tous les détails qu'elle avait vus. Vauban la félicitait et lui donnait de nouveaux ordres. À ces moments-là, pendant une heure ou deux, elle se sentait en sécurité. Vauban l'aurait défendue, au péril de sa vie.

Soulier venait quelquefois, toujours élégant, même en haillons ou en uniforme de soldat. Il lui rapportait en cachette des bonbons de Paris, qu'il transportait avec autant de soin que des documents secrets. Il la faisait rire, et il avait toujours de bons conseils à lui donner. Personne n'était aussi rusé que Soulier.

Il se trouvait à Londres, maintenant, puisqu'il était devenu le chef de tous les espions français en Angleterre. Tout le monde savait qu'il travaillait pour la Police Secrète, mais, par un accord tacite, personne ne s'attaquait à lui. C'était un accord très ancien. Il y avait un agent comme lui dans chaque capitale. C'était par lui que passaient les messages les plus secrets, entre gouvernements.

Soulier devait aimer ce travail, car il avait un certain goût pour les intrigues politiques. Il devait aussi prendre plaisir à narguer les militaires, qui n'avaient pas la possibilité de le faire prisonnier.

— Tu te reposes tranquillement, tu reprends des forces. La douleur est très loin.

La voix de Grey était un murmure qu'elle pouvait ignorer.

— Tu es en sécurité, rien ne peut t'atteindre. La douleur est loin. Elle ne peut pas te toucher.

Opérer Adrian l'avait tellement épuisée qu'elle somnolait, à présent, repue et bercée par la voix de Grey. Il parlait avec cet accent du Sud qui lui était si familier. Son père parlait ainsi. C'était la langue qu'elle parlait quand elle était enfant. La langue dans laquelle elle rêvait. Elle s'étira, bâilla et changea de position. L'écorce de l'arbre était très douce.

Au bout d'un moment, Grey revint vers elle. Elle bâilla de nouveau.

— Vous êtes bizarre, pour un chef de section.

— Il fait bien son travail, dit Doyle.

Grey posa quelque chose de doux et de tiède sur elle. C'était sa veste, et le vêtement portait son odeur. Tout à coup, elle comprit.

— Vous m'avez droguée.

— Oui, Annique, dit-il.

Trop tard. Elle ne pouvait plus rien faire.

12

La côte du nord de la France, près de Cayeux

— Vous croyez vraiment que c'est ce que je cherche, une famille de Hollandais avec trois enfants et une grand-mère ?

Une main sur les rênes de sa monture, l'autre crispée sur un rouleau de papier, Leblanc se tenait très raide sur sa selle.

— Ou des écolières ? Ou deux vieillards accordeurs de pianos ? Ces informations ne me sont d'aucune utilité.

— Ils sont passés aujourd'hui sur cette route. Nous n'avons vu personne d'autre, répliqua le caporal avec fermeté.

— Je vous le répète, nous cherchons une aveugle. Jeune, brune, très jolie. Il est invraisemblable que personne ne la remarque. Il doit y avoir un homme avec elle. Grand. Les cheveux sombres, les yeux noirs.

— Il se peut qu'ils soient accompagnés d'un autre homme. Jeune et blessé, précisa Henri.

Leblanc le fit taire d'un coup d'œil furibond.

— Oubliez les autres. Nous devons absolument retrouver cette fille. Elle va passer par là, c'est inévitable.

La monture d'Henri avança légèrement, faisant mine de mordre le caporal. Henri la ramena en arrière.

— À moins qu'elle ne se dirige vers le sud, dit-il.

— Non, elle ne fera pas cela. Elle connaît cette côte par cœur, et c'est la meilleure route vers l'Angleterre.

Leblanc déchira la liste en petits morceaux, qui s'éparpillèrent, emportés par le vent, et tourbillonnèrent autour des sabots de son cheval.

— Comment diable peut-elle échapper aux patrouilles ? Maudits soient ces paysans ! Ils doivent l'aider.

— Aucune aveugle n'est passée par mon poste, déclara le caporal, imperturbable.

Les sourcils froncés, Leblanc scruta l'étendue de sable et de pins au-delà de laquelle on apercevait la mer, tel un mince ruban gris ardoise.

— Ce village ?

— Pointe Venteuse, monsieur.

— Il y a une auberge ?

— Oui, monsieur. Une très bonne auberge. Mme Dumare est...

— Prenez vos hommes, caporal, et fouillez toutes les maisons de ce misérable hameau. Je veux que vous inspectiez chaque haie, chaque cabane de jardin, chaque étable et que vous trouviez cette femme. Quand vous aurez fini, recommencez. Jusqu'à ce que je vous dise d'arrêter.

— Mais...

— Vous me trouverez à l'auberge. Henri ?

Résigné, Henri fit avancer son cheval.

— Nous allons donner une leçon à ces villageois. Prenez deux ou trois femmes et emmenez-les à l'auberge pour les interroger. Je passerai la nuit là-bas.

Bien. Encore une nuit infernale en perspective. Avec un haussement d'épaules, Henri fit signe à quatre des hommes de la troupe de le suivre. Les maris et les pères ne seraient pas contents. Ils le seraient encore moins le lendemain, quand ils reverraient leurs femmes et leurs filles.

— Choisissez-les brunes, lança Leblanc. Je les veux brunes. Et jeunes.

13

Elle flottait dans un espace hors du temps, emportée par des tourbillons interminables. Quand le voile noir qui l'enveloppait se leva, elle s'aperçut qu'elle était assise près d'un homme et que celui-ci avait passé un bras autour de sa taille.

— Buvez ceci.

C'était la voix de Grey, et il pressait contre ses lèvres une tasse de café très sucré.

— Il y a trop de sucre, protesta-t-elle en secouant la tête. Beaucoup trop. Vraiment.

Mais elle but tout de même, car il insista jusqu'à ce que la tasse soit vide. Puis il la tint serrée contre lui, tandis qu'elle plongeait de nouveau dans l'obscurité.

Les ténèbres se dissipèrent, laissant place à l'insouciance. Elle marchait, s'asseyait, se levait, et Grey était toujours à ses côtés, lui disant ce qu'elle devait faire, la guidant pour traverser les moments de confusion. Puis elle s'allongeait et dormait là où il la laissait.

Une fois, il lui arriva de sentir la douceur d'un lit sous son corps. Affalé de tout son long à côté d'elle, Grey dormait. Le lit était chaud, son bras reposait lourdement sur elle. Une flèche de désir la transperça. Elle se tourna, se pressa contre lui. Une vive chaleur se répandit entre ses jambes, et elle se pelotonna plus étroitement contre lui.

Il s'éveilla.

— Doucement, Annique. Vous avez rêvé. Non, chuchota-t-il en la repoussant. Vous êtes belle, Renardeau. Dormez, maintenant. Dormez.

Mais elle se cramponna à lui, s'enroula autour de lui. Soudain, elle sentit l'extase s'emparer d'elle, lui arrachant un cri. Puis elle retomba lentement dans l'océan d'inconscience que l'opium avait créé autour d'elle.

Ensuite, elle se retrouva dans la voiture, calée contre l'épaule de Grey, le soleil lui chauffant le visage. Le cliquetis des roues et les cahots de la route les accompagnaient depuis longtemps. Grey la tenait et lui caressait doucement le dos. C'était agréable. Elle se laissa glisser sur ses genoux. De cette façon, il pourrait la caresser partout.

Il fit glisser ses doigts sur son front et dans ses cheveux. Mais cela ne lui suffisait pas. Elle roula sur elle-même, l'invitant à poser les doigts sur son ventre.

— Comme un chat, l'entendit-elle murmurer.

La voix d'Adrian s'éleva, non loin de là.

— L'opium fait cet effet-là, quelquefois. Un jour, elle rendra un homme fou de bonheur.

— Ce ne sera pas toi, rétorqua Grey.

— Hélas, non.

Grey poussa un grognement sourd dont la vibration se répercuta en elle. Elle frotta sa joue contre lui et inspira son odeur. Elle pouvait sentir les muscles puissants de ses cuisses sous le tissu rugueux du pantalon. C'était merveilleux de le toucher.

Je ne devrais pas faire cela. La voix lointaine de la raison, à peine audible, sortit des eaux sombres de son esprit.

— Elle souffre.

Les paroles d'Adrian flottèrent au-dessus d'elle, dénuées de sens.

— Pourquoi ne la caresses-tu pas un peu ? Elle s'endormira tranquillement et ne se souviendra de rien.

— Et pourquoi ne te fais-je pas descendre de cette voiture à coups de pied dans les fesses ?

— Je peux regarder ailleurs pendant ce temps, si tu veux.

— Tais-toi, Adrian.

— Les gens dans ton genre compliquent toujours tout.

Elle s'éveilla de nouveau, s'assit et vit que le monde tournait autour d'elle.

— Ne lui donne que la moitié de la dose, dit la voix de Grey. Ou moins encore. Moins que ça.

On lui fit boire quelque chose de très amer. Elle n'en voulait pas, car elle savait que c'était de l'opium. Mais ce fut avalé avant qu'elle ait trouvé la force de se défendre. Puis Grey la laissa s'allonger sur ses genoux.

— Rendormez-vous.

Il l'installa confortablement sur le siège. Elle lui attrapa la main et essaya de l'amener entre ses jambes, mais il résista.

— Dormez. C'est ce qu'il vous faut.

Et elle sombra dans les ténèbres, accompagnée par les mots de Grey.

Son visage était mouillé, et elle ne comprenait pas pourquoi. Elle était dans la voiture, et Grey lui donnait des tapes sur les joues. Pourquoi était-elle mouillée ?

— Arrêtez, dit-elle en essayant de repousser sa main. Ne faites pas cela. Ce n'est pas nécessaire et c'est très impoli.

— Réveillez-vous.

Il la gifla de nouveau. Il ne lui faisait pas vraiment mal, mais il ne se contentait pas non plus de lui tapoter la joue.

— Je suis réveillée.

Elle lui saisit le poignet pour l'empêcher de frapper encore. Tout était confus ; le brouillard semblait avoir envahi son esprit. Grey était dans la voiture avec elle et voulait qu'elle se réveille. Où étaient-ils ? Elle ne se souvenait de rien.

— Ce n'est pas la peine de me frapper, je ne dors pas.

— Bien. Vous devez rester éveillée, Annique. Les gendarmes vont arrêter la voiture, alors ne vous endormez surtout pas. Je veux que vous leur parliez. En êtes-vous capable ?

Elle pressa les mains contre ses tempes. Des gendarmes. Donc, elle était en France. Grey... Grey était l'espion anglais. Leblanc la pourchassait, il voulait la tuer. Il avait envoyé les gendarmes à sa poursuite.

— Des gendarmes ?

Grey se mit à parler en allemand.

— Pouvez-vous faire semblant d'être bavaroise ? Il faut parler allemand. Vous pouvez le faire ?

La terreur dissipa les derniers vestiges de sommeil. Cette voix sèche, précise, qui s'exprimait en allemand... À côté d'elle, dans la voiture, il y avait un homme habillé comme Grey, avec le même corps, la même odeur... mais ce n'était pas Grey.

— Annique. Réveillez-vous et parlez-moi. Tout de suite.

Elle tendit la main vers lui, la posa sur sa bouche et perçut son souffle. C'était bien la bouche de Grey, son menton hérissé de barbe, son odeur. Mais ce n'était pas sa voix.

Une autre voix sortait de ses lèvres. C'était horrible. Ahurissant. Inconcevable. Elle était seule dans l'obscurité et ne pouvait se raccrocher à cette voix familière.

— Je suis réveillée, maintenant, dit-elle en hochant la tête.

Elle n'aurait pas dû faire ce mouvement. La tête lui tourna, l'empêchant de réfléchir. *Sa voix a changé, mais c'est tout. C'est toujours Grey.* Elle entendit des bruits menaçants. Des hommes armés. Du cuir, des chevaux, des fusils accrochés aux épaules. Ses rêves se mêlaient à la réalité. Il fallait absolument qu'elle se réveille. *C'est toujours Grey. Ne panique pas, ne sois pas idiote.*

Grey savait ce qu'il fallait faire. Il était comme un point fixe dans ce chaos. Elle n'avait qu'à faire ce qu'il disait, se fier à lui. Elle réfléchirait plus tard.

— Je parlerai allemand.

Cela, c'était facile. Sa voix prit les mêmes inflexions que celle de Grey. L'accent d'un petit village où elle avait vécu, entre Munich et Salzbourg, parmi les collines et les vallées verdoyantes.

— À partir de maintenant, vous ne parlez que l'allemand, Annique. Votre nom est Adelina Grau. Je suis Karl, votre mari. Nous sommes mariés depuis six mois. Adrian est votre frère jumeau, Fritz Adler. Vous venez de Grafing. Je suis professeur à l'université de Munich, et je me rends à Londres pour donner une série de conférences à la Royal Academy.

Il lui glissa quelque chose au doigt. Une bague. Elle était trop grande pour elle, et garnie d'une pierre ronde et lisse, un cabochon. C'était la bague d'Adrian, elle la reconnut au toucher. Elle tourna la pierre à l'intérieur de sa main, afin de faire passer l'anneau d'or pour une alliance.

— Adelina. Karl. Mon frère, Fritz.

Elle avait fait cela des centaines de fois. Elle avait été des centaines de personnes différentes. Déjà, elle pensait en allemand. Elle pouvait faire tout ce qu'on lui demandait.

— Le cocher ?

— Diable ! Oui. Josef Heilig. Cela fait dix ans qu'il travaille pour moi.

— Josef, répéta-t-elle.

Grey la maintenait droite sur le siège, comme s'il craignait de la voir s'effondrer tout à coup. Mais cela n'arriverait pas, pas alors qu'elle travaillait. Cela ne lui était jamais arrivé.

La voiture s'arrêta dans un tintement de harnais, et Doyle lança des ordres aux chevaux en allemand. Grey se mit à soupirer et à se plaindre. Elle aurait sans doute dû lui demander ce qu'il était censé enseigner, mais ce n'était pas très important. Si quelqu'un la questionnait, ou même la regardait de trop près, ils étaient perdus.

— Ces Français sont devenus zélés, dit Grey d'un ton cassant. Ce n'était pas comme cela, dans le temps. Je te le dis, Fritz, les Français ont changé, et ce n'est pas pour le mieux. À Paris, personne n'apprécie mon travail à sa juste valeur. Et voilà une nouvelle troupe de crétins en uniforme qui va nous retarder.

Pendant qu'il parlait, elle sentait son bras sur elle, comme s'il voulait lui insuffler sa force.

Quand ils s'arrêtèrent, il lui pressa une dernière fois l'épaule, puis ouvrit la portière de la voiture à la volée.

— Messieurs, que puis-je faire pour vous ?

Il s'exprimait en un français teinté d'un lourd accent allemand. Ce n'était plus du tout le Grey qu'elle connaissait.

Adrian lui toucha légèrement le bras, pour qu'elle sache où il se trouvait.

— Nous ne nous arrêterons qu'une minute, Adelina. Karl s'occupe de tout.

Son allemand était aussi parfait que le sien. Il lui parla doucement, à l'oreille.

— Faites-lui confiance. Il nous sortira de ce mauvais pas. Il n'échoue jamais.

Adrian allait mieux. Sa voix était ferme, et à en juger par le bras qui la soutenait, il n'était pas en proie à la fièvre. Il était comme un animal robuste, ce garçon. Si les gendarmes ne les tuaient pas tous, il vivrait.

Il continua de murmurer, toujours en allemand :

— Ils n'ont pas de soupçons. C'est une vérification de routine. Sept hommes, une patrouille locale. Ils sont avachis sur leur selle, ils s'ennuient à mourir. Nous n'avons rien à craindre, je pense. Ils viennent juste de finir leur déjeuner, ils doivent être de bonne humeur.

Combien de fois avait-elle fait cela ? Examiner des soldats, leur tendre de faux papiers avec un sourire plein d'assurance ? Quand elle était avec Vauban, elle avait fait partie d'une équipe. Cinq ou six personnes qui dépendaient les unes des autres, comptaient sur l'habileté et l'intelligence de leurs coéquipiers. Tout cela lui revenait à l'esprit, en cet instant. Elle sentit l'attention de Doyle et d'Adrian se fixer sur Grey lorsque celui-ci se dirigea nonchalamment vers les soldats.

Quelques gendarmes avaient mis pied à terre pour lui parler. Elle entendit leurs bottes fouler le sol. Grey s'exprima avec raideur et condescendance, comme un professeur pompeux et conscient de son importance.

— Nos papiers ? Naturellement, vous pouvez voir nos papiers. Josef, passez-moi la mallette rouge en cuir. Mais je ne vois pas de raison d'arrêter des voyageurs au milieu de...

Un des gendarmes lui donna une explication, sur un ton courtois. Il parlait lentement, conscient qu'il s'adressait à une personne qui n'avait pas la chance d'être français.

— Nous n'avons rien de contrebandiers, mon brave homme, répliqua Grey. Laissez-moi vous dire que nous n'avons pas du tout de trafiquants à Munich, et si vous... Oui, Josef, c'est cela.

Adrian déclara à voix basse :

— Vous êtes trop jolie, Adelina. Le lieutenant vous a remarquée, et il vient par ici pour vous admirer. Nous avons un problème.

— Si Grey ne veut pas que les soldats me remarquent, il ne devrait pas m'affubler de ce genre de robes. Il faut que je descende du carrosse, pour être au-dessous du niveau des yeux de ce monsieur. Vous pouvez m'aider ?

— *Natürlich*, répondit aussitôt Adrian.

Elle ne savait pas si c'était facile à faire ou pas, et cela n'avait pas d'importance. Une seule chose comptait : ce gendarme ne devait pas se rendre compte qu'elle était aveugle.

Adrian tint son rôle avec adresse, bien sûr. Les gendarmes ne durent voir que sa sollicitude, sans s'apercevoir qu'il la dérobait aux regards en se mettant devant elle et qu'il la plaçait contre le carrosse, de sorte que personne ne puisse surgir derrière elle. Par chance, il n'était pas rare que les jeunes femmes issues de bonnes familles soient traitées comme des attardées mentales, si bien que personne ne s'étonnerait qu'il demeure planté à côté d'elle. Adrian s'appuya au carrosse un peu lourdement. Il devait se sentir faible, à cause de l'opération. Trois jours à peine avaient passé… Ou quatre, peut-être. Elle n'aurait su le dire.

— Le sous-préfet de Rouen a signé lui-même ce laissez-passer, dit Grey. Un homme charmant. Mes calculs sur la réfraction de la lumière dans les liquides l'ont beaucoup intéressé. Je lui ai offert la copie d'une conférence que j'ai donnée à Würzburg à ce sujet. Il a signé ces documents de sa main. Il est impossible que tout ne soit pas parfaitement en ordre.

— Ce ne sont pas les papiers qui ne sont pas en ordre, répondit le gendarme d'un ton patient. Il nous manque le timbre de voyage de Marly-le-Grand.

— Un timbre de voyage ? Qu'est-ce que c'est ? Je n'en ai jamais entendu parler.

Des bottes s'approchèrent. Probablement celles de l'officier désireux de l'admirer. Annique garda les yeux baissés vers la route et posa une main à plat sur son ventre.

— Je crois que je vais être malade, dit-elle en allemand, d'une voix assez forte. Je me sentais mieux quand la voiture avançait, car j'avais un peu d'air.

— Pauvre Adelinachen, fit Adrian, saisissant la balle au bond. Veux-tu boire quelque chose ?

Elle secoua la tête vigoureusement et pressa la main sur son ventre, comme le font toutes les femmes enceintes pour protéger l'enfant qu'elles portent. Aucun de ces hommes ne pourrait se tromper sur la signification du geste. Les gendarmes français étaient certes courageux comme des lions, mais il aurait fallu que cet officier soit vraiment très audacieux pour accabler d'attentions déplacées une femme en proie aux nausées causées par la grossesse.

— Un morceau de pain, peut-être ? Ou bien un biscuit sec ? Je suis sûr que nous avons des biscuits quelque part.

Adrian s'en donnait à cœur joie. Elle avait connu d'autres hommes comme lui. Des espions admirables, et de vrais fléaux pour ceux qui travaillaient contre eux.

— Ne parle pas de nourriture, c'est encore pire. Combien de temps vont-ils nous retenir, Fritz ?

La France était plus ou moins en guerre avec l'Allemagne depuis des années. Il y avait de fortes chances pour que l'un des hommes de cette patrouille parle un petit peu l'allemand. Le plus susceptible de le faire était le fameux lieutenant qui approchait, d'un pas désormais moins décidé.

— Je ne crois pas qu'ils nous garderont longtemps. Ils finiront par comprendre, je pense, qu'un homme n'emmène pas sa toute jeune épouse avec lui quand il veut se livrer à du trafic de contrebande.

— J'espère qu'en Angleterre, les gens seront moins méfiants et qu'on ne nous demandera pas nos papiers tout le temps.

Un étourdissement la fit vaciller – la drogue continuait à faire son effet. Elle chancela et se raccrocha à la porte du carrosse.

— Il fait tellement chaud... Je me sens mal.

— Ne vomis pas sur le lieutenant, *Liebling*.

Adrian se retourna et s'adressa au gendarme, en français :

— Lieutenant, puisque nous sommes retenus ici, y a-t-il un endroit où ma sœur pourrait s'abriter du soleil ? Dans son état...

— Je suis désolé pour ce désagrément. Nous n'en avons pas pour très longtemps.

Le lieutenant avait une voix jeune, et il était manifestement mal à l'aise.

— On ne m'avait pas dit qu'il fallait un cachet des autorités locales. Je l'ignorais... Veuillez m'excuser, lieutenant.

Grey revint rapidement vers eux. Il avait tort de s'inquiéter, elle maîtrisait la situation.

— Que dit-il, Fritz ? Je ne suis pas sûre de pouvoir…

Elle garda la tête baissée et posa délicatement une main sur sa bouche.

— Karl ne sera pas content si tu vomis de nouveau, répondit Adrian d'un air nonchalant. Surtout si c'est sur les bottes du lieutenant.

Le lieutenant comprenait l'allemand, et il recula vivement. Puis Grey passa devant elle pour que le Français ne voie pas son visage, et Adrian fit une remarque pour détourner son attention. C'était un plaisir de travailler avec des hommes aussi habiles. Ils étaient comme des enfants se passant un ballon sans jamais le laisser toucher terre. Le lieutenant n'avait pas une seule chance contre eux.

— On ne m'avait pas dit qu'il fallait un cachet régional sur notre laissez-passer, reprit Grey en s'arrangeant pour dissimuler Annique derrière lui. Mon ambassade à Paris m'avait affirmé avoir obtenu toutes les autorisations avant notre départ. Et à Rouen, on ne m'a pas informé clairement…

— Oui, oui. Le cachet. C'est une simple formalité.

De toute évidence, le lieutenant préférait avoir affaire à Grey plutôt qu'à sa jeune épouse enceinte, qui, nonobstant sa beauté, risquait de porter atteinte à la dignité de son uniforme.

— Il vous suffit de réparer cet oubli en passant au bureau du maire de Dorterre. C'est tout. Ce n'est pas le moment idéal pour faire voyager votre épouse, si ?

— Ah ? fit Grey, l'air perplexe. Non, non, vous vous trompez. Adelina est jeune et robuste. Son état est parfaitement naturel. Les femmes ont tendance à dramatiser, dans ces circonstances.

Il se tourna vers Annique et reprit, en allemand :

— Cela va aller maintenant, Adelina. Il ne faut plus être malade, c'est compris ?

— *Ja*, Karl, répondit-elle en hochant la tête avec vigueur. Mais si je pouvais m'asseoir quelques minutes... Je ne suis pas...

— Non, Adelina. L'inactivité n'est pas bonne pour toi. Ce qu'il te faut, c'est de l'exercice. Tu te sentiras bien mieux si tu marches à côté du carrosse pendant un kilomètre ou deux.

Le lieutenant s'éclaircit la gorge.

— Il y a une auberge, au village. Je la connais bien. C'est un établissement très respectable et bien tenu. Madame pourrait s'y reposer quelques heures.

Annique s'était tellement imprégnée de son rôle qu'elle finissait par se sentir réellement malade.

— Karl, je suis si...

— Allons donc. Je me suis documenté à ce sujet.

Grey s'exprimait avec une suffisance insupportable. Tout en parlant, il la soutenait d'une poigne solide et réconfortante.

— C'est un état parfaitement naturel, qui ne devrait pas causer le moindre inconfort. Les chattes et les juments n'ont pas de nausées, il n'y a donc aucune raison que les femmes en aient. Je t'ai déjà expliqué cela, Adelina. Je te lirai ce que mon ami, le professeur Liebermann, a écrit sur le sujet, et... Adelina, que fais-tu ?

Elle se dégagea et s'agrippa à la roue de la voiture, les mains pressées sur son estomac. Elle n'avait rien mangé ni bu depuis quelque temps, ce qui ne l'empêcha pas d'être atrocement malade.

— Je... Nous ne vous retiendrons pas plus longtemps.

Le lieutenant avait la voix d'un gamin de quinze ans et semblait horrifié. Il s'éloigna en hâte, et toute la troupe leva immédiatement le camp.

Tandis que les sabots des chevaux claquaient sur la route, Grey continua de la réprimander en allemand.

— Adelina, si tu faisais un petit effort, tu ne serais pas malade ! Tu dois penser à autre chose.

Avec une grande douceur, il souleva les cheveux qui retombaient devant le visage d'Annique et l'aida à se redresser, ce qu'elle aurait été incapable de faire seule.

— Renardeau, vous étiez diablement convaincante dans votre rôle.

Adrian semblait exténué. Toutefois, il parlait encore en allemand. L'accent d'une langue s'entend de plus loin que les paroles. Un des gendarmes risquait de s'attarder et de remarquer le changement de leurs voix, s'ils se mettaient à parler français.

— C'est ce poison que nous lui avons fait prendre. Adrian, passe-moi… Bien. Vous vous sentez mieux ?

Grey lui essuya le visage avec un linge humide.

Elle se contenta de hocher la tête.

— Buvez ceci, ordonna Grey en pressant un verre contre ses lèvres.

Non, pas question. Elle repoussa le verre et l'entendit se briser sur le sol. Elle était trop faible pour s'enfuir. Tout ce qu'elle pouvait faire, c'était s'adosser au carrosse, un bras plaqué contre sa bouche. Toute sa force l'avait abandonnée.

— Bon sang, Annique, ce verre ne contenait rien d'autre que de l'eau.

Adrian ajouta d'un ton un peu amusé :

— Il dit la vérité. Ce coin grouille d'hommes en armes. Ce serait dangereux pour nous de transporter une femme inconsciente.

— Il n'essaie pas de vous droguer, précisa Doyle, perché sur le siège du cocher.

— Il vous laisse le soin de le faire vous-même, *Herr* Doyle. Vous êtes un traître et un salaud, voilà ce que vous êtes.

— Allons, mademoiselle, une belle jeune femme comme vous ne devrait même pas connaître ces mots. Les gars, vous avez l'intention de rester encore longtemps ici à bavarder ? Si je dois détacher les chevaux, prévenez-moi.

— Nous partons, déclara Grey en français. Adrian, monte dans la voiture avant de tourner de l'œil.

— Bien, chef, répondit Adrian en grimpant à l'intérieur du carrosse.

Grey s'approcha de la jeune femme et lui glissa une tasse entre les mains.

— C'est de l'eau. Seulement de l'eau. Dieu sait que vous n'avez aucune raison de me faire confiance, mais j'aimerais que vous la buviez.

Annique prit soudain conscience de son impuissance. Ces trois hommes étaient tellement malins... durs, expérimentés, impitoyables. Grey était le plus dangereux des trois. Il lui jouait la comédie de la bonté, et elle devait lutter à chaque instant pour se rappeler qu'il était son ennemi.

Peut-être l'oubliait-il lui aussi, parfois. Il était incontestablement plus facile pour le vainqueur d'oublier la réalité.

— Il faudra que je boive, tôt ou tard. Je n'ai pas le choix.

Elle but. La tasse contenait de l'eau claire.

Il posa une main légère sur sa joue.

— La première fois, quand je vous ai droguée, j'ai eu tort. J'aurais dû vous le dire. Vous permettre de vous défendre. J'ai commis une erreur.

Cette caresse très douce... Il avait déjà fait cela. Des souvenirs affleurèrent à sa mémoire.

— Je me souviens... J'étais allongée à côté de vous sur une couverture. Je voulais vous toucher. Je voulais...

— Il est temps de partir.

Mais elle se souvenait. Elle s'était pressée contre lui, en écartant les jambes.

— Qu'ai-je fait pendant que je dormais ? Qu'ai-je fait avec vous ?

— Vous avez rêvé. La drogue a cet effet-là sur certaines femmes. Cela ne veut rien dire.

La drogue a cet effet-là sur certaines femmes. Il fallait donc qu'elle ajoute ce tourment à une liste déjà longue. Elle devenait impudique quand la drogue la faisait sombrer dans le sommeil. Même son corps la trahissait. Ce n'était pas juste.

— Je m'en souviens un peu.

La main de Grey s'enfonça dans ses cheveux.

— Il ne s'est rien passé. Je vous le dirais, si c'était le cas.

Elle n'avait donc rien fait ? Elle se rappelait l'odeur de son corps viril et la façon dont elle s'était plaquée contre lui, sans aucune pudeur.

— Je ne crois pas que c'était un rêve. Je portais une de vos chemises. Je voulais l'enlever. Je voulais…

En un instant, elle fut submergée par une vague de désir. Elle n'aurait jamais cru que sa peau puisse désirer à tel point le contact d'une autre peau. Sans le vouloir, elle tourna le visage vers son poignet. Il retira vivement sa main.

— Montez dans la voiture. Je ne veux pas de ça, dit-il, le souffle court. Vous êtes sous l'empire de la drogue. Et vous êtes sur le point de vous endormir.

— Grey, il faut partir, lança Doyle.

Doyle et Adrian avaient certainement tout entendu.

— Je ne veux pas de vous, répliqua-t-elle. Et je ne dors pas.

— Dans ce cas, je n'ai pas besoin de vous soulever pour vous aider à monter dans la voiture. Vous pouvez grimper toute seule. Adrian, n'essaie pas de l'aider, tu vas te déchirer l'épaule.

Mais Adrian la porta tout de même jusqu'à la banquette. Ce n'était pas bon pour sa blessure. Il faudrait qu'elle le réprimande quand elle aurait repris ses esprits. Grey lui passa un bras sur les épaules.

— Où sommes-nous ?

— À moins d'une heure de Dorterre.

— Ah, je suis venue ici il y a deux ans.

Elle essaya de se représenter la carte de la région, mais l'image refusa de se former. Elle n'avait pas l'habitude que les souvenirs lui échappent.

— Je me cachais dans le village des contrebandiers.

Grey la cala contre lui.

— Bonne cachette. Et à quoi vouliez-vous échapper, à cette époque ?

— Le soulèvement de la Vendée... le dernier. C'était... affreux. Voir des soldats français faire ça à des femmes et des enfants français... Et on m'avait donné des ordres...

La plus grande confusion régnait dans son esprit. Des fragments de souvenirs douloureux tournaient en tous sens.

— J'ai désobéi. Je ne voulais pas espionner ces pauvres gens, alors je me suis cachée. Tout le monde était en colère contre moi... ajouta-t-elle en frottant son visage contre son bras. Cette drogue me fait parler. Il faudra que je m'en souvienne.

— Ces souvenirs ne sont pas des secrets d'État, Renardeau. Le monde entier sait ce que Napoléon a fait en Vendée.

— Ce n'est pas une raison pour en parler alors que je n'ai pas les idées claires. Savez-vous que vous n'êtes plus le même, quand vous parlez allemand ? J'ai soudain eu l'impression d'avoir affaire à une autre personne. Ne refaites jamais cela.

— J'essaierai. Vous devriez dormir.

Le sommeil s'emparait d'elle, une fois de plus. Lui avait-il encore fait prendre de la drogue, ou bien était-elle sous l'effet de celle qu'elle avait ingurgitée précédemment ?

— Je me souviens de ce que nous avons fait. Je suis presque sûre que ce n'était pas correct.

Toutefois, elle le laissa lui ramener les cheveux en arrière et étendre une couverture sur elle.

— Je réfléchirai à ma vengeance quand je me réveillerai. J'essaierai peut-être encore une fois de vous étrangler, bien que vous ayez le plus beau corps qu'on puisse imaginer. Comme un grand félin.

— Vous devez passer des nuits très intéressantes ensemble, murmura Adrian.

— Tais-toi, rétorqua Grey.

Quand elle fut sur le point de dormir, Grey l'attira contre sa poitrine, dans une attitude possessive. Elle s'y était déjà habituée, sans le savoir.

Elle se pressa contre lui, comme si cette place lui était réservée depuis toujours.

14

— Annique, dit Grey en la secouant. Nous avons un problème. Réveillez-vous.

Elle s'arracha aux ténèbres et ouvrit les yeux. Aussitôt, la peur la saisit. Il se passait quelque chose de grave. De très grave. Le carrosse avait pris de la vitesse et balançait dangereusement de droite à gauche.

— Il y a une troupe d'hommes derrière nous, dit Grey. Au moins sept ou huit. Ils sont encore à bonne distance, mais ils nous rattraperont. Ce n'est qu'une question de temps. Nous ne pourrons pas les semer.

Adrian s'agita sur son siège, et elle entendit un bruit métallique, comme la fermeture d'un sac.

— J'ai fini, annonça-t-il.

— Ils sont en civil. Ce ne sont ni des militaires ni des douaniers. Des hommes mandatés par Leblanc, probablement, continua Grey.

Annique se frotta le visage.

— Il a retrouvé notre trace ?

— C'est un coup de malchance, je pense. Leblanc a lancé ses filets tout le long de la côte, et ils nous ont attrapés. Nous savions que cela risquait d'arriver.

De nouveaux bruits métalliques, puis une odeur de poudre. Ils allaient se battre. Trois hommes contre toute une troupe.

De chaque côté de la route, des feuillages retenaient l'écho des sabots des chevaux. Ils étaient donc en pleine forêt. Leurs poursuivants ne pourraient les attaquer sur cet étroit sentier. Un ou deux cavaliers s'approcheraient, à l'arrière. Doyle, qui était à l'extérieur, serait le premier touché par les coups de feu. Grey et Adrian réussiraient à résister quelque temps, puis ils mourraient. Les parois de la voiture étaient trop fines pour offrir une résistance aux balles.

Annique se recroquevillerait comme un chien sur le plancher de la voiture. À la fin, si elle n'était pas tuée par une balle perdue, ces hommes la livreraient à Leblanc.

La colère et la peur lui nouèrent la gorge. Jamais encore elle n'avait autant détesté cette cécité qui la laissait aussi impuissante et désarmée.

Grey lui posa les mains sur les épaules et pressa, comme pour mettre sa force à l'épreuve. Il dut la sentir trembler, mais il savait que cela ne voulait rien dire.

— Ça ira.

Le contact bref et impersonnel d'une main sur son bras. C'était Adrian.

— Écoutez, Renardeau, nous sommes des poids morts, tous les deux. Il y a un vieux monastère à cinq cents mètres d'ici. C'est là que nous descendrons.

— Quand nous aurons réglé leur compte à ces hommes, nous reviendrons vous chercher, déclara Grey d'une voix sèche. Ne faites pas d'erreur, Annique. Quels que soient ces hommes, il vaut mieux ne pas vous trouver face à eux.

— Vous avez raison.

Elle n'avait pas d'amis en France capables de former une troupe et d'intervenir à cheval. Seuls ses ennemis disposaient de telles ressources.

— Nous sommes entourés de bois, de landes et de dunes. Vous ne trouverez ni maison ni secours. Donc, restez avec Adrian. N'essayez pas de faire cavalier seul.

Grey voulait la protéger, bien qu'elle soit un agent ennemi. Elle répondit simplement :

— J'irai avec Adrian, et je veillerai sur lui. Je vous le promets.

Adrian et Grey demeurèrent silencieux, et elle songea qu'ils devaient sourire en eux-mêmes. Les hommes étaient tellement idiots !

— Vous veillerez l'un sur l'autre, reprit Grey. Nous approchons du monastère. Nous ne nous arrêterons pas. Adrian ?

— Prêt.

Adrian se pencha et ouvrit la portière. La mallette qu'il tenait à la main heurta les jambes d'Annique.

— Je veux que vous restiez en vie, dit Grey. Alors, pas de bêtises.

— Je ne suis pas idiote.

— Si vous vous échappez, je vous poursuivrai. Et je vous retrouverai.

Il resserra les mains sur elle et ajouta :

— Quoi que vous ayez fait... Oh, et puis...

Sa bouche se posa brutalement sur la sienne.

— Nous reparlerons de tout ça plus tard.

Mais elle n'avait aucune envie de parler. Elle glissa les doigts dans ses cheveux et l'attira vers elle pour se fondre dans la chaleur de sa bouche.

Cela dura une minute. Puis il prit son visage entre ses mains et déposa un dernier baiser sur son front.

— C'est entendu, donc. Je reviendrai. Nous finirons ce que nous avons commencé. Je ne vous laisserai pas partir.

Elle s'était demandé comment serait Grey s'il s'autorisait enfin à la toucher. Maintenant, elle savait. Il était passionné, direct, et très sûr de lui.

La voiture ralentit.

— Maintenant ! cria Adrian, avant de sauter.

Elle l'entendit toucher le sol.

— Grey... balbutia-t-elle.

— Soyez prudente.

Il la poussa par la portière ouverte, et elle n'eut même pas le temps d'avoir peur.

Elle heurta violemment la route et roula à terre en retenant un cri de douleur. Elle s'immobilisa, engourdie et endolorie, sur un sol glissant et boueux. Avant qu'elle ait pu bouger, Adrian l'agrippa à deux mains, la poussa vivement sous les buissons et s'écroula sur elle.

Le carrosse s'éloigna à vive allure, et le bruit des roues décrut rapidement, absorbé par les arbres en bordure de route.

— Votre poitrine ? chuchota-t-elle dans un filet de voix.

La blessure d'Adrian s'était-elle rouverte dans la chute ?

— Tout va bien, murmura-t-il.

Elle se plaqua contre le sol, enfonçant le visage dans la boue afin que nul ne puisse apercevoir le blanc de ses joues. Adrian avait lui aussi connu les champs de bataille. Elle l'entendait respirer à côté d'elle, le visage également baissé.

Après un long silence, elle perçut un tintement de harnais et un claquement de sabots au loin. Le bruit se rapprocha. Six chevaux trottaient en file indienne, les uns derrière les autres. Il y eut une interruption, puis trois autres suivirent. Annique se fondit dans les pierres et les buissons, attendant qu'ils soient passés.

Quand ils furent partis, elle pressa l'oreille contre le sol, jusqu'à ce que le plus lointain bruit de sabot se soit évanoui. Puis elle attendit encore. Le bourdonnement des insectes reprit, suivi par le chant des oiseaux dans les pins. Elle attendit un instant encore, regrettant qu'Adrian n'ait pas choisi une cachette moins envahie par les branchages et les insectes.

Neuf hommes. Grey lui-même ne pourrait venir à bout de tant d'adversaires. Il allait trouver la mort dans ces bois.

Elle posa le front contre le sol froid et ferma les yeux. Des larmes coulaient sous ses paupières. Ce contretemps dans son voyage était terminé. Elle ne verrait plus jamais l'homme qui avait surgi dans sa vie, n'aurait plus à lutter contre les sentiments qu'il avait fait naître dans son cœur. Elle comprenait à présent ce que Grey avait voulu signifier avec ce baiser. C'était un adieu.

Une pluie glacée s'abattit sur eux. Il ne fallait pas rester là. Adrian était faible et malade, et si elle ne restait pas avec lui, il mourrait sûrement.

— Il est temps de bouger. J'ai froid, dit-elle.

— Moi aussi.

— Est-ce que vous saignez ?

— Pas beaucoup.

Elle toucha sa chemise et constata qu'il disait la vérité.

— Où devons-nous aller ? Pouvez-vous marcher ?

— Oui, je marcherai autant qu'il le faudra.

Elle lui prit son sac des mains. Il était si lourd qu'il devait contenir une demi-douzaine d'armes. Ces Anglais étaient armés jusqu'aux dents. Adrian lui passa un bras autour des épaules, afin de la guider sur le sentier semé d'ornières. La route fut plus facile quand ils quittèrent le chemin pour s'engager dans la cour du monastère. Leur arrivée dérangea quelques oiseaux, qui s'envolèrent sous la pluie dans un battement d'ailes.

— La chapelle a encore un toit, dit Adrian. Allons-y, c'est droit devant nous.

Une vague odeur de feu s'insinua dans les narines d'Annique. Les révolutionnaires avaient peut-être brûlé les moines, dix ans auparavant. À moins que le monastère n'ait été détruit pendant la guerre de Vendée, par un parti ou l'autre.

Mais personne ne s'en était pris à la chapelle. Elle ouvrit la porte et constata que le bâtiment était effectivement protégé de la pluie. Toutefois, les fenêtres devaient être cassées, à en juger par le courant d'air froid qui lui balaya le visage. Quand elle avança, des gravats roulèrent sous ses pieds – des morceaux de bois sec, provenant sans doute des chaises et des statues. Cela leur permettrait d'allumer un feu et de l'alimenter.

— Allons nous abriter au fond, dit Adrian.

Il y avait un espace entre l'autel et le mur où le vent ne pénétrait pas. Elle le laissa là, assis sur une pierre, enveloppé dans son manteau. Il n'avait plus de forces, aussi ne protesta-t-elle pas quand il lui dit ce qu'il fallait faire. Elle se contenta de l'ignorer et fit ses corvées à sa place.

Ce n'était pas facile, plongée comme elle l'était dans les ténèbres, d'accomplir tous les gestes nécessaires. Mais ce n'était pas impossible. Dans sa jeunesse, il lui était arrivé d'établir des camps dans des lieux très inconfortables. Dans les décombres qui jonchaient le sol, elle trouverait le bâton dont elle avait besoin, et ce qu'il fallait pour fabriquer une massue. À l'extérieur, dans les vestiges d'un jardin envahi par les ronces, elle se fraya un chemin entre les poutres calcinées et les murs effondrés. Il y avait des fougères dans les coins, assez sèches pour en faire des paillasses, et du bois en quantité suffisante pour allumer une douzaine de feux de joie. Elle parvint même à dénicher un pommier. Cependant, elle ne put trouver de mûres. Les oiseaux avaient dû toutes les picorer.

Aucun écho de bagarre ne lui parvenait. Le combat devait se dérouler en silence, ou bien très loin d'eux. Elle s'autorisa à pleurer, tout en travaillant dans le jardin désert, sous la pluie.

Finalement, elle essuya son visage sur sa manche et transporta le bois mort et les fougères. Quand elle eut fini, ses vêtements étaient mouillés et couverts de boue, mais au moins il ne pleuvait pas dans la chapelle. Elle s'agenouilla près de l'autel, qui, d'après la douceur de la pierre, devait être de marbre, et posa son petit sac empli de pierres à côté d'elle. Elle allait allumer un feu. Même avant d'être aveugle, elle avait su faire du feu dans l'obscurité.

— C'est triste, ici. Je ne partage pas le goût des Anglais pour la mélancolie de ce genre de lieu.

Les bouts de bois s'enflammaient au creux de sa main – les débris de ce qui avait dû être un angle sculpté. Elle retrouva sous ses doigts la forme des ailes.

L'ange tomba dans le feu morceau par morceau, et elle sentit l'odeur de la peinture et des dorures dans les flammes.

— Vous pensez qu'ils ont une chance de s'en sortir ?

Adrian était assis sur un tas de fougères, le dos au mur.

— Ils sont très malins, et ils ont de l'expérience. Je ne crois pas qu'il existe un homme au monde capable de retrouver ces deux-là dans la campagne, avec ce temps. Grey est comme un animal sauvage, dans la forêt.

— Nous avons donc de la chance qu'il pleuve.

Elle fit glisser de longs copeaux de bois dans les flammes, sans se brûler.

— En écoutant bien, j'entends la mer. Elle n'est qu'à un kilomètre ou deux d'ici, pas plus. Voilà, le feu a bien pris, maintenant.

— Je pourrais faire tout cela moi-même.

— Oh, certainement. Mais j'aime m'occuper. Dans un moment, j'irai tendre des pièges pour les lapins. Je pense qu'il y en a dans le vieux jardin.

— Laissez tomber. À moins que vous ne soyez affamée. Vous êtes trempée jusqu'aux os. Il y a un manteau dans mon sac, je l'ai emporté pour vous. Il vous tiendra chaud cette nuit.

— Il nous tiendra chaud à tous les deux. Avec ce feu, mes vêtements auront bientôt séché. Où est votre sac ? Je vais y jeter un coup d'œil.

— J'ai posé dessus un pistolet chargé.

— Même si je n'avais pas déjà senti l'odeur de la poudre, j'aurais deviné que vous avez posé un pistolet sur votre sac.

Adrian s'agita, et elle entendit les fougères craquer sous son poids.

— Ce n'est pas parce que vous êtes un espion que vous êtes aussi stupide, c'est parce que vous êtes un homme. Moi, je suis dans ce que vous appelez le Jeu depuis... oh, au moins une douzaine d'années. Ah, il s'ouvre dans ce sens. Je vois, fit-elle en ouvrant le sac. Au cours de ces douze ans, il ne m'est arrivé que trois fois d'avoir un pistolet chargé entre les mains. Et il faut dire que la troisième fois, c'est maintenant. Je vais vous donner ce pistolet, vous le cacherez près de vous.

— Posez-le doucement ici.

— Vous ne me faites pas confiance parce que je ne vois pas, bien que je sois très habile.

Elle secoua la tête en soupirant et ajouta :

— Voici donc le manteau dont vous parliez. Il est très chaud, et il pourra nous couvrir tous les deux. Vous mettrez votre veste sur les fougères, cela nous évitera de nous piquer.

— Vous êtes une femme remarquable, Renardeau.

— En effet. Et encore, vous n'avez pas goûté à mes omelettes. Mon Dieu, mais vous transportez toutes sortes de choses très utiles. Des couteaux. C'est un très bon couteau, celui-ci.

— Je l'aime bien.

Elle fouilla au fond du sac. Il contenait encore un rouleau de corde en soie, fine mais assez solide pour supporter le poids d'un homme. Il y en avait des mètres et des mètres.

— Adrian, je vais vous dire... nous nous ressemblons beaucoup, tous les deux, dit-elle en faisant glisser la corde entre ses doigts. Même si vous transportez ce pistolet bruyant, avec de la poudre qui est certainement mouillée, d'ailleurs. Cette corde, je vais m'en servir pour fabriquer un piège. Vous allez m'aider.

— Un piège pour les lapins ?

— Mais non ! répondit-elle en riant. Pour les fouines.

15

Le feu n'était plus qu'un tas de braises incandescentes. Le dos d'Annique était protégé par le mur de la chapelle, et elle se tenait contre Adrian pour maintenir la chaleur entre eux. Un manteau était étalé sur eux comme une couverture.

— Il y a des peintures sur le mur, dit Adrian. Je crois que ça représente... une prairie. On voit des fleurs partout. Trente ou quarante sortes différentes. Des fleurs bleues grimpent le long des piliers.

— Ce doit être joli.

— En effet. Et juste au-dessus de nous, au plafond, il y a un oiseau blanc éclairé par le soleil. La fumée le cache un peu.

— Je crois que nous avons commis un sacrilège. Je n'ai pas pensé que nous étions dans la maison de Dieu quand j'ai fait cuire ces pommes.

— Les dieux ont quitté cet endroit il y a longtemps.

Adrian eut une hésitation, avant d'ajouter :

— Vous ne pouvez pas voir ce qui s'est passé ici. Croyez-moi, le fait de cuire des pommes n'est rien, en comparaison de ce qui a été fait dans cette chapelle.

— Ne me dites rien, dans ce cas. J'en ai vu suffisamment ailleurs pour imaginer à quoi ça ressemble.

Adrian s'agita, et les feuilles de fougères craquèrent sous son poids.

— Je voudrais que vous dormiez, maintenant. À moins que vous n'ayez envie d'enlever vos vêtements humides et de faire passionnément l'amour ?

— Non, Adrian.

— C'est bien ce que je craignais. Donc, soyez sage et essayez de dormir. Vous n'avez pas besoin de veiller. Grey et Doyle ne se montreront pas de sitôt.

— Combien de temps les attendrons-nous ?

— Nous resterons jusqu'à demain midi. Si Grey n'est pas venu à ce moment-là, nous partirons.

La pluie tombait dru à l'autre bout de la chapelle, près de la porte. Il y avait un trou dans le toit, et une mare s'était formée sur le sol.

— Il ne reviendra pas, n'est-ce pas ?

— Il s'est trouvé dans des situations plus difficiles. Les Français n'ont pas idée de ce qu'il a fait.

Le chagrin qui pesait sur elle comme un nuage sombre s'allégea quelque peu. Grey n'était pas un homme ordinaire, elle ne devait pas l'oublier. Il s'était trouvé plusieurs fois pris au piège, et il avait toujours réussi à s'échapper. Peut-être, en cet instant même, était-il en train d'élaborer un plan avec Doyle, pour revenir la chercher comme il l'avait promis. Cela ne l'aurait pas étonnée.

— Je ne sais presque rien sur Grey. Je ne me suis pas intéressée aux Britanniques, il y a tant d'autres peuples à espionner. Cela manque à mon éducation. Mais vous, petit frère, je sais quelques petites choses à votre sujet, qui datent du temps où vous étiez à Milan.

— Quand suis-je devenu votre petit frère ? Je croyais que nous étions jumeaux.

— C'est exact, mais vous avez dix-sept minutes de moins que moi. C'est pourquoi je vous ai toujours tourmenté sans la moindre pitié. Je pense à ce genre de détails quand je joue un rôle, voyez-vous. Lorsque nous étions enfants, à Grafing, je vous menaçais pour vous soutirer tous vos bonbons, et je disais des mensonges sur vous pour vous faire punir. Et maintenant, je parle de vos maîtresses à mes amies, aussi toutes les jeunes filles sont-elles très choquées par votre comportement. Je suis une sœur jumelle terrible.

Adrian eut un rire faible.

— Vous êtes terrible quelles que soient les circonstances. Vous le saviez ?

— J'ai plusieurs personnalités terribles sous la main, au cas où.

Elle s'étira, et les branches de fougères lui égratignèrent la peau.

— Comment est-il, physiquement ? Je ne l'ai jamais vu.

— Il a la peau tannée, les épaules larges, un torse comme un tonneau...

— Je ne parlais pas de Doyle, et vous le savez. J'ai souvent eu l'occasion de voir M. Doyle à Vienne. Décrivez-moi Grey.

— Il est chef de section au sein des Services Secrets britanniques. Ce n'est pas un homme pour vous, mon enfant.

— Bien sûr. Et il est évident que je ne suis pas une femme pour lui. Mais j'aimerais quand même savoir de quoi il a l'air.

— Grand, buriné. Pas très beau.

— Avec cela, je ne suis pas très avancée. J'espère que vous êtes plus éloquent quand vous faites un rapport à vos supérieurs, ajouta-t-elle en grimaçant. Mais vous avez raison, ce n'est pas très important.

Aucune image ne se formait dans son esprit quand elle pensait à Grey. Des bras forts dans lesquels elle s'était réfugiée, des mains calleuses qui l'avaient touchée partout, voilà tout ce qu'elle pouvait se représenter. Il était austère et prenait des décisions avec assurance. C'était le plus rusé des espions, et il faisait un adversaire effrayant. Il y avait aussi l'odeur fraîche de savon qui émanait de lui, son menton qui piquait quand il ne s'était pas rasé depuis plusieurs heures, sa voix à l'accent toulousain. C'était curieux de savoir autant de choses sur lui et de ne pas connaître son visage.

— Êtes-vous tombée amoureuse de Grey ? Ce n'est pas très raisonnable.

Parfois, elle n'était pas raisonnable. Beaucoup de gens auraient pu en témoigner.

— Vous n'allez pas essayer de nier, n'est-ce pas ? On ne peut pas mentir à son frère jumeau.

Elle écouta un moment les craquements du feu.

— Quand on se dit : « Je ne veux rien éprouver pour cet homme », c'est qu'il est déjà trop tard.

— Pourquoi, Annique ?

— Aimer... c'est de la folie, dans notre métier.

— Vous avez raison, répondit-il en changeant de position, comme s'il était mal à l'aise. C'est une femme qui m'a tiré dessus. Le saviez-vous ?

— C'est quelque chose qu'on peut difficilement deviner en regardant une blessure.

— Une fille remarquable. Un peu comme vous. Un personnage important, dans le Jeu.

— Ce n'est pas une raison pour la laisser vous trouer la peau. Vous aussi, vous êtes très important dans ce Jeu.

— Nous sommes tous des démons. Grey a-t-il réussi à vous avoir, ou bien êtes-vous encore vierge ?

Ce garçon ne reculait devant aucune question. Mais cela n'aurait pas dû l'étonner.

— Vous faites d'innombrables suppositions, dont la plupart sont fausses.

— Je ne crois pas. Avez-vous couché avec lui ?

— On ne vous a jamais dit que votre curiosité était insupportable ?

— Vous n'êtes pas obligée de me répondre.

— Mais, que je parle ou que je me taise, vous allez continuer à vous poser des questions. Et vous le ferez à voix haute. Vous n'avez aucune pudeur, Adrian.

— Aucune.

Un sourire transparut dans le ton de sa voix. Annique soupira.

— Votre M. Grey ne m'a rien fait, à part me donner le baiser que vous avez vu. Et quelques autres bagatelles sans importance, que j'ai déjà oubliées. De toute façon, qu'est-ce que ça peut vous faire ? Et cessez de rire sottement, vous allez avoir mal à la poitrine.

— Si Grey ne se dépêche pas de revenir et de vous mettre dans son lit, je jure que c'est moi qui le ferai. Il faut que vous sachiez ce que vous manquez.

— Oh, pas grand-chose, je suppose. Je sais tout ce qu'il y a à savoir à ce propos, et...

— Vous n'avez vraiment rien fait, n'est-ce pas ? Grey est un triple idiot.

— Cette conversation me paraît inconvenante. Je crois que nous allons en rester là.

— Si vous en avez l'occasion, faites l'amour avec lui. Ce n'est pas un artiste comme moi, mais...

— Vous devriez monter la garde plus sérieusement.

Elle remonta le manteau sur lui, pour protéger ses épaules.

— J'ai assez chaud, protesta-t-il.

— Tant mieux, il ne faut pas que vous preniez froid. Je suis contente de ne pas avoir fait l'amour avec Grey. Cet homme annihile tout mon bon sens, ce qui est très gênant car nous, Français, sommes des gens pratiques. Et je me sens plus française qu'espionne, en réalité. Vous ai-je dit que j'avais décidé de mettre un terme à ma carrière ?

— Vraiment ? Tous les gouvernements d'Europe vont pousser un soupir de soulagement. Quand comptez-vous cesser votre activité ?

— Dès que vous serez en sécurité et que j'aurai accompli une tâche que je me suis assignée. Je deviendrai alors aussi discrète et inoffensive qu'une souris. Je vivrai probablement en Angleterre. À en juger par les cartes, c'est un grand pays. Je ne crois pas que vos Services Secrets pourront me retrouver.

— C'est dur pour une aveugle, de se cacher.

Un avertissement. La vérité était toujours là, présente à demi-mot dans la conversation : ils étaient ennemis.

— Je me débrouillerai. Quand nous partirons d'ici, je vous emmènerai chez un de mes amis contrebandiers, sur la côte. S'il n'est pas de nouveau en prison. On peut avoir confiance en lui, ce qui est une grande chance.

— Vous savez donc où nous sommes, fit-il remarquer, amusé.

— Si ce monastère est bien celui de Saint-Honoré, je le sais, en effet. J'ai beaucoup de cartes dans la tête, petit frère. C'est un de mes nombreux talents. De plus, je connais bien la côte, par ici. Quand j'étais enfant, ma mère et moi venions rendre visite à ce contrebandier. Il est anglais, comme vous, et c'était un des amants de ma mère. Je me fais probablement une idée fausse des Anglais, car je n'ai connu que des espions et des contrebandiers dans ma…

Un bruit, qui n'était pas celui du vent ni de la pluie, l'alerta. Un galop lointain. Elle se tut aussitôt.

Des chevaux. Ils venaient de la côte. Adrian se leva d'un mouvement souple et piétina les braises pour les éteindre.

Le claquement de sabots devint plus fort, puis ralentit. Les cavaliers tournèrent dans le chemin qui menait au monastère.

— Il vaut mieux qu'on se sépare, chuchota-t-elle.

Je vais causer sa perte. Il faut qu'Adrian m'abandonne et fuie.

— Sortez le premier. Par l'arrière. J'ai dégagé le chemin jusqu'à la muraille.

— Oui, bien sûr. Tout en ramassant des pommes, vous avez dégagé le chemin pour préparer votre fuite. Je n'en attendais pas moins de vous.

Un rire le secoua. Pour Adrian, tout cela restait un jeu, même s'ils couraient au désastre.

Des claquements de sabots et des voix d'hommes envahirent la cour. Ils fouillaient les bâtiments en ruine. Il y eut un bruit métallique – Adrian venait de prendre son pistolet. Ce son fut suivi par une infinité d'autres tandis qu'il fouillait dans son sac. Les poignards allaient sans doute retrouver leur place habituelle, dans ses poches. L'un d'eux, dans son fourreau, atterrit sur les genoux de la jeune femme.

— Prenez cela et cachez-le, dit-il. Voilà ce que nous allons faire...

— Nous devons nous enfuir. Traversez le jardin. Moi, je...

— Taisez-vous, Renardeau, et écoutez-moi. Je vais passer le premier et emmener ces Français faire une promenade dans les bois. Qui sait ce qui peut leur arriver, là-bas ?

Il parlait d'un ton enjoué, comme s'il envisageait de passer une soirée agréable au café ou au théâtre.

— Vous, *ma petite*[1], vous resterez sagement ici jusqu'à ce qu'ils soient partis à ma poursuite.

S'il s'éloignait silencieusement sous la pluie, il n'aurait rien à craindre. Mais ce qu'il voulait, c'était détourner d'elle leurs poursuivants.

— Non, ne...

— Voilà de l'argent.

Il déposa une bourse dans son corsage, entre ses seins.

— Achetez-vous quelque chose de joli. Et quand vous serez arrivée en Angleterre...

Tout en parlant, il enfila ses bottes à la hâte.

— Ne cherchez plus à vous cacher. Allez trouver les Services Secrets. Ils passeront un marché avec vous, pour ces plans, et ils vous protégeront de Leblanc.

— Je n'en ferai rien, bien entendu.

— Écoutez-moi bien. Une fois à Londres, rendez-vous à Meeks Street, numéro 7. Ce n'est pas très loin de Lincoln's Inn Fields. Meeks Street, près de Braddy. Souvenez-vous-en.

1. En français dans le texte. (*N.d.T.*)

— J'ai une excellente mémoire, mais je ne le ferai pas.

— Je vous retrouverai là-bas. Prenez soin de vous. Grey me tuera s'il vous arrive quoi que ce soit.

Il prit sa veste étalée sur les fougères et l'enfila d'un geste maladroit, car son bras était engourdi par la douleur.

— Bonne chance, Hawker, dit-elle, consciente qu'il allait au-devant de la mort.

— Pourquoi est-ce que les meilleures femmes sont toujours des espionnes françaises ? Quelqu'un quelque part a mal fait les choses.

Il lui posa brièvement la main sur les cheveux.

— J'aimerais bien vous embrasser pour vous dire au revoir, sœurette, mais je crains de ne pas supporter la comparaison avec Grey. Quand je serai parti, comptez jusqu'à cinquante, puis sortez par la fenêtre qui est derrière vous et prenez ce chemin que vous avez dégagé dans le jardin pour fuir. Moi, j'irai dans la direction opposée. Je pense que vous avez une chance de vous en tirer.

Des hommes approchaient de la chapelle, elle les entendait. Elle retint Adrian une minute par la manche et chuchota :

— Le village de Sainte-Grue est à huit kilomètres vers le nord, sur la côte. Le chef des contrebandiers est un Anglais du nom de Josiah. Le mot de passe est « jasmin », comme la fleur. Dites-lui que c'est moi qui vous envoie.

— J'y vais. Bonne chance, Annique *mia*.

Elle écouta le bruit de ses pas dans la chapelle, puis l'entendit passer par l'une des fenêtres. Un instant plus tard, des coups de feu retentirent. Les hommes l'avaient donc vu dans la cour. Faible comme il l'était, il dut pourtant réussir à franchir le mur, car des hommes se mirent à courir en tous sens en criant qu'il leur avait échappé. Des chevaux partirent au galop vers le portail.

Annique demeura où elle était, aux aguets. Ils seraient peut-être assez idiots pour partir tous...

Malheureusement non, ils n'étaient pas stupides à ce point. Un cheval piétinait encore le sol dans la cour. Un des hommes était resté en arrière, pour fouiller le monastère.

Il faudrait donc qu'elle se charge de lui. Elle souleva son bas empli de pierres et saisit le bâton qu'elle avait posé sur l'autel. Elle avait pris soin auparavant de dégager l'allée, au cas où elle devrait fuir brusquement. Elle avança donc sans bruit dans la chapelle et s'adossa contre le mur, derrière la porte. L'homme ne semblait pas pressé. De longues minutes s'écoulèrent avant qu'elle n'entende ses bottes sur les pavés, à l'extérieur. Le loquet se souleva et la porte grinça. L'inconnu franchit le seuil.

Le piège s'effondra sur lui et les pavés s'écrasèrent sur le sol. Il hurla. Aussitôt, Annique bondit sur lui en brandissant sa massue. Deux coups violents, et elle l'avait immobilisé.

Adrian et elle avaient longuement discuté de la façon dont l'homme tomberait et se débattrait, une fois que le piège aurait fonctionné. Quel plaisir de découvrir qu'ils avaient vu juste ! L'homme était affalé, inconscient, sur le seuil. Il respirait encore – elle n'avait donc pas de meurtre sur la conscience.

C'était un poursuivant de moins aux trousses d'Adrian, et cela compensait largement l'heure qu'elle avait passée à tendre son piège.

Avant même d'avoir examiné ses traits, elle le reconnut au parfum de ses vêtements. Henri se montrait d'une obstination remarquable. Elle découpa des bandes de tissu dans sa chemise avec le couteau d'Adrian et l'attacha, avant de le sortir du filet dont il était prisonnier. Puis elle le traîna jusqu'à un pilier. Elle lui prit le poignard qu'il portait, ainsi que tout son argent – une somme importante, visiblement. Le malheur des uns...

Quand elle eut fini, elle s'essuya les mains sur sa robe en grimaçant. À vrai dire, elle n'aimait pas trop toucher Henri. Puis elle considéra les différents choix qui s'offraient à elle. Devait-elle partir... ou rester ? Adrian reviendrait peut-être. Grey et Doyle également, s'ils survivaient. Les compagnons d'Henri risquaient aussi de venir à sa recherche. En fait, quiconque ne perdrait pas la vie dans la forêt était susceptible de se rendre à la chapelle...

Le mieux était de fuir sur-le-champ, avec le cheval d'Henri. À quelques kilomètres de là, elle trouverait au moins une cinquantaine d'amis prêts à l'aider à passer en Angleterre. Qu'elle décide de donner les plans à l'Angleterre ou de demeurer fidèle à la France, elle ne devait pas laisser Leblanc s'en emparer. Il serait donc totalement stupide de rester dans cette chapelle.

Cependant, si Grey revenait, il serait peut-être blessé, et il aurait besoin d'aide.

Sa décision fut vite prise. Il y avait toutes sortes de petites tâches à accomplir. Elle sortit sous la pluie dense et glacée afin de conduire le cheval d'Henri derrière la chapelle, où il serait caché par les ronces. L'animal tenta de la mordre plusieurs fois, et finit par réussir. Puis elle reconstruisit son piège au-dessus de la porte, à l'aide de pierres et de cordes. Ovide n'avait-il pas dit qu'il fallait toujours lancer sa ligne, car il y aurait du poisson dans l'étang à l'endroit où on l'attendait le moins ?

Hawker s'accroupit dans le sable, silencieux comme un animal sauvage. Ils approchaient. Ce n'étaient pas les hommes de Leblanc, mais une patrouille de dragons. Nulle part où se cacher... et il était trop faible pour courir.

Mais il y avait d'autres hommes dans les dunes, ce soir. Des contrebandiers. Les coups de feu les avaient fait fuir. Ils redoutaient les dragons autant que lui. Et ils avaient un bateau.

Il s'approcha du rivage en chancelant. Ses pieds s'enfonçaient dans le sable mouillé. Il n'y voyait rien, dans le brouillard et l'obscurité.

Se guider au bruit. Annique faisait cela tout le temps. Il pouvait en faire autant, sur une centaine de mètres.

Le bateau était déjà à l'eau, et il entendit les rames s'enfoncer régulièrement dans les vagues. L'eau était glacée.

— Attendez ! Aidez-moi !

Les dragons apparurent dans les dunes de sable, accompagnés par des cris. Les balles rasèrent la surface de l'eau en sifflant. Pourquoi diable n'avait-il jamais appris à nager ? Ce ne devait pas être si difficile. Même les chiens en étaient capables.

Les vagues le renversèrent ; ses vêtements se firent lourds comme du plomb. Le sol disparut sous ses pieds, et il eut l'impression de couler comme une pierre. C'est à peine s'il eut conscience de deux bras qui le saisissaient et le hissaient à bord.

— Ce n'est pas un des nôtres, Josiah, dit une voix en anglais.

Ils le firent rouler à l'intérieur du bateau. Une balle s'enfonça dans la coque.

— Il a l'air d'être français.

— Remettez-le à l'eau.

Des voix à l'accent du Sussex discutèrent entre elles. Il fut soulevé sans ménagement et reprit conscience.

— Tas de pauvres types… Le mot de passe… jasmin.

— Il parle l'anglais du roi, les gars. Gardez-le à bord. Je ne laisserai pas un Anglais se noyer, même si c'est un Cockney.

L'ordre avait été lancé par un homme plus âgé, qui s'exprimait avec l'accent du Yorkshire. Quelqu'un se pencha sur Adrian.

— Couvrez-le et partons d'ici.

On le poussa au fond de l'embarcation, et il perdit conscience.

Des oiseaux piaillaient à tue-tête pour saluer la nouvelle journée, ce qu'ils faisaient généralement avant que le soleil soit levé. Assise à côté d'Henri, Annique écoutait son prisonnier grogner et s'agiter. Il essayait de défaire ses liens, mais il n'y parviendrait pas.

En entendant un cavalier entrer dans la cour, elle saisit sa massue et se mit en position derrière la porte.

Le second poisson qu'elle attrapa dans son filet se débattit avec plus d'énergie que le premier, et elle usa de toutes ses forces pour manier sa matraque. Si cet homme revenait si vite, cela signifiait que la chasse à l'homme était terminée. Adrian devait être mort, quelque part dans la forêt. Tout en pleurant, elle lia les mains de l'intrus dans son dos.

Puis elle vérifia si elle lui avait brisé le crâne. Il était inconscient, mais il respirait. C'était Grey.

Annique ne s'accordait pas souvent le droit de passer en revue sa collection de jurons, mais elle le fit à ce moment-là. Où Grey avait-il donc la tête ? Ne savait-il pas à quel point elle était dangereuse ? Il n'avait rien trouvé de plus stupide à faire que de pénétrer ici subrepticement, vêtu de la veste d'un autre homme ? Dès qu'il reprendrait conscience, elle lui dirait ce qu'elle en pensait !

Elle alla rapidement mouiller un chiffon dans une flaque d'eau. Quand elle revint près de lui, elle l'entendit pousser des grognements sourds. Elle ne l'avait donc pas blessé mortellement. Sans doute parce qu'il avait la tête si dure. Elle lui passa le linge mouillé sur le visage pour le réveiller, se vengeant au passage des traitements similaires qu'il lui avait fait subir.

— Annique ? Mon Dieu ! C'est vous qui m'avez pris au piège ?

— Naturellement. Mon ami, il faut que je vous dise. Il y a plus de deux heures, les hommes de Leblanc sont passés par le monastère. Ils sont partis à la poursuite d'Adrian, sauf Henri, qui est là.

Elle fit un geste vague dans la direction d'Henri, toujours ligoté contre le pilier.

— Adrian n'est pas revenu. J'ai entendu des coups de feu... Il est si faible. Ils étaient au moins trois.

— Il s'en sortira. C'est un malin. Ceux qui nous pourchassent sont lourds et maladroits. Des hommes de la ville. Détachez-moi.

— Et Doyle ? demanda-t-elle, hésitante.

— Il les fait tourner en rond. Ils ne l'attraperont pas. Nous en avons tué deux. Ôtez ces cordes de mes poignets.

— Non, je ne le ferai pas.

Elle fit courir ses doigts sur les liens pour vérifier leur solidité.

— J'espère que tout ira bien pour Doyle. Pour vous aussi, Grey. Je vous souhaite bonne chance.

Elle s'adressait à lui du ton doux et intime qu'on utilise pour un ami ou un amant.

— Je vais vous fausser compagnie, à présent, comme j'en avais l'intention depuis longtemps. Cela ne devrait pas vous étonner.

— Ne faites pas cela, Annique. Libérez-moi.

Oh, il semblait furieux. Il n'aimait pas se sentir impuissant, cet homme-là. Mais elle décela autre chose dans sa voix. De l'inquiétude. De l'affection pour elle. Non, elle ne se trompait pas. Elle n'aurait pas eu autant de peine s'il n'avait pas eu un peu d'attachement pour elle.

— Je ne peux pas m'attarder longtemps ici, dit-elle. Les hommes de Leblanc risquent de se lasser de courir derrière Doyle et de revenir. Et les gendarmes vont finir par se demander pourquoi ils trouvent des cadavres partout dans cette forêt. Avez-vous besoin d'argent ? Je peux vous donner une partie de celui que j'ai pris à Henri.

— Laissez-moi vous aider à traverser la Manche. Je promets de vous libérer dès que nous serons de l'autre côté. Je vous laisserai prendre de l'avance. Tout ce que vous voudrez. Ne partez pas seule, vous n'avez aucune chance de réussir.

Elle lissa le manteau sur ses épaules, sentit ses muscles admirables sous l'étoffe. Puis elle s'autorisa à lui caresser la joue, à toucher sa peau.

— Vous savez, quand je suis avec vous, je n'ai pas peur du tout. Une sorte de magie envahit mon cœur. J'aimerais pouvoir l'emporter avec moi, en partant.

Elle n'aurait pas dû perdre son temps à parler avec lui. Ils avaient tous deux beaucoup de tâches à accomplir, avant le lever du soleil. Mais, après tout, elle ne s'était pas souvent accordé de fantaisies, dans sa vie. Elle pouvait bien prendre quelques minutes.

— Ce voyage me fait peur. Le bruit de la mer m'empêche d'entendre ce qui se passe autour de moi. Et je dois traverser cette contrée pleine d'hommes qui veulent me tuer. Si je le pouvais, je l'éviterais, je ne suis pas stupide.

— Réfléchissez un instant. Si, par miracle, vous arrivez en Angleterre, vous retomberez de toute façon entre mes mains. Vous êtes seulement en train de retarder une issue inévitable.

Il faisait son possible pour se libérer, mais elle était experte dans l'art de ligoter les gens.

— Je ne vous ferai pas de mal. Je vous le jure.

— Comme c'est triste, Grey. Nous sommes prisonniers des règles du Jeu. Je ne pourrai jamais être heureuse à côté de vous. Ni séparée de vous. C'est injuste.

Elle s'assit plus confortablement, croisant les bras autour de ses genoux.

— J'ai découvert quelque chose de curieux sur moi-même. Il y a une heure, j'étais sûre que vous étiez mort, et c'était une pensée très douloureuse. Maintenant, vous êtes vivant, je dois vous laisser là, et je trouve cela encore plus triste. Ce n'est pas logique du tout.

Depuis le temps qu'elle connaissait Grey – et, de fait, elle ne le connaissait pas depuis très longtemps –, elle n'avait jamais touché son visage pour savoir comment il était. À présent, elle pouvait le faire. Ses cheveux étaient courts, mais doux. Son nez était assez fort, comme s'il avait été cassé, et sa peau plutôt rude. L'arc de ses sourcils était très prononcé. M. Grey n'avait pas de jolis traits fins. Mais elle n'avait jamais pensé qu'il était beau.

— Je vais vous laisser le poignard d'Henri, dit-elle. Il pourrait m'être utile, mais c'est un dédommagement pour les bosses que je vous ai faites avec ma massue. Je vous laisse également Henri, que je commence à trouver extrêmement ennuyeux. Je ne l'ai pas encore tué, comme vous le voyez. Je suis très indulgente.

— Vous allez vous faire tuer dès que vous mettrez le nez dehors.

— C'est fort possible.

Elle avait encore une minute pour caresser son corps, pour s'imprégner de sa chaleur. Il était fort et digne de respect, il était doux… et il était son ennemi.

— Connaissez-vous *Le Banquet*, Grey ? demanda-t-elle en passant la paume de sa main sur sa joue couverte d'une barbe naissante. *Le Banquet* de Platon.

— Je vous retrouverai, où que vous alliez. Vous le savez. Je n'abandonne jamais.

— Vous ne me trouverez pas. Vous ne saurez pas où me chercher. Écoutez-moi. Platon dit que les amants sont comme les deux moitiés d'un œuf, qui s'emboîtent parfaitement. Chaque moitié est faite pour l'autre. Seuls, nous sommes incomplets. Ensemble, nous sommes un tout. Chaque homme cherche l'autre partie de lui-même. Vous comprenez ?

— Bon sang, ce n'est pas le moment rêvé pour parler de Platon !

Sa remarque la fit sourire.

— Je pense que vous êtes l'autre moitié de moi-même. Il y a eu une grande confusion dans le ciel.

Pour vous, on avait prévu une jolie petite écolière de la ville de Bath, et pour moi un grand pâtissier de Palerme. Mais, on ne sait comment, les berceaux ont été inversés, et cela a débouché sur cette situation... une impossibilité totale, inexprimable.

— Annique...

D'un mouvement souple et rapide, elle se pencha et couvrit sa bouche de la sienne. Ce baiser sembla le surprendre.

— J'aurais préféré ne jamais vous rencontrer, chuchota-t-elle. Et je n'oublierai jamais les heures que j'ai passées allongée près de vous, le corps contre le vôtre.

— Pour l'amour du Ciel...

Elle se releva et planta le poignard dans une fente entre deux pierres, à quelque distance de lui. Il lui faudrait un moment pour parvenir à l'attraper.

— Adrian avait raison. J'aurais dû faire l'amour avec vous quand l'occasion s'est présentée.

Elle sortit de la chapelle, en ignorant les paroles de colère qui résonnaient derrière elle et en veillant à ne pas trébucher sur les débris de son piège, qui étaient éparpillés à l'entrée.

Le cheval d'Henri fut content de la voir. Cette cachette au milieu des ronces ne lui plaisait pas beaucoup. Elle eut moins de difficultés qu'elle ne le redoutait à enfourcher sa monture. Juchée sur l'animal, sa robe remontée sur ses cuisses, elle était une vivante offense à la pudeur, mais quelle importance ? Le monastère était désert. Elle laissa le cheval trouver son chemin et regagner la route. Puis elle l'orienta vers la mer et se cramponna aux rênes pour ne pas tomber. L'aurore n'allait pas tarder à apparaître, et il y avait suffisamment de lumière pour l'animal. Quand ils atteindraient le rivage, elle suivrait la côte vers le nord.

Ils avaient parcouru environ un kilomètre quand elle se rendit compte que la route amorçait une descente. Le cheval prit de la vitesse.

Quelque chose la frappa de plein fouet. Un choc, une douleur vive, et elle tomba. Il lui fallut un instant pour comprendre qu'elle avait heurté une branche. Elle poussa un cri de frayeur ; sa tête tapa contre le sol et le monde explosa autour d'elle.

Le cheval, ayant fait la démonstration de sa nature vicieuse, émit un hennissement de satisfaction, puis partit au trot en direction de Saint-Pierre-le-Proche. Annique demeura étendue dans le fossé, le visage tourné vers le ciel, exposé à la pluie.

Elle avait mal. Des flèches de douleur transperçaient le néant dans lequel elle avait sombré. Sa tête la faisait terriblement souffrir.

Il vaut mieux rester inconsciente. Ce fut la première pensée qui lui traversa l'esprit.

La douleur lui emplit le crâne comme une flamme. Comme du feu.

Ce fut sa deuxième pensée. En une fraction de seconde, elle comprit.

La lumière. La lumière passait sous ses paupières closes. Terrifiée, elle ouvrit les yeux et vit l'aube pâle sur la campagne. La lumière était partout, filtrant à travers la masse de nuages gris et tourbillonnants.

C'était donc arrivé. Le docteur de Marseille, avec tout son latin inutile, avait raison. Ce qui comprimait son nerf optique, petit morceau d'os ou caillot de sang, s'en était décroché et se promenait dans son cerveau, s'apprêtant à la tuer.

Elle demeura allongée, se préparant à mourir comme l'avait prédit le médecin.

Rien d'étonnant à ce que sa dernière vision de la vie soit un bosquet de pins trapus. Normal aussi qu'elle se trouve allongée dans une boue froide et visqueuse. Elle tenta de tourner ses pensées vers un sujet approprié dans un moment aussi grave, mais tout ce qui lui vint à l'esprit, ce fut qu'elle avait été incroyablement stupide de faire confiance au cheval d'Henri. Et aussi qu'elle était mal à l'aise, qu'elle avait le ventre vide et que ces gouttelettes accrochées le long des aiguilles de pin étaient lumineuses. Ces gouttes qui tombaient une à une sur son visage.

Elle attendit. Les minutes s'écoulèrent. Rien ne se passa, hormis le fait qu'elle était de plus en plus mouillée.

Sans doute n'allait-elle pas mourir, finalement. Du moins, pas tout de suite. Elle s'assit.

— Comme c'est bizarre…

Elle regarda ses mains. C'était stupéfiant de pouvoir voir ses mains. De voir la robe qu'elle portait. Vert pâle, avec des taches de boue. De voir…

Elle voyait. Elle n'était plus aveugle. Elle était redevenue elle-même, Annique, le Renardeau.

— Je… vois… murmura-t-elle, dans un mélange de joie et d'émerveillement. Je peux faire ce que je veux.

Elle se mit sur ses pieds. Elle avait envie de danser. De s'envoler.

Le fossé était rempli de pommes de pin. Elle en ramassa plusieurs, bien rondes, qui tenaient dans la paume de sa main. Une. Deux. Trois. Quatre. Elle les lança en cercle, comme le lui avait appris Shandor quand elle avait huit ans. C'était son premier soir chez les Roms, et elle se sentait tellement seule…

Elle rattrapa les pommes de pin avec facilité, se balançant d'un pied sur l'autre. Sa tête la brûlait comme du feu, mais cela n'avait pas d'importance.

Seigneur ! Elle était engourdie. À une époque, elle savait jongler avec cinq balles. Aujourd'hui, elle se contentait de quatre pommes de pin qu'elle faisait tourner en cercle. Un jeu d'enfant.

Comme elle aurait voulu avoir Grey auprès d'elle, en ce moment, pour lui montrer comment elle jonglait !

Les pommes de pin étaient brillantes et passaient légèrement de sa main droite à sa main gauche. Elle n'avait rien oublié, au cours de ces mois d'obscurité. Ses mains et ses yeux travaillaient ensemble.

Grey ne la verrait jamais jongler. Jamais.

Tout à coup, elle manqua une des pommes de pin et laissa les autres tomber. Elles s'éparpillèrent autour d'elle en se heurtant.

Annique posa le front contre le tronc de l'arbre qui avait causé sa chute. Un épais silence régnait dans la forêt. Sa gorge se noua, et des larmes roulèrent sur ses joues.

Elle pleura longuement, en proie à la tristesse, et aussi à une joie inexprimable.

16

La côte du nord de la France,
près de Sainte-Grue

La masure se trouvait sur la plage. Un petit bateau de pêcheur était renversé près de la porte. Leblanc ignorait les sanglots qui s'élevaient derrière les volets fermés. Il ignorait aussi la fillette qui se débattait furieusement, tenue par deux robustes dragons. Son attention était entièrement concentrée sur l'homme agenouillé à ses pieds.

— Quand est-elle partie ?

— À l'aube, en même temps que les pêcheurs, marmonna l'homme, dont les lèvres saignaient. Dans le bateau d'un contrebandier anglais.

— Où allaient-ils ? Dans quel port ?

— Qui sait ? Il y a de nombreux ports où se réfugier, tout le long de la côte. Ils...

La cravache de Leblanc fouetta le visage de l'homme, laissant sur sa joue une ligne écarlate.

— Où ?

— À Douvres. Ils vont à Douvres.

Le pêcheur baissa la tête, haletant.

— À Douvres, tu dis ?

Le regard de Leblanc se porta sur la fillette, qui essayait en vain d'échapper aux soldats.

— J'espère que tu en es sûr.

— Ils ont toujours déclaré que c'était là qu'ils comptaient se rendre. Je ne sais pas s'ils disaient la vérité. Ce sont des Anglais.

— C'est toi qui dois dire la vérité.

Leblanc l'observa encore une minute, puis cria :

— Henri !

Henri apparut dans l'encadrement de la porte, fourrant les pans de sa chemise dans son pantalon.

— Il n'y a rien dans la maison, à part quelques vêtements qu'elle a laissés. C'est tout.

— Pas de papiers ?

— Rien.

Un pli amer se dessina sur les lèvres blêmes de Leblanc. Il tourna brusquement le dos à Henri et se dirigea vers les chevaux.

— Elle voit. Elle s'est moquée de nous, dit-il en prenant les rênes de sa monture. Allons-y.

— Que voulez-vous qu'on fasse d'eux ?

Aidé par un soldat, Leblanc se mit en selle. Son regard passa de l'homme à la fillette, puis se tourna vers la maison, d'où s'échappaient les gémissements d'une femme. Il sourit.

— Nous allons les récompenser, naturellement, dit-il en prenant dans sa poche une poignée de pièces qu'il jeta en direction de la masure. Ils nous ont aidés. Faites en sorte que les villageois le sachent.

Son cheval partit en soulevant un nuage de sable. Les dragons le suivirent, piétinant les pièces éparpillées.

Le pêcheur les suivit des yeux jusqu'à ce qu'ils aient disparu.

— Tu leur as dit ! s'exclama la fillette, recroquevillée sur le sol.

— Quelqu'un aurait fini par leur dire, et entre-temps, ils auraient encore fait du mal autour d'eux.

Il se pencha comme un vieillard et passa ses mains dans le sable pour ramasser les pièces.

— Aide-moi. Tu as de meilleurs yeux que moi.

— Tu as trahi Annique.

— Tu crois qu'elle s'attendait qu'on se batte contre lui ? rétorqua-t-il en évitant le regard de sa fille. Elle m'avait fait promettre de dire ceci, si cet homme venait.

— S'il la trouve, il...

— Il ne la trouvera pas.

L'homme glissa les pièces dans sa poche et se tourna vers la maison.

— Reste ici et cherche les pièces dans le sable. Je dois aller voir ta mère.

Sur le seuil, il se retourna et lança :

— Il ne trouvera pas Annique. C'est le Renardeau. Et elle m'avait fait promettre de dire ce que j'ai dit.

17

Douvres, Angleterre

À 10 heures du matin, Annique posa le pied sur le rivage de Douvres, suivie par une grande quantité de flétans que les pêcheurs déversèrent sur le quai. Elle portait la robe de la fille d'un pêcheur français et une robuste paire de bottes. Un châle, fait avec la laine d'un de ces jolis moutons noirs des marais salants, lui enveloppait les épaules. Le poignard d'Adrian était attaché sur sa cuisse, sous la robe.

Elle avait mangé du pain et du fromage avec les contrebandiers, au beau milieu de la Manche, dans l'obscurité. Il était toujours intéressant de parler avec des hommes de la façon dont ils gagnaient leur vie, et elle n'ignorait plus rien désormais des fûts de cognac qu'ils transportaient. Ses compagnons de voyage lui adressèrent des signes amicaux quand elle s'éloigna. Même Thadeus, le plus âgé, qui s'était méfié d'elle au début, la salua gentiment.

Debout sur le quai, au milieu des tas de moules et de poissons, elle éprouva un moment de bonheur total. L'Angleterre. C'était un beau pays. Elle avait longuement admiré ses falaises, en approchant du rivage.

La ville de Douvres s'élevait derrière elle, avec ses maisons de pierre entassées sur la colline et dominées par le château. Une eau verte et grise s'enroulait autour des piliers de la jetée et explosait en bulles blanches et argentées. Les écailles des poissons faisaient surgir des paniers des reflets irisés.

Après des mois d'obscurité, la lumière l'assaillait de toutes parts. Les couleurs tourbillonnaient autour d'elle et lui faisaient tourner la tête. Elle était étourdie, comme ivre. Une poutre noire se détachant sur un mur blanc, une robe écarlate devant la porte d'une taverne, tout l'éblouissait. Parfois, son esprit était si plein de formes et de couleurs qu'elle avait du mal à rassembler ses idées. Elle était subjuguée par ces assauts de lumière, sidérée par la beauté d'une mouette dansant au-dessus d'une vague.

L'Angleterre était son nouveau pays.

Elle possédait trois livres et six pence, cachés dans une poche de sa chemise. Le reste de l'argent d'Henri avait été distribué aux contrebandiers. Elle n'avait pas de bagages, ni de toit pour la nuit. En dix-neuf ans, songea-t-elle, elle n'avait pas réussi à conserver un seul objet, que ce soit un morceau de papier, un peigne ou un colifichet. Elle s'éloigna de la jetée, telle Vénus naissant de l'onde. Sa vie devait redémarrer de rien. Tout lui avait été ôté.

D'aussi loin qu'elle se souvînt, elle avait toujours été une espionne. Mais c'était terminé. Quoi qu'elle fasse des fameux plans, elle n'espionnerait plus jamais pour la France.

C'était sa dernière mission dans le Jeu. Elle irait à Londres retrouver Soulier, et elle ferait son choix. Dans une ou deux semaines, elle aurait pris une décision au sujet des plans. Et en fin de compte, elle les donnerait peut-être aux Britanniques. Ensuite, elle quitterait Soulier et se fondrait dans le pays comme une goutte d'eau dans l'océan. Les hommes qui étaient à sa poursuite, qu'ils soient anglais ou français, ne la retrouveraient jamais.

Elle trouverait un lieu obscur où s'installer et deviendrait Anne, une femme simple et sans histoires, avec un travail qui n'interviendrait pas dans le destin des nations. Peut-être adopterait-elle un chat. Ce serait une vie reposante.

Les rochers qui bordaient le quai formaient un paysage complexe, composé de terrasses, de collines et de vallées. Ils ressemblaient de manière étonnante aux rochers français. Tandis qu'elle remontait vers la ville, elle remarqua dans une des petites cabanes de bois, posé sur l'appui de la fenêtre, un bouquet de fleurs jaunes dans un vase bleu. Des fleurs jaunes comme une soie chatoyante. Jaunes comme le soleil levant. C'était un signe de bienvenue.

Douvres était un port comme les autres, avec des odeurs fortes et un grand nombre de prostituées. Elle n'avait pas envie de s'y attarder. De toute façon, il fallait qu'elle aille à Londres, où se jouaient toutes les grandes affaires.

Un jour, elle avait rencontré un homme qui jonglait avec des boules de feu. Le secret, lui avait-il dit, était de les garder en l'air sans jamais vraiment les toucher. Ainsi, elles ne vous brûlaient pas les doigts.

Il en allait de même pour elle avec les plans. Elle ne pouvait prendre une décision et la garder dans sa main sans se brûler. Il fallait que les décisions demeurent en suspens.

Il était inutile de donner aux Anglais des dates et des routes militaires. Les Français l'apprendraient, changeraient les dates et envahiraient tout de même l'Angleterre.

Elle pouvait, bien sûr, communiquer aux Anglais un condensé des plans. Les Français n'oseraient alors pas les envahir. Mais cela modifierait l'issue de plus d'une bataille à venir. L'invasion serait stoppée, au prix de nombreuses vies du côté français.

Si elle ne faisait rien, ce port de pêcheurs et de prostituées ne serait plus qu'un tas de ruines au printemps prochain. Il n'y aurait plus de fleurs jaunes aux fenêtres, ni de vitres, ni même de main pour poser un vase bleu sur l'appui d'une fenêtre.

Un grand nombre d'hommes d'État et de savants auraient su exactement ce qu'il fallait faire dans cette situation, sans même avoir besoin de réfléchir. Dommage que les plans ne se soient pas retrouvés entre leurs mains.

Les réponses à ses questions lui apparaîtraient peut-être pendant le voyage jusqu'à Londres. Montaigne, qui était sage, avait dit que les voyages vous dotaient d'une merveilleuse clarté de jugement. Cela ne s'était pas encore produit pour Annique, mais il ne fallait pas désespérer, puisqu'elle avait encore beaucoup de kilomètres à parcourir jusqu'à Londres. Elle achèterait une miche de pain avant de quitter Douvres, car il était inutile de s'affamer quand on devait parcourir une longue distance à pied. C'était une fausse économie.

Elle était sur le marché, près du port, en train d'admirer des oranges, lorsqu'elle remarqua l'homme qui la surveillait. Il louchait et tentait de passer inaperçu derrière une pyramide de pommes. Quand elle s'éloigna pour aller regarder les courges et les oignons, il la suivit.

Elle s'était montrée vraiment imprudente en flânant dans cette ville. Si elle avait encore été espionne, avec des ordres à accomplir, elle se serait aperçue plus tôt qu'elle était suivie.

Ainsi, on la surveillait… Ce n'était pas bon signe. Les autorités anglaises avaient-elles déjà eu vent de son arrivée, ou bien Fouché, avec son long bras, la poursuivait-il jusque de l'autre côté de la Manche ? À moins que l'homme ne soit qu'un voleur ou un violeur ordinaire ? Quoi qu'il en soit, elle n'avait pas envie de faire sa connaissance.

Elle plongea sous la tente à rayures rouges et blanches d'un étal et joua des coudes entre des matrones collet monté chargées de paniers. *Mon Dieu !* Ses habits de garçon lui manquaient. Un garçon de sa taille pouvait courir comme un lapin sans qu'on le remarque, tandis qu'une femme attirait les regards. Les têtes se tournèrent dans sa direction.

Elle devait s'éloigner de ce marché et échapper aux regards. Elle trouva de petites rues, dans lesquelles elle s'engagea. Jusqu'ici, Douvres ne lui avait pas paru séduisante, mais cette partie de la ville était particulièrement déplaisante. Elle se mit à courir à toute allure, tournant au hasard dans le dédale de ruelles. Son poursuivant, qui, à en juger par sa rapidité, devait être français, était toujours sur ses talons. Il gagnait même du terrain.

L'affrontement devenait inévitable. Mieux valait qu'elle choisisse son terrain plutôt qu'elle ne se retrouve acculée dans une ruelle sombre.

Ici. Elle s'arrêta et remonta sa jupe pour prendre le couteau d'Adrian attaché sur sa cuisse. Elle soupesa la lame effilée, idéale pour le lancer de poignard. Puis elle ôta le foulard qui couvrait ses cheveux, se débarrassa de son châle et maintint la lame contre sa jambe.

Des murs de brique sales s'élevaient des deux côtés de la ruelle. Des ordures pourrissantes s'amoncelaient sur les pavés. De part et d'autre se dressaient de vilaines petites maisons de pierre, avec des fenêtres étroites aux volets fermés et des portes verrouillées. Personne ne viendrait à son aide. Personne ne verrait ce qui allait se passer.

L'homme tourna le coin de la rue et s'arrêta, surpris de la voir immobile. Il jeta un bref coup d'œil autour de lui, puis l'observa d'un air suspicieux. Tout ce qu'il vit, ce fut une femme seule. Il fouilla à l'intérieur de sa veste, en sortit une dague mince et avança lentement.

Annique ne bougea pas.

— Pourquoi me suivez-vous ? Je ne veux pas parler à…

Un bruit de bottes derrière elle la fit tressaillir. Un son bref, menaçant, qui la terrifia. Elle fit volte-face. La silhouette d'Henri Bréval se détachait contre le mur. Il lui coupait la route. Elle était prise au piège.

Elle s'était fait avoir comme une idiote, et maintenant elle allait mourir.

Non, pas comme ça ! Elle plaqua son dos contre le mur de brique pour protéger ses arrières, tout en gardant les deux hommes à l'œil. *Je suis le Renardeau. Je n'ai pas parcouru des milliers de kilomètres en enfer pour succomber entre les mains de ces canailles !* Elle souffla brièvement entre ses dents, comme pour chasser la peur. La situation n'était pas désespérée. Ils n'étaient que deux. Elle donnerait un coup de poignard à l'homme qui louchait, le pousserait et s'enfuirait à toutes jambes. Le plan était simple, mais bon. Henri n'était pas un rapide. Elle disparaîtrait comme l'éclair.

Ses doigts se serrèrent sur le petit couteau.

Henri eut un sourire narquois. Quelqu'un approchait dans l'ombre, d'un pas lent. Elle sentit son sang se glacer. Ce ne pouvait pas être…

Derrière Henri, Leblanc surgit tout à coup des ténèbres.

Une vague de panique submergea Annique. Leblanc, avec son poignard et sa méchanceté froide. Leblanc, qui ne pouvait pas se permettre de la laisser en vie. *Je sais ce qui s'est passé à Bruges, mais je ne peux dire un seul mot. Si je parle, Vauban mourra.*

À l'autre bout de la ruelle, Leblanc perçut sa peur et sourit. Mais, au lieu de sortir son couteau pour le lancer sur elle, il fit signe à Henri d'avancer. Il était si certain qu'elle garderait le silence qu'il pouvait se permettre de la jeter en pâture à ses acolytes. Décidément, elle n'aurait pas une mort propre et rapide.

Trois hommes. Trois lames. Elle n'avait aucune chance.

— Viens par ici, ma poulette. Nous voulons seulement te parler, dit Henri en faisant un signe avec son poignard.

Ici, en Angleterre, il n'y aurait pas de discussion. Pas de cachot, ni de torture. Ils n'essaieraient pas de briser sa résistance, de détruire son esprit. Leblanc était un intrus sur ce sol étranger. Il n'avait aucune influence dans ce pays. Ici, il renoncerait aux plans et se contenterait de la tuer, pour effacer les traces de ce qu'il avait fait à Bruges.

— Je vous ai laissé la vie sauve, Henri Bréval, dit-elle d'une voix tremblante. Ne l'oubliez pas. Par deux fois, je vous ai laissé vivre, alors que j'aurais pu vous tuer.

— Et je t'en remercie.

Il fit un petit salut ironique. Annique devinait sans peine ce qui l'attendait. Leblanc avait certainement promis à Henri qu'il pourrait la violer avant de lui trancher la gorge. Ce dernier l'imaginait en train de se débattre, impuissante, prisonnière. Dans sa tête, il découpait déjà ses vêtements un à un.

Eh bien, qu'il continue. Pendant qu'il laissait libre cours à son imagination, il était moins sur ses gardes. Annique risqua un coup d'œil derrière elle. L'homme qui louchait tenait son poignard à bout de bras, comme s'il lui offrait une tasse de thé. On ne lui avait donc pas dit qu'elle savait se battre ? C'était le plus faible du groupe. S'éloignant d'Henri, elle se glissa vers lui.

— Tu cherches à m'éviter ? susurra Henri en souriant. Tu veux me mettre en colère ?

— Je vous en prie, Henri, supplia-t-elle. Je ferai tout ce que vous voudrez.

Un pas de plus vers l'autre homme. Deux...

— Tu as peur, Renardeau ? dit celui-ci.

Il agita son poignard, comme s'il voulait jouer avec elle. Leblanc aurait dû le mettre en garde.

— Écoutez-moi... Laissez-moi au moins vous expliquer...

Au beau milieu de sa phrase, elle tournoya sur elle-même et frappa le complice d'Henri. Un coup rapide, précis, à la base du pouce. L'homme poussa un cri aigu et lâcha son poignard ensanglanté, qui roula sur le sol avec un tintement métallique. Puis il tomba à genoux en criant et en tenant sa main contre lui.

C'était une petite victoire, mais elle n'eut pas le temps de la savourer. Henri passa instantanément à l'attaque, l'empêchant d'atteindre l'extrémité de la ruelle. La fuite était devenue impossible.

Henri ne jouait plus.

Un rai de lumière s'infiltra dans la ruelle et fit luire la lame qu'il tenait dans sa main. Leblanc n'était qu'une présence sombre et monstrueuse, en retrait. Derrière elle, recroquevillé sur le sol de terre, le troisième compère pleurait comme une femme. Elle recula en tenant son couteau près de sa taille, l'autre bras étendu pour garder l'équilibre. Dans quelques secondes, elle serait vaincue. Pendant ce laps de temps, elle ferait en sorte de blesser Henri.

Elle se jeta sur lui, et il esquiva le coup. Profitant du bref instant où il perdit l'équilibre, elle fit passer le poignard dans sa main gauche et frappa, du côté où il ne l'attendait pas, touchant sa main. Une tache écarlate apparut sur ses doigts.

« Il gardera une cicatrice en souvenir de moi », songea-t-elle en reculant.

— Chienne ! hurla-t-il.

Des gouttes de sang s'écrasèrent sur les pavés. Tenant son couteau dans sa main ensanglantée, il le brandit à hauteur du cœur de la jeune femme.

— Tu me le paieras. Je te lacérerai le visage avant de te tuer.

Il se jeta sur elle en visant les yeux. Elle vit un éclair argenté passer devant elle et fit un bond en arrière. Aussitôt, il revint à la charge, et elle entendit la lame siffler près de son oreille. Son sang se glaça dans ses veines. Elle pivota sur ses talons et s'enfuit dans la ruelle.

Leblanc vint se camper face à elle. La lame froide de son poignard se mit à danser autour d'elle sans jamais la toucher, la forçant à sauter en arrière et à retourner vers Henri.

Il n'y avait pas d'issue, pas de fuite possible. Elle tenta une feinte, mais échoua. Leblanc était trop habile, avec son poignard. *Je ne peux pas gagner. Je suis comme une enfant face à lui.* Il l'obligea à reculer, encore et encore.

Son dos toucha le mur, et Henri s'approcha. *C'est la fin. Ils vont me faire souffrir, avant de me tuer.* Elle se raidit, le dos au mur, le poignard devant elle...

Une douleur fulgurante lui traversa le ventre. Le poing serré d'Henri lui avait coupé le souffle. Puis il lui saisit le poignet qui tenait le couteau et le tordit.

— Lâche-le.

La douleur était trop forte. Ses doigts s'ouvrirent, et le couteau tomba. Tout était fini.

Henri exultait, ses yeux bruns emplis d'une joie mauvaise. La pointe de sa dague toucha le pouls qui battait au creux de son cou, mais il ne l'enfonça pas davantage.

Il va me violer avant de me tuer...

Grey entendit des bruits de lutte et un gémissement de douleur. Il parcourut les trente mètres qui restaient à toutes jambes, tourna le coin de la ruelle...

Il arrivait à temps. Mais il était moins une.

Recroquevillé sur le sol, un homme serrait sur sa poitrine sa main ensanglantée. C'était lui qu'il avait entendu gémir. Leblanc rôdait à l'autre extrémité de la ruelle. Annique était plaquée contre un mur, et Henri appuyait son poignard contre sa gorge.

Attaque ! Grey se rua en avant avec un rugissement de rage. Il écarta Henri avant que celui-ci ait eu le temps de blesser Annique.

Les deux hommes heurtèrent violemment le mur, et Henri lâcha son poignard. Ils s'empoignèrent et roulèrent sur le sol. Malgré sa taille, Henri n'était pas à son avantage dans un combat corps à corps.

Ils se relevèrent, et Grey assena plusieurs coups de poing dans le ventre de son adversaire. Henri devint rouge, puis blêmit tout à coup lorsque Grey lui donna un coup de genou entre les jambes.

L'homme s'effondra, inanimé. Le combat était terminé. Il avait duré moins d'une minute.

Grey éloigna le poignard d'un coup de pied, avant de s'assurer que le Français était hors d'état de nuire. Il le souleva alors et le projeta contre le mur, en faisant en sorte que son épaule cogne la muraille. Il y avait beaucoup de petits os fragiles, dans l'épaule.

Il aurait bien aimé achever le travail, mais, pour une raison qu'il ignorait, Annique s'était toujours arrangée pour laisser cet individu en vie. Il allait donc lui demander son avis.

Un cri de surprise le fit pivoter sur place, et il vit Leblanc vaciller sur ses jambes, le visage crispé de douleur. Sa lame tomba bruyamment sur le sol. Le manche d'un poignard était enfoncé dans son habit, et du sang coulait le long de son bras.

Annique avait ramassé son couteau et le lui avait planté dans l'épaule, et non dans la gorge, avant qu'il ait pu lancer le sien.

Leblanc s'échappa dans une ruelle transversale. Il se tenait l'épaule et laissait une trace de sang sur son passage. Henri Bréval se releva en chancelant, ramassa son poignard de la main gauche et s'enfuit dans la direction opposée. Le troisième homme s'éloigna en clopinant et en gémissant.

Il n'y avait rien d'autre à faire que de les regarder partir. Impossible de les faire prisonniers, puisqu'il n'avait personne pour l'aider à les surveiller. Et s'il tournait un instant le dos à Annique, celle-ci s'évaporerait aussitôt.

Adossée au mur, elle haletait. S'il était arrivé cinq minutes plus tard… La pensée qu'il aurait pu la trouver mourante, dans le ruisseau, lui fit l'effet d'un coup de massue.

Quelle idiote ! Où diable avaient-ils donc la tête, tous ceux qui la portaient aux nues et prétendaient qu'elle était un agent exceptionnel ? Elle s'était laissé prendre au piège dans une ruelle. Elle avait blessé un homme légèrement, ne l'avait pas achevé, et pour finir, elle avait manqué Leblanc. Elle était pourtant meilleure que ça au lancer de poignard.

— Il a emporté le couteau d'Adrian, annonça-t-elle d'une voix claire. Comment vais-je faire pour couper les légumes ?

Son regard demeura fixé sur la venelle où Leblanc avait disparu. C'était la première fois que Grey l'entendait parler anglais. Elle avait une belle voix rauque et chantante, douce comme une caresse, et son accent français perçait dans chaque mot.

— Mais je n'aurais pas pu l'utiliser pour les légumes, n'est-ce pas, avec le sang de Leblanc sur la lame ?

Elle pressa le poing contre sa bouche et étouffa un petit rire. Les nerfs, songea-t-il. Elle allait avoir besoin de soutien pendant quelque temps.

Il avait perdu sa casquette de pêcheur dans la bagarre. Il se baissa pour la ramasser et l'épousseta tout en surveillant la jeune femme du coin de l'œil. Dès qu'elle se serait ressaisie, elle détalerait comme un lapin.

— De toute façon, l'homme qui m'a donné ce couteau n'aurait pas voulu que je m'en serve pour les légumes. Il serait très content s'il savait où se trouve le poignard. Il n'aime pas Leblanc, mon ami... mon ami aux couteaux.

Elle repoussa des mèches de cheveux noirs et luisants en arrière et lui décocha un coup d'œil. Pour la première fois, il la vit le regarder.

Elle ne le reconnut pas.

Pâle, le visage ouvert, elle esquissa un sourire charmant.

— Merci beaucoup. Vraiment.

Triturant nerveusement sa casquette noire, il attendit qu'elle le reconnaisse. Alors, son expression changerait, son sourire disparaîtrait. Dans quelques minutes, une bagarre les opposerait, c'était inévitable. Mais il gagnerait, l'entraînerait loin de ce dédale de ruelles et l'emmènerait à Londres.

Le regard d'Annique passa sur son visage, ses cheveux, ses épaules, son corps vêtu d'un vieux costume de pêcheur, puis elle déclara :

— C'est étrange. Je parle cinq langues différentes, et je ne trouve pas les mots pour vous exprimer ma gratitude.

Pourquoi ne me reconnaissez-vous pas, Annique ?

Encore tremblante et sous le choc, elle le remercia poliment plusieurs fois, sans jamais le reconnaître.

Mon Dieu ! Vous ne m'avez jamais vu, n'est-ce pas ? Vous n'avez jamais vu mon visage. Vous ne savez pas de quelle couleur sont mes cheveux, ni quelle expression a mon regard. Je pourrais être n'importe qui.

Elle ignorait qui il était. S'il la laissait libre et se contentait de la suivre, elle le mènerait peut-être jusqu'aux plans qu'il convoitait.

Était-ce possible ? Plus il y pensait, plus cela lui semblait une bonne solution. Elle savait où se trouvaient les plans. Il en était certain. Après la sanglante débâcle de Bruges, Annique s'était retrouvée par un curieux hasard en possession des plans.

Pourtant, elle n'avait rien emporté de France. Il la suivait depuis qu'elle avait débarqué du bateau de pêcheurs, les mains vides. Se pouvait-il que les plans soient déjà en Angleterre ?

Où sont les plans, Annique ? Allez-vous les chercher maintenant ? Oui, et les apporter à Soulier, je parie.

Si elle le guidait jusqu'à la cachette... Oui, c'était la meilleure solution. Un bref instant de choc, et tout serait fini. Pas de long interrogatoire. Pas de longs moments empoisonnés en tête à tête, à essayer de lui soutirer ses secrets. Pas de pression ni de contrainte.

L'idée de la laisser libre était tentante. S'il agissait ainsi, il pourrait même passer plusieurs jours avec elle sans qu'elle le voie comme un ennemi. Peut-être même continuerait-elle à le considérer comme une sorte de chevalier en armure blanche.

Elle connaît ma voix, mais je peux la déguiser.

Il avait passé son enfance dans le Somerset. Ses frères et lui imitaient la façon de parler des valets d'écurie et se faisaient punir quand ils utilisaient leurs expressions dans le salon de leurs parents. L'accent du Somerset lui revenait naturellement chaque fois qu'il retournait chez lui.

— Êtes-vous blessée ? demanda-t-il d'une voix qu'il ne reconnut pas lui-même.

— Pas le moins du monde. Vous avez été très courageux, de vous attaquer à trois hommes armés.

Grey se contenta de hausser les épaules avec désinvolture – mieux valait parler le moins possible.

— Et vous êtes modeste, par-dessus le marché. Mais sans vous, j'aurais fini égorgée dans cette ruelle. C'était de l'héroïsme de votre part, de vous lancer dans ce combat avec autant d'ardeur alors que vous ne me connaissez même pas.

— N'importe qui en aurait fait autant, dit-il, craignant à chaque mot d'être démasqué.

— Peut-être, concéda-t-elle en allant ramasser son châle d'un pas mal assuré. C'est une amie qui m'a offert ce châle, que sa mère avait tricoté pour elle, expliqua-t-elle en secouant le vêtement. Sans vous, on l'aurait retrouvé à côté de mon cadavre.

Il émit un vague grognement. En faisant très attention, il parviendrait sans doute à la tromper pendant un jour ou deux. Ce serait peut-être suffisant.

— J'ai eu beaucoup de chance, ce matin, n'est-ce pas ? Je ne sais vraiment pas comment vous remercier.

Elle lui sourit. Si elle continuait à témoigner autant de gratitude à tous les étrangers qui croisaient son chemin, l'un d'eux finirait par l'emmener dans la chambre d'une auberge pour approfondir la question.

Comme elle s'éloignait en trébuchant dans la ruelle, une main sur le mur pour ne pas tomber, il lui emboîta le pas. Mais il ne fit pas mine de l'aider. Il ne posa pas le doigt sur elle. Il suffirait d'un seul contact pour qu'elle le reconnaisse aussitôt.

Son sens de l'orientation ne l'avait pas abandonnée. Annique descendit une longue rue, tourna à droite, et ils débouchèrent sur la petite place du marché, à côté des quais. Elle s'assit sur un banc de pierre, ferma les yeux et sentit le monde tourner autour d'elle. Quand elle souleva les paupières, le grand homme en costume de pêcheur était toujours là.

Il passa une main sur son pull imprégné d'une forte odeur de poisson et déclara :

— Vous n'avez pas l'air bien.

Son accent n'était pas le même que celui des contrebandiers qu'elle connaissait. Sa voix était rocailleuse. Sans doute à cause des années passées en mer, ou bien parce qu'il buvait trop.

— Je me sens très bien.

Mais elle tremblait de tous ses membres, et elle était contente d'être assise.

— J'ai seulement eu une frayeur terrible. J'ai cru qu'ils allaient me tuer, vous comprenez. N'importe qui aurait été terrifié.

L'homme était très grand, et robuste comme un taureau, ce qui devait être très utile en mer. Il semblait avoir entre vingt-huit et trente ans. Ses cheveux bruns étaient coupés court, et ses yeux sombres avaient des reflets d'un gris métallique. Une barbe de quelques jours assombrissait ses joues. L'ensemble n'aurait pas dû constituer un tableau très séduisant, et pourtant, elle le trouva beau.

Elle aimait bien les marins, en général, et avait passé de longues heures à discuter avec eux, dans de nombreux ports d'Europe. La plupart des marins étaient plus bavards que celui-ci et savaient beaucoup de choses sur les défenses côtières et les mouvements des navires.

— Je ne vous ennuierai pas plus longtemps avec ma gratitude, mais je répète que c'est grâce à vous que je ne suis pas morte aujourd'hui. Si vous voulez bien détourner les yeux un instant, je vais prendre l'argent que j'ai caché sur moi.

Il y avait une taverne de l'autre côté de la rue.

— Cet établissement n'a pas l'air très respectable, dit-elle, mais j'aimerais vous y offrir un verre de bière.

— Il n'en est pas question. Vous n'avez rien à faire dans ce genre d'endroit, et vous le savez. Je vais nous chercher quelque chose à boire. Restez là, je reviens.

Elle le vit fendre la foule qui se pressait sur la place, comme s'il s'attendait que tout le monde s'écarte sur son passage. Et, de fait, ce fut ce qui se passa. Il avait beau porter des habits de pêcheur, il émanait de lui l'assurance d'un homme habitué à commander. Il devait être capitaine.

Quoique... À la réflexion, il n'était vraisemblablement pas pêcheur. Ses amis contrebandiers lui avaient parlé des hommes qui racolaient dans les ports pour la marine britannique. Un homme aussi grand et fort que son sauveur aurait été enlevé depuis longtemps pour servir sa patrie, bon gré mal gré, s'il n'avait pas bénéficié de protections importantes. Or, les contrebandiers avaient une grande influence sur la côte sud de l'Angleterre.

Cet homme était presque certainement un contrebandier, comme son ami Josiah. Ils étaient généralement rusés et forts : rien d'étonnant à ce qu'elle ait été sauvée par l'un d'entre eux. Décidément, la vie en Angleterre promettait d'être très intéressante.

Il était si grand qu'elle n'eut aucun mal à le suivre des yeux tandis qu'il s'avançait entre les baraques du marché. Il s'arrêta devant un étal, et la marchande abandonna le client qu'elle servait pour s'occuper de lui. Il partit en lui lançant une pièce et n'attendit pas sa monnaie.

Il rapporta des bulots dans un cône de papier gris. Il portait aussi deux tasses de thé, dont il tenait l'anse adroitement, d'un seul doigt. Le thé était sucré et allongé de lait, ce dont elle ne raffolait pas. Mais cet homme lui avait sauvé la vie, et s'il lui avait offert un bouquet d'herbe de la prairie, elle l'aurait mangé pour lui faire plaisir.

Il s'assit et la regarda manger les bulots à l'aide d'une petite pique en bois. Deux ménagères qui passaient près d'eux avec leur panier et leur joli bonnet de dentelle leur lancèrent des regards par en dessous. Les catins s'approchèrent de la fenêtre de la taverne, en laissant leur corsage glisser sur leurs épaules d'une façon aguichante. Elle les comprenait. Cet homme était grand et fort bien fait. Elle s'accorda donc quelques minutes de satisfaction, assise à côté de lui.

— Je m'appelle Annique, annonça-t-elle. Annique Villiers. Et vous m'avez sauvé la vie. Ce que vous avez interrompu n'était pas une petite querelle sans importance, *je vous assure*[1].

Elle s'interrompit une seconde, puis reprit :

— *Peste*[2] *!* À partir de maintenant, je ne parlerai qu'anglais. C'est décidé.

Elle avait très faim, et les bulots étaient délicieux.

— Je serais certainement morte si vous n'étiez pas passé par là. Leblanc doit me tuer pour me faire taire, vous comprenez, car je sais des choses sur lui – Leblanc est l'homme à qui j'ai donné un coup de couteau. Henri, qui aimerait également me tuer, est celui que vous avez frappé.

— Vous devriez éviter de passer dans les ruelles.

— C'est ce que je ferai à l'avenir, répondit-elle en avalant le dernier bulot. Mais dans quelques jours, je n'aurai plus rien à craindre. Quand j'aurai quitté Douvres, Leblanc ne pourra plus me retrouver. L'Angleterre est assez vaste pour qu'on puisse s'y cacher.

1. En français dans le texte. *(N.d.T.)*
2. En français dans le texte. *(N.d.T.)*

Tout en parlant, elle avait jeté les coquilles de bulots sur le sol, comme le faisait tout le monde. Mais, répugnant à jeter également le papier, elle le froissa et le mit dans la tasse vide.

Elle était rassasiée, et tout ce dont elle avait envie, à présent, c'était de se pelotonner comme un chat pour dormir. Mais les chats n'ont pas d'agents secrets à leurs trousses.

— Je vous remercie pour les bulots et pour le thé. Il faudra que j'en boive beaucoup avant de l'apprécier vraiment, je pense. Vous voulez bien me dire votre nom ? C'est dur de remercier quelqu'un dont on ignore le nom.

— Je m'appelle Robert Fordham.

Il avait répondu d'un ton solennel, comme s'il lui confiait un secret. Peut-être était-ce le cas. Peut-être les murs de cette ville étaient-ils tapissés d'affiches réclamant sa capture. Il ignorait qu'elle savait garder les secrets.

— Je suis content d'avoir fait votre connaissance, Annique.

Une mouette vint se poser à ses pieds et se mit à fouiller dans le tas de coquilles vides. Une multitude de mouettes pillait le marché, et les vendeuses les repoussaient continuellement.

Il était temps de se lever et de reprendre la route.

— Monsieur Fordham, je vous suis infiniment reconnaissante. Tous mes vœux vous accompagnent.

Elle n'avait pas le plan de Douvres en tête. Posant une main en visière sur son front, elle regarda le soleil pour se repérer. Londres était au nord, donc elle devait marcher dans cette direction.

— J'espère que si un jour vous êtes en danger, quelqu'un viendra à votre secours.

— Moi aussi.

L'homme se leva et lui emboîta le pas.

— Où allez-vous ? demanda-t-il.

— À Londres. J'ai quelque chose à faire là-bas.

— La diligence pour Londres part de l'auberge de *L'Ours Brun*, dans le centre-ville. La façon la plus simple de s'y rendre est de traverser le marché et...

— Je ne possède que trois livres, monsieur Fordham, répliqua-t-elle en riant.

— Appelez-moi Robert.

— Robert.

Ce nom lui plaisait. Elle le prononça à la française.

— Je n'ai que trois livres et six pence. Ce serait idiot de les gaspiller. J'irai à pied.

— Vous ne pouvez pas vous rendre de Douvres à Londres à pied, répliqua-t-il en fronçant les sourcils.

— Bien sûr que si. Je suis venue à pied du sud de la France, à part quelques trajets que j'ai pu faire en voiture, et je vous dirai qu'il est plus agréable de marcher. Ce n'est rien, ce petit voyage jusqu'à Londres.

— Dans ce cas, vous devez prendre la route de Canterbury. Je vais vous montrer.

Il parla peu en lui faisant traverser la ville et finit par lui indiquer la route. Celle-ci s'enfonçait dans des collines escarpées et n'avait pas l'air facile. Mais elle n'avait rien connu de facile dans sa vie. Quand elle se retourna pour le remercier, il avait déjà fait demi-tour, sans attendre de lui dire au revoir.

Elle l'aperçut qui reprenait à grands pas la direction des quais, son bonnet noir et ses larges épaules se détachant dans la foule dense. Il était fort, agréable à regarder, et musclé à force de transporter des cargaisons illégales sur son bateau. Les contrebandiers menaient une vie très saine, tant qu'ils échappaient à la pendaison.

— C'est injuste, dit-elle à mi-voix, pour elle-même.

Les gens qu'elle voulait à tout prix éviter, comme Leblanc, croisaient sans cesse sa route. Et ce Robert Fordham avait disparu une heure seulement après lui avoir sauvé la vie.

Sans doute vivait-il dans une de ces maisons de pierre avec une femme et trois petits enfants aux yeux couleur d'ardoise, comme lui. Tout en gravissant la route escarpée qui sortait de Douvres, elle s'amusa à essayer de deviner laquelle de ces maisons était la sienne, et ce que son épouse avait bien pu lui préparer pour le dîner.

Les falaises étaient si blanches qu'elles semblaient recouvertes de neige. Quant à la Manche, elle était ce jour-là d'un bleu pur comme les eaux tièdes de la Méditerranée. Elle s'éloigna en songeant aux falaises de France et d'Italie et à Tacite, l'historien romain qui avait écrit sur l'Angleterre.

Où irait-elle, une fois qu'elle aurait vu Soulier à Londres ? Il faudrait qu'elle trouve un endroit sûr, mais aussi qu'elle gagne sa vie, puisqu'elle ne voulait plus voler les secrets des gouvernements.

Peut-être pourrait-elle devenir cuisinière.

La mer était encore en vue quand elle s'aperçut tout à coup qu'elle était suivie.

18

Grey rattrapa Fletch à l'extérieur de Douvres, sur la route de Canterbury. La mer formait à l'horizon une ligne plane d'un bleu profond. Fletch avait réussi à trouver une place dans une carriole qui transportait des légumes. À bonne distance d'Annique, caché derrière une montagne de choux verts, il la surveillait de loin à l'aide d'un petit miroir de poche. Il ne manquait pas d'idées, ce Fletcher.

Quant à lui, il montait le cheval de Fletch. À quoi bon être chef de section si on ne pouvait pas emprunter une monture de temps à autre ?

En passant à la hauteur du chariot de légumes, il fit un signe à Fletch pour lui signifier que sa filature était terminée. Comme il était de nature pacifique, il ignora le geste de colère de Fletch. Ce dernier finirait par récupérer son cheval, songea-t-il en mettant sa monture au trot.

Il sut exactement à quel moment Annique le repéra. Sa petite silhouette se figea au loin, comme celle d'une biche sentant la présence du chasseur. Cela ne dura qu'une fraction de seconde, puis elle se détendit subtilement. À aucun moment elle ne se retourna pour le regarder. Annique Villiers était un fameux agent.

Quand il arriva à sa hauteur, elle dit simplement :

— Vous me suivez.

— Non. Je suis à côté de vous.

Il mit pied à terre et marcha au même rythme qu'elle, en tenant les rênes de son cheval.

Elle ne l'avait jamais autant impressionné qu'en ce moment. Avec ses vêtements simples et son châle sur la tête, elle se fondait dans le paysage champêtre comme une caille grise. Elle s'était transformée en fermière ordinaire. Un homme pouvait la croiser sans soupçonner le moins du monde sa beauté.

— C'est une réponse de sophiste, Robert Fordham. Pourquoi me suivez-vous ?

— Pour vous protéger. Jusqu'à ce que vous soyez arrivée à Londres.

— Le problème, c'est que je parle trop, dit-elle en soupirant, le regard fixé droit devant elle. Si je gardais la bouche fermée, je ne me mettrais pas dans ce genre de situation. Vous êtes très gentil, monsieur, mais je n'ai pas besoin de votre protection.

— Appelez-moi Robert.

— Robert, répéta-t-elle, sans se faire prier.

À chaque minute qui passait, il devenait un peu plus « Robert » pour elle. Un être familier.

— Robert... reprit-elle d'une voix douce comme du velours. J'ai joué à des jeux dangereux toute ma vie, et personne encore n'a réussi à me tuer. Pas même M. Leblanc, qui est pourtant tenace. Je préférerais vraiment que vous me laissiez seule.

Pas question.

— Non, dit-il d'un ton résolu.

— Non ? C'est tout ce que vous avez à dire ? Eh bien, si je parlais aussi peu que vous, j'aurais beaucoup moins d'ennuis.

Elle s'arrêta pour cueillir une tige dans les hautes herbes sur le côté de la route, prenant son temps pour la choisir. Puis elle repartit en la pelant à l'aide de son ongle.

— Je vais vous expliquer quelque chose, monsieur Fordham. Je vous suis extrêmement reconnaissante de m'avoir sauvé la vie, mais je ne coucherai pas avec vous.

Elle s'était déjà montrée aussi directe alors qu'elle était sa prisonnière, en France, aussi ne fut-il pas autrement surpris.

— Je ne vous l'ai pas demandé. Êtes-vous toujours aussi franche ?

— C'est à cause de l'anglais, rétorqua-t-elle en haussant les épaules. Il est impossible d'être subtil dans cette langue, qui est loin d'être aussi belle que le français. En plus, je n'ai pas reparlé anglais depuis mon enfance, expliqua-t-elle en agitant son brin d'herbe. Je dois le dire, même si ce n'est pas très délicat, car je ne veux pas vous mentir : vous perdez votre temps... à moins que vous ne trouviez du plaisir à forcer une femme.

— Je ne fais jamais de mal aux femmes.

C'était un mensonge. Il avait frappé Annique si fort qu'elle s'était pliée en deux de douleur, il n'y avait pas si longtemps.

— Je ne vous toucherai pas, ajouta-t-il cependant.

— Alors, que faites-vous ici ?

— Il y a trois hommes qui veulent vous tuer.

— Il y en a bien plus que cela, Robert.

Elle réfléchit pendant encore une centaine de mètres, tout en mordillant son brin d'herbe et en lui lançant des coups d'œil à la dérobée.

— Vous savez, je crois que vous êtes sincère. Mais je ne veux pas de votre aide.

Elle prit le brin d'herbe et le fit rouler entre ses doigts.

— Vous êtes... Oh, vous êtes grand, fort, courageux, et vous savez vous battre. Mais les hommes qui me pourchassent sont mauvais et obstinés. C'est entièrement ma faute s'ils me poursuivent, et vous n'y êtes pour rien. Je ne voudrais pas que vous soyez blessé.

Cette idiote s'inquiétait pour une brute comme lui, au lieu de penser à elle !

— On ne me blesse pas facilement, répliqua-t-il. Voulez-vous monter à cheval ? Harding est là...

Il ignorait totalement quel nom Fletcher donnait à son cheval. Mais son professeur de latin à Harrow s'appelait Harding, et ce fut le premier nom qui lui vint à l'esprit.

— Harding serait très heureux de vous porter.

— Vous n'avez pas du tout écouté ce que je vous ai dit. L'Angleterre est un pays bien plus étrange que je ne le croyais. Est-ce donc ainsi que vous autres Anglais agissez ? Vous négligez vos affaires pour accompagner jusqu'à Londres des femmes que vous ne connaissez ni d'Ève ni d'Adam ? Ce n'est pas raisonnable.

Ce n'était pas chose facile, de mentir à Annique.

— Vous me faites penser à quelqu'un que j'ai connu autrefois. Une femme.

Il hésita un moment et espéra lui faire croire qu'il fouillait dans ses souvenirs, alors qu'en réalité il inventait à mesure qu'il parlait.

— Ce n'était pas en Angleterre. Elle était française. Je me suis mal comporté avec elle, et je ne peux pas revenir en arrière pour réparer ce que j'ai fait.

Tout cela était assez proche de la vérité. Le souvenir de ce qu'il avait fait à Annique le brûlait comme de l'acide. Les regrets perçaient peut-être dans sa voix.

— Il est trop tard.

— « Mais c'était il y a longtemps, dans un autre pays, dit-elle d'une voix douce, citant Christopher Marlowe. Et de toute façon, la jeune femme est morte. » Je me suis demandé pourquoi vous me regardiez d'une façon si bizarre, tout à l'heure, en ville.

— Vous lui ressemblez.

— Je n'ai pas envie de ressembler à quelqu'un. J'ai assez de problèmes comme ça, sans avoir besoin d'un double pour m'en causer davantage.

Il attendit, en s'efforçant de respirer régulièrement et en s'obligeant à regarder le cheval, puis le sol. Les gens qui mentent vous regardent généralement dans les yeux.

— J'ai commis des erreurs, dit-elle au bout d'un long moment. Elles me hantent la nuit, et rien ne peut les effacer.

Elle se rembrunit et ajouta :

— Vous m'avez sauvé la vie. Mais tout de même, je ne peux pas croire...

— Je devais de toute façon quitter Douvres demain.

Annique était une personne rationnelle, logique. S'il lui donnait des arguments sensés, raisonnables, elle serait convaincue.

— Je retourne chez moi, dans le Somerset, et je dois pour cela passer par Londres. Je suis content d'avoir de la compagnie pour faire la route.

Il s'en tint là. Comme disait Hawker, quand on mentait, il valait mieux ne pas trop « embellir » l'histoire.

— Ah. Partir un jour plus tôt, ce n'est pas un grand changement. Quand vous m'avez rencontrée, vous avez dû penser que c'était le destin. Je ne suis pas encline à croire à ce genre de chose, mais je connais beaucoup de gens pour qui c'est le cas.

Son regard se porta sur les champs environnants, et elle sembla se perdre dans ses pensées.

Pour une fois, faites-moi confiance, Annique. Croyez-moi. Menez-moi jusqu'aux plans. Rendez-nous les choses plus faciles.

Elle hocha la tête et déclara :

— Je ferai la route jusqu'à Londres avec vous, si cela peut vous aider à oublier le passé. Je vous dois bien cela. Mais, Robert... vous feriez mieux de retourner à votre famille et à votre bateau, et d'oublier cette femme.

— Si, grâce à moi, vous arrivez à Londres sans encombre, cela me suffira.

Elle dut percevoir sa détermination, mais elle ne parut pas effrayée. Tant mieux. Il ne voulait plus lui faire peur.

— *Bon*. Nous voyagerons donc ensemble. Je serai contente d'avoir de la compagnie.

Elle se tourna vers le nord et contempla le ciel, comme pour mesurer la distance qu'il lui restait à parcourir. Enfin, il voyait la vraie Annique Villiers. C'était ainsi qu'elle avait passé la plus grande partie de sa vie, sillonnant l'Europe dans le sillage de l'armée, vêtue d'habits de garçon, grignotant les fruits trouvés dans les champs. Un couple d'hirondelles s'envola, décrivit quelques arabesques dans les airs et se dirigea vers un bosquet. La jeune femme les suivit des yeux, l'air enchanté, emmagasinant un nouveau souvenir.

— Je crois que je vais aimer l'Angleterre, dit-elle en se remettant en route. Il n'y a que quatre heures que j'ai débarqué, et j'ai déjà rencontré trois hommes qui voulaient me tuer, et un quatrième qui m'a acheté des bulots. Que ce soit un bien ou un mal, c'est un pays où je ne passe pas inaperçue.

19

L'auberge du Perroquet Vert,
Douvres, Angleterre

— Je lui trancherai la gorge.

Le visage d'Henri était couvert d'hématomes, et sa main posée sur la table était enveloppée d'un linge blanc.

— Parlez plus bas, imbécile ! Vous croyez que les Anglais n'ont pas d'oreilles ?

Leblanc lança un regard autour de lui. Aux tables voisines, des pêcheurs avalaient des quantités de poisson et oignons frits. Assise à une table dans un coin, une femme buvait du gin. Personne ne semblait faire attention à eux.

— Vous aurez votre chance rapidement.

— D'abord, je m'occuperai de lui. Je lui ouvrirai le ventre comme à un maquereau et je le laisserai baignant dans son sang.

— Pourquoi ne l'avez-vous pas fait tout de suite ?

— Personne ne m'avait dit que cet espion anglais se trouvait à Douvres. Comment aurais-je pu savoir...

— Oh, cessez donc de gémir !

Leblanc se pencha sur son verre de rhum allongé d'eau. Son bras le faisait terriblement souffrir. Il était en Angleterre, sur ces quais immondes, où il risquait à tout moment d'être arrêté et interrogé par ces stupides autorités britanniques. Annique lui avait filé entre les doigts. Et tout cela, c'était la faute d'Henri.

— Elle va se rendre à Londres, chez Soulier, pour lui raconter des mensonges à mon sujet. C'est son but depuis le début, j'en suis sûr.

— Mais elle ne transporte pas les papiers. Si c'étaient ces papiers que vous vouliez, nous aurions aussi bien fait de rester en France.

Henri se croyait malin, c'était évident.

— Oubliez ces papiers. Ce qu'il faut, c'est qu'elle meure. Elle ne doit pas arriver chez Soulier.

— Nous sommes sur son territoire. Quand il apprendra ce que nous avons fait...

— Annique est mon agent, sous mes ordres. Je peux faire ce que je veux d'un hors-la-loi qui traverse la Manche sans mon autorisation.

Leblanc avala le restant de rhum d'un seul trait. Que n'aurait-il donné pour une heure en tête à tête avec cette catin !

— J'ai informé Fouché de ses agissements. Et si j'ai le soutien du chef de la Police Secrète, je me moque comme d'une guigne de Soulier. Pouah ! Ce breuvage est infect.

— Il y a du cognac, dit Henri en cherchant la serveuse des yeux.

— Ce sera pareil. Le rhum, le gin, la bière, le cognac... tout est infect, dans ce pays. Prenez six hommes et dirigez-vous vers l'est, le long de la côte. Envoyez les autres à l'ouest. Elle se cache sûrement dans la cabane d'un pêcheur, persuadée qu'elle a été plus maligne que moi.

— Pourquoi resterait-elle cachée dans un village de pêcheurs, où tout le monde cancane et espionne son voisin ? Elle va sûrement se rendre à Londres, chez Soulier. Et quand celui-ci saura que nous sommes en Angleterre...

— Assez ! s'exclama Leblanc en reposant brusquement son verre vide sur la table.

Deux pêcheurs lancèrent un coup d'œil dans leur direction. La femme à la table du coin posa vivement une pièce à côté de sa tasse et se leva. L'aubergiste lui-même leur jeta un regard soupçonneux.

Les dents serrées, Leblanc contint sa colère. Il ne pouvait pas ordonner de faire battre ces gens. Lui, Jacques Leblanc, ami de Fouché, n'avait aucun pouvoir ici. Et il avait perdu toutes ses chances de retrouver les plans d'Albion. Annique, cette catin, allait courir se plaindre chez Soulier. Il aurait mieux fait de la tuer, et Vauban avec elle, dans l'auberge de Bruges.

Cet entêté d'Henri continua :

— Tout ce que je dis, c'est que nous devrions surveiller la route de Londres...

— Je ne suis pas idiot, Bréval. J'irai moi-même à l'auberge voir si elle prend la diligence pour Londres. Vous, vous fouillerez la côte. Et ne pensez plus à ces papiers.

Les plans étaient perdus. Ce qui aurait dû être sa récompense était perdu. Sa propre vie était menacée. Annique le paierait cher.

Tôt ou tard, elle apprendrait la mort de Vauban. Il ne fallait pas qu'elle arrive chez Soulier et qu'elle puisse lui parler.

— Il faut la tuer, sans hésiter. Et pas besoin de prendre de gants.

Tant mieux, si elle souffrait.

— Soulier a de l'affection pour elle. Il sera furieux.

— Quand elle ne sera plus qu'un cadavre, il pourra avoir pour elle toute l'affection qu'il voudra, cela me sera bien égal.

20

Robert pansait Harding à la lueur d'un mince rayon de lune. La brosse glissa délicatement sur la crinière et le garrot de l'animal, puis sur sa queue. Il avait l'air d'aimer cela.

— Vous êtes bien bon avec cet animal, dit Annique en observant la silhouette de son compagnon qui se détachait sur le ciel gris. Il n'a pas fourni un grand travail, à part marcher un peu.

— J'aime m'occuper des animaux.

Sa vie entre les poissons et le cognac de contrebande ne devait pas lui laisser beaucoup de temps pour veiller sur ses chevaux.

— Ce cheval vous appartient ? Est-ce l'un de ceux que votre frère a élevés ? Celui qui aime tant les chevaux ?

— Spence ? Non, Harding n'est pas à lui, je l'ai trouvé à Douvres. Mais je pense qu'il lui plairait. Si je le ramène à la maison, Spence essaiera de le gagner aux cartes. En trichant, vraisemblablement, puisque nous serons en famille.

— Ce doit être intéressant d'avoir des frères et sœurs. J'y pense parfois.

Pendant quatre longs jours, Robert lui avait raconté son histoire. Un peu comme s'il avait attendu toute sa vie cette occasion de parler avec une espionne française tout en parcourant les routes poussiéreuses du Kent. Elle connaissait à présent l'existence de la maison du Somerset où il avait grandi et où ses parents, ainsi que

Spence, son frère aîné, et l'une de ses jeunes sœurs, vivaient encore.

Elle pouvait se représenter cet immense corps de ferme avec les chevaux dans l'écurie, les poulets dont sa mère était si fière, qui avaient tous un nom et étaient issus d'une race très spéciale originaire de Constantinople. Elle savait aussi que Robert avait une maison à lui qui s'appelait Tydings, et où vivait une de ses tantes. Son deuxième frère était dans l'armée, et ses trois autres sœurs, bien que plus jeunes que lui, étaient toutes mariées.

C'était à la fois une joie et un fardeau, de savoir tout cela. Quand ils se sépareraient, elle y repenserait et cela la rendrait infiniment triste.

Ils avaient établi leur camp loin de la route, au milieu des champs moissonnés. Elle remua les braises à l'aide d'un bâton. Il lui était arrivé des milliers de fois d'allumer des feux comme celui-ci, presque invisibles – très peu de fumée, pas d'étincelles susceptibles de signaler sa présence dans la nuit.

Robert abandonna enfin Harding pour venir s'asseoir près du feu avec elle.

— Cet air est joli. Qu'est-ce que c'est ?

— Quoi ? Oh... je fredonnais sans m'en rendre compte. C'est une chanson d'enfants, dit-elle en s'asseyant sur ses talons. Voyons, en anglais, cela donnerait : « Que le sang des aristocrates coule dans les ruisseaux, que ceux qui se dressent contre le peuple périssent comme des rats. » Etc.

— Seigneur !

— Oui. Mais la mélodie est jolie. J'en connais beaucoup d'autres, que nous chantions en sautant à la corde. Nous étions tous assoiffés de sang, quand j'avais six ans. C'était l'année de la prise de la Bastille. C'est bizarre de penser que tous les garçons avec lesquels je jouais sont dans l'armée, à présent, ou bien morts.

— Une époque intéressante.

— Nos rêves étaient aussi solides que les pavés des rues de Paris. Des milliers de possibilités s'offraient à nous. Les Anglais ne peuvent pas comprendre. Les Français ne s'arrêteront pas tant que la Révolution n'aura pas gagné le monde entier. Napoléon se sert de ces rêves pour satisfaire ses propres ambitions. Vous ne savez pas qui vous avez en face de vous.

— Vous croyez que la paix ne durera pas ?

Elle en était sûre. Les plans contenaient la date prévue pour l'invasion de la Grande-Bretagne, et elle savait quelles routes emprunteraient les troupes de la Grande Armée. Un tiers de l'armée passerait ici même, pillant et tuant en chemin.

— La passion de Napoléon, c'est de conquérir, pas de gouverner. La paix ne sera bientôt plus qu'un souvenir.

Le feu crépitait doucement. Elle avait vu des maisons et des villages brûlés et réduits en cendres comme ce petit bois.

— En ce moment même, il se prépare encore à la guerre.

— Son choix se portera peut-être sur un autre pays, avec une marine moins importante, suggéra Robert.

— Et un meilleur climat.

Il pleuvait sans discontinuer depuis la veille. Elle n'aimait pas cette humidité.

— Un écrivain romain a écrit quelque chose sur la pluie en Angleterre. Voyons…

Au début, elle avait été étonnée que Robert Fordham, contrebandier et fils d'un fermier du Somerset, ait une telle éducation. Peut-être avait-il du temps pour lire, quand il était en mer.

— Il s'agit de Tacite, répondit-elle. Il dit que le ciel de ce pays est souvent obscurci par les nuages et la pluie, mais que le froid n'y est jamais très rigoureux. Je suppose que les choses n'ont pas tellement changé depuis son époque. Il y a toujours de la pluie.

Robert avait ôté son pull noir pour panser le cheval. Sa chemise était déboutonnée, ses manches relevées.

Comme tous les hommes qui travaillaient en mer, il avait la peau tannée par le vent et l'eau salée. Dans la lueur jaune du feu, on distinguait seulement sa silhouette massive, robuste et très belle.

Autrefois, elle aurait pu l'admirer sans que cela porte à conséquence. Elle possédait encore une sorte d'innocence. Mais le temps passé avec Grey l'avait changée. À présent, quand elle regardait Robert Fordham, elle réagissait comme une écolière et son corps s'enflammait.

Elle ne s'obligea pas à tourner son regard vers quelque chose de moins perturbant. Elle était devenue faible.

Le feu avait bien pris. Elle allait pouvoir s'en servir pour cuisiner.

— Ce ne serait pas bien que les Français envahissent ce pays, déclara-t-elle.

Elle coula un regard en coin à Robert et ajouta :

— Vous souriez, mais pour une Française, cela n'a rien d'évident. Il est certain que votre pays irait beaucoup mieux sans vos princes allemands qui dépensent l'argent public. Vous devriez avoir une république et le droit de vote pour tout le monde.

— C'est cela que Napoléon nous apporterait ? demanda-t-il doucement.

— C'est comme ça que ça commencerait. Napoléon améliorerait certaines choses ici. Mais cela vous coûterait cher. S'il venait sur cette île, il brûlerait toutes les jolies fermes que nous avons vues aujourd'hui.

— Vous ne pouvez pas l'en empêcher, Annique.

Mais si, elle le pouvait. Il dépendait d'elle que ces fermes soient brûlées, et que les fermières potelées et leurs enfants aux pieds nus brûlent avec elles. La décision lui appartenait depuis que Vauban lui avait confié les plans dans cette auberge de Bruges, six mois auparavant.

Si elle donnait les plans à l'Angleterre, elle trahirait la France. Cela lui coûterait la vie. Vauban serait tiré de son lit de malade pour être guillotiné. Et la France serait en péril. Mais les enfants de cette jolie ferme blanche vivraient.

Ou peut-être pas. Elle ne pouvait le savoir. Et peut-être que d'autres enfants, tout aussi innocents, mourraient à leur place. Un soupir lui échappa. Se mêler du destin des nations n'avait rien de réjouissant.

Un an plus tôt encore, elle serait allée voir Soulier à Londres, aurait remis toute l'affaire entre ses mains et se serait contentée de suivre ses ordres. Mais elle n'était plus une enfant, et la solution ne lui paraissait pas aussi simple.

Elle retourna un petit morceau de charbon orange et le considéra avec une grande attention. Après tout, elle n'était pas obligée de prendre une décision aujourd'hui.

Robert fouilla dans le panier qu'il avait acheté une heure plus tôt, à la ferme qui se trouvait en bas de la route. Le torchon rouge posé sur la corbeille cachait des choses délicieuses : des saucisses, du pain, de petits œufs bruns.

— Je n'aurais pas osé demander ces provisions, dit-elle. Vous êtes très courageux.

— Parce que j'ai bravé le terrible fermier dans son repaire ? Ces gens ne sont pas si dangereux, répondit-il en étalant le torchon entre eux.

— Il aurait pu lâcher ses chiens. Je n'aime pas les chiens.

— J'essaierai de m'en souvenir.

La toison de son torse paraissait dorée, à la lueur du feu. Elle s'imagina défaisant les derniers boutons de sa chemise et la lui ôtant... Sa peau devait être rude comme du cuir. Grey avait une veste en cuir, se rappela-t-elle. Il l'avait étendue sur elle pour lui tenir chaud alors qu'elle était droguée. Si elle posait la joue sur Robert, elle retrouverait sans doute la même sensation. Il devait être très musclé, comme Grey. Et ses mains étaient sûrement comme les siennes, rugueuses, durcies par le travail. S'il les posait sur ses seins...

Elle ferma les yeux. Son corps se contracta et une vague de chaleur se répandit au plus secret de sa féminité. Elle ne savait pas si elle désirait Grey ou Robert. Elle était probablement en train de devenir folle.

— Du pain. Des saucisses, dit Robert en déposant les provisions sur le torchon rouge. J'en avais vraiment assez, des mûres et des pommes acides. Ce n'est pas une nourriture pour un homme.

— *Bien sûr*[1]. Mais vous avez payé le fermier. Moi, je n'ai pas d'argent pour acheter un tel repas, puisque je ne possède que trois livres…

— Et six pence. Oui, vous me l'avez dit. J'en ai beaucoup plus.

— Mais je ne peux accepter cette nourriture si je ne paie pas ma part. Et je n'ai pas de quoi payer ma part.

— Vous avez des scrupules.

— Comment ne pas en avoir ? Mais je suis peut-être idiote.

— C'est mon avis. Et voici les œufs.

Ces derniers étaient calés dans un nid de paille.

— Il y avait un homme qui savait différencier les œufs, ajouta-t-il. C'était à Delphes.

— C'est dans les *Essais* de Montaigne. « Et ayant plusieurs poules, il savait juger de laquelle était l'œuf. » Je ne suis pas sûre de croire cette histoire, mais il est vrai que je ne connais pas bien les poules. J'ai déjà accepté des bulots que vous m'avez offerts. Je n'ai pas l'habitude d'être nourrie par des inconnus.

— Croyez-vous que j'essaie de vous séduire avec des œufs durs ? dit-il en lui tendant un œuf.

Elle prit l'œuf, et les doigts de Robert ne touchèrent pas les siens. À en juger par l'intérêt qu'il lui portait, elle aurait aussi bien pu être un nuage de fumée.

— Vous n'essayez pas du tout de me séduire.

— Non, admit-il en souriant.

---

1. En français dans le texte. *(N.d.T.)*

Il était très aimable, mais ne la désirait pas le moins du monde. C'était agaçant.

— Ma jolie Annique, si vous campiez ici avec vos Gitans...

Elle lui avait raconté cet épisode de sa vie, après qu'il lui avait parlé de son enfance dans une ferme du Somerset.

— ... iriez-vous cette nuit dans le poulailler de cette ferme pour y dérober quelques œufs frais ?

— Non, pas des œufs. Les Rom ne mangent pas ces choses-là. Saviez-vous qu'on peut faire la différence entre un œuf cuit et un œuf cru en jonglant ?

Elle lança l'œuf et le rattrapa plusieurs fois. Elle avait fait une démonstration de son talent à Robert, et il avait paru impressionné.

— Vous n'avez qu'à faire comme si vous m'aviez volé ces aliments, déclara Robert. Cela devrait apaiser vos scrupules.

— C'est plus complexe que cela.

Elle cassa la coquille contre le panier, écala l'œuf et jeta les morceaux dans le feu.

— Tenez, volez-moi aussi un peu de pain. Vous avez fait un bon feu. Cela aussi, vous l'avez appris avec les Gitans ?

— Je ne me rappelle pas avoir fait du feu, quand j'étais avec les Roms. Les femmes n'aiment pas que les enfants remuent les braises et salissent la nourriture.

Elle traça un cercle avec son bâton autour du trou qu'elle avait creusé dans la terre et qui contenait le feu. Ainsi enterrées, les braises étaient invisibles dans la nuit.

— Ce truc, c'est un vieux soldat qui me l'a appris, au Tyrol. Il est probablement encore là-bas, dans l'armée. Il n'était pas très bon au combat et l'évitait de manière remarquable. Il n'aimait pas tuer des gens.

— Et vous, en avez-vous tué, quand vous étiez soldat ?

Il détourna les yeux des saucisses en train de rôtir sur les braises et posa sur elle un regard indéchiffrable.

— Je crois que je n'ai jamais tué qui que ce soit... sauf au cours d'interventions chirurgicales. Certains hommes contre lesquels j'étais en colère ont sans doute fini par mourir parce que je les avais blessés avec un poignard, mais personne n'y peut rien. On s'entre-tue trop dans ce monde, je trouve.

— Je suis d'accord.

— C'est la dernière chose que m'ait dite mon père avant d'être pendu. Tuer est une façon stupide de régler un problème. J'ai découvert que c'était vrai.

— Vous n'avez jamais tué ? demanda-t-il en dardant sur elle un regard perçant.

— Pas que je sache. Mais je vais vous dire quelque chose de pas très joli, Robert. Cet homme dans la ruelle, celui qui m'a attaquée en premier... J'ai coupé le tendon à la base de son pouce. Une telle blessure ne guérit pas. Il ne pourra plus jamais se servir de sa main droite pour tenir un couteau... ou quoi que ce soit d'autre. Plus jamais de sa vie. Je ne suis pas quelqu'un de très gentil.

— Sa prochaine victime ne sera sans doute pas de cet avis. Mangez donc une saucisse, c'est cuit.

Il lui tendit une saucisse au bout d'une pique, pour qu'elle puisse la prendre dans un morceau de pain. Il faisait en sorte de ne pas s'approcher d'elle davantage.

Il ne la touchait pas. Bien qu'il n'en ait pas parlé, il avait probablement une épouse à laquelle il restait fidèle. Cette femme avait beaucoup de chance.

Pendant ces journées passées à marcher à ses côtés, elle en avait appris beaucoup sur Robert Fordham. Elle connaissait désormais toutes les rides qui creusaient son front. Il avait une petite cicatrice ronde et presque invisible sur la main gauche, laissée par un hameçon. Elle connaissait sa façon de se mouvoir. Et parfois, quand il se retournait pour regarder la route derrière eux, ses muscles saillaient et elle en avait le souffle coupé.

— Nous arriverons à Londres demain.

— Avant midi, si nous continuons à ce rythme. Vous avez l'intention de dormir sous un pont ?

— Oui, ou bien dans une ruelle. Je ne dormirai pas beaucoup. L'affaire que j'ai à régler ne me prendra que quelques jours. Ensuite, je repartirai. Une grande ville n'est pas sûre, pour une femme seule et sans argent.

— Je vous montrerai un endroit que je connais près de Covent Garden. Vous y serez en sécurité.

Comme elle aurait aimé rester près de Covent Garden, avec lui ! Elle mâcha un morceau de viande, lentement.

— Tiens, il y a du poivre dans cette saucisse. Je trouve la cuisine anglaise intéressante, parfois... Robert ?

L'obscurité qui les enveloppait était la bienvenue. Certains mots peuvent être prononcés plus facilement la nuit qu'en plein jour.

— Vous n'êtes pas obligé de rester avec moi à Londres. Demain, quand nous atteindrons la ville, vous pourrez poursuivre votre voyage vers le Somerset.

— Non, je ne vous laisserai pas.

— Vous savez que je vous désire, n'est-ce pas ? dit-elle en soupirant.

— Oui.

— J'étais certaine que vous l'aviez deviné, car je n'ai pas su le cacher. Tout d'abord, je n'ai pas compris ce qui m'arrivait, et ensuite, c'est devenu trop troublant. Mais ce n'est pas important, vous savez.

— Je sais.

— Je pense que c'est arrivé parce que vous m'avez sauvé la vie. Et aussi à cause d'un homme qui était avec moi en France. Je ne vous ai pas parlé de lui.

— Non, vous ne l'avez pas fait.

Elle mangeait lentement, en essayant de trouver les mots justes.

— C'est une sorte de folie qui m'est tombée dessus, car j'étais seule, sans amis, et en danger. Il m'a transformée. Il m'a laissée... On pourrait dire que lorsqu'il m'a laissée, j'étais prête à vous rencontrer. Et comme vous m'avez sauvé la vie avec beaucoup de bravoure, comme vous êtes beau et fort, je suis retombée dans cette folie.

Elle réfléchit quelques secondes, puis reprit :

— Je me suis mise à l'aimer, d'une façon un peu compliquée. Je l'aime toujours. Pourtant, cela ne m'empêche pas de désirer quelqu'un d'autre, ce que je trouve bizarre et humiliant. Cela me plonge dans un profond désarroi, alors ne prêtez pas trop d'attention à ce que je fais.

— Je vous le promets.

Elle attendit un moment, avant d'ajouter :

— Je n'avais jamais désiré d'homme auparavant. C'est le signe d'une grande faiblesse morale, d'en désirer deux en même temps. J'ignorais que j'étais ainsi.

— Vous n'êtes pas ainsi, répondit-il d'un ton sec. Vous n'avez rien fait, donc vous n'êtes pas ce que vous pensez. Oubliez ça.

Bien sûr, un contrebandier voyait les choses simplement.

— C'est un point de vue intéressant, et vous êtes probablement dans le vrai. Mais il faut vous éloigner de moi, Robert. Dès que j'aurai traversé le pont de Londres, vous serez libéré de toute obligation morale envers moi. Je pense que je ne supporterais pas davantage cette situation.

— Je ne vous toucherai pas. Et je suis assez fort pour vous repousser, si jamais vous ne pouvez pas résister.

Elle secoua la tête.

— Si je deviens très vieille et que je vis jusqu'à cent ans, je finirai peut-être par comprendre ce qui se passe entre les hommes et les femmes. Tout ce que je sais, c'est que l'important entre nous n'est pas que nous nous touchions ou non. Nous avons dépassé ce stade. Demain, ce sera fini. Ce n'est pas bon pour vous non plus, de vivre comme cela.

— « Des hommes sont morts dans tous les temps, et les vers les ont mangés...

— ... mais jamais ils ne sont morts d'amour[1]. » Je ne suis plus aussi sûre de cela qu'avant. Autrefois, ma vie était bien plus simple. Je ne pense pas qu'on meure d'amour, mais on peut devenir fou.

— Je suis prêt à prendre le risque.

Il saisit une saucisse au bout d'une pique et la cala dans un morceau de pain. Il ne se moquait pas vraiment d'elle, mais il y avait une lueur amusée dans ses yeux.

— Je m'assurerai que vous êtes en sécurité à Londres. Puisque nous sommes venus jusqu'ici ensemble, un jour de plus ne fera aucune différence.

Sa proposition avait l'air tout à fait raisonnable. Savait-il à quel point il était facile pour lui de la convaincre ?

— C'est dans des moments comme celui ci que ma mère me manque le plus.

Elle trouvait facile de lui dire ce genre de choses. C'était bien le signe qu'il était très dangereux pour elle.

— Cela fait maintenant six... non, cinq semaines qu'elle est morte. Je me dis toujours : « Je vais lui demander ceci, ou lui raconter cela. » Puis je me rappelle que je ne la verrai plus jamais. Maman savait tout ce qu'il fallait savoir sur les hommes. Elle était très avisée. Elle m'aurait conseillé de ne pas rester près de vous davantage, même pas une heure.

— Je ne vous ferai pas de mal, Annique.

Cette dernière ne put s'empêcher de rire.

— C'est exactement ce qu'il me disait. L'homme que j'ai connu en France et que j'aimais, d'une certaine façon. Il disait cela. Vous êtes un peu comme lui, vous savez.

Ses prunelles grises pétillèrent à la lueur du feu.

— Vraiment ?

---

1. Citation de Shakespeare. *(N.d.T.)*

— Vous avez le même genre de corps. Je pense qu'il est plus grand que vous, et extrêmement fort. Vous êtes fort aussi, naturellement, mais en esprit vous êtes différent. Il n'a aucune douceur en lui, ce qui est normal pour une personne dans sa position. Et il est aussi plus vieux que vous.

— Plus vieux ? répéta Robert en la contemplant, comme fasciné.

— Il fait ce travail depuis longtemps, et je pense qu'il doit avoir huit ou dix ans de plus que vous. C'est un homme très déterminé, comme vous d'ailleurs. Et il ne sent pas le poisson. Je crois que cela vient de votre pull. C'est un très beau pull, mais il a besoin d'être lavé.

La balle siffla près d'elle, effleurant ses cheveux comme un insecte.

Puis il y eut un bruit assourdissant.

21

Dans un réflexe, elle se jeta à plat ventre sur le sol et se mit à ramper. Le champ était plat et n'offrait pas le moindre abri. Il n'y avait ni arbre ni buisson, aucun endroit où se cacher. Seule l'obscurité pouvait la protéger. Elle entendit Robert rouler sur lui-même pour s'éloigner du feu.

La silhouette d'un homme apparut dans le champ sombre et silencieux, se découpant contre la clarté des étoiles. Le premier coup de feu avait manqué son but. Il remit le pistolet dans sa ceinture, en prit un second et le brandit dans sa main droite.

Elle fila précipitamment, à reculons, s'écorchant la peau contre les tiges de blé moissonnées. Son couteau était caché sous sa jupe, et le temps lui manquait pour le récupérer et atteindre leur assaillant.

Le canon du pistolet était pointé dans sa direction. L'homme visa posément.

Aucun espoir de s'échapper. Elle roula sur le côté. Le tissu de sa jupe entravait ses mouvements, elle était trop lente. Sa dernière heure était venue. Finalement, elle parvint à attraper son poignard. Elle rejeta le bras en arrière, visa et lança son arme.

L'explosion du coup de feu déchira la nuit. Il y eut un éclair de lumière. Annique retint sa respiration. Impossible de savoir où elle avait été touchée. Elle ne sentait rien. Avaient-ils raison, ceux qui prétendaient que la mort n'était pas douloureuse ?

Non. Quelle idiote ! L'homme l'avait manquée pour la seconde fois. Et, à moins qu'il ne soit un arsenal ambulant, il n'avait plus d'arme disponible pour le moment. Les mains d'Annique, comme dotées d'une vie indépendante, cherchèrent à tâtons une pierre et en trouvèrent une. Elle se releva à moitié, scrutant les ténèbres, s'apprêtant à lancer cette arme improvisée.

La silhouette sombre s'écroula en se repliant bizarrement sur elle-même, tombant comme une marionnette sans vie, et elle comprit que quand elle irait examiner l'homme, elle le trouverait mort.

Robert passa à côté d'elle, un pistolet à la main. Jusqu'à cet instant, elle ne s'était pas rendu compte qu'il avait une arme sur lui. Il courut souplement, dans un parfait silence, jusqu'à l'endroit où l'homme était tombé. Il le saisit par les cheveux, puis laissa sa tête retomber mollement sur le sol.

— Vous n'êtes pas blessée ? demanda-t-il à Annique, en se redressant.

— Il ne m'a pas touchée. Il est mort ?

— Absolument.

Il s'essuya les mains sur l'herbe, puis alla prendre un bout de bois dans le feu et l'agita devant lui. Une flamme surgit à l'extrémité. Il retourna s'agenouiller à côté du cadavre et planta le bâton dans le sol pour avoir de la lumière.

— Vous n'avez pas besoin de voir ça, dit-il comme elle s'avançait.

— Parmi les hommes que Leblanc a envoyés à mes trousses pour me tuer, certains me connaissent depuis que je suis enfant. Je veux voir.

L'homme mort était petit et brun, et il avait environ trente ans. La balle de Robert l'avait atteint au front, mais elle était certaine que ce n'était pas un simple hasard.

— Vous le connaissez ? demanda-t-il doucement.

— Absolument pas.

Elle détourna les yeux. Cet homme avait quitté le monde ; il ne ferait plus jamais rien, que ce soit en bien ou en mal. Il avait connu une fin brutale, mais cela n'aurait pas dû l'émouvoir. Après les batailles, elle avait vu beaucoup d'hommes allongés morts sur le sol, comme lui. Tous étaient plus dignes d'estime que cet assassin. Mais elle n'avait jamais pu s'habituer à la mort. Jamais.

Robert examina le couteau planté dans le cadavre.

— Vous l'avez manqué de cinq ou six centimètres. Ce n'est pas surprenant, étant donné...

Il marqua une pause, puis siffla doucement entre ses dents.

— Vous ne l'avez pas manqué. Vous l'avez atteint exactement au même endroit que Leblanc.

— À l'insertion du deltoïde. Le bras devient inutilisable, vous voyez.

— Annique, dit-il d'une voix un peu crispée, quand quelqu'un pointe une arme sur vous, il faut viser la gorge. Pas son bras, ni ses doigts, ni ses pieds, bon sang ! Sa gorge. Vous comprenez ce que je dis ?

— Mais naturellement.

Ce n'était pas le moment de discuter avec lui. Elle laissa son regard se perdre dans les ténèbres tandis qu'il récupérait le poignard et essuyait la lame sur la chemise du mort. Il ne lui rendit pas le couteau, ce qu'elle jugea plutôt délicat de sa part, puis il entreprit de vider les poches de l'inconnu.

— Un rouleau de ficelle, un paquet de tabac, la clé d'une maison... marmonna-t-il.

À en juger par son détachement, on aurait pu croire qu'il tuait des gens tous les jours.

— Une autre clé, de l'argent anglais, de l'argent français... Des pistolets Gribeauval – des armes de première qualité. Sa veste est française, et sa chemise aussi. C'est quelqu'un qui vous a suivie depuis la France.

— Naturellement. J'ai sûrement offensé les Anglais, mais pas encore assez pour qu'ils veuillent me tuer.

— Cet homme ne nous dira rien de plus. Rassemblez vos affaires. Leblanc a peut-être encore une dizaine d'hommes qui rôdent dans l'obscurité.

Il se releva et alla détacher Harding.

Il ne fallut pas plus de deux minutes à Annique pour se préparer – il lui était arrivé plus d'une fois de devoir quitter un campement à la hâte. En outre, depuis qu'elle avait été aveugle, elle était devenue ordonnée et se rappelait toujours où se trouvait le moindre petit objet. Quand Robert se mit en selle et vint lui tendre la main pour l'aider à monter devant lui, elle était prête.

Par chance, elle était petite et menue. Harding pourrait les porter tous les deux quelque temps.

— Je ne savais pas que vous aviez un pistolet. Où était-il ?

— Dans la poche de ma veste. C'est un petit Manton. Je ne vous l'ai pas montré pour ne pas vous effrayer.

Harding traversa prudemment le champ creusé de profonds sillons, puis s'engagea sur la route et accéléra l'allure.

La nuit était claire, illuminée par un croissant de lune, à l'est. L'ombre des arbres s'allongeait sur la route et des centaines d'étoiles criblaient le ciel.

— Vous croyez que nous serons pendus, si on nous attrape ?

Les Anglais pendaient les voleurs de pain ; ils vous pendaient donc sûrement aussi si vous aviez tué quelqu'un.

— Non.

— Vous semblez sûr de vous.

— Absolument. Vous n'avez pas à vous inquiéter pour ça, Annique.

Il se tenait très raide sur la selle. Sans doute était-il horrifié par la mort de cet homme, ou peut-être guettait-il des bruits de sabots suspects derrière eux.

— Vous croyez que les fermiers ont entendu les coups de feu ? Qu'ils auront peur ?

— Ils n'auront pas peur. Ils croiront que c'est un braconnier qui a abattu un cerf.

Il avait raison. Ils étaient en Angleterre, un pays paisible, où personne ne pouvait imaginer qu'on assassinait quelqu'un dans les ténèbres.

— Ils ne le trouveront pas avant demain matin, ajouta Robert. À ce moment-là, nous serons loin.

Ils avançaient vivement au trot, et leur monture les secouait péniblement. Finalement, Harding se remit au pas, et elle put cesser de se cramponner à sa crinière, ce qui fut un soulagement pour elle. Elle se laissa aller contre le torse de Robert et il resserra les bras autour d'elle, comme s'il craignait de la voir s'évaporer tout à coup.

— Merci de m'avoir protégée. Je suis navrée que vous ayez été obligé de le tuer, même si vous êtes habitué à ce genre de situation. C'est terrible, de tuer un homme.

— Je ne suis pas aussi efficace que vous le croyez. S'il avait eu des armes plus perfectionnées, vous seriez morte. Je suis désolé.

— Vous n'avez aucune raison de l'être, *mon ami*[1]. Vous m'avez sauvé la vie deux fois. Aussi, pour cette femme que vous avez connue il y a si longtemps en France, je peux vous dire pour elle que vous êtes quitte, à présent. Cela vous aidera-t-il à mieux dormir la nuit ?

— Non, pas encore.

Quel entêté ! Il n'était pas près de se défaire de ses responsabilités. Les contrebandiers qui agissaient sous ses ordres avaient de la chance.

— Comme vous voudrez. Je n'ai pas assez de sagesse pour être votre conscience, aussi n'essaierai-je pas.

Elle bâilla. Maintenant qu'elle ne tremblait plus de peur, le sommeil la gagnait.

— Vous me paraissez pourtant être un homme assez fréquentable.

---

1. En français dans le texte. *(N.d.T.)*

Il changea de position pour qu'elle soit plus à l'aise contre lui. Il s'habituait visiblement à la tenir entre ses bras. L'odeur de poudre se mêlait au relent de poisson qui imprégnait ses vêtements. Si, au lieu de devenir espionne, elle avait épousé un pêcheur et était partie vivre dans son village, elle aurait pu se retrouver ainsi à cheval avec son époux. Sauf qu'elle aurait lavé ses vêtements plus soigneusement.

— Ma mère avait raison.

— À quel propos ?

Elle perçut la force immense qui se dégageait de cet homme et se laissa aller à un bâillement. Elle avait tout son temps. Ce qu'elle avait à dire n'était pas si extraordinaire.

— Elle disait que tous les corps d'hommes sont les mêmes, dans l'obscurité. Je ne la croyais pas, mais je m'aperçois que c'est vrai. J'ai l'impression d'être avec cet homme que j'ai connu en France… Pourquoi dit-on seulement le *Kent ?*

Ses bras se refermèrent un peu plus autour d'elle.

— Que voulez-vous dire ?

— Il y a le Yorkshire, le Cheshire, le Wiltshire. Pourquoi ne dit-on pas le *Kentshire ?*

— Parce que ce n'est pas un *shire*.

— Oh, cela explique tout.

Elle percevait sa respiration et les battements de son cœur. Il resserra le manteau sur ses épaules pour qu'elle ait chaud. L'espace d'un instant, elle imagina, tout au fond de son cœur, qu'elle était la femme de Robert et qu'ils rentraient chez eux.

22

Annique dormit à l'abri d'une paire de bras robustes, tandis que Harding les emmenait jusqu'à Londres. Robert la conduisait à un endroit où elle serait en sécurité, avait-il dit, et elle le laissait faire à son gré.

Elle fut éveillée à l'aube par le bruit des chariots sur les pavés et les cris des femmes en fichus blancs qui vendaient du lait. Le ciel était encore rose quand ils passèrent à Covent Garden, qui n'était pas un jardin, comme elle l'avait cru, mais un immense marché où l'on trouvait des fleurs, des légumes et des cageots pleins de volailles. Robert acheta des petits pains à un vendeur de rue qui parlait un anglais incompréhensible. Le petit pain était doux, parfumé à la cannelle et fourré de raisins secs.

Autour du marché, les rues étaient plus calmes. Robert guida Harding vers une ruelle bien entretenue qui débouchait sur de vastes écuries. Puis ils traversèrent encore un dédale de ruelles étroites qui partaient vers le nord et l'ouest. Comme ils traversaient un square, elle vit que les fenêtres des maisons étaient encore fermées, et les rideaux tirés. Seules deux servantes chargées de paniers pleins de pain se trouvaient dans le square.

— Vos amis sont des bourgeois, dit-elle en observant les belles façades décorées de stuc. Ils ne voudront pas d'invités tels que nous, même dans leur cuisine.

— Ils nous logeront.

Il avait donc l'intention de l'emmener dans sa famille. Chez un oncle ou un cousin, sans doute. Car il n'y avait que dans la famille qu'il pouvait être certain d'être reçu. Parfois, elle regrettait de n'avoir aucune famille. Sa mère ne lui avait absolument rien dit de son passé, ni de celui de son père. Elle ne savait même pas de quelle ville ils venaient, et maintenant elle ne le saurait jamais.

Après avoir traversé une autre ruelle, ils parvinrent dans une belle avenue bordée de tilleuls. Ici, les maisons avaient un aspect austère et respectable. Annique n'avait pas souvent séjourné dans des lieux comme celui-ci, et elle ne pensait pas pouvoir s'y sentir à l'aise. Quoi qu'en pensât Robert, ses parents ne seraient pas ravis de voir arriver chez eux une étrangère à la mise quelque peu négligée.

— Nous y voilà.

Robert se laissa glisser à terre. Il était très à l'aise avec les chevaux, pour un homme de la mer. Bien qu'il fût probablement aussi fatigué et ankylosé qu'elle, ses bras, lorsqu'ils la soulevèrent, étaient fermes. Il la retint, même lorsqu'elle fut sur ses pieds.

Ils se trouvaient devant une grande maison blanche à l'allure imposante. Robert attacha les rênes de Harding à un piquet, et ils gravirent les sept marches de pierre qui menaient à la porte, comme des invités. Les fenêtres étaient défendues par d'épais barreaux de fer. Le maître de maison était donc méfiant. En règle générale, Annique était elle-même prudente, mais elle n'était pas sûre d'apprécier des gens qui se barricadaient ainsi contre les hasards de l'existence.

Robert souleva le heurtoir, une rose en cuivre soigneusement polie, et le laissa retomber bruyamment. Au bout d'une minute, un garçon vint ouvrir. Il était richement vêtu, mais en manches de chemise. Ce n'était donc pas un domestique, mais un membre de la famille. Bien que plus grand qu'elle, il devait avoir environ trois ans de moins, et malgré l'heure matinale, il ne semblait pas avoir sommeil. Son grand sourire laissait penser que Robert était le bienvenu.

Annique songea aux barreaux des fenêtres. Aucune autre maison dans cette rue n'avait de barreaux. Bizarre. Et même à cette heure-ci, il aurait dû y avoir un domestique à la porte, et non ce jeune garçon vêtu d'une chemise en lin. Après avoir jeté un bref coup d'œil dans la rue, il s'effaça pour les laisser entrer.

Robert la poussa rapidement dans la maison et la fit pénétrer dans un salon terne et sans doute rarement utilisé. La porte qui se referma derrière eux était munie de lourdes serrures qui devaient coûter très cher. Par-delà les odeurs de cuisine et de cire, elle perçut un vague relent de poudre.

— Robert...

Annique voulut se tourner, mais il resserra son étreinte sur ses bras et l'en empêcha.

— Je préfère ne pas rester. Je ne... Arrêtez, Robert.

Mais il était trop fort pour qu'elle pût se dégager. Le garçon ferma la porte à clé.

— Les autres sont rentrés sans problème. Ils sont tous là. Nous ne vous attendions pas si tôt, dit-il en allant ouvrir une deuxième porte, de l'autre côté du salon.

Quels autres ? De toute évidence, Robert avait rendez-vous ici. Il lui avait pourtant dit qu'il rentrait dans le Somerset.

— Je ne comprends pas. Cela ne me plaît pas...

Sans prêter attention à ses paroles, Robert la poussa devant lui pour lui faire franchir la deuxième porte. Le garçon les suivit et referma à clé derrière eux.

— Galba veut vous voir.

Quelque chose dans son esprit vola en éclats. Galba ? Non !

Elle était stupéfaite par le changement qui venait de se produire chez Robert. D'un geste ferme, il la fit avancer dans le hall. Une forte odeur de pain frais et d'œufs au jambon lui parvint de derrière une porte. Il ne prononça pas un mot.

Au bout du hall, une porte était entrouverte. Un homme était assis derrière un bureau encombré. À sa droite et à sa gauche, des papiers, des dossiers et des classeurs s'entassaient sur des étagères. Sur la plus haute de celles-ci se trouvait un étui à violon. Derrière les barreaux des fenêtres, on apercevait un jardin, à l'arrière de la maison. L'homme cessa d'écrire et leva les yeux à leur entrée.

Elle savait. Elle ne comprenait pas comment ni pourquoi, mais elle savait où elle était. Le numéro au-dessus de la porte était un sept. Ils se trouvaient donc au 7, Meeks Street. Le quartier général des Services Secrets britanniques.

L'homme reposa soigneusement sa plume dans l'encrier. Il devait être âgé d'une soixantaine d'années. D'allure robuste, il avait la peau très blanche et des cheveux d'un blanc pur. Son regard était pétillant d'intelligence, et impitoyable. Le bleu de ses prunelles était la seule couleur qui se détachait dans son visage d'une extrême pâleur. Il riva les yeux sur elle, la considérant comme un objet très intéressant dont il attendait la livraison depuis longtemps.

Il n'y avait pas de doute possible : elle se trouvait bien devant Galba, le maître de tous les espions anglais.

— Y a-t-il des blessés parmi ceux qui sont rentrés ?

Robert la maintint solidement plaquée contre son torse, et elle fut parcourue d'un tremblement irrépressible. Elle le reconnaissait enfin, maintenant qu'il était trop tard. Une vague de désespoir et de frayeur la submergea.

— Adrian n'a pas trop aggravé sa blessure en grimpant à bord de tous ces bateaux. Doyle est arrivé hier. Il a passé quelque temps dans une geôle française, mais s'en est sorti sans grand mal.

— Nous avons eu de la chance.

Robert la poussa devant lui.

— Monsieur, je vous présente Mlle Annique Villiers. Annique, comme vous l'avez sans doute deviné, vous êtes devant Galba.

— Mademoiselle, je suis enchanté de faire enfin votre connaissance.

— Il vaut mieux qu'elle s'assoie, dit Robert en la poussant vers le fauteuil placé face au bureau.

Il demeura debout derrière elle, une main reposant lourdement sur son épaule.

— Elle a peur.

Comment tout cela s'était-il passé ? Le monde avait basculé brusquement. Comment s'était-elle retrouvée ici, sans défense, prise au piège dans cette maison ?

L'homme qui la tenait était Grey, et c'était aussi Robert. Grey avait une pierre à la place du cœur. Rien de ce qu'elle croyait savoir sur Robert n'était vrai. Ces mains appartenaient à Grey, l'homme qui s'était battu avec elle, qui l'avait réconfortée et qui connaissait toutes les parties de son corps. Elles appartenaient aussi à Robert, dont l'image était gravée dans sa mémoire. C'était le même homme.

Quelqu'un pénétra dans la pièce derrière Grey et s'adossa au mur avec nonchalance. Il était brun, jeune et mince, et était vêtu en dandy londonien. Elle ignorait qui il était. Puis elle vit ses yeux, et elle devina. Il faudrait des années avant que son allure générale ne rattrape l'âge que trahissait son regard. Il lui sourit, l'air triste et un peu apitoyé. Adrian.

Doyle devait aussi se trouver quelque part dans cette maison. Ses ennemis les plus redoutables étaient là. Elle ne pouvait jouer aucun rôle, inventer aucune histoire pour tromper ces hommes aux yeux durs, armés d'une infinie patience. Elle était une souris dans une maison peuplée de chats. Elle n'avait aucune chance.

Galba pianota doucement sur son bureau pour attirer son attention.

— Mademoiselle, soyez persuadée que nous ne vous voulons que du bien. Sous aucun prétexte je ne vous ferai de mal. Je comprends que vous ayez peur, aussi vous accorderai-je le temps qu'il faudra pour vous habituer à la situation.

Maintenant, l'interrogatoire allait commencer. Au début, il resterait courtois, puis...

— Cette situation n'est pas entièrement nouvelle pour moi.

Grâce au Ciel, sa voix ne se brisa pas, et elle put continuer :

— Je me suis déjà trouvée entre les mains de mes adversaires, monsieur Galba. Je ne me fais pas d'illusions. Je sais que ce sera douloureux.

— Pour l'amour du Ciel, grommela Grey dans son dos.

Galba ouvrit un livre sur le côté du bureau, le feuilleta brièvement et le referma avec un claquement sec.

— Je ne puis croire que votre mère vous ait laissé penser que nous torturons les gens dans cette maison. C'est inconcevable.

— Je ne pense pas que ma mère m'ait dit quoi que ce soit au sujet des Services Secrets britanniques. Elle n'a jamais travaillé directement contre vous. Moi non plus, d'ailleurs.

— Est-ce que quelqu'un, un jour, a proféré ce genre d'accusation contre mes services ? demanda Galba d'une voix où perçait la colère.

Elle chercha encore et encore, dans son esprit engourdi. L'armée britannique avait mauvaise réputation, mais les gens de Galba ? Certes, sur le terrain, il y avait des morts et de la violence. Après tout, ce n'était pas un jeu d'enfant qu'ils jouaient. Mais rien, dans sa mémoire, ne parlait de torture.

— Je n'ai jamais rien entendu de tel, admit-elle.

— Alors, ne me racontez pas de sottises. Même si vous êtes terrifiée, vous êtes la fille de votre mère, et vous devriez avoir plus de jugeote.

Presque aussitôt, il secoua la tête et fit un ample geste de la main.

— Je retire ces paroles. Vous êtes choquée, épuisée, et vous avez eu affaire à des barbares comme Leblanc. Cela fausse votre jugement. Et dans un sens, vous avez raison. Néanmoins, j'espère que vous finirez par accepter de coopérer avec nous.

Annique se sentait glacée et craignit soudain de se trouver mal.

— Lui avez-vous donné à manger aujourd'hui ? s'enquit Galba en regardant Grey. Je ne devrais même pas vous le demander. Vous l'avez sûrement fait, sachant ce qui l'attendait.

Il eut encore un geste d'impatience et poursuivit :

— Mais elle n'a pas pu se laver ni mettre des vêtements décents. Emmenez-la, il faut qu'elle se repose. Elle ne peut pas réfléchir dans l'état où elle est, et moi, cela m'empêche de me concentrer.

Ses yeux perçants surmontés de sourcils blancs et broussailleux l'examinèrent.

— Mademoiselle Villiers, nous ne pourrons pas avoir de discussion sérieuse tant que vous n'aurez pas recouvré votre sérénité. Nous reprendrons cette conversation ce soir, ou peut-être même demain. Vous avez besoin de temps pour réfléchir.

Elle demeura assise, immobile, comme paralysée. Grey lui prit le bras pour l'aider à se lever.

— Encore une chose...

Galba avait l'air grave. Il poussa légèrement l'encrier sur son bureau et le considéra, les lèvres pincées.

— Nous avons appris la mort de votre mère, mais nous n'avons pas su comment c'était arrivé. Voulez-vous me le dire ?

Le chagrin la transperça, telle une flèche dure et froide. Des semaines avaient passé, mais la pensée que sa mère avait disparu était toujours aussi douloureuse.

— Sa voiture est tombée d'une falaise. Dans la mer.

Sa mère, qui avait échappé tant de fois à ses ennemis, était morte à cause d'une pierre qui avait roulé du sommet d'une colline. Une mort stupide, comme un pied de nez des dieux.

— C'était près de Marseille.

— Vous êtes sûre qu'elle est morte ? Vous n'avez aucun doute ?

Elle hocha la tête.

— Je suis désolé, dit doucement Galba. Allez, maintenant. Nous parlerons plus tard.

Grey l'emmena. Adrian les suivit des yeux, mais Galba s'absorba dans la contemplation du livre qu'il tenait dans ses mains. Son visage était figé, immobile.

Robert lui fit traverser le hall et ouvrit la porte qui donnait sur l'escalier menant au sous-sol. Ce fut aussi Robert qui lui sourit d'un air rassurant, comme si tout allait pour le mieux. Mais la main qui lui agrippait le bras avec force était incontestablement celle de Grey.

23

« Pour quelqu'un qui veut faire des choses déplaisantes, en secret, une cave est un lieu idéal », songea Annique. Il n'était donc pas surprenant que ce soit là que Grey l'emmène. Cette cave-là n'était ni humide ni sinistre, puisque c'était un de ces entresols situés entre le rez-de-chaussée et le sous-sol. Le couloir était couvert d'un tapis, et les murs d'un papier bleu au motif fleuri et délicat. En apparence, tout était banal. Cependant, les hautes fenêtres en arc de cercle étaient garnies de barres de fer solidement scellées dans les briques.

Pas de fuite possible. Ils sont très minutieux, ne négligent aucun détail. Elle était totalement à la merci des Services britanniques. Des portes fermées à l'allure sinistre étaient alignées de part et d'autre du couloir. Grey allait la faire entrer dans une de ces pièces.

— Ce ne sont pas des chambres de torture, dit-il, agacé. À gauche, ce sont des ateliers. De l'autre côté, des pièces de rangement. Celle-ci est pleine de documents. Il n'y a pas d'oubliettes, dans cette maison. Et je ne suis pas Leblanc.

— Vous êtes plus subtil que lui. Infiniment plus subtil et plus dangereux.

Elle croisa les bras, dans une tentative pour contrôler le tremblement de son corps. Grey ouvrit la dernière porte à droite et la précéda dans la pièce. Elle ignorait ce qui allait se passer, mais elle ne pouvait imaginer Grey, ou Robert, lui faisant du mal.

— Vous n'êtes pas réel, poursuivit-elle, restant plantée au milieu du couloir vide. J'ai eu le cœur brisé par un imposteur. Un pantin. Je suis comme cette fille du conte de fées qui tombe amoureuse d'un automate, dans une tour. Je me croyais maligne, mais je ne suis qu'une idiote.

Grey revint sur le seuil. Son visage était celui de Robert, mais il n'était pas Robert.

— Je ne suis pas un automate.

— Vous ? Vous n'existez pas du tout. Vous n'êtes rien, monsieur Grey. Une ombre, un chiffon qui flotte dans le vent.

— Je suis Robert Greyson Montclaire Fordham. Tout ce que je vous ai raconté est vrai. Mes parents, mes frères et sœurs, la maison du Somerset, l'étang aux truites, le poney auquel j'apprenais des tours. Pendant vingt-six ans, j'ai été Robert Fordham, avant l'existence de Grey.

— Vous m'avez *menti*. Vous n'êtes qu'un menteur.

Il sourit, révélant une magnifique rangée de dents très blanches.

— Eh bien, nous sommes assortis. Vous avez encore peur ?

— Naturellement. Je serais une écervelée si je n'avais pas peur.

— Vous avez déjà surmonté votre peur. Je ne toucherai pas à un cheveu de votre tête, et vous le savez. Venez.

Il la prit par la main et l'entraîna dans la pièce. Elle découvrit avec stupéfaction une salle de bains luxueuse et étincelante de propreté.

— Mais... c'est une salle de bains, dit-elle, ahurie.

— En effet. J'espère que ça vous rassure ?

— Je ne veux pas être rassurée. Je veux m'enfuir.

Il éclata de rire. Il l'avait trahie, prise au piège, capturée, et en plus il se moquait d'elle. Cet homme n'avait pas plus de cœur qu'un automate, et il venait de le lui prouver !

Elle se trouvait dans une petite pièce lambrissée, éclairée par deux fenêtres protégées par des barreaux de fer forgé ouvragés. On ne pouvait voir à travers les vitres en verre dépoli, mais elle devina à la position du soleil que la pièce était au sud. Un tapis persan rouge recouvrait les carreaux noirs et blancs. Un feu crépitait dans la cheminée de briques. À côté de la cheminée, une psyché reflétait le décor.

La baignoire immense était en acajou luisant. Des tuyaux surmontés de robinets aux formes compliquées émergeaient du mur.

— Cette baignoire semble tout droit sortie d'un bordel de luxe, fit-elle remarquer. À l'exception de ces tuyaux, qui me rappellent une brasserie munichoise. À quoi servent-ils ?

— C'est une baignoire. Qu'est-ce que vous croyez ? que je jette mes prisonniers dans l'huile bouillante ?

Il s'approcha d'un pas lourd et tourna les robinets.

— Mon bourreau officiel prend son samedi pour s'entraîner sur de petits animaux. Il faudra vous contenter de moi. Si vous vous demandez d'où vient cette eau, sachez que le fourneau de la cuisine se trouve de l'autre côté du mur, ainsi qu'une citerne d'eau chaude. Ce système ingénieux évite d'avoir des domestiques qui courent en tous sens avec des baquets.

Des domestiques qui pourraient être achetés. Ils ont vraiment pensé à tout.

— Je vois.

— La baignoire sera pleine dans une minute. Enlevez vos vêtements, ordonna-t-il, visiblement tendu.

— Vous croyez que c'est aussi simple que ça ? Qu'il suffit que vous le demandiez pour que j'ôte mes vêtements ?

— Je pense que c'est diablement compliqué, au contraire. Cela l'a toujours été entre nous.

Il arrêta les robinets et toucha l'eau.

— Rien n'a été simple jusqu'ici, pourquoi est-ce que ceci le serait ?

Il vint vers elle et lui prit le menton avec délicatesse, comme si elle était un objet fragile, pour lui faire tourner le visage vers le miroir.

— Nous allons aller très lentement.

Il posa les mains sur son châle et le fit tomber sur le sol.

— Ceci est la première étape.

— Pourquoi faites-vous cela ? Pourquoi ?

— Pourquoi est-ce que je vous enlève vos vêtements ? Par désespoir. Parce que je suis devenu fou. Si vous me regardez bien, vous verrez que je suis sur le point de craquer.

Sa voix tendue trahissait sa nervosité.

— Maintenant, nous allons enlever la robe. C'est l'étape suivante. Beaucoup de boutons à défaire, n'est-ce pas ? Si vous avez des objections, dites-le.

— Je ne sais même pas ce que vous attendez de moi.

— Vous le comprendrez. Vous êtes assez futée pour ça.

— Je ne veux pas dire ici, maintenant. Je veux dire…

Elle commit l'erreur de regarder le miroir. Celui-ci lui montra une femme, ou plutôt une sorte de va-nu-pieds, les lèvres entrouvertes, les yeux écarquillés. Robert était à côté d'elle. Ses doigts, doux comme de la soie, entreprirent de lui ôter sa robe.

— Comment pouvez-vous être les deux à la fois ? dit-elle avec la voix d'une enfant déroutée. Robert, comment pouvez-vous être Grey ? Je vous regarde, et vous êtes les deux, et j'ai l'impression que je vais mourir.

— C'est fort peu probable.

— Je ne peux pas faire cela avec vous, alors que je ne sais même pas qui vous êtes.

Au moment où elle prononça ces mots, elle sut qu'elle mentait. Peu lui importait quel homme en réalité lui faisait éprouver cela.

— C'est ce que nous allons voir, dit-il en déboutonnant sa robe.

Elle ne voulait pas de ça. Et pourtant, elle le désirait aussi de tout son cœur. Elle éprouvait ces deux sentiments contradictoires, et son esprit était vide de toute pensée.

Il défit le dernier bouton. Elle le vit dans le miroir ouvrir sa robe, en replier les pans comme des pétales et la faire glisser vers le bas, sans se presser.

— Vous ne pouvez pas savoir à quel point je déteste cette robe, dit-il. Je rêvais de vous l'enlever.

— Non, Robert ne voulait pas cela.

Sa voix était rauque. Son esprit s'emplit d'images sensuelles, et des flammes brûlantes embrasèrent son corps. Elle eut l'impression de fondre comme de la cire sous les mains de cet homme.

— Robert le voulait tant qu'il en avait mal dans tout le corps. Je suis Robert, en ce moment.

Il abaissa sa chemise blanche sur ses épaules, puis plus bas, découvrant ses seins centimètre par centimètre.

Elle crispa nerveusement les mains quand le vêtement retomba en l'effleurant. Mais elle le laissa glisser à terre.

Elle était nue, à présent. Il y avait des miroirs comme celui-ci, dans les maisons de plaisir. Maintenant, elle comprenait pourquoi. C'était troublant de se voir nue à côté de lui. Une femme entièrement déshabillée, et la silhouette sombre d'un homme derrière elle. C'était tellement simple... tellement évident d'imaginer ce que cette fille nue ferait bientôt.

Elle baissa les yeux, refusant de se voir dans cette situation de soumission. Le tapis était orné de rangées de fleurs aux couleurs vives. Sa robe sombre et sa chemise blanche étaient enroulées autour de ses chevilles. Grey s'agenouilla et déroula le chiffon qui avait contenu son poignard. Puis ses bas glissèrent sur ses jambes, et elle enleva ses chaussures.

Ses caresses étaient douces comme du velours. Elle était étourdie, incapable de réfléchir.

— Seigneur, que vous êtes belle.

Son souffle léger passa sur ses épaules quand il se redressa.

— Entrez dans la baignoire tant que l'eau est chaude, dit-il en la poussant doucement, les doigts sur son dos. Voilà...

Maman m'aurait dit de faire ce qu'il demande. C'est ainsi que doit agir une espionne. Elle se sert de son corps pour séduire et contrôler.

Mais c'était elle qui était séduite.

Elle entra dans la baignoire. De la vapeur s'élevait autour d'elle, et l'eau clapota contre son corps. Elle se laissa glisser dans l'eau chaude jusqu'au menton, tout en gardant un œil sur Grey.

Celui-ci s'assit sur un banc et défit sa cravate. Il l'accrocha à un des griffons qui ornaient les accoudoirs du banc et posa sa veste à côté de lui.

— Nous allons vous laver les cheveux.

— Si vous partez, je me laverai autant que vous voudrez.

Toutes ses années d'agent secret ne l'avaient pas préparée à cela. Rien n'aurait pu l'y préparer, même pas dix ans passés à se promener en enfer avec des lions et des démons.

Il sourit, du sourire chaud et doux de Robert.

— Savez-vous que vous devenez une vraie vagabonde dès l'instant où vous posez le pied sur la route ? J'ai vu votre allure changer à chaque pas, avec votre brin d'herbe entre les dents et votre visage qui se couvrait de crasse et de poussière.

— Quand on décide d'être une vagabonde, il faut absolument en avoir l'apparence, répliqua-t-elle, la gorge serrée. J'ai appris cela avant même de savoir parler.

— Vous n'êtes plus une vagabonde, à présent, et vous devez vous laver les cheveux.

Il ôta ses boutons de manchette et les déposa sur sa veste. Puis il défit les boutons de sa chemise.

De toute évidence, il allait lui faire l'amour ici. L'emmènerait-il sur le tapis, devant le feu, face à ce miroir ? Ainsi, elle le verrait deux fois : en réalité et dans le miroir. Aurait-elle l'impression de faire l'amour avec deux hommes ? Avec Robert et avec Grey ? Elle décida de passer le plus de temps possible dans l'eau, pour réfléchir à la situation.

Grey sortit les pans de sa chemise de son pantalon et la fit passer par-dessus sa tête. Pour la première fois, elle le vit torse nu.

Il avait un corps de soldat. Une fine ligne blanche, souvenir d'un coup de sabre, lui barrait les côtes. Des éclats d'obus avaient laissé sur sa peau quatre ou cinq petites marques rondes. Il avait aussi d'autres cicatrices. Des hommes avaient voulu le tuer, à de nombreuses reprises. Ils avaient tous échoué, car Grey était dur comme le roc, et bien plus malin qu'eux.

Il ôta une botte et la fit glisser devant l'âtre. Puis il répéta l'opération avec la seconde, se leva et s'étira. Des dizaines de muscles saillirent sous sa peau. Il était très beau. Elle aurait voulu poser ses lèvres partout sur son corps.

Quand il s'approcha d'elle, ses yeux luisaient comme des charbons ardents.

Elle se laissa glisser dans l'eau un peu plus profondément, sans parvenir à se cacher. Grey s'appuya contre la baignoire. Son torse était maintenant si proche d'elle qu'elle aurait pu le toucher de ses lèvres. Il prit de l'eau dans ses mains et laissa des gouttes brillantes et argentées s'écouler entre ses doigts.

— Je vous conseille de fermer les yeux, dit-il.

Elle ne comprit ce qu'il voulait dire que lorsqu'il lui versa de l'eau sur la tête.

— Vous n'aimez pas suivre les conseils qu'on vous donne, n'est-ce pas ?

— On me l'a déjà dit, en effet, répondit-elle en s'essuyant les yeux du revers de la main.

Quand il répéta son geste, elle s'était préparée. L'eau coula sur son visage, encore et encore. Puis il fit mousser entre ses mains un savon qui sentait l'herbe et les baies sauvages. C'était le parfum de Robert, et non celui de Grey. C'était le parfum qu'elle sentirait quand ils feraient l'amour...

— Vous n'avez pas besoin de faire cela. Je me lave les cheveux moi-même depuis des armées.

— Eh bien, cela vous changera un peu. Gardez les yeux fermés pendant que je vous savonne. Je manque légèrement d'entraînement.

Elle n'opposa aucune résistance quand il lui massa le crâne. Il était inutile d'essayer de le raisonner. C'était un homme impitoyable, et elle ne l'ignorait pas.

— Retenez votre respiration, ordonna-t-il.

Cette fois, elle eut la sagesse d'obéir, et il la poussa sous l'eau.

— *Espèce de chien*[1] *!* s'exclama-t-elle lorsqu'elle remonta à la surface. Vous avez failli me noyer. Vous auriez pu me...

Il enfouit les doigts dans ses cheveux pour lui immobiliser la tête. Le premier baiser la réduisit au silence. Puis il parsema ses lèvres de baisers plus doux, mais exigeants. Elle finit par les lui rendre. C'était la seule façon d'agir avec un homme aussi inflexible que lui.

— J'ai tellement envie de vous, chuchota-t-il contre sa bouche. Je n'ai cessé de vous désirer depuis que je vous ai vue pour la première fois, dans la prison de Leblanc. Pendant des jours, je n'ai eu qu'une envie : vous déshabiller. Cela m'a rendu fou.

Ses lèvres avaient un goût de cannelle. C'était étrange de trouver chez un homme comme Grey un parfum aussi banal, aussi ordinaire. Et cela lui permit

1. En français dans le texte. *(N.d.T.)*

de franchir les défenses qu'elle avait érigées autour d'elle.

Quand il la relâcha, elle se laissa flotter dans l'eau, étourdie de désir.

Soudain, elle sentit quelque chose à côté d'elle, dans la baignoire. Puis elle s'aperçut qu'il se tenait au-dessus d'elle, nu. Il glissa dans l'eau, et elle sentit sa peau brûlante contre la sienne. Cela aurait dû l'effrayer, mais elle était comme engourdie, dépassée par le tour que prenaient les événements.

Elle agrippa le bord de la baignoire.

— Vous ne pouvez pas faire ça.

— C'est ce qu'on va voir.

— Non, vous ne pouvez pas. En plus, c'est physiquement impossible. Il n'y a pas assez de place.

— Nous allons le savoir tout de suite. Tenez-vous à moi, plutôt qu'à la baignoire.

Il lui prit les mains et les posa sur ses épaules. Avec lui, cela semblait raisonnable, naturel. Il la souleva, passa sous elle, la releva doucement, et elle se retrouva au-dessus de lui.

— C'est parfait, vous voyez ? Détendez-vous un peu, et je... Oui, c'est bien.

Il la plaça sur lui de telle façon que ses jambes s'écartèrent malgré elle. Ses gestes étaient précis, comme s'il avait déjà fait cela des centaines de fois avec elle.

— Mmm... c'est si bon.

C'était... extraordinaire. Les jambes de la jeune femme étaient serrées contre les parois de la baignoire, elle était offerte. Il se pressa contre elle, prêt à la pénétrer.

Le temps sembla s'arrêter. Rien ne l'avait préparée à cela. Robert plongea le regard dans le sien.

— Tu es encore endolorie, dit-il en lui effleurant délicatement le torse. Là, et là. Je ferai attention.

Ses poings étaient durs comme de la pierre, mais il serait doux avec elle. Cette idée était irrésistible, dévastatrice.

— Ce n'est pas juste. Vous ne pouvez pas me faire cela alors que je suis votre prisonnière.

— C'est vraiment ce que tu penses ? Que tu ne fais cela que parce que tu es ma prisonnière ?

Il prit le savon posé sur un plateau, sur la petite table, et le fit tourner entre les paumes de ses mains.

— Alors, sors de cette baignoire et hurle. Galba accourra dans la minute pour te secourir. Hawker m'arrachera le cœur, et Doyle le piétinera. Ou encore, tu peux m'assommer avec un de ces tisonniers posés près du feu. Cette idée devrait te plaire.

Il lui passa lentement le savon sur les épaules. Le moindre de ses gestes était destiné à la séduire.

— Tu en as envie.

— Non, je ne...

Ses doigts virils glissèrent le long de ses clavicules.

— Non, je n'en ai pas envie. Je ne veux pas.

Il revint sur ses épaules et traça de petits cercles sur sa peau, la touchant à peine. Ses yeux sombres la fascinaient.

— Je ne devrais pas.

— Pense ce que tu voudras et laisse-moi faire. As-tu déjà eu les cheveux longs, Annique ?

— Oui, jusqu'au bas des reins, quand je vivais avec les Roms.

— J'aimerais te voir avec les cheveux longs, dit-il sans cesser ses caresses. Ils flotteraient comme ceci.

Il lui montra du bout des doigts où ses cheveux retomberaient, sur ses épaules, sur ses seins.

— Tu as des cheveux sombres et soyeux. Tu m'as pris au piège comme dans une toile, je suis perdu.

On lui avait souvent dit qu'elle était belle. La plupart du temps, les hommes lui demandaient alors quel était son prix. Mais cette fois, c'était différent. C'était Grey qui la trouvait belle.

— Ce n'est pas raisonnable, dit-elle.

— Je sais. Nous allons faire quelque chose de très, très stupide.

— Nous devrions arrêter.

— Arrête-toi, si tu veux. Moi, je ne peux pas.

Il changea de position. Son sexe dur se glissa entre ses jambes, effleurant les parties les plus secrètes de sa féminité. Aussitôt, le désir surgit en elle et l'enflamma.

— Je ne peux pas réfléchir, quand vous faites cela.

— Tu n'as pas besoin de réfléchir. Tu as déjà compris ce qui se passe entre nous. Tu te rappelles Platon ? Je suis l'autre partie de toi, nous venons de nous retrouver.

— Peut-être. Je ne sais pas. Je trouvais plus facile de parler de Platon quand vous aviez les mains liées.

Il explora sa poitrine, faisant naître sous ses doigts des sillons brûlants et de petites explosions de surprise. Puis il attira la pointe d'un sein vers ses lèvres.

— J'aime la façon dont tes mamelons rosissent, murmura-t-il. Et j'aime le goût de ta peau. Je n'ai plus envie de m'arrêter. Dis-moi quand tu en auras assez.

Elle ne dit rien et se laissa emporter dans un délicieux tourbillon. En gémissant, elle rejeta les épaules en arrière et se pencha vers lui.

Il perçut le moment exact où elle renonça à toute résistance.

— Je sais que ça te plaît, dit-il. Tu vas aimer le reste aussi.

— Ne me... pressez pas. Je n'ai pas encore décidé si c'était oui... ou non. Ce sera peut-être non.

— C'est ce que tu penses. Mais il est déjà trop tard. Tu n'as pas pu t'empêcher d'aller plus loin.

Il avait raison. Elle aurait été incapable de se détacher de lui, fût-ce pour sauver sa vie.

La main de Grey descendit sur son ventre, et ses doigts se perdirent dans les boucles serrées entre ses jambes. Il ne s'engagea pas plus loin, mais il pouvait le faire à tout moment, quand il le déciderait. C'était un tourment délicieux. De longs rubans de désir se déroulèrent en elle. Elle se pressa contre lui.

— C'est... Je ne devrais pas...

— Quand tu seras prête.

Son ventre était dur et plat, vibrant de tension ; sa voix, grave et rauque. Ses prunelles s'assombrirent. Son regard était à la fois gris et ardent.

— Nous attendrons que tout ton être en ait envie.

— Non.

Il ne fallait pas qu'elle croise son regard. Si elle le faisait, elle serait perdue. Elle pencha la tête et la secoua, faisant danser les boucles mouillées de ses cheveux autour de son visage.

— Je... Non.

Il inspira profondément et demeura parfaitement immobile. Son désir était à son comble.

— Qu'y a-t-il, Renardeau ?

Avec des gestes délicats, les doigts tremblant un peu, il lui prit le menton et la dévisagea.

— Je n'aurais jamais fait cela si je n'avais pas été persuadé que tu en avais envie. Je te le jure. Que se passe-t-il ?

— Je ne... je ne fais pas cela avec les espions anglais... murmura-t-elle d'une voix hachée. Les espions qui... qui se moquent de moi comme de leur première chemise. Et qui... qui me troublent.

— De toute évidence, tu ne le fais avec personne. Un homme peut deviner cela.

Il souleva les mèches trempées de ses cheveux et les écarta de part et d'autre de son visage afin qu'elle le regarde. Le désir, la tendresse, le rire se lisaient sur ses traits virils... mais aussi une compréhension profonde de ce qu'elle éprouvait. Cela l'effraya de se voir ainsi percée à jour.

— Renardeau, reconnais que tu en as envie. Si ce n'était pas le cas, je ne serais pas là, prêt à te déflorer dans une baignoire.

— Je...

— J'ai su tout de suite que tu m'étais destinée. C'était inévitable.

Il passa le bout de ses doigts sur sa joue, puis sur ses lèvres. Elle frissonna. Ils savaient tous les deux ce qu'il lui faisait éprouver.

— Tout ira bien, fais-moi confiance. Veux-tu qu'on parle un moment ?

— Je ne peux pas. Vous me faites perdre la tête.

Oh, il trouva cela très drôle. Il rit si fort que l'eau clapota contre les parois de la baignoire.

— Je crois que je vais continuer, dit-il en embrassant un sein, puis l'autre.

Un tremblement irrépressible la secoua, et elle s'abandonna. Peu lui importait à présent que ce soit raisonnable, ou désastreux, ou tout simplement inévitable. Elle avait envie de lui, elle le désirait.

Elle agrippa les bords de la baignoire et se souleva. Il était prêt. Elle le prit en elle, profondément. Un cri rauque lui échappa lorsqu'elle sentit quelque chose se déchirer en elle. La douleur se mêla au plaisir.

— Seigneur... attends.

Grey plaqua les mains sur ses hanches et la garda serrée contre lui, le visage contracté, haletant.

— Attends. Attends une minute.

— Oui, murmura-t-elle, figée.

Il inspira longuement, en tremblant.

— Annique, les hommes aiment bien être préparés à ce genre de chose... Tu me tueras, ajouta-t-il en étouffant un rire. Tu n'as pas mal ?

— Non. Si... Enfin, pas tout à fait. C'est différent.

— Oui, j'imagine.

Ses mains se crispèrent, avant de se détendre et de glisser le long de son corps. Puis il l'agrippa de nouveau.

— Ne bouge pas, sinon cela risque d'être remarquablement... bref. J'avais en tête quelque chose de lent et de complexe...

Elle émit un son étranglé. En effet, il se passait en elle des choses très complexes.

— J'en ai envie depuis longtemps, dit-il.

Elle aurait aimé lui dire qu'elle aussi attendait cela depuis longtemps, mais elle était incapable de prononcer un mot.

— Ne bouge pas, continua-t-il. Je vais essayer d'aller lentement.

Ses doigts descendirent entre ses jambes, l'ouvrant un peu plus. Annique sentit ses pensées lui échapper. Elle étouffa un petit cri et se mit à bouger doucement sur lui.

— Doucement, ma belle. Attends.

— Je... je ne peux pas.

— Si, tu le peux.

Il la prit par les hanches et l'attira contre lui pour l'immobiliser.

— Nous ne sommes pas pressés. Tu vois, cela ne fait pas mal quand tu ne bouges pas.

Elle n'essaya pas de répondre. Quelque chose de puissant, d'irrésistible s'emparait d'elle. Impossible de rester immobile. Il allait la rendre folle. Finalement, il relâcha un peu son étreinte et la laissa se balancer, tandis qu'elle le prenait plus profondément en elle, accélérait le rythme. Une lumière brûlante s'éleva tout à coup autour d'elle et explosa.

Il dut se rendre compte de ce qui se passait en elle, car il plongea dans la chaleur de sa chair. Elle rejeta la tête en arrière et cria, tout en se cramponnant à lui.

Le plaisir s'engouffra en elle comme une vague et l'emplit totalement. Un plaisir sans limite, aveuglant, dévorant.

Le temps s'arrêta. La vague s'apaisa, puis s'éloigna. Elle s'écroula, frémissante, sur lui.

Les bras virils de Grey se refermèrent sur elle, et elle posa la tête contre son torse. Son cœur battait à grands coups, comme après une course folle.

— Je suis contente de l'avoir fait, chuchota-t-elle en français. Quoi qu'il arrive ensuite.

Elle avait l'impression d'être légère comme une plume. Mais quand elle voulut bouger, elle s'aperçut qu'en réalité ses membres étaient lourds comme du plomb. Si elle n'avait pas eu quelqu'un pour la soutenir, elle se serait probablement noyée.

24

Grey referma doucement la porte derrière lui. Annique, son agent français, délicieux, vulnérable et mortellement dangereux, dormait pelotonnée sur le canapé du bureau, épuisée d'avoir fait l'amour avec lui.

Enfin, par miracle, elle lui appartenait. Maintenant que c'était fait, il pouvait arranger tout le reste. Cette pensée lui donna envie de gambader dans les couloirs en riant aux éclats. Dommage que le chef d'une section d'espionnage ne puisse se permettre ce genre de fantaisies.

Doyle l'attendait, adossé contre un mur, les bras croisés.

— Il y a dix-neuf lits dans cette maison, en comptant les paillasses dans l'arrière-cuisine. Mais toi, tu fais cela dans une baignoire. Crénom.

C'était le problème, quand on vivait avec des espions. Ils étaient au courant de tout. Impossible d'avoir un peu d'intimité.

— Il lui faut des vêtements. Elle ne peut pas rester en peignoir.

— Maggie lui apportera ce dont elle a besoin. Elles ont à peu près la même taille.

— Sauf qu'Annique est plus délicate. C'est un morceau de roi. Il n'y a pas de mots pour la décrire…

Adrian approchait, vêtu de ses habits de dandy – une veste gris anthracite, un gilet d'un ton plus clair et une épingle à cravate ornée d'un rubis. Personne n'aurait pu croire qu'on lui avait enlevé une balle de la poitrine dix jours auparavant.

— Maggie, en revanche, est plus...

— À ta place, je n'ajouterais pas un mot, mon garçon, dit Doyle d'un ton péremptoire.

Grey se rappela qu'il voulait vérifier quelque chose dans les textes de Tacite et de Montaigne. Les volumes devaient se trouver dans la bibliothèque. Il se dirigea vers l'escalier.

— Où est Giles ?

— Je l'ai envoyé éponger le sol de la salle de bains, répondit Doyle.

Il marqua une pause, l'air innocent, et ajouta :

— Il était trempé.

— Quand il aura fini, envoie-le-moi. J'ai tué un homme, dans le Kent. Nous devons avertir un magistrat.

— Ce manque de respect pour la loi... marmonna Adrian en secouant la tête. Au fait, Fletch t'envoie ses compliments et te suggère de lui renvoyer son canasson. Je suppose que l'animal est attaché dehors.

— En effet. Une corvée de plus pour Giles. Et dis à Ferguson de servir du café au dîner à la place du thé. Annique n'aime pas le thé. Je suis content que vous ayez pu quitter la France sans encombre, tous les deux.

— Et moi, je suis content que le Renardeau ne t'ait pas brisé le crâne sur la route entre Douvres et Londres, répondit Doyle d'un ton égal. Tu vas pouvoir t'attaquer aux problèmes qui se sont accumulés pendant que tu dépeuplais le Kent. Pour commencer, les services secrets de l'armée savent que nous détenons Annique. Ils la veulent.

— Qu'ils aillent au diable !

— Ce n'est pas moi qui les retiendrai. Toutefois, le colonel Reams s'est invité à dîner. Il appelle cela une conférence.

— Puisque c'est ainsi, je l'enverrai moi-même au diable.

Doyle et Adrian suivirent Grey dans l'escalier, puis dans le couloir, et pénétrèrent dans la bibliothèque à sa suite. Le soleil entrait à flots dans la pièce et faisait étinceler la collection de sabres que les agents avaient accrochés au mur au fil des ans. De gros fauteuils de cuir étaient disposés face à la cheminée. Le *Times* était posé sur une table, un jeu de cartes et une longue pipe en terre sur une autre. Des centaines de livres étaient entassés sur les étagères, qui occupaient deux des murs.

— Il me faut Montaigne et Tacite, déclara Grey.

— Qui sont-ils ? s'enquit Adrian.

— Un Français et un Romain, expliqua Doyle en s'approchant des étagères qui flanquaient la cheminée. Ils sont morts depuis assez longtemps, alors je me demande pourquoi on les cherche... Montaigne, Montaigne... La dernière fois qu'on l'a vu, il était par là.

Il passa une main large comme une spatule sur les livres.

— Pour Tacite, essaie par là. Relié de cuir rouge, si mes souvenirs sont bons. Fletch nous a expliqué, pour les yeux d'Annique. Il y a un médecin bardé de diplômes qui veut l'examiner. Son rapport est sur ton bureau. La bonne nouvelle, c'est que sa guérison est probablement définitive. La moins bonne, c'est que Leblanc est en Angleterre.

— Nous nous sommes croisés. Il a tenté de poignarder Annique dans une ruelle de Douvres.

— Je ne t'apprends donc rien. Il a pris une vingtaine d'hommes avec lui. L'armée en a ramassé quelques-uns sur la côte sud depuis lundi. C'est ainsi que nous avons su, pour Annique.

Adrian s'assit sur l'accoudoir d'un fauteuil et enchaîna :

— Leblanc est venu sur nos rivages sans en avoir reçu l'ordre et sans avertir Soulier, ce qui cause beaucoup d'agitation au sein des services secrets français.

— Si seulement Soulier pouvait tuer Leblanc pour nous ! s'exclama Doyle en promenant ses doigts le long de l'étagère. Ces deux-là ne sont pas dans les meilleurs termes.

— Leblanc est blessé au bras droit, vous pouvez faire passer le message. Henri Bréval a eu la main entaillée, et je lui ai peut-être cassé la clavicule. Le reste, c'est l'œuvre d'Annique.

— Une gosse dangereuse, donc, commenta Adrian. Tu l'as amenée ici pour faire des ravages parmi le personnel des Services Secrets, c'est ça ?

Doyle poussa un grognement, l'air amusé.

— En parlant d'Annique, reprit Adrian en inspectant ses ongles, je me demande... Pourquoi la baignoire ? Elle est souple et agile comme une anguille, naturellement, mais personne n'aurait l'idée de déflorer une vierge dans vingt centimètres d'eau. Ça la rendrait nerveuse. Il faut un endroit sec et confortable. Doux, si c'est possible. Ensuite, tu...

— Je n'ai pas besoin de ton avis d'expert sur l'art de déflorer une vierge, s'exclama Grey en sentant son visage s'enflammer. Fin de la discussion.

— Et tu ne laisses pas la fille dormir seule, après, reprit néanmoins Adrian, d'une voix un peu plus froide. Tu restes à côté d'elle, pour être là quand elle se réveille.

Adrian n'aimait donc pas la façon dont il traitait Annique. D'accord. Il n'aimait pas beaucoup ça non plus.

— Je veux lui laisser le temps de secouer un peu les barreaux de sa cage, pour qu'elle comprenne que je l'ai prise au piège. Elle finira par s'habituer à cette idée. Mais en attendant, elle n'aura pas envie de me voir.

— Et cela t'évitera de prendre un mauvais coup, au cas où elle serait un peu grincheuse, répliqua sèchement Adrian.

— Oui, cela aussi.

En réalité, il serait trop tenté de refaire l'amour avec elle, mais il savait que c'était trop tôt.

Tacite se trouvait sur l'étagère du bas, en trois volumes reliés de cuir rouge. Ce qu'il cherchait se trouvait dans le premier tome. Lorsqu'il le feuilleta, le passage lui sauta aux yeux : « Le ciel est souvent obscurci par les nuages et la pluie, mais le froid n'y est jamais très rigoureux. » Elle s'était rappelé la phrase, mot pour mot. C'eût été une preuve irréfutable, s'il en avait eu encore besoin. Mais il savait déjà ce qu'il avait fait entrer à Meeks Street ce matin-là. Il reposa le livre sur l'étagère.

— La maison doit être fermée à double tour. N'oubliez pas une seule clé !

— C'est déjà fait, répondit Doyle. J'ai donné l'ordre de tout verrouiller à l'instant où elle a franchi le seuil.

Cette maison était peut-être la plus sûre d'Angleterre, mais ce n'était pas encore assez. Pas quand on savait ce qu'Annique transportait.

— Leblanc a des hommes, et de l'argent. Il veut sa mort. Comment peut-il l'atteindre ?

Adrian se figea. Doyle avança le long de l'étagère, en inspectant les tranches des livres.

— Nous allons placer des hommes supplémentaires pour monter la garde. Surveiller le voisinage. Elle ne doit pas s'approcher des fenêtres.

— On peut aussi sortir le grand jeu. Des mines dans le jardin. Des lance-roquettes.

Grey se massa l'arête du nez.

— C'est possible, de trouver des lance-roquettes à Londres ?

— Ce n'est pas facile, dit Doyle. Mais ça peut se faire.

— Ils peuvent faire passer l'artillerie par la porte d'entrée. Mettre de l'acide prussique dans la prochaine livraison de café.

Hawker se leva et se mit à arpenter la pièce en continuant :

— Jeter une bombe par-dessus le mur. Des cobras dans le conduit de cheminée. Des fléchettes empoisonnées. Creuser un tunnel. Faire entrer des hommes armés par la porte de service. Ou encore faire livrer un colis piégé.

Personne n'avait autant d'imagination que Hawker.

— Pour l'amour du Ciel, il n'y a pas de cobras en Angleterre. Mais mets Ferguson en garde pour l'approvisionnement. Il y a un risque.

— Je sais où trouver des cobras, déclara Adrian.

— Ça ne m'étonne pas, répondit Doyle en prenant un livre. Et voilà ce cher vieux Montaigne. Pourquoi avons-nous besoin de lui ?

— Je cherche une référence. L'homme de Delphes qui pouvait différencier les œufs. C'est dans quel essai ?

— Bigre ! C'est justement l'un de ceux que je connais. *De l'expérience*. J'ai dû le copier un jour, à Eton. J'ai oublié ce que j'avais fait pour écoper de ce pensum.

— Tu cherches une citation d'Annique ? demanda Adrian.

Campé devant la fenêtre, il observait Meeks Street.

— Voilà ! s'exclama Doyle. « Il s'est trouvé des hommes, et notamment un en Delphes, qui reconnaissait des marques de différence entre les œufs, si bien qu'il n'en prenait jamais l'un pour l'autre. Et ayant plusieurs poules, savait juger de laquelle était l'œuf. » C'est cela, que tu veux ? Pourquoi nous intéressons-nous à la philosophie française ?

— Elle connaît cette citation.

— C'est une femme éduquée. Je suppose qu'elle...

— Je lui ai donné trois mots, et elle a récité tout le reste. Ensuite, j'ai fait une allusion à Tacite, un passage obscur. Elle le connaissait aussi. Je parie que je pourrais ouvrir n'importe lequel de ces livres, à n'importe quelle page, et qu'elle la connaîtrait par cœur. Quand a-t-elle trouvé le temps d'apprendre tout ça ?

Doyle referma le livre et le posa.

— Tu as raison. C'est curieux.

— Elle a fait le tour de l'Europe en suivant les armées. Quand est-elle allée à l'école et a-t-elle appris par cœur le contenu de ces livres ?

— Jamais. J'aurais dû m'en rendre compte, dit Doyle, furieux contre lui-même. Elle a une mémoire spéciale. J'avais déjà entendu parler de personnes dans ce genre, mais je n'en avais jamais rencontré.

Adrian frappa le mur du plat de la main.

— Les cartes ! Elle m'a dit qu'elle avait des cartes dans la tête. Je ne l'ai pas écoutée.

— C'est donc pour cela qu'ils ont envoyé une gamine de dix ans dans les camps de l'armée.

L'expression de Doyle se durcit. L'aînée de ses filles avait tout juste dix ans.

— Ils ne pouvaient laisser passer une telle chance. Ils l'ont déguisée en garçon et l'ont envoyée dans cet enfer dès qu'elle a été capable de survivre seule.

Et elle avait survécu, sans jamais rien oublier des marches forcées dans le froid glacial, des morts qui s'accumulaient. Pas étonnant qu'elle se soit rempli la tête des textes des philosophes.

— Elle porte tout ça dans sa tête, dit-il en formant un cercle avec ses deux mains.

Ils se regardèrent, prenant conscience des implications de cette découverte.

— Les Français le savent-ils ? murmura Doyle. Fouché, sûrement pas. Il l'aurait déjà mise en cage. Ou tuée. Qui est au courant ?

— Sa mère devait le savoir, dit Adrian en faisant les cent pas entre les fenêtres et la cheminée. Et Vauban. Ils sont morts tous les deux, à présent. Soulier le sait sans doute aussi. Il l'a fait travailler quand elle était encore enfant. Combien vous pariez que Vauban et lui se servaient d'elle comme courrier en lui faisant traverser la France ? Leblanc, lui, n'est pas au courant.

La mère, Vauban, et Soulier. Tous les trois s'étaient servis d'elle pour transporter leurs secrets. Elle était la messagère parfaite. Quelqu'un, probablement Vauban, avait décidé de l'utiliser pour son ultime secret.

— Elle possède les plans, dit Grey.

Adrian se retourna vivement vers lui.

— Vas-tu arrêter ça ? Je me moque de ce qu'a dit Leblanc. Je me moque qu'elle se soit trouvée à Bruges. Elle n'a pas tué nos hommes.

— Je suis d...

— Vauban n'aurait jamais envoyé cette fille pour tuer. Il n'y a pas la moindre chance qu'il l'ait fait. Elle ne trancherait pas la gorge d'un homme, même pas pour une tonne d'or. Comment as-tu pu passer deux semaines avec elle sans t'en apercevoir ? Je l'ai compris en six minutes à peine.

— Je suis d'accord. Elle n'est pas comme ça.

— Elle... Tu es d'accord ?

Grey était content d'avoir réussi à désarmer Hawker, pour une fois.

— Je l'ai vue renoncer à tuer quatre hommes entre Garches et Londres alors que ces salauds faisaient tout pour l'éliminer. Cette femme n'a pas l'âme d'une meurtrière.

— Oh, bien, répondit Adrian en tirant sur les pans de sa veste. Je vois que tu sais raison garder.

— Mais elle transporte les plans... Non, écoute-moi, ajouta-t-il prestement en levant une main devant lui. Je le sais, elle s'est trahie au moins cinquante fois entre Douvres et Londres. Elle connaît la route par laquelle doit se produire l'invasion, centimètre par centimètre.

Annique ne s'était pas méfiée du contrebandier qui lui avait sauvé la vie, et qui n'avait rien à faire avec les secrets d'espions.

— Une partie des troupes au moins empruntera la route de Douvres. Je l'ai vue songer aux gens qui mourraient quand Napoléon débarquerait, je l'ai vue regarder chaque rue, chaque colline qui serait détruite. J'ai vu les villages en flammes dans ses yeux. Elle a les plans.

Adrian observa un silence rebelle et obstiné.

— Ce doit être un grand poids pour quelqu'un comme elle, dit Doyle.

— Ce secret la dévore. Elle est comme ce jeune Spartiate qui avait caché sous sa chemise un renard qui lui mangeait le ventre.

— Nous n'avons pas le choix, ajouta Doyle en prenant le jeu de cartes sur la table. Nous allons devoir lui extorquer les plans. Elle a de la chance d'être tombée sur nous plutôt que sur l'armée. Reams n'est pas du genre à négliger la torture pour faire avouer les suspects.

Il déploya les cartes en éventail sur la table, puis les ramena en un paquet serré.

— C'est un problème ? lança Adrian par-dessus son épaule, avant de reprendre ses va-et-vient. Nous pouvons utiliser les poucettes, n'est-ce pas ? Ou encore, une lame chauffée à blanc, entre les doigts de pied. Les femmes sont particulièrement sensibles à cet endroit. Il n'y a rien qu'on ne puisse faire avec un poignard, je l'ai toujours dit.

— Tu agaces Robert, lui fit gentiment remarquer Doyle.

— J'en prends acte.

Annique s'était trouvé deux protecteurs. Bien.

Aucun bruit ne parvenait du bureau, à l'étage inférieur. Elle devait être éveillée, maintenant, et explorer la boîte dans laquelle il l'avait enfermée, les pieds nus, le peignoir noué autour de son corps blanc et doux, l'esprit en alerte. Probablement avait-elle peur. Même si elle se tenait immobile au milieu de la pièce, une petite partie d'elle devait tirer sur les barreaux, dans un effort désespéré pour s'échapper. Mais son travail à lui consistait à maintenir ces barreaux à leur place.

— Pas de violence, pas de souffrance, dit-il, conscient qu'ils le savaient déjà. Pas de menace ni de contrainte. Elle en viendra d'elle-même à faire ce que nous voulons. Pourquoi croyez-vous qu'elle soit en Angleterre ? Elle va nous donner ce que nous désirons sans qu'on ait besoin de l'y obliger.

Doyle réfléchit et fit remarquer :

— Elle n'est pas venue uniquement pour se cacher. Elle est là pour empêcher l'armée française d'envahir le pays.

— Telle que nous la connaissons, elle ne peut rien faire d'autre. Elle va évaluer le tort que ces plans peuvent faire à la France et le comparer à l'enfer que créerait cette invasion. Et elle nous livrera les plans. Quand elle songera au bain de sang que provoquerait Napoléon, elle décidera de soutenir l'Angleterre. Celui qui lui a confié les plans devait le savoir.

Encore une chose qu'il lui fallait découvrir. Que diable s'était-il passé à Bruges pour qu'Annique se retrouve chargée de ces maudits plans ?

— Je regrette presque de ne pas utiliser la force. Cela lui permettrait de reporter sa haine sur moi plutôt que sur elle-même.

25

Cockle Lane, Soho

Les deux hommes bousculèrent des passants devant la porte de l'auberge. Henri suivait Leblanc en boitillant.

— ... surveiller Meeks Street. Ils disent qu'elle a pénétré dans la maison avec Grey lui-même. Grey, des Services Secrets. C'est un désastre.

— Vous auriez dû la tuer à Douvres. Pourquoi suis-je entouré d'imbéciles ?

— Vous ne voyez pas ? L'homme que nous avions fait prisonnier à Garches, c'était Grey, sans aucun doute. La description correspond parfaitement. L'homme qui m'a attaqué à Douvres, c'était encore Grey. Il est avec elle depuis Garches. Depuis que vous les avez enfermés dans la même cellule.

Henri serra le poing et grimaça de douleur.

— Bougre de Dieu ! Cet homme m'a estropié.

— Vous êtes pire qu'un estropié, vous êtes un crétin. Rien ne nous prouve qu'il s'agissait bien de Grey.

Leblanc donna un coup de pied rageur à un chien qui reniflait quelque chose dans le ruisseau.

— Nous tenions le chef de la section britannique d'espionnage dans notre château, et nous n'en avons pas informé Fouché. Nous l'avons laissé s'enfuir. Si cela se sait, j'espère ne plus jamais me trouver devant Fouché.

— Vous n'aurez pas à affronter Fouché.

Leblanc jeta à Henri un regard de mépris, glissa une main sous sa veste et la posa sur son poignard.

— Vous avez amené les hommes ? L'argent ? Tout est prêt ?

— C'est fait. Tout est fait. C'est une erreur, d'utiliser des femmes. Vous faisiez tous confiance à cette catin, et maintenant elle couche avec Grey et lui révèle nos secrets. Il faut arrêter cela.

— Ce n'est pas vous qui le ferez. Vous ne me servez à rien, avec votre épaule cassée. Il me faut des hommes capables de tenir un fusil.

Leblanc parcourut la ruelle déserte du regard. Un passage sombre et étroit partait sur le côté.

— Venez. Nous allons prendre ce raccourci.

26

— Ces vêtements sont adorables ! s'exclama Annique en admirant une robe de soie gaufrée. Et vous dites qu'ils sont de fabrication anglaise ? Voilà qui est étonnant.

Annique portait encore le peignoir blanc deux fois trop large pour elle. Il appartenait à Grey, et celui-ci se réjouissait d'avoir pu l'envelopper dans un de ses vêtements.

Il bénéficiait d'une chambre confortable, avec des tentures de brocart bleu et un très grand lit. Ses affaires éparpillées un peu partout formaient un agréable désordre. Les robes étaient étalées sur le couvre-lit.

— Pour le dîner, celle-ci me semble convenir, dit-il en choisissant une robe vert pâle dont le corsage était orné de fleurs brodées.

Toutes ces robes à la coupe impeccable témoignaient du goût et du raffinement de la personne qui les avait choisies. Les boîtes ouvertes à ses pieds contenaient des chemises et des pantalons de batiste, des sous-vêtements à la fois coquins et délicats, aussi beaux que tout ce qu'elle avait pu voir à Paris. Il était rare que l'on procure de tels habits à une prisonnière. Annique avait été faite prisonnière plusieurs fois dans sa vie, et elle le savait.

— C'est une de vos amies qui m'offre ceci ? C'est très gentil.

L'idée qu'il connaissait une femme à qui il pouvait demander ce genre de services ne lui plaisait pas beaucoup.

— Quand on pense à toutes les femmes respectables qui existent dans le monde, il est curieux que l'on ne m'offre jamais des sous-vêtements plus sages.

Grey posa sur elle un regard avide. Il lui tardait sûrement de la voir porter ces bouts de satin et de dentelle. Il se voyait déjà les lui enlevant et la couchant dans son lit. Après tout, il avait beau être un maître espion, il n'en était pas moins homme.

Toutefois, elle n'était pas du tout d'humeur à s'allonger et à faire l'amour sur ces couvertures bleues. Elle avait plutôt envie de le frapper.

Elle choisit une chemise et se retourna avant de défaire le peignoir. Celui-ci tomba sur le sol, et elle enfila la chemise d'un mouvement si souple et si rapide qu'il ne put qu'entrevoir son corps nu. Cela lui apprendrait à avoir ce genre de regard. Grey comprendrait. Il était assez subtil pour cela.

— Cette chambre est agréable.

Elle fit passer la robe verte par-dessus sa tête et la tira sur ses hanches. Elle lui allait bien. L'amie de Grey était de la même taille qu'elle, même si elle avait sans doute plus de poitrine.

— Je remarque qu'elle contient beaucoup d'objets dangereux, poursuivit-elle. À votre place, je me méfierais. Il vaudrait mieux me garder prisonnière dans un cachot.

— Il n'y a pas de cachot dans cette maison. J'ai une pièce terne et confortable dans laquelle j'enferme les gens dangereux, mais je ne te la montrerai pas, pour ne pas t'effrayer. J'ai promis à Galba que tu serais raisonnable.

— Je promets en tout cas de ne pas vous attaquer avec un de ces objets que vous laissez traîner partout. Pas pour le moment.

Elle essaya d'atteindre les boutons dans son dos, mais il repoussa gentiment ses doigts et les boutonna à sa place.

— Merci. Il est difficile d'enfiler ces toilettes élégantes sans aide.

— Maggie vous a acheté un peigne, dit-il en fermant le dernier bouton. Il est sur la coiffeuse.

— Maggie ? La Maggie de Doyle ? Voulez-vous dire que ces vêtements lui appartiennent ? Je suis étonnée.

Perplexe, elle songea à Doyle, qui était allé à l'université et qui achetait à sa femme ce genre de robes et de sous-vêtements.

— Elle ne doit pas être du tout comme je l'imaginais.

Grey prit lui-même le peigne et le fit glisser dans ses cheveux, tout en les lissant avec la main. C'était un acte banal et simple. Un acte qu'un homme pouvait faire pour la femme qui lui appartenait.

Elle se regarda dans le miroir et vit sa bouche pulpeuse, ses yeux à l'expression douce et égarée. L'allure d'une femme qui vient d'offrir sa virginité à un homme. Ici, dans le bastion de son pouvoir, Grey s'était transformé en gentleman. Il portait une veste d'un bleu profond comme la nuit et un gilet rayé. Une lourde chevalière d'un or sombre apparaissait entre les mèches de cheveux à chaque passage du peigne. Il n'était pas beau à proprement parler, mais les hommes comme lui éclipsaient sans peine tous les dandys élégants qui papillonnaient dans les salons. Si elle n'avait été qu'une naïve jeune fille, elle aurait été éblouie.

— Quand je me serai échappée, je trouverai un jeune Rom, plus jeune, plus brun et plus beau que vous. Je ferai l'amour avec lui dans les granges et dans les bottes de foin jusqu'à ce que je ne ressente plus rien pour vous.

Elle voulait à la fois lui faire mal et se libérer de lui, car ce qu'elle voyait dans le miroir, dans ses propres yeux, ne lui plaisait pas.

— J'espère que tu t'amuseras bien, Annique. Mais tu ne changeras rien à ce qui existe entre nous. Même si tu trouves cinquante Gitans pour te faire l'amour.

Pourquoi fallait-il toujours qu'il énonce de telles vérités ? Échappant à son étreinte, elle se mit à ranger la table de toilette, alignant nettement les objets sur le plateau de marbre.

— On ne peut pas aimer son geôlier. Le geôlier a parfois l'illusion que son prisonnier l'aime, mais c'est faux. Si vous ne m'aviez pas prise au piège, il y a longtemps que je serais partie. Et je vous aurais oublié au bout d'une semaine.

Ou bien au bout d'un an. Ou peut-être jamais.

— Il n'y a rien entre nous, à part du désir.

— Il y a aussi du désir.

— Je ne veux rien ressentir pour vous. Vous comprenez ? Pouvez-vous imaginer ce que c'est, de ne même pas posséder une chemise ? De dépendre d'un homme, de devoir lui demander des vêtements ? Ce n'est pas une bonne base pour une relation.

— Je sais, ça rend les choses plus difficiles. Tu dormiras avec moi, cette nuit ?

C'était une demande, il n'exigeait rien. Comment lutter contre une telle habileté ?

— Puis-je refuser ?

— Naturellement. Il y a cinq ou six chambres vides, dont une juste de l'autre côté du couloir. Je peux te loger là. Je ne fermerai pas ma porte à clé, ajouta-t-il en s'approchant tout près d'elle. Tu viendras me retrouver ?

— Je suis tellement stupide…

— Je suppose que cela veut dire oui ?

Il sourit, et elle lui accorda sa victoire.

— Je viendrai dans la nuit, sur la pointe des pieds, et je me glisserai à côté de vous. Si vous me transportiez dans ce lit maintenant, vous n'auriez même pas à me convaincre. Je m'enflammerais sur-le-champ.

— Tu viendras donc dormir avec moi dans ce lit, dès ce soir ?

Il posa la main sur sa joue et perçut le très léger hochement de tête qui signifiait qu'elle acceptait.

— Je veux que tu le dises.

— Oui, murmura-t-elle, abandonnant toute réserve.

Il l'attira contre lui et posa les lèvres dans ses cheveux, inspirant son parfum avec un grognement de satisfaction.

Ses mains se pressèrent sur ses hanches, s'attardèrent sur ses courbes délicieuses. Annique ferma les yeux pour mieux s'imprégner de sa force, de son désir, pour mieux sentir les battements de son cœur. Elle n'était plus que sensations. Une vague de chaleur douce surgit entre ses jambes et se répandit dans son corps, s'insinuant sous sa peau. Elle était ivre, elle était...

Elle était Annique Villiers, et cet homme était son ennemi.

Haletante, elle s'écarta brusquement. Sans s'en rendre compte, elle avait poussé de petits soupirs. Vraiment, elle perdait la tête !

— Je commets... des erreurs, avec vous. Je me perds.

— Tu n'as pas l'habitude d'être troublée.

— Ne soyez pas condescendant avec moi, monsieur. J'ai commis une petite folie avec vous, ce qui pourrait arriver à n'importe qui.

Pieds nus, elle traversa la chambre à grands pas et alla s'asseoir dans le fauteuil. Maggie lui avait envoyé des bas de soie ornés de broderies blanches. Ils étaient superbes. Elle allait les mettre.

— Je vais probablement recouvrer mon bon sens et dormir seule cette nuit. Qui sait ? Vous ne pourrez pas me charmer et me retenir éternellement.

— Nous nous retenons mutuellement.

— Mais l'un de nous est le geôlier. Vous voudriez me le faire oublier, c'est pourquoi vous êtes aussi doux. Moi, je préférerais que vous soyez sincère et que vous me harceliez de questions. Alors, je pourrais me rappeler que je suis votre prisonnière. Si j'avais un peu de fierté, je refuserais de me conduire comme une courtisane et de partager votre lit.

Un lourd silence les enveloppa. Une tension presque palpable s'abattit sur eux. Elle eut l'impression de sentir sa colère, comme des étincelles brûlantes effleurant sa peau.

— C'est donc cela ? Tu agis comme une courtisane ?

— C'est ce qu'on m'a dit qu'il fallait faire si jamais je me retrouvais prisonnière, répondit-elle en évitant de le regarder.

C'était Grey qui se tenait face à elle, à présent. Robert s'était complètement effacé.

— La prisonnière et le geôlier ? Si c'est tout ce que nous sommes, laisse-moi te harceler un peu. Parle-moi des plans. Qui te les a donnés ? Ah, parfait. Tu sembles à la fois surprise et offensée. C'est très bien.

Un frémissement de peur la parcourut. Il était en colère, et c'était le genre d'homme qui pouvait percer à jour ses mensonges. Or, elle ne possédait plus rien à présent, en dehors de ses mensonges. Elle prit le temps de tirer sur le bas et de l'attacher à la jarretelle.

— Je n'ai jamais vu ces fameux plans que tout le monde s'imagine que je transporte. Je ne sais pas pourquoi…

— Tu les transportes dans ta tête.

Annique se figea, le cœur glacé. Impossible d'esquisser un mouvement. *Il ne peut pas le savoir. C'est impossible. Personne ne le sait.*

— Je ne comprends pas ce que vous voulez dire.

— Chaque page, chaque liste, chaque plan. Tout est dans ta mémoire, avec Shakespeare, Montaigne et Tacite. C'est la raison pour laquelle Leblanc ne les trouvera jamais. Il ne sait pas où chercher.

Lentement, elle enfila les chaussures qu'il lui avait apportées. Elle ne devait pas cesser de bouger, sinon son esprit refuserait de continuer à fonctionner. *Il sait. Il sait. Comment peut-il savoir ?*

Grey l'observa longuement et attendit.

— Mon intention n'était pas de te rendre muette.

Tu as affronté le feu des batailles. Tu as volé des missives au nez et à la barbe du haut commandement prussien. Tu es le Renardeau. Ne reste pas bouche cousue comme une idiote. Rassemblant toutes ses forces, elle parvint à hausser les épaules.

— Vous émettez des hypothèses ridicules.

— Que comptes-tu faire de ces plans, Annique ? Tu vas aller attendre sur la côte que les troupes françaises débarquent ? Tu sais à quel endroit exact elles arriveront, naturellement.

— Je ne peux pas dire que je ne sais rien, répondit-elle, la gorge sèche. Mais j'ignore tout de cette invasion. Vous avez perdu tout votre bon sens.

— Tu détestes Bonaparte. Tu le détestes depuis la Vendée. Et tu es venue en Angleterre pour empêcher cette invasion. Tu es venue à pied, de Marseille, seule, aveugle, parce que tu sais ce qui se prépare.

— Je vous répète que je ne sais rien de ces plans. Je suis une Française fidèle à son pays.

Grey laissa passer quelques secondes de silence, avant de déclarer d'une voix douce :

— Quand tu n'auras plus le choix, tu me donneras ces plans, Annique. Tu ne pourras pas faire autrement.

Quelque chose à l'intérieur d'elle-même se fissura. Son courage, probablement.

Grey avait tout deviné. Le secret de sa mémoire exceptionnelle. Le choix qu'elle devait faire et qui la torturait. La décision qu'il lui fallait prendre. Il savait même ce qu'elle allait décider. C'était un espion de grande envergure, l'égal de Soulier et de Vauban.

Il vit son courage se briser. Il n'y avait rien en elle qu'il ne puisse voir.

— Bon sang ! s'exclama-t-il en la rejoignant pour la prendre dans ses bras. Je t'ai fait peur. Je m'étais promis de ne pas faire ça.

Annique pressa sa joue contre le gilet de velours. Il resserra son étreinte, ses bras durs et solides comme de l'acier.

— Nous allons parler. Simplement parler. Je ne t'obligerai pas à rien. Mais le projet de Bonaparte est une folie, nous le savons tous les deux. Cette invasion ferait autant de mal à la France qu'à l'Angleterre.

Cet homme savait s'y prendre avec elle. Il était capable d'abattre lentement sa résistance, telle une souris grignotant patiemment les lambris d'une paroi. Contre lui, elle n'avait plus de défenses.

— Je n'ai pas envie de parler de la politique de la France. C'est un sujet complexe et déprimant.

— Très bien, nous ne parlerons pas, dit-il en posant le menton sur la tête d'Annique. Reste juste dans mes bras un moment.

Elle ferma les yeux et eut l'impression d'être de retour en France, à l'époque où elle était aveugle et reconnaissait Grey au toucher et à l'odeur. Au bout d'un moment, une pendule sonna sept coups dans une des pièces, de l'autre côté du couloir. Elle sentit les muscles se tendre dans le dos de Grey et comprit que leur petite trêve était terminée. Il en allait toujours ainsi. Tôt ou tard, les trêves s'achevaient.

Grey la relâcha.

— Je n'aurais pas dû te faire l'amour cet après-midi. Tu aurais plus confiance en moi si tu ne me désirais pas.

Il la regarda et traça les contours de son visage du bout des doigts.

— Tu vois ? Ce seul geste suffit à te faire reculer. Tu penses que j'essaie de te manipuler.

— N'est-ce pas le cas ?

Il ouvrit la main, comme s'il laissait échapper quelque chose.

— Je ne sais pas comment te convaincre. Je te désire tant que je n'arrive plus à réfléchir.

— Que ferez-vous de moi quand je refuserai de trahir les miens ? demanda-t-elle en laissant ses bras retomber le long de son corps.

— Les choses ne se passeront pas comme ça.

— C'est plus facile pour vous de croire cela.

— Tu veux des promesses ? Je peux en faire quelques-unes. Quoi qu'il arrive, je te protégerai de Leblanc et de Fouché. Et je ne te ferai aucun mal, même si, apparemment, je ne cesse de t'effrayer.

— Je suis désolée de vous décevoir, mais pour ce qui est de me faire peur, vous n'êtes qu'un amateur. J'ai rencontré des experts dans ce domaine.

— C'est de pire en pire. Tu es tellement complexe. Je t'aimerais moins si tu étais stupide, mais ce serait bigrement plus facile pour nous deux.

Il prit une profonde inspiration et ajouta :

— Viens dîner, maintenant. Ils ont dû commencer sans nous.

27

La maison de Meeks Street était décorée dans un style extrêmement masculin. Les murs étaient ornés de cartes anciennes et de plans d'architecture dans des cadres sombres. Les tables étaient chargées de classeurs, de tasses de café vides, de gants de cuir jetés au hasard. Pas de bouquets de fleurs, ni de pots-pourris ou de bibelots.

La salle à manger était adjacente au bureau dans lequel elle avait dormi cet après-midi. Elle commençait à se repérer dans cette maison, qui était sa prison. Elle finirait par en connaître tous les recoins.

Elle s'arrêta devant le miroir du grand hall pour inspecter une dernière fois sa toilette.

— Cette robe te va bien. Tu as l'air douce et innocente, vêtue ainsi.

Le regard de Grey s'assombrit, et il sembla s'absorber dans ses pensées.

— Mais tu es aussi inoffensive qu'un tigre du Bengale. Que sais-tu du colonel Joseph Reams, des services de renseignements de l'armée de terre ?

Annique resta impassible, mais elle sentit son estomac se contracter. Françoise, son amie qui faisait aussi partie des proches de Vauban et était une espionne remarquable, avait été interrogée par Reams sur la base de vagues soupçons. Elle avait mis des mois à guérir.

— J'ai entendu parler de lui. De petites choses.

— Dans ce cas, tu sais déjà à qui tu vas avoir affaire. Il s'est invité à dîner.

Reams torturait les femmes comme elle, les espionnes, et il y prenait plaisir. C'était connu. Elle avait laissé ces moments d'intimité avec Grey l'endormir. À présent, elle était de nouveau en alerte, et terrifiée.

— Il est venu à cause de moi. Les services de renseignements de l'armée s'intéressent à moi, j'aurais dû m'en douter.

— Tu as confiance en moi ?

— Non. C'est-à-dire... peut-être. D'une certaine façon. Je trouve que c'est une étrange question.

— Fais-moi confiance pour ça. Reams ne peut pas te toucher. Sous ce toit, il n'a aucun pouvoir. Je ne laisserai personne te faire du mal.

— C'est aussi ce que Galba a dit. J'aurais plus tendance à vous croire si je vous l'entendais moins dire.

— Tu as ma parole.

Pour lui, c'était une question d'honneur. Il avait été officier, avant de devenir espion. Peut-être lui ferait-elle confiance.

Il ouvrit la porte, et ils pénétrèrent dans une pièce magnifique. De proportions parfaites, elle était décorée d'un papier peint à motifs chinois représentant des pagodes et des montagnes lointaines. Les tentures de soie blanche étaient tirées, dissimulant les barreaux aux fenêtres. Un dîner assez simple était servi. Annique observa avec attention les hommes et la femme qui étaient déjà assis autour de la table.

— ... éviter un affrontement, entendit-elle Adrian dire lorsqu'elle franchit le seuil. Lazare espère peut-être même...

Il se tut et se leva précipitamment, imité par les autres hommes, Galba, Doyle et Giles, le garçon qui avait ouvert la porte à leur arrivée. Il y avait aussi un homme maigre aux cheveux bruns qu'elle ne connaissait pas et qui se leva au dernier moment, comme à regret, ainsi qu'un petit homme au visage rose. Le colonel Reams, devina-t-elle.

— Mademoiselle, j'espère que vous êtes remise de la fatigue du voyage.

Galba vint lui prendre la main et lui présenta Doyle, qui se faisait appeler vicomte Markham, et son épouse, lady Markham. Celle-ci était française et avait un accent d'aristocrate, ce qui était des plus surprenants pour une femme répondant au prénom de Maggie. L'homme maigre à l'allure de bibliothécaire, quelqu'un de mortellement dangereux, à coup sûr, était l'honorable Thomas Paxton. Ensuite, Galba lui présenta le colonel Reams, qui ne la regarda pas, se contentant de ricaner méchamment.

Grey la fit asseoir entre Galba et Adrian, puis alla prendre place à la gauche du colonel – le côté faible d'un adversaire, et donc plus avantageux pour l'attaque.

— Colonel, dit-il en s'asseyant.

— Major, répondit l'autre avec un bref signe de tête.

Ces deux-là se détestaient. Les autres n'appréciaient pas non plus le colonel. Annique, qui avait été entraînée à relever ce genre de détails, vit que Doyle, Adrian et Paxton semblaient sur leurs gardes. Les bras sur la table, les pieds fermement plantés au sol, ils se tenaient prêts à bondir à la première alerte. Chacun des hommes présents surveillait le colonel Reams sans en avoir l'air.

Adrian lui chuchota de ne pas s'inquiéter, car Grey avait la situation en main. Il lui servit du poulet et des petits pois, feignant de lui demander son avis, mais ne tenant aucun compte de sa réponse quand elle déclara ne rien vouloir.

Galba reprit la conversation au point où elle s'était interrompue.

— Ta culpabilité sera connue, Adrian. Lazare n'est pas un imbécile. Tu as pensé aux conséquences ?

— Si nous n'intervenons pas, Whitechapel croulera sous les cadavres d'ici la fin de la semaine. Ce que je veux faire, c'est...

— D'après moi, il ne faut pas vous en mêler, déclara le colonel Reams. Laissez-les se déchirer et s'entre-tuer. Tant que nous restons en dehors de cette affaire...

— Vous êtes très carrés, dans l'armée.

— J'aimerais bien savoir pourquoi cette catin française est ici comme chez...

— Nous ne sommes pas dans un de vos dîners de soldats, colonel.

Grey fit un signe imperceptible de la main, et Adrian se tut.

— Vous êtes notre invité, colonel, et il y a des dames parmi nous. Adrian, sers du vin à Mlle Villiers.

Le colonel émit un grognement rageur et se tourna vers Galba.

— Vous allez me dire, vous, pourquoi cette saleté d'espionne française est assise à votre table ?

Galba laissa un court silence s'établir, comme pour ponctuer les paroles du colonel, puis déclara d'un ton posé :

— Nous n'allons pas discuter de cela maintenant, colonel. Et pas dans ces termes. Adrian, je doute du bien-fondé de cette intervention chez Lazare. Ce serait de la provocation de notre part.

— Uniquement de ma part, puisque j'agirai seul. Annique, vous ne deviendrez pas une grande fille si vous ne mangez pas vos légumes.

Repoussant ses petits pois du bout de sa fourchette, elle écouta Adrian exposer avec éloquence un plan complexe et certainement dangereux. Elle ne mangeait pas. Et elle aurait été bien incapable de le faire alors que le colonel Reams la regardait de cet air furibond. À en juger par son arôme, le vin était un excellent bordeaux.

— Votre avis ? demanda Galba en se tournant vers Grey.

— Il faut tenter le coup. Nous nous arrangerons avec Lazare plus tard. Will se chargera du transport.

Adrian poussa un soupir excédé.

— La fenêtre est au deuxième étage. Elle...

Son regard effleura Reams, et il reprit :

— Le paquet que je vais chercher ne pèse qu'une vingtaine de kilos. Je pourrai le prendre sous le bras.

— Et tu n'as qu'un bras valide, justement, souligna Grey. Ton épaule n'est pas guérie. Fais-le s'il le faut, mais emmène Will avec toi.

Grey avait donc le dernier mot dans les affaires importantes. C'était lui qui décidait d'envoyer ces hommes déterminés en mission et veillait à leur sécurité.

Il serait facile de tomber amoureuse d'un tel homme. Il dut sentir son regard sur lui, car il sourit furtivement, comme un homme sourit à sa bien-aimée, mais aussi avec l'air satisfait d'un chat venant de faire une conquête. C'était un compliment, mais d'un genre un peu embarrassant, bien que personne à cette table ne sût ce qui s'était passé entre eux. Il reprit sa discussion, l'air affairé.

— ... deux gardes supplémentaires. Galba est dans la chambre d'amis, mais Fax doit partir avant l'aube.

Paxton tendit le bras pour attraper la bouteille de vin.

— Je prendrai la route habituelle, dit-il, placide. Si vous avez des messages à transmettre, donnez-les-moi ce soir.

— Vous avez déjà les miens. Faites un bon voyage, dit Galba en soulevant son verre.

Grey, Doyle, et Adrian l'imitèrent et ils burent tous en même temps.

Ce repas ramena des souvenirs à la mémoire d'Annique. Quand elle était enfant, à Lyon, elle apportait le pain et le vin à table, puis s'asseyait, discrète comme une souris, tandis qu'hommes et femmes trinquaient avant de partir seuls affronter le danger. Plus tard, elle était entrée dans le cercle des intimes de Vauban.

Ce toast porté en silence... ses amis avaient fait la même chose pour elle. Elle se sentit soudain seule, exclue.

Galba se tourna vers elle, faisant craquer sa chaise.

— Mademoiselle Villiers, je regrette de vous laisser si peu de temps pour mettre de l'ordre dans vos idées, mais nous devons éclaircir la situation.

— Je vous écoute, dit-elle en posant sa fourchette.

— Souhaitez-vous accompagner le colonel Reams et vous placer sous la protection des services de renseignements de l'armée ? Je ne pense pas que ce soit votre volonté… Non, colonel, vous parlerez plus tard. Votre décision, mademoiselle.

Elle secoua la tête.

— Dans ce cas, vous resterez avec nous. Toutefois, je préfère que vous ne nourrissiez pas d'illusions. Vous songez à vous échapper, je suppose.

— On envisage généralement toutes les possibilités.

Elle n'essaya pas de prendre l'air jeune et naïf. Ici, ce serait peine perdue. Elle se composa une attitude, un peu comme si elle était à l'opéra – attentive, mais perplexe.

Grey apprécia sa réaction, elle le devina à la lueur amusée qui passa dans ses yeux. Galba était moins facile à décrypter.

— Je vais vous exposer clairement la situation. Vous n'êtes pas dénuée d'intelligence, mais vous sous-estimez votre valeur sur le terrain. Ce n'est pas rare chez une personne de votre âge. Robert, amenez Mlle Villiers jusqu'à l'entrée et ouvrez-lui la porte.

Le colonel Reams bondit sur ses pieds, le visage empourpré de colère.

— Vous n'avez pas le droit ! Cette fille m'appartient, bon sang !

Il aurait pu paraître grotesque, avec sa bedaine qui tressautait, mais pour quelqu'un qui risquait d'être interrogé dans ses cachots, il n'avait rien de ridicule.

En une seconde, Grey fut aux côtés de la jeune femme et l'escorta hors de la pièce, formant un rempart de son corps entre elle et le colonel écumant de rage.

Reams renonça. Pivotant sur ses talons, il dirigea sa colère sur Galba. Ses éclats de voix les poursuivirent dans le hall. Grey ouvrit la porte, et le vent frais de la nuit les enveloppa.

Ils demeurèrent en retrait sur le seuil, pendant que Grey observait avec méfiance les maisons qui leur faisaient face. Il devait craindre la présence de tireurs cachés.

— Le colonel croit que vous allez me laisser sortir. Il est stupide, n'est-ce pas ?

— C'est un salaud et un égoïste.

— Oui, cela aussi, répondit-elle en examinant la rue tranquille, plongée dans la pénombre. Vous m'avez ouvert cette porte, comme l'a ordonné Galba. Vous voulez me montrer quelque chose, et je crois deviner ce que c'est.

— Bien sûr, vous le savez.

Il désigna d'un geste le grand carrosse noir qui attendait devant la maison.

— C'est la voiture de Reams. Les robustes jeunes gens qui sont à l'intérieur appartiennent à son détachement privé. Il en a amené trois.

— Trois ? Je suppose que je dois considérer cela comme un honneur.

— Votre réputation vous a précédée. Cependant, ils ne représentent pas un grand danger, car Reams ne peut pas mettre la main sur vous. Souvenez-vous-en. Maintenant, jetez un coup d'œil sur la droite.

Il avait passé un bras autour de sa taille, non pour l'empêcher de s'enfuir, mais plutôt pour la réconforter.

— Au numéro 16, la fenêtre derrière le lampadaire. L'agent de Soulier est là pour nous surveiller. Elle fait pousser des herbes aromatiques dans son jardin et nous offre des sachets de lavande chaque année pour Noël. Ce soir, elle a des visiteurs. Des Français, costauds. Ils sont postés derrière la fenêtre et nous observent.

Il lui laissa quelques secondes pour enregistrer cette information, puis reprit :

— Quand Soulier recevra les ordres de Fouché, il n'aura pas le choix.

Le soleil couchant diffusait une lumière opalescente. Les tilleuls du square bruissaient doucement sous le vent. Ils savaient tous les deux que la condamnation à mort émise par Fouché était peut-être déjà arrivée à Londres.

— Soulier vit un moment difficile.

— En effet. Nous n'avons pas encore de nouvelles de Leblanc, mais il est probablement à Londres. À présent, regardez sur la gauche.

Une carriole était postée un peu plus loin. Des pioches, des pelles et des briques s'entassaient sur le trottoir. Malgré l'heure tardive, deux hommes réparaient un mur de briques devant une des maisons.

— Les agents locaux du tsar.

— J'apprends le russe. C'est un pays que la France n'a pas encore envahi, mais je préfère être préparée.

— Je suppose que votre prodigieuse mémoire vous aide à apprendre les langues. Voyons, qui d'autre avons-nous dans le quartier ? Les royalistes français sont dans Braddy Street. Il y en a deux ou trois groupes, qui s'épient mutuellement.

— C'est tout ? s'enquit-elle avec lassitude.

Il était inconcevable que tant de gens s'intéressent à elle. C'était de la pure perversité. Ils ne pouvaient pas savoir ce qu'elle transportait dans sa tête.

— Encore une chose. Vous voyez ce balayeur, au coin de la rue ? C'est un homme de Lazare.

— Lazare ? Ah... le Lazare d'Adrian. Celui à qui il veut aller voler quelque chose cette nuit.

— Ce n'est pas un ennemi politique. Lazare règne sur les criminels de cette ville. Il fait du trafic d'objets précieux. Il vendrait au plus offrant ce que vous avez dans la tête, et vous avec.

Les doigts de Grey se crispèrent sur le bras d'Annique.

— Vous lui livreriez vos secrets en très peu de temps. Il est… habile.

— Vous habitez un quartier intéressant.

Elle n'essaya même pas de dissimuler la peur qui transparaissait dans sa voix. Grey l'avait amenée ici pour lui faire peur, et il méritait de savoir qu'il avait réussi.

— Ils vont tous se demander pourquoi je suis dans votre quartier général, magnifiquement vêtue, visiblement indemne et libre de mes mouvements. C'est ce que vous voulez ? Leur montrer que vous ne m'avez fait aucun mal ?

— Soulier sera soulagé de le savoir.

— Ne soyez pas désobligeant. Soulier m'achetait des meringues boulevard Saint-Michel, à l'époque où j'étais si petite qu'il pouvait me jucher sur ses épaules. Quand j'avais huit ans, il m'emmenait à l'opéra. Je portais une robe blanche avec une ceinture bleue. C'est lui qui m'a appris à crocheter une serrure. S'il doit me tuer, ce ne sera pas avec plaisir.

Dans moins d'une heure, Soulier saurait qu'elle était ici, et il se demanderait si elle avait trahi. Grey savait ce qu'il faisait. Il était très malin.

— Rentrons, dit-elle. J'ai froid.

Reams était encore en train de crier et de taper du poing sur la table, en utilisant des mots anglais qu'elle ne connaissait pas. Sans lui accorder un regard, elle reprit sa place à côté de Galba.

— Oh, vous êtes revenue. Tant mieux. Vos légumes étaient en train de refroidir, dit Adrian d'un air bienveillant. Et le colonel se répète.

Reams tourna la tête comme un taureau furieux et lui lança un regard noir.

— Elle va me suivre. Tout de suite.

Annique était certaine que Reams ne pouvait pas donner d'ordres à Galba. Enfin, presque certaine. Oh, pourquoi n'en savait-elle pas davantage sur les Services Secrets britanniques ?

Galba n'éleva même pas la voix.

— Allons, colonel, asseyez-vous. Ne nous fâchons pas pour un agent dont l'utilité n'est pas encore établie.

La jeune femme prit un air innocent, comme pour souligner les paroles de Galba.

— Les services de l'armée ont la priorité. Cette fille m'appartient !

Le regard de Reams glissa sur elle, et il serra le poing. Cet homme pensait déjà à la façon dont il procéderait pour l'interroger.

Galba saisit son verre de vin.

— Votre organisation aura accès à tous les documents que nous découvrirons. Mais elle reste chez nous.

— J'ai dit...

— Nous sommes en Angleterre, colonel.

Grey était inflexible, dur comme de l'acier. Il fit un pas en direction de Reams.

— Cette fois, vous n'avez pas une troupe d'hommes en armes derrière vous.

Il fit un autre pas. Reams recula. D'un seul pas. Mais tout le monde l'avait vu hésiter, comme un chien face à un loup. Ils savaient tous qu'il avait peur de Grey.

— Soyez maudit.

Haletant, le visage empourpré, il se tourna et abattit son poing sur la table, devant Galba. Les verres et les couverts en argent s'entrechoquèrent.

— Vous feriez mieux de trouver une autre fille pour vous amuser. Vous n'allez pas tarder à découvrir que j'ai le droit de m'emparer de cette catin !

Sur ces mots, il sortit sans lancer un seul regard derrière lui. Giles se leva d'un bond pour aller ouvrir les portes sur son passage.

— Cela semble lui rester en travers de la gorge, non ? fit remarquer Doyle d'un ton guilleret. J'espère que tu n'as pas écouté, Maggie, car il n'a pas été très poli.

Lady Markham, c'est-à-dire Maggie, avala une gorgée de vin et murmura :

— Quel être ignoble !

Annique se remit à respirer normalement. Elle avait l'impression d'être comme un vieux parchemin desséché près de tomber en morceaux au moindre mouvement. Adrian lui chuchota à l'oreille :

— Reams n'a pas souvent l'occasion de tourmenter de belles espionnes. Il est très déçu.

Il lui prit une main et la frotta vigoureusement pour la réchauffer.

— Pour nous, c'est de la routine. Nous torturons des femmes tous les jours. Mais pourquoi est-ce moi qui vous tiens la main, alors que vous aimeriez tant que ce soit Grey qui...

Tout à coup, Grey surgit à côté d'elle, et elle enfouit le visage dans son gilet.

— Il ne peut pas toucher à un seul de tes cheveux, dit-il avec une caresse apaisante. Ce ne sont que des fanfaronnades. Tu es en sécurité ici, je te le répète.

— Robert, faites-la sortir, dit Galba.

— Ça va aller. Accordez-lui une minute.

— Nous ne pouvons pas lui offrir grand-chose, mais elle a droit à un peu d'intimité. Marguerite, je suis désolé de vous avoir imposé cette scène. Je pense que vous comprenez que certaines raisons m'obligent à tolérer le colonel Reams.

Doyle émit un petit rire.

— Oh, Maggie n'a pas compris la moitié des mots que le colonel a employés, n'est-ce pas, mon chou ?

— J'ai parfaitement compris. J'ai appris beaucoup de mots vulgaires, avec toi.

Ils se donnaient tous beaucoup de mal pour ne pas la regarder. Elle ne pouvait certes pas s'écrouler sous les yeux de tous ces agents britanniques et d'une aristocrate. Aussi fit-elle un effort pour se ressaisir et s'écarter de Grey.

— Ne vous inquiétez pas. Je me sens bien.

Cependant, Grey ne relâcha pas son étreinte, et elle lui en fut reconnaissante.

— Je suis désolé de t'avoir fait subir cela. Il fallait qu'il sache que tu es sous ma protection et celle de Galba.

— Il ne peut pas vous atteindre, ajouta gentiment Doyle. Pour cela, il faudrait qu'il nous abatte.

— Mademoiselle, enchaîna Galba, je suis désolé. Nous allons repousser le reste de la discussion.

Il était extrêmement poli. Mais elle avait conscience que le colonel, malgré ses cris et ses menaces, était le moins dangereux des hommes qui s'étaient trouvés dans cette pièce. Maintenant, il fallait qu'elle affronte les autres.

— Il n'y a aucune raison d'attendre.

— Peut-être pas. Souhaitez-vous vous retirer quelque part, pour dîner en paix ?

— Ce n'est pas nécessaire.

— Voulez-vous boire le reste de votre vin ?

Elle secoua la tête en signe de refus.

— Je n'essaie pas de vous brouiller les idées, et ce n'est pas avec un verre de bordeaux que j'y parviendrais. Vous ne voulez vraiment rien ? Dans ce cas, passons à côté.

Adrian poussa les battants qui séparaient la salle à manger du bureau. C'était la pièce dans laquelle elle avait dormi un peu plus tôt. De toute évidence, elle allait devoir s'asseoir sur le même canapé. Grey avait apporté son verre de vin, et elle le prit pour s'occuper les mains.

Tous prirent place dans les fauteuils confortables. Paxton souleva un rideau et regarda le ciel qui s'assombrissait. Adrian et Doyle se lancèrent dans une conversation à mi-voix dans laquelle il était question de toits et de cordes. Galba s'installa dans un large fauteuil rouge et contempla le feu. Au bout de quelques minutes, Giles apporta un plateau avec des tasses et un pot en argent. Ce dernier contenait du café, et elle se demanda si ces hommes avaient l'habitude d'en boire ou s'ils avaient prévu ce breuvage à cause d'elle. Grey se tenait debout derrière elle, si près que le tissu de sa veste lui effleurait le dos.

— Pouvons-nous parler, mademoiselle, ou vous faut-il plus de temps ? s'enquit Galba.

— Je vous félicite pour votre économie de langage. Vous ne m'avez pas dit plus de vingt mots ce soir, vous ne m'avez pas menacée, mais je tremble de terreur.

Galba émit un petit bruit agacé.

— Il est inutile de chercher à raisonner avec vous. Robert, emmenez-la en haut. Nous reprendrons demain, quand vous serez plus calme.

— Monsieur, je ne serai jamais calme pour ce genre de discussion.

— Alors, pour l'amour du Ciel, buvez un peu de café... ou bien levez-vous et criez, ou frappez Grey à l'estomac, ou faites ce qu'il faut pour vous calmer. Je suis horrifié à l'idée de parler à une femme telle que vous en sachant qu'elle a peur.

— Je ne veux pas de café. Parlons, dit-elle en posant fermement son verre de vin sur la table.

Grey fit glisser sa main dans sa nuque, sous ses cheveux. Il faisait cela pour la rassurer et lui donner de la force. Rien de plus facile, songea-t-elle, que de convaincre une femme qu'elle était amoureuse, en étant gentil avec elle quand elle était seule et effrayée.

— J'aimerais vous appeler Annique, si vous le permettez, reprit Galba.

— Ressaisis-toi et réponds, dit doucement Grey.

— Oui, bien sûr, vous pouvez m'appeler Annique.

— Annique, avez-vous réfléchi aux choix qui se présentent à vous ? Laissez-moi récapituler. Devant notre porte se trouvent des chacals de différentes nationalités. Quelque part non loin d'ici, Leblanc projette de vous tuer. Voilà ce que vous devrez affronter si vous fuyez. Il y a aussi vos maîtres français qui vous attendent. Robert me dit que vous ne souhaitez plus servir Fouché. Est-ce exact ?

— Je préfère ne plus travailler pour lui, répondit-elle dans un murmure à peine audible.

— Est-ce pour une raison idéologique ? Ou bien parce que Fouché manque tellement d'imagination qu'il voudra faire de vous une courtisane ?

Elle garda le silence. On n'explique pas ses motivations à ses geôliers.

Galba changea de position, comme s'il était mal à l'aise dans son fauteuil. Giles lui apporta une tasse de café si petite qu'elle disparut entièrement au creux de sa main. Ils attendirent qu'il ait bu son café, ce qu'il fit en prenant son temps.

— Je ne reproche pas ses choix à votre mère, dit-il enfin. C'était une grande patriote. Mais cette voie n'est pas la vôtre.

— Non.

— En dehors de vos maîtres français et de ceux qui vous attendent derrière cette porte, il vous reste un dernier choix. Le service britannique.

Adrian vint s'asseoir souplement à côté d'elle.

— Renardeau, ce n'est pas le plus mauvais choix. Vous m'avez sauvé la vie quatre ou cinq fois, et je paie toujours mes dettes. Je ne laisserai pas Galba vous faire des choses horribles.

— Je ne vous ai sauvé que deux fois. Et je sais que vous le laisserez me faire des horreurs, *mon frère*[1].

C'était réconfortant pour elle d'être défendue par Adrian. Ils le savaient tous.

— Vous avez fait beaucoup de choses que vous ne vouliez pas faire, reprit-elle. Ce sera plus difficile pour Grey, car il a une conscience que vous n'avez pas. Mais vous le ferez, tous les deux.

Elle se tourna vers Galba. Les doigts de Grey se resserrèrent sur elle, peut-être à cause de ce qu'elle avait dit, ou bien parce qu'il avait perçu un changement en elle. Car la colère avait pris le pas sur la peur.

1. En français dans le texte. (*N.d.T.*)

— Vous parlez de choix. Pourquoi me tourmentez-vous en me demandant ce que je ferais si j'étais libre ? Il y a un jeu auquel jouent les enfants, dans ce pays – « Bouton, bouton, qui a le bouton ? » En l'occurrence, c'est vous qui avez le bouton. Qu'allez-vous en faire ?

Elle eut l'impression que Galba était soulagé. Il était plus à l'aise quand elle n'avait pas peur. Il posa sa tasse vide.

— Je vous propose un échange. Vous me donnez les renseignements que vous détenez, et je vous offre une façon d'échapper au piège dans lequel vous vous trouvez.

Elle ne répondit rien.

— Donnez les plans à l'Angleterre, insista Galba. Je vous protégerai de Fouché. J'écraserai Leblanc. J'ai le pouvoir de le faire. Je vous donnerai un nouveau nom et une maison anonyme, sûre, où personne ne pourra vous retrouver.

Il fixa sur elle ses yeux perçants, d'un bleu très clair.

— Donnez-moi les plans, et vous ne porterez plus le poids des milliers de morts que causerait cette invasion. Quoi qu'il arrive, vous ne serez plus responsable.

Elle eut l'impression que Galba avait soulevé le couvercle qui protégeait son âme. En quelques mots bien pesés, il avait su la tenter. Elle voulait tellement se libérer de ce poids, oublier le mal que les Anglais pouvaient faire à son pays avec ces plans et les leur donner, s'en débarrasser ! Galba avait perçu cette lâcheté chez elle, et cela lui fit honte.

— C'est un marché équitable, Annique. L'acceptez-vous ?

Doyle et les autres regardaient ailleurs, feignant de s'intéresser à leur tasse de café ou à une tache sur un mur. Le feu crépitait dans la cheminée protégée par de lourds barreaux de fer. Pas le moindre trou de souris où se faufiler, dans cette maison. Pas d'issue possible.

Ils la libéreraient de ce choix terrible. Ils étaient si malins... ils savaient exactement ce qu'ils devaient lui offrir.

Elle croisa les mains sur ses genoux et le regarda droit dans les yeux.

— Monsieur Galba, je ne souhaite pas être interrogée par les hommes qui rôdent devant votre porte. Je ne souhaite pas non plus retourner vers Fouché. Mais je préfère encore aller à Paris et devenir courtisane comme ma mère plutôt que de trahir les miens pour un espion anglais aussi sournois que vous.

Avec un éclat de rire, Adrian se leva et gagna vivement la fenêtre. De l'autre côté de la pièce, Maggie étouffa un gloussement.

Grey agrippa fermement l'épaule d'Annique. Elle contempla fixement les fleurs bleues du tapis, évitant tous les regards.

— Une patriote française, dit Galba. L'essence même de l'irrationalité. Au moins, nous savons clairement où nous sommes.

Quand elle se décida enfin à lever les yeux, elle eut le plus grand mal à interpréter son expression. Peut-être était-il amusé. Les chats l'étaient, quand la souris criait et se débattait entre leurs pattes.

— Giles ? dit-il.

Le garçon, qui empilait les tasses sur le plateau d'argent, riait aussi. Et il ne faisait aucun effort pour le cacher.

— Giles, emmenez mademoiselle... Non. Nous allons donner à ses pensées une meilleure direction. Présentez Mlle Annique à Tiny. Ensuite, conduisez-la dans la chambre de Grey et laissez-la.

Grey l'aida à se lever.

— Bonne nuit, dit Galba. Nous reparlerons plus tard. Nous avons beaucoup de choses à nous dire.

Ils savaient qu'elle avait les plans. Ils voulaient les lui prendre. Sous leur apparente cordialité, c'était le message qu'ils lui avaient fait passer.

— Bonne nuit, monsieur Galba, répondit-elle en esquissant une révérence, comme l'aurait fait une jeune fille de bonne famille. Nous aurons la discussion que vous souhaitez. Mais je ne mangerai ni ne boirai rien tant que je serai dans cette maison. Vous ne disposez donc que d'une période assez courte pour me corrompre.

28

— Une femme impressionnante, dit Paxton quand la porte se referma derrière elle. Je vous félicite de l'avoir amenée jusqu'ici.

— Fouché l'a peut-être mise sur notre route pour faire perdre la raison à Grey, suggéra Adrian, qui riait toujours.

— C'est possible, déclara Doyle. Elle est tellement forte que nous ne pourrions pas le deviner.

— Moi, je le saurais, rétorqua Grey.

Bon sang, il était fier d'elle.

— Puisque tu la connais si bien, explique-moi comment nous l'avons poussée à faire une chose aussi stupide.

Adrian ferma les tentures en les superposant de manière à ne laisser filtrer aucun rai de lumière à l'extérieur. Quand il se retourna vers eux, il était grave et plein de colère.

— C'est elle que je devrais faire fuir par la fenêtre cette nuit. Elle se trompe, vous voyez, dit-il en foudroyant Galba du regard. Je ne vous laisserai pas lui faire des « choses horribles ».

— Personne ne s'en prendra à cette enfant, à moins que Tiny ne lui morde les mollets dans l'escalier, dit Doyle.

Haussant un sourcil interrogateur, il se tourna vers Galba.

— Vous pensiez vraiment que ça allait marcher ? Avec une enfant de cet âge, aussi idéaliste ?

— J'espérais établir un dialogue et empêcher exactement le genre de déclaration de guerre que nous venons de voir. Malheureusement, elle a inventé cette farce avant même que j'aie pu parler.

— Vous pensez qu'elle bluffe ? demanda Doyle. Ce n'est pas mon avis.

— Robert ? fit Galba en interrogeant Grey du regard.

— Ce n'est pas du bluff.

— Adrian ?

— Pas de bluff.

Galba hocha la tête.

— Vous avez raison. Ce n'est pas une farce. Son attitude est d'une rationalité admirable. Elle ne mangera pas. C'est la seule arme qui lui reste. À mon avis, elle n'avalera même pas d'eau.

— Non, pas d'eau. Rien.

Robert ferma les yeux, repassant la conversation dans son esprit, essayant de se rappeler à quel moment il avait senti la volonté d'Annique se durcir.

— Elle avait déjà pris sa décision quand elle a refusé le café. Elle l'a prise au moment où vous lui avez fait votre offre. Pendant une minute, elle a été tentée de dire oui. Mais elle ne capitulera pas aussi facilement.

— Donc, elle nous a donné moins de deux jours pour la convaincre ou pour lui démontrer que nous sommes des bandits, conclut Galba. Captive et sans arme, elle a réussi à nous ôter le contrôle de la situation. Admirable.

Doyle s'affala dans le gros fauteuil placé près de l'âtre et posa les pieds sur les chenets. Maggie, étendue jusque-là sur l'ottomane, s'anima et se redressa.

— Vous voulez dire que cette jeune fille va se laisser mourir de faim et de soif si vous ne lui rendez pas la liberté ?

— Je ne permettrai pas qu'on en arrive là.

Grey prit le verre d'Annique et fit doucement tourner le liquide rouge rubis qu'il contenait.

— Elle s'est préparée à ce genre d'éventualité toute sa vie, dit doucement Galba. Nous sommes ses ennemis, Marguerite, et nous l'avons coincée. Elle est passionnée, désespérée, et surtout, elle est très jeune.

Et bigrement peu soucieuse de préserver sa propre vie…

Grey reposa le verre avec impatience.

— Maudit soit Socrate !

Sur le point de parler, Adrian se ravisa et alla aider Giles à débarrasser les tasses. Galba tapota les accoudoirs sculptés de son fauteuil.

— Ces plans représentent une lourde responsabilité pour quelqu'un de si jeune. Nous la débarrasserons de ce poids. En attendant, nous devons lui fournir d'autres moyens de s'opposer à nous.

— Je devrais la ramener chez elle avant que vous ne la tuiez avec votre Jeu stupide et vos secrets ridicules ! s'exclama Maggie. Vous serez contents, quand elle se sera suicidée pour vous échapper ?

— Nous ne la laisserons pas faire cela, Maggie.

Doyle alla entourer sa femme de ses bras. Il ressemblait à un gros ours brun.

— Et puis, ça ne plairait pas à Robert, ajouta-t-il.

— Dans ce cas, Robert n'a qu'à ne pas la pousser à bout ! rétorqua Maggie d'un air insolent.

— Nous avons tous notre rôle à jouer, dit Adrian en ramassant un verre vide. Grey couche avec elle. Nous autres, nous tournons autour d'elle d'un air amical, malins comme des renards. Ça me rend malade.

— Oui, malins, concéda Doyle. Nous sommes comme ça.

Pour toute réponse, Adrian prit la tasse encore à moitié pleine de Doyle et lui lança un regard noir.

— Hawker, ne la fais pas plus innocente qu'elle n'est, intervint Grey. Elle n'est pas seulement une jolie et gentille jeune fille. C'est le Renardeau, ne l'oublie pas. Et nous sommes dans le Jeu.

— Et jusqu'à présent, le score est à égalité, reprit Doyle. Ce qui fait que je me sens moins brillant qu'en temps ordinaire. Et ça ne me plaît pas d'avoir Reams sur le dos. Il a des droits, après tout.

— Il y a des moyens de régler le problème.

Grey serra et desserra les poings. Malheureusement, il ne pouvait s'en servir contre Reams.

— Le colonel pourrait faire une chute de cheval, suggéra Adrian en cessant de rassembler la vaisselle pour réfléchir. Ou manger quelque chose qui ne lui convient pas. Ou encore trouver un cobra dans son lit.

— Ces choses arrivent parfois, reconnut Doyle.

— Il pourrait se couper la gorge en se rasant.

— Nous n'aurons pas recours à tes compétences particulières, Adrian.

Galba se leva lourdement et se dirigea vers le massif bureau de chêne. Il sortit une clé de la poche de son gilet.

— Pax, continua-t-il en fronçant les sourcils, j'ai des informations à révéler, et je ne souhaite pas te charger de ce fardeau supplémentaire alors que tu es sur le point de partir en mission.

Paxton lui adressa un lent sourire.

— Je dois préparer mes bagages. Et dormir, si possible. Bonne nuit à vous tous, lança-t-il en prenant au passage la bouteille de bordeaux sur la desserte. Quant à toi, jeune homme...

— Je sais, je sais. Ferguson a besoin de moi à la cuisine.

Sans se formaliser, Giles entassa les dernières assiettes sur une table roulante et suivit Paxton dans le couloir.

— Je trouverai sans doute quelque chose à faire moi aussi, annonça Maggie en se levant.

— Je voudrais que vous restiez.

Galba introduisit la clé dans la serrure d'un tiroir, sur le côté du bureau.

— Votre perspicacité est précieuse, Maggie. Et cela évitera à Will de devoir vous rapporter notre conversation.

Un sourire aux lèvres, elle s'approcha du bureau où Galba alignait des dossiers.

— Je ne vois pas de quoi vous voulez parler. Bon, de quoi s'agit-il ?

Grey se leva. Ces dossiers devaient concerner Annique. C'étaient ceux qui auraient dû passer par son bureau, mais qu'il n'avait jamais vus. Maintes fois depuis qu'il avait rencontré Annique, il s'était demandé pourquoi il n'existait pas de dossier sur un agent aussi important. Ses cheveux se hérissèrent sur sa nuque.

Deux des trois épais dossiers que Galba déposa sur le buvard étaient anciens. Le cuir en était sombre et terni. Tous trois étaient garnis d'un long ruban écarlate. Cela signifiait qu'ils ne devaient être ouverts qu'en présence d'un chef de section.

Le visage grave, Galba souleva le premier volume.

— Ce qui se trouve dans ces dossiers est un des secrets les mieux gardés par les services britanniques au cours des vingt dernières années. Mais le temps du secret est dépassé. Il a pris fin il y a six semaines.

Il fit glisser les documents sur le bureau.

— En cas d'urgence, vous pouvez vous en servir. Ce sera notre botte secrète contre les services de l'armée.

Le dossier d'Annique. Son nom, Annique Villiers, était le troisième dans la liste d'une douzaine de pseudonymes inscrits à l'encre dans le coin supérieur droit. Les feuillets, même les plus anciens, n'étaient pas froissés, ce qui laissait supposer que peu de gens avaient eu accès au dossier.

Après une légère hésitation, Grey ouvrit le dossier. La première ligne lui dit tout. Adrian lut à l'envers et étouffa une exclamation. Doyle se pencha par-dessus son épaule, jeta un bref coup d'œil au document et jura.

Grey continua sa lecture. Pas étonnant que ces documents aient été gardés secrets.

— J'aurais dû être mis au courant, dit Doyle en faisant un pas vers Galba.

— Personne n'était au courant.

— Ils opéraient à Vienne. Dans mon fief. Bon sang, on aurait dû me prévenir !

— Vous connaissez les privilèges des gens qui ont ce statut. Will, c'est vous-même qui avez établi ces règles !

— Ce n'est pas une raison pour s'en servir contre moi ! J'ai failli... Bon Dieu, pourquoi ne m'avez-vous rien dit ? Un seul mot aurait suffi !

— Vos actes et votre hostilité envers elle faisaient partie de sa protection.

Le dossier d'Annique. Grey tourna les pages, la gorge serrée de colère. *Cela va lui briser le cœur...*

— Elle ignore tout. Pourquoi, par tous les diables ?

— Je ne nie pas ma culpabilité, dit sombrement Galba, en refermant le tiroir. Je désapprouvais, mais j'ai laissé faire. Sa mère a choisi de ne pas lui dire.

Incroyable !

— Quand elle était enfant, je peux le comprendre, répondit Grey. Mais plus tard ?

— Il n'y a pas d'excuses. Elle n'a jamais rien dit à Annique. Maintenant, nous devons le faire.

— Il faut tout lui dire ! Lui donner ce dossier complet. Elle a le droit de savoir.

— Elle en a le droit, admit Galba en se laissant lourdement tomber dans le fauteuil près du feu. Je savais que ce moment arriverait. J'ai profondément pitié d'elle, mais je ne peux lui éviter cette épreuve.

— Demain.

Pas ce soir. Laissez-moi lui donner une nuit de bonheur, avant de lui faire ça.

Adrian feuilleta rapidement le deuxième dossier.

— Vingt ans de mensonges. Pauvre enfant !

— C'était mal, déclara Doyle en se massant la nuque. Elle nous a peut-être été précieuse, mais ce que nous avons fait était mal.

Maggie n'avait pas l'habitude des dossiers du service. Il lui fallut plus longtemps pour déchiffrer les notes et comprendre toute l'histoire.

— Je n'arrive pas à le croire. Comment une mère a-t-elle pu faire cela à son enfant ? Elles étaient proches ?

— Très proches, répondit Doyle.

— Vous allez lui faire beaucoup de mal. Avec sa mère qui vient de mourir...

— Je sais, Maggie chérie. C'est un sale coup que nous allons lui porter.

— Il faudra y aller doucement, marmonna Adrian, qui, pour une fois, avait perdu son assurance. Comment... comment annonce-t-on une chose pareille ?

— Elle ne vous croira pas, dit Maggie. Avant de lui porter le coup, il faudra la convaincre.

— La preuve est dans sa mémoire, répondit Doyle. Sa mère a bien dû laisser échapper quelque chose, au cours de toutes ces années.

Et une fois qu'elle connaîtrait la vérité, Annique s'en souviendrait. Elle fouillerait sa mémoire et retrouverait tous les mensonges qu'on lui avait dits.

— Maggie a raison. Il faut d'abord la convaincre que ce que nous disons est vrai.

Grey prit le dossier qu'Adrian était en train de consulter et en sortit une feuille qu'il posa à plat sur le bureau.

— Voilà. Il faut commencer par le commencement. Demain, nous l'emmènerons à Saint-Odran, et nous lui montrerons le document original dans le registre de la paroisse. Pouvons-nous faire cela, malgré la présence de Leblanc ?

Doyle eut une légère hésitation, puis acquiesça d'un signe de tête.

— Il y a un risque, mais nous avons suffisamment d'hommes pour la protéger.

— Bien. Une fois qu'elle aura vu le registre de la paroisse, nous lui donnerons les dossiers. Galba, vous lui expliquerez. J'en suis incapable.

— Cela fait dix ans que je m'y prépare. Demain, je trouverai peut-être les mots qu'il faut.

29

Annique l'attendait dans sa chambre. Allongée sur le ventre, elle lisait un livre. Elle était nue.

— Je suis heureuse que vous n'ayez pas été dévoré par l'animal couché devant la porte, dit-elle en battant des cils. C'est quoi, cette drôle de bête ?

Il aurait beau faire le tour d'Angleterre, de France, du monde entier, il ne trouverait pas de femme plus parfaite pour lui. Annique. Nue dans son lit. C'était un de ces moments parfaits que vous offre la vie.

— Nous pensons qu'il est croisé avec un chien-loup. Doyle l'a trouvé errant sur les quais. Il avait dû s'échapper d'un bateau.

— Je crois plutôt que c'est un croisement entre un loup et un éléphant. Il ne m'aime pas.

— Tant mieux. Comme cela, tu n'iras pas te promener dans les couloirs. Maggie t'a apporté des vêtements de nuit.

— J'ai vu. Ils sont très jolis, mais je me suis dit que vous préféreriez pouvoir constater que je ne dissimule pas d'arme sur moi. D'après ce que je sais, il vaut mieux qu'un homme ne soit pas trop nerveux, dans des moments comme celui-là.

Elle se dressa, et il vit ses seins crémeux se presser contre la reliure de cuir bordeaux de son livre. Son regard était timide, sa bouche tentante. Un saint se serait damné pour elle.

Il défit sa cravate et la jeta sur une chaise en s'approchant du lit. Un sentiment de puissance l'envahit, comme chaque fois qu'il était avec Annique.

— Je suis content que tu sois aussi bien disposée. Je suppose que tu te prépares à vivre une dernière magnifique nuit d'amour, avant de mourir de soif ?

Elle fronça les sourcils, l'air un peu agacé.

— Je n'avais pas l'intention d'aborder ce sujet. Ce n'est pas très romantique.

— La noblesse de ton attitude jette un froid sur tout le reste, n'est-ce pas ?

— Je n'ai pas changé d'avis. Je n'ai pas besoin de justifier ma...

— Alors, ne dis rien. Les plus grands espions britanniques tenteront de te dissuader demain. Nous venons de passer une heure à comploter, et nous avons un plan.

— Oh.

Elle avait l'air à la fois obstiné et craintif. Un peu soulagé, aussi. En réalité, elle espérait être dissuadée de s'entêter dans cette idée stupide.

— Moi aussi, j'ai un plan, ajouta-t-il.

Elle n'eut qu'à lui lancer un coup d'œil pour comprendre ce qu'il avait en tête.

Il ôta sa chemise et la laissa tomber sur le sol, puis enleva son pantalon. Annique voulut s'asseoir, mais il lui posa la main sur l'épaule pour l'en empêcher. Elle lui plaisait comme ça, nue, allongée sur le ventre. Elle était adorable et, de plus, c'était une position dans laquelle elle ne pouvait l'attaquer.

— T'ai-je déjà dit que tu étais la plus belle femme du monde ?

— Pour diverses raisons, nous avons laissé passer l'occasion de nous dire ce genre de choses.

Ses muscles fins et tendus comme ceux d'un chat trahissaient sa nervosité. C'était une chose qu'il pouvait utiliser à leur avantage à tous les deux. Ce soir, ils connaîtraient une explosion de tous les sens. Il lui ferait perdre la tête, et toutes ses réserves.

— J'aime cette courbe, dit-il en laissant sa main courir le long de son dos musclé. Elle est comme une vallée, longue et creusée. Une vallée du Somerset. Avec de petites collines, continua-t-il en lui caressant les fesses.

— Les hommes ont vraiment de drôles d'idées.

— C'est ta mère qui t'a dit ça ?

— Ma mère ne m'a rien dit à ce sujet. Elle ne voulait pas que je sois courtisane, voyez-vous, aussi ne m'a-t-elle pas instruite dans ce domaine. Hormis quelques petits riens, ajouta-t-elle en lui coulant un regard en coin. Des bagatelles, que les respectables jeunes filles anglaises ignorent, je suppose. Je vous montrerai, si vous voulez.

Une flèche de désir le transperça. Elle n'était pas si innocente que ça. Voilà qui laissait présager de longues nuits intéressantes dans ce lit.

— Plus tard, peut-être.

— Il y a une chose en particulier qui me paraît intéressante. Je suis curieuse de voir comment ça marche.

Elle allait le rendre fou, et elle le savait.

— Gardons cela pour les longues nuits d'hiver à venir. T'ai-je dit que je t'aimais, Annique ? Depuis la quatrième fois que tu as essayé de me blesser. Je n'ai jamais trouvé le temps de prononcer les mots.

— C'est le moment rêvé. Nous avons du temps devant nous, et je ne suis pas armée.

Une certaine tristesse perçait sous ses taquineries. Il ne tarderait pas à la faire disparaître.

— Je trouve extrêmement réconfortant de me savoir aimée, surtout par un homme comme vous. Je crois même que cela me rendra très vaniteuse. Bouffie d'orgueil, en fait.

— C'est très bien, dit-il en la sentant se détendre. Maintenant, tu dois me dire que tu m'aimes aussi.

— Ah… l'amour, murmura-t-elle en pinçant un coin de l'oreiller d'un air rêveur. Vous allez être déçu, *mon ennemi*[1]. Je vous désire. Ce n'est pas de l'amour.

1. En français dans le texte. (*N.d.T.*)

— Juste du désir.

— Vous êtes le premier homme, pour moi. Avec son premier amant, toute femme innocente croit à l'amour. Même si elle est destinée à en connaître soixante-dix mille dans sa vie.

Il la devinait partagée entre le désir et la peur, se demandant si elle se vendait à l'ennemi pour obtenir sécurité et protection. Si sa mère n'avait pas déjà été morte, il l'aurait étranglée lui-même. Mais il se faisait fort de chasser ses tourments. En dix minutes, il lui ferait tout oublier, jusqu'à son propre nom.

Il prit le livre et le jeta de côté. Ses seins se nichèrent au creux de ses mains, et il perçut son frémissement.

Tu es à moi, Annique. Tu m'appartiens.

— Je crois qu'il te faudrait vivre longtemps pour en avoir soixante-dix mille.

Il la souleva et l'embrassa dans le cou, pour lui brouiller les idées et l'empêcher de réfléchir. Elle pencha la tête pour le regarder tandis qu'il la caressait. Ses mamelons durcirent sous ses doigts, et sa respiration s'accéléra.

— Soixante-dix mille, c'est beaucoup, reprit-il en lui embrassant la tempe. J'arriverai peut-être à te persuader de te contenter de moins. Une centaine ? Ou une douzaine ? Ou bien un seul ?

Elle leva vers lui des yeux d'un bleu profond, à l'expression vulnérable.

— Un seul ?

— Moi.

— Oh… murmura-t-elle.

Il sentit son souffle sur son épaule. Ils demeurèrent immobiles. Très lentement, elle posa le front contre lui et lui effleura l'épaule du bout de la langue.

Alors, il eut une certitude absolue. Ils étaient perdus. Tous les deux. Il n'y avait pas de retour en arrière possible.

Ses mains tremblaient. Il fit un effort surhumain pour se contrôler. Doucement. Il devait aller doucement. Il lui caressa d'abord les cheveux, puis le cou et le lobe de l'oreille.

Ne la brusque pas, Robert. Elle n'a pas l'habitude, et elle est plus ignorante qu'elle ne veut bien l'avouer.

Posant les doigts à plat sur son visage, il la tourna vers la lumière, puis l'obligea à se redresser et à se mettre à genoux sur le lit. Il s'agenouilla face à elle. Un voile de magie les enveloppa. Il posa les lèvres sur les siennes. Sa bouche était douce et chaude. Un univers de désir s'ouvrit devant lui.

S'écartant un peu, il murmura :

— À quoi penses-tu, Annique ? À ces soixante-dix mille hommes ? Ou peut-être à un jeune Gitan ?

Elle frémissait de désir. Une fine couche de sueur recouvrait sa peau, ses muscles fins tremblaient sous ses doigts. Tout son corps était offert.

— Je ne pense à personne, chuchota-t-elle dans un souffle. À personne, à part vous.

Puis elle l'enlaça et l'attira à côté d'elle sur le couvre-lit.

— Vous et Robert, bien sûr, ajouta-t-elle d'un ton taquin.

30

Annique se sentait gaie, après cette nuit avec son amant. Gaie mais épuisée, comme si elle avait dansé toute la nuit tout en dérobant deux ou trois dépêches aux Prussiens.

Une fois habillée, elle s'observa dans le miroir de la chambre et se trouva un air satisfait.

— Maman ne m'a jamais dit de ne pas accepter de robes offertes par les messieurs. En revanche, elle m'a dit de ne pas laisser les messieurs les choisir eux-mêmes.

— C'était une femme intelligente.

Grey lui avait demandé de porter cette robe de promenade ce matin, une toilette bleu lavande à la coupe simple qui lui donnait une allure de jeune fille innocente et fragile.

Ce qui l'intriguait le plus, c'était le couteau qu'il lui avait donné. Elle le fit passer plusieurs fois d'une main dans l'autre, puis le glissa dans le fourreau qu'il lui avait lui-même attaché à son poignet. Il agissait comme s'il n'y avait rien de plus normal que de faire l'amour avec une espionne captive, puis de lui offrir une arme mortelle. Impossible de deviner pourquoi il faisait cela.

— Ce poignard appartient à Adrian, devina-t-elle.

La lame plate et sombre était l'exacte réplique de celle qu'Adrian lui avait donnée.

— Il te demande de ne pas perdre celui-ci, répondit Grey en fouillant dans l'armoire. Tiens, mets ceci.

Il lui tendit un chapeau de paille orné de rubans bleus. Ce qui signifiait qu'ils allaient sortir. Drôle de captivité, vraiment.

Annique était encore plongée dans ses réflexions quand ils arrivèrent au sommet de l'escalier. Des voix lui parvinrent. En se penchant par-dessus la balustrade, elle vit Galba dans le hall d'entrée, en compagnie d'un vieil homme maigre très richement vêtu.

— ... mon neveu Giles, dit Galba, révélant un détail qu'elle ignorait. Il nous aide, en attendant que Devlin soit complètement remis. Giles, je te présente lord Cummings.

— Le nouveau valet, hein ? Eh bien, on reste en famille.

Le visiteur avait une voix haut perchée et des inflexions d'aristocrate.

— Je suis sûr que vous saurez tenir les ennemis à distance, Giles. Et dans une semaine ou deux, de retour à Eton, vous leur raconterez vos exploits londoniens.

— J'étudie à Harrow, monsieur.

— Mmm, oui. Les plus belles années de votre vie. Le cricket, et... tout le reste. Anson, il faut que nous parlions, enchaîna-t-il en calant sa canne sous son bras.

Galba passa à côté de lui et se dirigea vers le salon.

— Ce doit être bigrement urgent pour que vous veniez ici un dimanche matin, Cummings.

L'aristocrate lui emboîta le pas.

— Reams m'a rapporté une histoire invraisemblable. Vous refuseriez de lui livrer un agent français ?

L'espace d'un instant, Annique fut submergée par la peur. On allait la donner à Reams. C'était pour cela qu'on l'avait fait habiller pour sortie. Les aristocrates faisaient toujours la loi, en Angleterre. Leur pouvoir était immense.

Grey lui donna une petite poussée dans le dos pour la faire avancer. Sa panique disparut, comme par miracle. Grey ne la laisserait pas tomber, même s'il devait affronter un millier de nobles anglais.

— C'est exact, entendit-elle Galba répondre à son interlocuteur.

— C'est ridicule. Oh, je sais ce qui s'est passé, bien entendu, répliqua Cummings avec un petit rire distingué d'aristocrate. Reams a débarqué ici comme un taureau furieux et s'en est pris à tout le monde. Ce n'est pas un gentleman, notre colonel. Mais il est utile. En temps de guerre, nous devons tolérer les hommes comme lui.

— Je veux bien tolérer Reams. Mais pas son ingérence dans les affaires des Services Secrets.

Le costume de soie de Cummings bruissait à chacun de ses pas.

— Je comprends, je comprends... Vos hommes prennent un peu de bon temps avec une jolie Française, et Reams fait irruption et met tout le monde à cran en demandant sa part. Quel fléau, ce type ! Nous allons devoir étouffer tout ça. Je vais vous dire : je vais emmener ce beau brin de fille dans un endroit discret où elle ne causera plus de raffut. L'affaire sera réglée.

Grey continua de descendre l'escalier en poussant Annique devant lui, avec le plus grand sang-froid. Galba s'immobilisa devant un secrétaire et enfila ses gants.

— Mlle Villiers demeure avec nous.

— Diable, mon cher ! Ceci n'est pas un de vos jeux politiques, c'est une affaire qui concerne l'armée.

— Et moi, je vous dis que non.

— Vous vous entêtez parce que le chef de votre section a le béguin pour cette fille ? reprit l'aristocrate en plantant la pointe de sa canne dans le tapis de laine.

Son attitude changeait de seconde en seconde. L'élégant un peu grincheux laissait la place à un homme de pouvoir qui affrontait un rival.

— Quand cela se saura, votre service aura...

— Parce que cela se saura ? Nous espérions qu'il avait été mis un terme aux fuites, de votre côté.

Grey choisit ce moment pour pousser Annique en avant.

— Ah, Robert. Vous arrivez à point.

Galba tendit la main vers Annique, qui la prit et se laissa mener jusqu'à l'aristocrate guindé.

— Annique, je vous présente lord Cummings.

— Votre nièce ? Charmante enfant. Charmante. Anson, poursuivons cette conversation dans votre bureau, marmonna lord Cummings avec indifférence.

— Mais non, dit-elle en esquissant une révérence. Je suis Anne Villiers, monsieur.

— Villiers ? C'est donc... D'après ce que m'avait dit Reams, je la croyais plus vieille.

— Reams s'est trompé, répliqua sèchement Galba. J'espère que vous avez bien dormi, mademoiselle.

— Elle a très bien dormi, répondit Grey à sa place.

Bien. Il était donc clair pour ce lord anglais qu'elle était la maîtresse de Grey. Elle considéra brièvement les choix qui se présentaient à elle et décida d'être très jeune et très timide.

Elle tenait son chapeau à la main, et le balança comme l'aurait fait une enfant. Il n'y avait aucun mal à jouer cette petite comédie à l'aristocrate.

Lord Cummings toussota, et son regard passa de Grey à la fenêtre, derrière laquelle on apercevait son carrosse qui l'attendait.

— Ce serait une captivité temporaire. Elle serait bien traitée.

— Non, dit Grey.

— Vous avez ma parole, insista l'autre en faisant passer sa canne dans sa main gauche. Allons, major, vous avez été dans l'armée, vous connaissez l'importance...

— Non.

— Je serai clair avec Reams, il ne pourra pas... Je vois bien qu'elle est très jeune. Je lui demanderai de la traiter avec respect.

Il le ferait certainement. Tout en ayant conscience que cela ne servirait à rien. Il la livrerait à Reams, en sachant qu'elle serait violée et torturée. Il y penserait toute une soirée, le regretterait l'espace d'une minute le jour suivant, puis il oublierait. « Une regrettable nécessité », comme disaient les Britanniques.

— C'est un agent français, elle détient des informations militaires et...

— Elle pourrait avoir les codes de la marine cachés dans son corset que je vous répondrais la même chose. Ce salaud ne posera pas la main sur elle.

— Cela suffit, Robert. Vous vous êtes fait comprendre.

Galba posa une main sur le haut dossier du canapé pourpre, comme si Grey était extrêmement dangereux et devait être retenu.

— Les services de renseignements de l'armée n'ont aucune raison de s'intéresser à Mlle Villiers. Son travail a toujours été uniquement d'ordre politique et n'a jamais été dirigé contre l'Angleterre.

Annique décida qu'il était temps de jouer son rôle. Elle fit un pas hésitant vers Cummings, les larmes aux yeux.

— Je vous en prie. Le colonel me fait si peur. Ne m'envoyez pas chez lui, par pitié.

Cummings évita de la regarder. Elle connaissait bien ce genre d'homme. Il donnait des ordres dans son beau bureau londonien, mais ne se rendait jamais dans les caves où l'on torturait des femmes, ni dans les villes attaquées par l'artillerie, où les enfants étaient enterrés sous les décombres.

— Elle était un des agents de Vauban. Celui-ci traitait directement avec le traître qui avait infiltré nos services de renseignements. Elle connaît peut-être son nom. Donnez-la-moi.

Cummings avait laissé tomber son masque de douceur. Ses mots étaient durs.

— L'incompétence de vos services de renseignements ne vous donne pas le droit de saboter mon opération, déclara Grey d'un ton hargneux.

— C'est une question militaire, il me revient donc de la traiter. Plus vite Reams lui aura soutiré ce nom...

Une idée traversa l'esprit d'Annique à la vitesse de l'éclair.

— Mais le traître est dans le bureau même de Reams. C'est son...

Tout le monde se tourna vers elle, et elle plaqua une main sur ses lèvres, comme si elle en avait dit plus qu'elle n'aurait dû. Cummings la regarda, rigide.

— Que voulez-vous dire ?

— Tais-toi, Annique, murmura vivement Grey. Tu ne devrais pas parler de ça.

Il réagit avec tant d'à-propos qu'on aurait pu croire qu'ils avaient répété la scène.

— Il ne faut pas me livrer au colonel Reams, murmura-t-elle d'une voix tremblante. Si vous m'envoyez là-bas, on me tuera avant même que j'aie pu parler.

— Reams ne te touchera pas. Nous perdons notre temps, ajouta-t-il à l'intention de Galba. Il fait peur à Annique, et nous allons être en retard.

— J'exige de savoir ce qu'elle voulait dire ! s'exclama l'aristocrate, en proie à une évidente frustration.

— Notre enquête commence à peine, répondit Galba en prenant son chapeau. Laissez-la-nous, Cummings. Il n'est pas dans votre intérêt, ni dans le nôtre, de la livrer au colonel Reams.

Lord Cummings médita un instant en silence. Comme elle s'en doutait, l'homme n'était pas idiot.

Galba saisit une paire de bottines noires posées sur le plateau de marbre du secrétaire.

— Vous allez devoir nous excuser, Cummings. Robert a raison, nous sommes en retard.

— Vous ne pouvez pas l'emmener... Au fait, où l'emmenez-vous ?

Galba haussa les sourcils, l'air étonné.

— Est-il possible que vous ayez oublié quel jour nous sommes ?

— Quel jour ? répéta Cummings, éberlué.

— Dimanche, voyons. Nous allons à l'église. Je vous souhaite une bonne journée.

31

Le carrosse les attendait-devant la porte. Annique suivit Galba d'un air digne, sans laisser transparaître un instant ses sentiments. Grey lui ouvrit la portière, et Galba l'aida gentiment à monter dans la voiture.

— Les hommes sont en place ?

Grey s'assit à côté d'elle. Alors que la voiture s'ébranlait, il fit glisser un panneau de bois sur le côté et prit un pistolet dont il vérifia le fonctionnement avant de le remettre en place. Puis il se pencha et fit de même de l'autre côté. Cette voiture était bien pourvue en pistolets. Grey en avait un également dans sa poche – elle le sentit quand sa jambe heurta la sienne.

— Will est debout depuis 5 heures du matin. Il m'assure que nous sommes parfaitement couverts.

Galba occupait toute la largeur de la banquette, face à eux. Il n'était pas gros à proprement parler, mais il tenait beaucoup de place. Il avait un petit pistolet dans la main.

— C'était amusant, dit Grey en observant la rue. Annique n'est pas comme Cummings l'imaginait.

— Reams est un imbécile.

— Quoi qu'il arrive, Cummings doit en vouloir à mort à Reams. Ce dernier l'a ridiculisé. Annique, pourquoi as-tu dit que le traître faisait partie du bureau de Reams ?

Il posa sur elle un regard perçant. Et soudain, elle se rappela que Grey n'était pas seulement son amant.

Il était aussi le chef d'une section d'espionnage. Elle devait décider tout de suite ce qu'elle voulait donner aux Britanniques.

Les chevaux parcoururent une centaine de mètres tandis qu'elle réfléchissait. Y avait-il des niveaux dans la trahison ? En existait-il des grandes et des petites ? Elle avait l'impression de s'enfoncer dans un bourbier.

Mais elle n'avait pas le choix, à moins de vouloir visiter les caves du colonel Reams.

— Lord Cummings se trompe sur un point. Ce n'est pas Vauban qui correspondait avec le traître dans les services de renseignements de l'armée britannique. C'est Leblanc.

Grey et Galba gardèrent le silence. Une autre centaine de mètres, et elle ajouta :

— Notre espion se trouve dans le bureau de Reams. Il est à la solde de la France depuis trois ans et ne fait cela que pour l'argent. Nous avons déposé des centaines et des centaines de livres sur un compte de la banque Hoare. Son nom est Frederick Tillman.

Grey frappa du poing le coussin à côté de lui.

— Tillman ! Nous le tenons. Le beau-frère de Reams, bon sang ! Son bras droit. Avec ça, nous allons faire tomber Reams.

Galba sourit, satisfait.

Ils étaient très contents. Elle avait échangé un petit secret contre un peu de sécurité. Elle n'était pas vraiment fière d'elle.

Cela commençait ainsi. Pas de décisions dramatiques concernant les plans. Juste le nom d'une fouine trop gourmande. Mais les Britanniques lui soutireraient un secret après l'autre, jusqu'à ce qu'elle soit leur créature. Elle savait comment ces choses-là se faisaient, et elle n'était pas de taille à tenir tête à ces deux hommes.

Il ne fallut qu'un coup d'œil à Grey pour deviner ce qu'elle pensait.

— Annique, tu ne nous as pas donné le plus important. Tu sais exactement ce que tu fais.

C'était vrai, aussi se sentit-elle mieux. Dans les dossiers de Fouché, Tillman était marqué à l'encre rouge. On pouvait se passer de lui, et il n'était pas digne de confiance. N'importe quel agent français pouvait livrer son nom, si c'était nécessaire.

— Votre M. Tillman est un traître de la plus basse catégorie, il ne travaille que pour l'argent. Il nous vend les secrets des Britanniques, puis vend les secrets français aux Romanov, et les secrets de tout le monde aux Habsbourg. Il a plusieurs maîtres, qu'il trahit tous. Mais je n'ai pas de preuve de ce que j'avance.

— J'en trouverai. Maintenant que j'ai son nom, je peux obtenir les preuves.

Grey passa un bras autour de ses épaules. C'était un geste réconfortant. Pas celui d'un amant, mais celui d'un camarade juste avant une bataille. Ses yeux ne quittaient pas la fenêtre, fouillant tous les coins de la rue, comme si ce voyage devait effectivement les conduire sur un champ de bataille.

Galba aussi examinait la rue.

— Personne ne nous suit. D'après vous, Robert, Cummings osera-t-il me défier directement ? Prendra-t-il Annique par la force ?

Grey réfléchit quelques minutes.

— C'était son intention, puisqu'il avait emmené douze hommes avec lui. Mais il a changé d'avis quand Annique a dégoupillé sa petite grenade. Il ne peut pas prendre le risque de parier sur le mauvais cheval. En outre, il a peur que je lui tire dessus.

— Vous le feriez.

Grey ne prit pas la peine de répondre. Son silence était éloquent. Ils atteignirent une église, petite et ancienne, coincée entre quelques maisons. Le nom de Saint-Odran était inscrit au-dessus de la porte.

— Nous allons vraiment à l'église ?

— Un contact avec la religion ne vous laissera pas de cicatrices visibles, déclara Galba en prenant son chapeau.

Elle pénétra dans l'église, encadrée par les deux hommes armés jusqu'aux dents. Presque aussitôt, elle repéra Adrian, sur le dernier banc, aussi peu à sa place en ce lieu qu'un coureur de jupons à une réunion de dames patronnesses.

— Vous ne cesserez jamais de m'étonner, chuchota-t-elle à Grey.

— Prends l'air pieux et recueilli, conseilla-t-il en la faisant asseoir à côté de Galba, avant de disparaître dans le fond de l'église.

Galba demeura imperturbable pendant le service, qu'elle trouva long et incompréhensible. Il était l'image même du commerçant prospère, en dépit de son regard rusé, et se fondait parfaitement dans cette assemblée de bourgeois. Il avait l'air d'un homme content de lui, comme un grand-père fier d'escorter sa jolie petite-fille à l'office du dimanche.

Aussi se glissa-t-elle dans le rôle de la petite-fille et prit-elle le livre de prières qu'il lui donna. Après avoir un peu fouillé dans ses souvenirs, elle conclut que c'était la première fois de sa vie qu'elle allait à la messe.

Pendant que l'homme en noir débitait son sermon interminable, elle feuilleta lentement le livre de prières et le mémorisa, au cas où cela lui serait utile. Enfin, l'assistance se leva et tout le monde sortit, à part eux. Grey les rejoignit, et ils restèrent seuls dans la petite église.

Lorsqu'il eut terminé de serrer les mains de ses paroissiens devant la porte, le pasteur revint vers eux, saluant Galba et Grey par leur nom.

— Je vous présente Mlle Jones, annonça Galba.

Jones ? Quel nom ridicule ! Les hommes des Services Secrets manquaient d'imagination.

Le pasteur lui sourit avec bienveillance.

— J'ai marié votre maman, savez-vous ? Vous voulez consulter le registre, m'a-t-on dit. Suivez-moi, il est dans la sacristie.

Sa mère s'était donc mariée ? Ce qui la surprenait le plus, c'était que cet événement ait eu lieu en Angleterre. Mais sa mère avait fait tant de choses intéressantes, dans sa vie, alors pourquoi pas ?

La sacristie était une pièce exiguë et poussiéreuse, encombrée de meubles. Un grand livre était ouvert sur la table.

— M. Galba m'a dit que votre maman était décédée récemment. Je vous présente toutes mes condoléances. Je me souviens bien d'elle, bien qu'elle n'ait pas été une paroissienne très assidue. C'était une très belle jeune femme. Vous lui ressemblez, d'ailleurs.

Il désigna une ligne du registre. Dans la lumière pâle qui filtrait par les petits carreaux en losange, elle put lire que le 3 septembre 1781, Lucille Alicia Griffith avait épousé Peter Daffyd Jones.

— Et votre baptême, maintenant... dit le prêtre en tournant la page. Voilà, c'est ici.

Le nom, Anne Katherine Jones, était inscrit d'une écriture nette, quoiqu'un peu effacée. Elle avait donc été baptisée. Étrange. Galba prit le prêtre par le bras et l'attira à l'écart.

— Tu admets que ce registre est authentique ? demanda Grey.

Annique tressaillit. Elle n'avait pas pensé que ce pouvait être un faux. Elle fit glisser son doigt sur la page et constata qu'il n'y avait aucune rature. La reliure était intacte, et le livre avait une odeur de vieux papier.

— Il est authentique, mais je ne comprends pas.

— Ce n'est pas un faux, tu es d'accord ?

Elle acquiesça d'un hochement de tête.

— Je me rappelle vaguement avoir vécu en Angleterre quand j'étais toute petite. Mais j'ignorais que j'étais née à Londres. Pourquoi suis-je née en Angleterre ?

— Il faut bien naître quelque part. Sortons.

Adrian les attendait dehors, adossé au mur, observant les environs avec l'attention d'un vautour. Il murmura quelques mots à Grey.

— Une bagarre dans le cimetière, dit ce dernier à Galba, quand ils remontèrent en voiture.

Sur le chemin du retour, Galba garda son arme sur les genoux. Grey posa la sienne à côté de lui, sur le siège. Le carrosse contourna Booth Square afin de rentrer par un chemin différent. Annique était consciente de la présence des hommes placés de tous côtés dans la rue, pour la protéger. Elle avait l'impression de se trouver dans un océan d'événements, ballottée par des courants imprévisibles.

Arrivée devant la maison de Meeks Street, elle fut escortée jusqu'à la porte d'entrée par des hommes au visage grave et dur et par un Doyle aimable, à l'air complètement détendu.

— Peter Daffyd Jones a-t-il été averti de la mort de ma mère ? demanda-t-elle à Grey et Galba, alors qu'ils attendaient dans le salon que Giles vienne ouvrir les portes intérieures.

— Il est mort, Annique. Peter Jones était ton père.

Il était impossible qu'ils ne sachent pas *qui* était son père.

— Mon père s'appelait Jean-Pierre Jauneau, connu également sous le nom de Pierre Lalumière. C'était un héros de la Révolution. Il a été pendu à Lyon avec les autres chefs de la révolte des Deux Sous, lorsque j'avais quatre ans.

— Pierre Lalumière était Peter Jones, et il était gallois. Reste tranquille un instant, je vais te désarmer.

Elle remonta sa manche et tendit le bras pour qu'il puisse détacher le fourreau.

— Cela n'a pas de sens. Mon père était basque, ou gascon, je ne sais plus. Pourquoi dis-tu qu'il était gallois ? Je n'ai jamais connu de Gallois.

— Moi, je suis gallois, déclara Galba. Montons.

— Ce n'est pas étonnant, car je suppose que les Gallois sont nombreux en Angleterre. Mais il n'y en a pas en France. Pourquoi un Gallois vivrait-il en France en faisant croire qu'il est français ?

Elle s'immobilisa brusquement, au milieu de l'escalier.

— Sapristi ! Si tout cela est vrai, je suis une enfant légitime. Je ne suis pas une bâtarde.

Une lueur d'amusement passa dans les yeux de Grey.

— Est-ce très important ?

— Je ne crois pas. Mais je n'avais jamais pensé à moi de cette façon.

Elle gravit deux marches et s'arrêta, frappée par une nouvelle idée.

— J'ai donc un nom officiel. Jones ? C'est un nom ? Mais il est grotesque, personne au monde ne porterait ce genre de nom.

Ils traversèrent le hall et entrèrent dans un vaste salon éclairé par cinq hautes fenêtres donnant sur la rue. Il y avait là de confortables fauteuils, une cheminée, des sabres accrochés au mur et des étagères chargées de livres. Sur la table ovale étaient posés quelques dossiers. Il régnait dans la pièce une odeur de café, de tabac et de cuir. La maison de Meeks Street était une demeure accueillante et confortable.

— Jones est un nom gallois très répandu, fit observer Galba.

Giles leur apporta du café et des petits pains sur un plateau. Il donna une tasse à Galba, qui la prit, et en offrit une à Grey, qui refusa. Il posa la troisième tasse sur la table, à côté d'Annique, sans lui demander son avis. Ces Anglais étaient sournois.

— Donc, je suis à moitié galloise, dit-elle, maussade.

— Vous êtes complètement galloise, répondit Galba. Votre mère était née à Aberdare.

La carte apparut dans l'esprit d'Annique. Aberdare, ville du pays de Galles.

— Maman s'appelait vraiment Griffith ?

— Oui.

— C'est un nom affreux ! Imprononçable. Pas étonnant qu'elle ait choisi de se faire appeler Villiers, c'est bien plus joli.

Elle n'avait rien mangé depuis la veille, et la tête lui tournait. Il fallait pourtant qu'elle affronte ces réalités déplaisantes.

— Je n'ai donc pas une seule goutte de sang français ?

Personne ne répondit, et elle enchaîna :

— Nous parlions anglais, quand j'étais toute petite. Maman m'appelait Annie Kate. J'avais oublié.

Leurs visages étaient graves. Ils ne lui mentaient pas. Elle se rappela la langue dans laquelle parlaient ses parents le soir, quand ils étaient seuls. Ce devait être du gallois.

— Je suis galloise. C'est comme si je disais que je suis une girafe, ou une théière, ou un Indien algonquien. Cela me paraît impossible et ridicule.

Galba attendit, aussi immobile qu'un chêne centenaire.

— Il faut que vous sachiez tout le reste.

Grey alla vers la table et fit glisser la pile de dossiers dans sa direction. Ils étaient tous ornés d'un ruban rouge, ce qui devait signifier quelque chose.

— J'ai vu cela pour la première fois hier soir. Jusque-là, j'ignorais tout.

Une liste de pseudonymes était inscrite sur le dossier du dessus. Elle en reconnut certains – Jean-Pierre Jauneau et Pierre Lalumière –, mais le nom qui figurait en haut de la liste était Peter Jones.

Peter Jones... fils de Katherine et Owen Jones... Université de Cambridge... Recruté le... Affecté à la surveillance de la Bretagne... Grade sept... Éloges et promotion... Affecté à Nîmes... Chef de poste, Lyon... Agent détaché... Éloges... Grade onze... Éloges... Éloges et promotion (posthumes)...

Le dossier de Peter Jones, agent des Services Secrets britanniques, qui avait pris le nom de Pierre Lalumière. Agent détaché, il avait atteint le grade dix-sept au moment de sa mort. Sa pension avait été attribuée à sa veuve, Lucille Jones.

Le dossier contenait des centaines de feuillets, de vieux papiers à l'air parfaitement authentique, des rapports sur les abus de l'Ancien Régime, sur les ferments intellectuels qui avaient conduit à la Révolution, sur les sociétés secrètes et les clubs politiques, etc.

Pierre Lalumière, cet homme respecté dont le nom était connu de tous les écoliers français, avait été un espion britannique.

Le dossier suivant concernait sa mère. Il était lourd.

Lucille Alicia Griffith… fille d'Anne et Anson Griffith. Née à Aberdare, pays de Galles… Recrutée par les Services Secrets…

Des pages et des pages. Des rapports envoyés de Paris ou de Vienne. Les détails les plus secrets sur la police de Fouché.

La partie la plus ancienne, écrite de la main de sa mère, était la terrible histoire de la Terreur. Des notes, dans une autre écriture, lui apprirent que sa mère avait sauvé trois cents hommes et femmes de la guillotine, en les soustrayant au tribunal révolutionnaire. Des innocents et d'autres qui l'étaient moins, mais qui ne méritaient pas de mourir ainsi. Annique ignorait que sa mère avait fait tout cela.

La mort de Lucille Alicia Jones était mentionnée sur la couverture intérieure du dossier. Elle avait alors atteint le grade vingt, et sa pension devait être attribuée à sa fille, Anne Katherine Jones.

Elle n'avait pas envie de regarder le dernier dossier. C'était le sien. Il était très épais et contenait toutes les lettres qu'elle avait écrites à sa mère, ses rapports, toute sa vie d'espionne.

Elle avait remis tant de messages à sa mère, sans jamais demander où ils allaient ensuite ! Maintenant, elle savait. Les Français n'avaient que des broutilles.

Le meilleur allait aux services britanniques. Pendant toutes ces années, elle avait travaillé pour les Anglais.

— Admets-tu que ce ne sont pas des faux ? dit Grey quand elle referma le dossier.

— Ils sont authentiques, répondit-elle, assommée par sa découverte. Maman était une femme remarquable.

— Elle était unique, renchérit Galba.

— Pendant toutes ces années, j'ai dit à maman tout ce que Vauban et moi faisions. Et à présent, je le vois inscrit dans ce dossier. J'étais si fière… je lui disais tout. René, Pascal, Françoise… et Soulier. Soulier qui me confiait ses messages… Je les ai tous trahis. Vauban me cracherait dessus, s'il savait.

Elle se tut, la gorge nouée, les yeux embués de larmes.

Grey lui prit les dossiers des mains, l'aida à se lever et la serra contre lui. Alors, elle se mit à pleurer. De gros sanglots douloureux. Elle aurait préféré mourir des années auparavant plutôt que de vivre jusqu'à ce jour où elle voyait toute sa vie voler en éclats.

Elle finit par s'écarter et s'essuya les yeux avec sa manche, comme une enfant.

— Je me demande bien ce que vous allez faire de moi, à présent, dit-elle d'une voix enrouée. En une heure, vous m'avez détruite. Tout ce que j'ai fait, toute ma vie, est réduit à néant.

Grey poussa une assiette devant elle.

— Annique… mange quelque chose.

Elle ne fit pas un geste.

— Puisque plus rien n'a d'importance, dit-il, peu importe que tu manges.

Il lui présenta du café et des petits pains. Il avait raison, bien sûr. Elle posa les coudes sur la table pour garder l'équilibre, but le café et mangea la moitié d'un petit pain. Quand elle eut fini, elle enfouit le visage dans ses mains.

— Annique… dit Galba derrière elle. Je suis en partie responsable de cette injustice. J'aurais dû intervenir, et je ne l'ai pas fait. Je suis profondément désolé.

— Pourquoi ma mère m'a-t-elle menti ?

— D'abord, vous étiez trop jeune. Ensuite...

Galba étendit les mains devant lui.

— Il n'y a pas d'excuse. Elle a choisi de garder le secret. La dernière fois que je l'ai vue, vous aviez douze ans. Nous nous sommes disputés à ce sujet. Elle m'a dit qu'elle ne voulait pas vous briser le cœur en vous révélant la vérité. En fait, elle ne croyait pas que vous survivriez toutes les deux à cette guerre. Grey... elle ne m'écoute pas.

— Laissez-la ici avec moi. Elle a besoin de temps.

— Ne parlez pas de moi comme si je n'étais pas là ! protesta-t-elle.

— Je suis désolé, reprit Galba en soupirant. Annique, vos parents étaient des personnes merveilleuses. Votre mère avait un grand respect pour vous. Elle se doutait qu'un jour, nous vivrions ce moment, dans cette maison.

Il attendit un instant.

— Elle ne sait pas, dit Grey en lui prenant le visage à deux mains. Il faut le lui dire. Le véritable nom de Galba est Anson Griffith, Annique. C'était le père de Lucille Griffith. Le père de ta mère.

Son esprit était vide. Aucun mot n'avait de sens. Peut-être ne comprenait-elle plus l'anglais. Galba grommela :

— Quand elle aura recouvré ses esprits, emmène-la en bas. Il ne faut pas la laisser seule.

Grey lui caressa doucement les cheveux.

— Elle ira mieux dans quelques minutes.

— Je n'irai jamais mieux.

— Mais si, mon petit. Tu es incroyablement résistante, tu sais ?

32

Annique n'entendit pas Galba sortir. Quand elle leva les yeux, elle était seule avec Grey.

Debout devant la fenêtre, il avait soulevé la tenture blanche pour contempler la rue. Elle dut bouger, faire du bruit, car il se retourna. Et elle comprit qu'il aurait décroché la lune si cela avait pu l'aider.

Elle était pitoyable. Le Renardeau rusé n'avait jamais existé. Elle n'avait été qu'un petit chien savant qui allait chercher les secrets pour les ramener à sa maman. Pendant toutes ces années, elle avait été si fière d'elle, alors qu'elle n'était qu'une dupe. Le sang lui battait aux tempes. Elle se leva et repoussa sa chaise, qui tomba bruyamment sur le sol.

— Des mensonges ! cria-t-elle en tapant du poing sur la table. Mensonges, mensonges, mensonges !

Elle souleva le dossier de sa mère et le jeta à l'autre bout de la pièce. Les documents s'éparpillèrent.

— Rien d'autre que des mensonges !

Du revers de la main, elle repoussa le deuxième dossier, celui de son père. Les papiers glissèrent sur la table et atterrirent sur le tapis.

Il ne restait plus que son dossier. Elle déchira la couverture, et tout le contenu de la chemise se répandit sur la table. Les rapports qui auraient dû aller à Paris. Ses lettres. Les lettres qu'elle avait écrites à sa mère. *Mon Dieu !* Ses messages pleins d'amour et de confiance... tous ses petits secrets. Tout le monde ici les avait lus.

Des douzaines et des douzaines de lettres, écrites à l'écart des champs de bataille, sur des papiers sales et froissés volés dans les tentes de l'état-major. Toutes ces lettres couvertes de son écriture ronde d'enfant obéissante.

Elle les prit et les déchira en mille morceaux qui voletèrent autour d'elle, telles des feuilles mortes chargées de bouts de phrases.

... l'emplacement des armes à Liège... Ils manquent de munitions pour les fusils...

Je me sens seule ici, chère maman. Me rendrez-vous visite ?

J'ai de nouveau des chaussures. Nous avons dû encore affronter les chiens qui dévorent les cadavres sur le champ de bataille, mais...

... pour les cent cinquante-sept chevaux de la cavalerie...

Je nourris un chat qui s'est réfugié dans les ruines de l'auberge. Il a des taches blanches...

Elle froissa le papier entre ses doigts tremblants.

Grey ne dit rien. Elle pouvait détruire tous les documents qui se trouvaient dans cette pièce, il ne l'en empêcherait pas.

Ils avaient laissé les tasses et les assiettes sur la table. Elles explosèrent les unes après les autres sur le sol.

— J'espère que cette vaisselle était chère, dit-elle en regardant les taches de café sur le tapis.

— Très chère. Crown Derby.

— Je me sentirais encore mieux si je tuais quelqu'un. Vous avez tort de laisser traîner ces armes dans la pièce.

Elle avait toujours refusé de tuer, mais il n'était jamais trop tard pour commencer.

— Quand je vous aurai poignardé, je mettrai le feu à la maison. Ce ne doit pas être difficile. Je ferai brûler tous vos précieux dossiers.

— Commencez par ceux-ci, dit-il en désignant les monceaux de papiers sur le sol. Je vous aiderai.

Ses larmes s'étaient taries, à présent. Elle ne pleurerait sans doute plus jamais, de toute sa vie. Elle était partagée entre l'envie de se blottir dans les bras de Grey comme une mauviette et l'envie de le tuer.

— Mon père était un grand homme.

— Un très grand homme. Nous parlions de lui à Harrow, le soir, dans le dortoir. De ce qu'il écrivait. De ce qu'il avait fait à Lyon. Je suis presque devenu révolutionnaire, à force de le lire.

À côté d'elle se trouvait un des lourds fauteuils qui meublaient la pièce. Il était ancien, recouvert d'un velours usé. Pour Grey et les autres, cette maison était un sanctuaire. L'endroit où ils se retrouvaient pour discuter, lire, oublier leur travail. Cette pièce était le cœur de la maison. Ces hommes l'avaient amenée ici, dans leur refuge, pour mieux la détruire.

— J'ai du mal à croire que mon père était anglais.

— Gallois.

— Ne soyez pas tatillon. Il n'y a pas plus de différence entre un Anglais et un Gallois qu'entre une truite et un brochet.

Le feu avait été allumé le matin même dans la cheminée. Ils avaient préparé un bon feu, car ils n'avaient pas d'autre réconfort à lui offrir. Ils savaient qu'elle aurait froid. Quand on vous déchire le cœur, vous avez froid.

Elle croisa les bras sur sa poitrine.

— Un jour, quand j'avais quatorze ans, les Russes m'ont faite prisonnière, raconta-t-elle, la gorge brûlante. J'avais été trahie, cela arrive souvent. Ils connaissaient mon nom, et l'un d'entre eux a compris qui était mon père. Tous les officiers avaient lu les livres de papa et savaient dans quelles circonstances il était mort. Ils m'ont libérée sans m'interroger. Je suis partie indemne.

— Comme c'est généreux de leur part, dit-il, sarcastique.

— J'ai eu la vie sauve plusieurs fois parce que les gens connaissaient le nom de mon père.

Grey vint se camper derrière elle et posa les mains sur ses épaules. Elle éprouva une douce chaleur à son contact.

— Ton père était un homme courageux.

— J'étais là, le jour de la marche, vous savez. Les ouvriers affamés n'avaient pas d'armes. Ils ne demandaient qu'un salaire honnête. Rien de plus. Tous les écoliers français connaissent les noms de ceux qui ont été pendus. J'ai toujours été fière d'être sa fille.

Et cela n'avait pas changé.

— Il n'a pas participé à la révolte des Deux Sous parce qu'il était un espion anglais. Il aimait la France, et il est mort pour elle.

— C'était un homme capable d'aimer plusieurs nations.

— Mon père ne m'aurait pas menti. S'il avait vécu assez longtemps pour pouvoir parler avec moi, il ne m'aurait pas menti.

— Ton père t'aurait envoyée en Angleterre, en voyant que les choses tournaient mal en France. Tu aurais quitté la France bien avant la Révolution. Il t'aurait mise à l'abri dans une école pour jeunes filles, à Bath.

Grey laissa cette idée pénétrer l'esprit d'Annique. Une écolière dans une ville de province, voilà ce qu'elle aurait été. Une idée propre à lui glacer le sang.

— Je n'aurais pas aimé être écolière à Bath. Cessez de me manipuler. Vos manœuvres me rendent malade.

Le vent s'engouffra dans la pièce en soulevant les rideaux, agitant les papiers sur le sol. L'un d'eux se retourna. Une des nombreuses lettres qu'elle avait écrites pour rassurer sa mère. Car elle avait toujours cru que celle-ci s'inquiétait pour elle.

— Tu ne t'es pas demandé pourquoi ta mère te mentait ? demanda Grey en suivant son regard.

— Pour se servir de moi. J'étais sa marionnette. Vous ne me connaissez pas, monsieur, je peux me rendre très utile sur le terrain.

— Annique, cesse de te comporter comme une enfant. Elle aurait pu te dire la vérité et se servir de toi quand même. Tu aurais fait tout ce qu'elle te demandait.

— Je refuse de vous écouter.

— Elle n'avait pas besoin de te mentir, continua-t-il sans se démonter. Elle aurait pu te dire la vérité quand tu avais huit ans, et tu aurais été encore plus utile. Réfléchis. Pourquoi t'a-t-elle menti ?

— Je vous déteste, répliqua-t-elle vivement.

— Elle t'a menti pour ne pas t'obliger à mentir. Elle t'a donné toutes ces années au Quartier latin. Ces moments passés avec Françoise Gaudier, René Didier, Vauban.

Annique ferma les yeux. Grey se tut, la laissant imaginer ce que sa vie aurait été si sa mère lui avait dit la vérité. Quelle personne serait-elle devenue si elle avait grandi en jouant un double jeu ?

— Maman était raisonnable, chuchota-t-elle enfin. Et très seule. Plus seule que je ne le pensais.

Elle jeta un coup d'œil autour d'elle et déclara :

— Je devrais ramasser ces papiers.

— Adrian s'en chargera. Il combattrait les dragons pour toi, s'il le fallait. Descendons.

— Non. Emmenez-moi dans votre lit. J'ai besoin de vous.

33

Un rêve, au plus profond de la nuit...

Des voix graves résonnaient dans la cour sombre de la prison, à peine éclairée çà et là par des lanternes qui tressautaient. Elle ne pouvait atteindre papa. Il était dans le chariot, avec les autres. Ils attrapèrent papa, le soulevèrent.

— C'est la petite fille, dit quelqu'un.

— Mon Dieu ! Faites-la sortir d'ici.

Ce n'était pas juste. Papa n'aurait pas dû se balancer au bout de cette corde en agitant les pieds. Son visage était... horrible. Tout noir, avec la bouche ouverte.

Ils essayèrent de l'attraper. Elle ne vit que l'obscurité et des murs de pierre autour d'elle. Elle se mit à courir à perdre haleine.

— Maman, maman, où es-tu ?

Dans les longs couloirs de la prison, elle entendit des hurlements. Il y avait des soldats partout, avec leurs bottes de cuir et leurs fusils.

Maman était sur le sol. Nue. Il y avait du sang sur ses lèvres.

L'homme avait ôté son pantalon. Il faisait mal à maman. Il la faisait pleurer.

— Arrêtez ! Arrêtez ! Maman !

Quelqu'un la souleva, et elle ne vit plus rien qu'une veste bleue ornée de boutons de cuivre.

— Maman...

Elle s'éveilla, glacée, le corps couvert de sueur.

Grey la tenait dans ses bras.

— Ce n'est qu'un rêve. Un mauvais rêve. Rendors-toi, ordonna-t-il en français.

Il remonta la couverture sur eux.

Elle frissonna.

— Elle les a retrouvés, ensuite. Les hommes qui avaient tué papa, murmura-t-elle en se blottissant contre Grey. Les juges et les soldats de Lyon. Pendant la Terreur, elle les a retrouvés. Et elle les a tous tués, les uns après les autres.

34

Galba compta onze coups à la pendule du salon. Encore une heure de passée, et toujours aucun signe de Robert et des autres.

Il n'y avait pas de pendule dans le bureau. C'était une pièce dans laquelle séjournaient parfois des prisonniers, aussi ne contenait-elle aucun objet de verre ou de métal, qui aurait pu se transformer en arme. Même les personnages du jeu d'échecs, qui était ancien et venait de Venise, étaient en papier mâché.

Sa petite fille posa le bout de l'index sur une figurine surmontée d'une mitre pourpre.

— Je pense que je ne toucherai pas au fou.

Elle allait sûrement avancer sa reine, plutôt qu'un pion ou un cavalier. Elle était diablement forte aux échecs.

— Je ne suis pas très bonne à ce jeu, déclara-t-elle en faisant glisser la reine en avant. Je préfère jouer aux cartes.

Galba venait de passer dix jours en sa compagnie. Elle l'enchantait, et il regrettait amèrement de ne pas l'avoir connue enfant. Quand elle penchait la tête de côté, il croyait voir Anne, sa femme depuis longtemps disparue. Ses traits étaient ceux de Peter Jones, le guerrier passionné. Le rêveur. Elle avait hérité du charme de Lucille. Mais son esprit... cela venait de lui. Robert et elle auraient des enfants formidables.

— Échec au roi, Annique. Et donc... nous parlions de la nature des secrets, n'est-ce pas ?

— Oui, dit-elle en faisant tomber son cavalier dans le piège.

Il ne réagit pas tout de suite. Il valait mieux lui laisser le temps de comprendre son erreur avant de bouger.

— Nous sommes d'accord pour dire que ce sont des marchandises qui peuvent être achetées, vendues ou volées ? Possédées ?

— Certainement.

Là. Ce battement de cils. Elle venait de comprendre que son cavalier était condamné. Et que le fou serait le prochain à tomber.

Sous une apparente frivolité, elle cachait une discipline stricte. Pas une seule fois son regard ne s'était porté sur l'extérieur. Aucun signe ne pouvait laisser penser qu'elle attendait le retour de la voiture.

Robert et les autres mettaient longtemps à revenir. Les négociations avec Lazare devaient être plus difficiles que prévu.

— Si un secret peut être possédé, il peut aussi changer de propriétaire, dit-il.

— Oh, sûrement.

Avec un haussement d'épaules très français, elle se résigna à la perte de son cavalier et envoya sa reine au secours du fou.

— Un tiroir ne possède pas les secrets qu'il recèle.

— Ah. Vous voulez dire que les secrets que j'ai en tête ne m'appartiennent pas. Je ne suis pas d'accord.

Elle souleva le fou et marmonna :

— Celui-là ne m'aide pas du tout. Vous jouez avec moi, je crois.

— C'est vrai. Échec au roi, annonça-t-il en bougeant un pion.

— Où donc ? Oh... vous trichez. Cette tour est restée si longtemps à la même place que je l'ai oubliée. Grand-père, ma tête n'est pas un tiroir. Peu importe qui y a caché les secrets, ceux-ci m'appartiennent, à présent. Je déciderai.

Elle fit bouger sa reine, et il plaça le dernier pion.

— Tu as raison. Ce ne sont plus des secrets français. Ils sont à toi, et tu dois en disposer selon ta conscience. Échec et mat en trois coups.

Elle posa sur l'échiquier un regard noir. Il lui fallut deux minutes pour admettre qu'elle était battue. Avec une exclamation agacée, elle se leva.

— Je ne sais pas pourquoi je continue à jouer avec vous, je ne gagne jamais.

— Tu joues pour me faire plaisir, Annique.

Il plaça le roi et la reine blancs dans la boîte garnie de velours. C'était toujours un plaisir pour lui, de toucher ces figurines anciennes. Annique prit une tour, un fou et un pion, et se mit à jongler.

Il la contempla, fasciné, tandis qu'elle les faisait tourner devant elle, les effleurant à peine du bout des doigts.

— J'apprends à jongler à Adrian. Ça l'amuse, et ça l'aidera à lancer ses poignards. Grey n'a pas le temps, car vous l'accaparez à toute heure du jour et de la nuit.

— Est-ce difficile de jongler avec des pièces différentes ?

— Elles sont très semblables. Il y a un poids à l'intérieur. Une petite pierre, probablement.

Elle disposa les trois figurines au bord de l'échiquier.

Il aurait dû faire revenir cette enfant en Angleterre dix ans plus tôt. Ce que Lucille et lui avaient fait était criminel. Encore un regret avec lequel il devrait vivre.

— Savez-vous ce qui me manquait le plus, quand j'étais aveugle ? demanda-t-elle avec un sourire enfantin.

Il plaça les dernières figurines dans la boîte et rabattit le couvercle.

— De jongler ?

— De jongler, oui. Mais aussi de voir les pigeons. J'aime les pigeons. Ils savent garder le bec fermé et ne parlent pas tout le temps de politique.

— Sans doute parce qu'ils ne savent pas ce que c'est.

Il fallait la distraire jusqu'au retour de Robert et des autres. Leur mission n'était pas très importante, mais il avait déjà perdu des agents dans des affaires en apparence banales. Et Marguerite les accompagnait.

— Le piano, Annique. C'est l'heure de ta leçon, dit-il en tirant le cordon pour appeler Giles.

Celui-ci vint ouvrir les portes. Les deux jeunes gens passèrent devant lui et se mirent à murmurer ensemble. Annique était enchantée d'avoir un cousin, mais elle n'appréciait guère les leçons de musique.

— Tu aurais dû apprendre le piano il y a des années. Je me demande où ta mère avait la tête.

— Je ne suis pas douée pour la musique.

— Les jeunes filles de bonne famille non plus.

— Vous m'étourdissez, avec vos leçons de piano et vos discussions. Vous êtes certain que je vais rester ici, travailler pour vous et vous révéler tout ce que je sais, n'est-ce pas ?

— J'en suis certain. Tu préféreras me confier ce que tu as en tête plutôt que de voir le Kent à feu et à sang.

— Et donner l'avantage à l'Angleterre, pour voir les soldats britanniques brûler les fermes normandes ?

— Cela épargnera peut-être à la Vendée d'être ravagée par Napoléon. Personne ne connaît les conséquences finales de ses actions. Rien ne se passe jamais comme nous le croyons.

— Et pourtant, il faut choisir, dit-elle en tournant une page du cahier de musique. Je dois choisir.

— Eh bien, fais-le. Fais-le sur-le-champ. Tu es capable de discerner ce qui est bien.

Elle baissa les yeux et souleva le couvercle de bois.

— Vous diriez n'importe quoi, Grey et vous, pour obtenir ce que vous voulez. Comme je vous parle poliment, par respect pour votre âge et vos cheveux blancs, vous devenez de plus en plus sûr de vous. Vous avez tort. Je suis infiniment rusée. Je vous donnerai les renseignements que je veux bien vous donner. Rien de plus. Et je le ferai quand je l'aurai décidé, pour des raisons qui m'appartiennent.

Une femme formidable, comme disait Paxton. Par bonheur, Robert savait s'y prendre avec elle.

Ses mains glissèrent sur le clavier. Sans être vraiment maladroite, elle manquait d'oreille pour jouer. Il ferma les yeux, s'apprêtant à subir sa pénitence.

La musique cessa brusquement.

— Ils arrivent.

Elle se leva, mais resta loin de la fenêtre, au cas où des tireurs cachés l'auraient guettée. Vauban l'avait bien entraînée. L'agent secret prenait naturellement le pas sur la jeune fille amoureuse.

Galba entendit les chevaux. Ferguson alla ouvrir la porte. Ils étaient de retour, sains et saufs. Du coin de l'œil, Galba vit Annique se détendre imperceptiblement.

Il est de retour. Elle pressa une main sur son estomac et crut sentir de petits nœuds se défaire un à un. Grey avait survécu à de grandes batailles. Était-elle sotte au point de craindre qu'il ne revienne pas d'une mission aussi facile ? Oui, l'amour la rendait idiote.

Marguerite entra la première, suivie de Grey et d'Adrian.

— C'est fait, annonça Adrian en posant sa canne et son chapeau sur une table. Tout s'est passé sans le moindre heurt. Je vous l'avais bien dit.

Marguerite défit les rubans de son chapeau.

— J'ai moi-même emmené l'enfant à bord. Elle se remet parfaitement de ses frayeurs.

Doyle entra le dernier, vêtu d'un manteau de cuir et d'un foulard aux couleurs vives qui lui donnaient l'allure d'un Cockney. Marguerite lui apporta un verre de vin et l'embrassa.

Adrian alla aider Giles à servir le vin.

— Lazare ne m'a pas tranché la gorge, les contrebandiers nous doivent une fière chandelle, et nous nous en sortons sans la moindre égratignure. Parfois, je me trouve un tel talent que je m'en étonne moi-même.

Grey rejoignit Annique et lui mit un verre dans la main. Comment aurait-elle pu réfléchir alors qu'il la regardait ainsi ? Il semblait n'avoir qu'une pensée en tête : l'entraîner dans sa chambre et lui faire l'amour.

— À l'espionnage ! lança Adrian en levant son verre.

— Félicitations à vous tous, dit Galba.

Annique trinqua avec eux, comme si elle était l'une des leurs. Il était temps qu'elle s'échappe.

Mais, jour après jour, elle sentait ses certitudes s'évaporer. Chaque nuit, elle dormait dans les bras de Grey et écoutait sa respiration calme et régulière. Elle avait l'impression de devenir galloise peu à peu, changeant lentement, telle une chenille dans son cocon. Bientôt, elle n'aurait plus envie de partir. Bientôt, elle livrerait ses secrets et sa confiance aux Britanniques. C'était ce qu'ils attendaient, Grey et les autres.

Marguerite traversa la pièce en passant les doigts dans ses cheveux. Un rayon de soleil fit chatoyer la soie de sa robe bleue lorsqu'elle passa devant la fenêtre. Les tentures légères se gonflaient sous le vent, laissant entrevoir la rue. Une voiture approcha et ralentit.

Annique éprouva un vague malaise. Quelque chose n'allait pas. De l'extérieur, la silhouette qui passait ainsi derrière la fenêtre pouvait être celle de n'importe quelle femme. Une cible.

— Maggie, dit Doyle d'un ton bref. Écarte-toi de la fenêtre.

Adrian posa une main sur Marguerite. La balle fit exploser la vitre, et Maggie tomba comme une masse.

Puis le monde vola en éclats. Les fenêtres explosèrent les unes après les autres sous les coups de feu. Des milliers d'aiguilles de verre furent projetées en l'air. Annique se plaqua au sol et cacha son visage. Le verre brisé retomba en cascade, lui entamant les bras et les épaules. Les rideaux tournoyaient comme des fantômes devenus fous. D'autres coups de feu retentirent. C'était le chaos.

— Maggie ! cria Doyle.

— Elle n'est pas touchée ! répondit Adrian.

C'était un mensonge, car Annique pouvait voir du sang s'écouler sur le crâne de Maggie. Mais elle n'était pas mortellement blessée.

Les chevaux hennirent de terreur, les sabots piétinèrent les pavés. Un coup de feu atteignit le plafond, et le plâtre s'effondra. Annique rampa sur le sol, gênée par ses vêtements de femme, qui, de plus, ne la protégeaient pas des débris de verre. D'autres balles frappèrent les appuis de marbre des fenêtres et rebondirent au hasard, porteuses de mort.

Il y eut une pause. Puis trois coups successifs. Une autre pause, pour recharger les armes. Elle rampa vers le mur de la façade.

Il y avait eu neuf coups de feu la première fois. Puis trois. Des pistolets et des fusils, pas des mousquets. Pas plus de trois ou quatre hommes, probablement.

Elle parvint près de Maggie. Celle-ci paraissait indemne, en dehors d'une coupure au front. Son visage était en sang, mais c'était le cas de tout le monde maintenant, à cause des éclats de verre. Elle s'était adossée au mur, sous la fenêtre, ce qui était pour le moment un des endroits les plus sûrs de la pièce. Adrian était accroupi à côté d'elle, et la lame de son poignard luisait dans sa main.

Grâce à Dieu, il en avait un autre pour elle. Annique s'en empara avec reconnaissance. Des hommes pouvaient faire irruption dans la maison d'un moment à l'autre.

— Tu es blessée, Maggie ? demanda Doyle.

— Non. Seulement assommée.

Une autre série de coups de feu. Les balles s'enfoncèrent dans le mur. L'une d'elles atteignit le piano, qui rendit l'âme dans un grand vacarme.

— Une voiture ! cria Doyle. Des hommes à l'intérieur. Un sur le toit. Personne au sol.

Deux coups de feu rapprochés éclatèrent, puis d'autres. Le canapé de velours rouge explosa, et des plumes s'éparpillèrent parmi les gravats et la poussière.

Recroquevillé dans un coin, Galba observait la scène d'un regard froid et distant, les lèvres pincées.

— Quatre tireurs. Un cocher, annonça Grey. Sortons d'ici. Il faut gagner le hall. Giles ?

Giles sortit ses clés et se releva pour aller ouvrir la porte. Il était si jeune qu'il se croyait encore immortel.

— Couche-toi, imbécile ! s'exclama Grey en le tirant derrière le canapé.

Un autre tir secoua la pièce.

Grey se jeta alors contre le mur, agrippa une poignée de cuivre à laquelle avait été accrochée une applique et la fit tourner. Un panneau se détacha du mur, révélant un passage.

— Giles, Anson, dehors, ordonna Grey. L'abri secret. Annique, Maggie peut-elle bouger ?

— Elle n'est pas blessée. Ce n'est qu'une coupure.

Alors même qu'elle parlait, un coup de feu fit basculer un guéridon sur lequel se trouvait une lampe.

— Fais-la sortir. Adrian, avec moi.

Dans le hall, Galba ouvrit une porte et poussa Giles devant lui. L'abri secret était une petite pièce sombre et sans fenêtre, mais ils y seraient protégés des balles. Annique y fit entrer Maggie et referma la porte, restant elle-même à l'extérieur.

Grey croisa son regard en passant, lui laissant la garde de ceux qui étaient enfermés dans l'abri. Elle s'agenouilla, pendant que les balles pénétraient par la fenêtre du rez-de-chaussée, s'enfonçant dans le plâtre. Elle avait une bonne vue de la porte d'entrée.

Doyle prendrait le premier homme qui la franchirait. Elle se chargerait du deuxième. Le piano fut encore touché. Puis des coups de feu résonnèrent à l'extérieur. Grey avait contourné la maison et tirait sur la voiture. Comme si c'était un signal, Doyle se dressa et tira par la fenêtre. Puis il retomba sur le sol pour recharger son arme.

Annique entendit alors la voiture s'éloigner. En une minute, la fusillade cessa, laissant place au silence. La poussière, la poudre, les plumes semblèrent demeurer suspendues dans l'air au-dessus d'elle. Elle attendit, immobile. Doyle fit de même, le dos au mur, son pistolet serré sur sa poitrine. Aucun son ne provenait de l'abri non plus. Ils avaient tous assez d'expérience pour ne pas faire de fausse manœuvre.

— C'est moi, cria enfin Grey, de l'extérieur. Ne tirez pas.

Il ouvrit la porte d'entrée et apparut sur le seuil. Puis la porte de l'abri pivota, et Galba émergea dans le hall, visiblement furieux.

— Personne n'est blessé ?

— Stillwater s'est tordu la cheville, annonça Grey. Ferguson a une légère blessure au bras. Rien de grave.

Il toucha le visage d'Annique, inspecta ses coupures.

— Tu n'as rien, dit-il, comme si elle était un de ses hommes.

Il déposa son arme sur la table du hall et prit son mouchoir pour essuyer le sang sur son front. Doyle se rua vers Maggie et la prit dans ses bras.

Leblanc avait fait la route jusqu'à Londres pour la tuer, et il devait être désespéré. Il avait commis son forfait dans une rue où jouaient des enfants, où des femmes pouvaient sortir de leur maison à tout moment. Quel monstre !

— C'était Leblanc, n'est-ce pas ? fit Galba.

— Leblanc, confirma Grey, le regard sombre.

— Ce n'était que sa première tentative, murmura Annique, malade à l'idée du désastre causé par sa présence dans cette maison.

35

Grey la poussa sur le lit et pressa les lèvres contre la coupure de son front.

— Maggie et moi avons nettoyé nos blessures et fait disparaître tous les éclats de verre, dit-elle.

Il lui mordilla l'épaule, puis la souleva, déposant de petits baisers enivrants sur ses seins.

— Tu parles français quand nous sommes au lit, dit-il. Tu le savais ?

Sa voix était grave, rauque, comme les notes les plus basses du piano.

— Je n'avais pas remarqué.

Il continua de l'embrasser, explorant sa poitrine du bout de la langue. Elle s'entendit gémir doucement. Peut-être en français ?

Puis il s'assit à côté d'elle, pour parler. Il aimait parler, quand ils étaient au lit. Elle, en revanche, n'était pas d'humeur bavarde dans ces moments-là.

Les bougies étaient éteintes. Il avait repoussé les lourdes tentures bleues des fenêtres, et les rayons de lune éclairaient son torse musclé. Une vieille cicatrice formait une longue ligne blanche sur son épaule, si plate qu'elle ne la sentait pas sous ses doigts. Il allait lui manquer, quand elle partirait. Si Soulier ne la tuait pas, il continuerait à lui manquer pendant de longues années.

Il effleura ses lèvres de son pouce.

— Tu es inquiète. Calme-toi. Je te veux douce et détendue. Je n'ai pas envie que tu me repousses.

— Si je voulais te repousser, mon ami, tu le saurais.

Son pouce glissa sur sa gorge, entre ses seins, et jusque sur son nombril. L'expression de Grey était indéchiffrable.

— Si tu le pouvais, tu t'enfuirais. À cette minute même.

Il voyait toujours tout. Comment aurait-elle pu ne pas l'aimer ?

— Grey, je...

— Je le vois dans tes yeux, chaque fois que tu passes devant une fenêtre. Tu cherches un moyen de t'évader. Qu'as-tu donc à faire, dehors ?

— Des choses et d'autres. Je n'ai pas envie d'en parler.

Il ne lui restait qu'une heure ou deux à passer avec lui. Elle n'avait pas envie de gâcher ce moment.

— Nous sommes des agents ennemis, dit-il en glissant un bras sous son épaule. Je donnerais cher pour que nous nous soyons rencontrés autrement. Tu aurais pu venir à Littledean – c'est mon village. Tu serais arrivée en marchant le long de la route, un brin d'herbe dans la bouche, et je t'aurais tout de suite remarquée...

— Habillée en garçon ? N'est-ce pas dépravé pour un homme de remarquer un garçon ?

— Non, tu aurais porté la robe verte que tu avais l'autre soir pour le dîner.

Elle se pressa plus étroitement contre lui, comme pour se réchauffer.

— Il faudrait que je sois folle pour me promener dans la campagne vêtue ainsi.

— C'est mon rêve, c'est moi qui choisis ce que tu portes. Donc... tu passes devant la forge. Comme c'est le 1er mai, il y a une grande fête sur le terrain communal. Des danses, un feu de joie. Tout le monde boit et s'enivre. Tu t'arrêtes pour regarder ce qui se passe. Je repousse deux lourdauds qui s'approchent de toi, et je t'invite à danser.

— J'accepte.

— Très bien. Alors, je te fais tournoyer jusqu'à ce que tu sois étourdie. Entre la danse et le cidre, tu ne tiens plus debout. Au bout d'un moment, je t'entraîne dans les bois et je te déshabille.

— Je ne m'aventurerais jamais seule dans les bois avec un homme. J'ai appris cela avant même d'avoir des seins. Si on peut appeler ça des seins, d'ailleurs.

— Tu cherches les compliments ? Tu as des seins splendides.

Il roula vivement sur le côté et passa une main au-dessus de ses seins, sans les toucher.

— Deux globes parfaits.

Le fait qu'il ne la touche pas était encore plus excitant. Grey savait ce qu'il faisait.

— Nous marchons entre les arbres, nous passons devant le vieux moulin, et nous nous engageons dans le petit bois. Il y a une clairière couverte de fleurs. J'étends mon manteau sur l'herbe.

— Et nous nous couchons dessus, murmura-t-elle.

— Nous y restons jusqu'à l'aube. Et je tombe follement amoureux de toi. Restes-tu avec moi, Annique ? Ou bien te relèves-tu pour partir ?

— Je ne veux pas entendre la fin de cette histoire. Je préfère retourner danser.

— Ou faire l'amour dans la forêt.

Il se pencha sur ses seins, et elle sentit son souffle sur eux. S'il voulait qu'elle parle avec lui, il n'aurait pas dû faire ce genre de chose. Elle posa les doigts sur ses avant-bras, où ses muscles et ses tendons étaient durs comme du cuir.

Son souffle passa sur son visage, sur ses paupières baissées.

— Si nous étions à Littledean, tu t'éveillerais avec des pétales de fleurs dans les cheveux. Tu n'aurais pas du tout envie de t'enfuir. Peut-être même tomberais-tu amoureuse.

— J'étais un peu amoureuse de Robert. Avant que tu ne prennes sa place et me fasses prisonnière.

— Je ne peux pas te libérer. Leblanc te tuerait.

— Peut-être.

— Que sais-tu sur lui ? Quel est ce secret à cause duquel il veut te tuer ?

Elle se rappela brusquement que l'homme dans son lit était le chef d'une section d'espionnage.

— Tu es obstiné, dit-elle en laissant retomber ses mains. Parlons plutôt de l'emplacement des canons à Toulon. J'en connais un rayon sur le sujet.

En une seconde, le chef des espions disparut, et Robert lui sourit.

— Plus tard.

Il lui taquina les seins du bout de la langue, et une flamme de désir se propagea entre ses jambes.

— Nous parlerons de ces canons plus tard. J'ai toute une liste de secrets à te soutirer, avant cela.

— Tu ne me soutireras rien du tout. Tu ne parles pas de politique, même quand je perds la tête et que tu pourrais me persuader que les souris vont diriger le monde.

Il éclata de rire.

— C'est Galba, l'homme des théories politiques. Moi, je suis un pragmatique, et je trouve que tu as un très joli nombril. Te l'ai-je déjà dit ?

— Que fais-tu ? Oh, mais tu me chatouilles…

Il continua de l'embrasser de plus en plus bas, sur le ventre.

— De quoi parlions-nous ?

— De politique. Non, reste allongée, nous ne sommes pas pressés.

Elle se mit à trembler quand il lui embrassa l'intérieur de la cuisse.

— Je dois te dire… Je suis terriblement sensible à cette chose… que tu t'apprêtes à faire.

— Vraiment ?

— Je ne croyais pas que c'était possible. Quand on m'en a parlé, j'ai pensé que c'était… un peu idiot… à l'époque.

— Idiot ? Tiens donc.

Elle ne pouvait plus parler. Il l'avait transformée en une créature de feu et de désir. Ses hanches se soulevaient d'elles-mêmes. Elle n'avait plus qu'un désir, un besoin : s'unir à cet homme.

Elle s'entendit murmurer :

— Tu es si beau... si beau... Il n'y a que toi.

Quand elle était dans cet état, sa bouche ne semblait plus reliée à son esprit.

Il se souleva au-dessus d'elle.

— Nous pouvons parler politique, si tu veux.

— Non... non, je ne veux pas.

— Tu en es sûre ?

Elle le désirait tant qu'elle tremblait de tous ses membres. Ses lèvres caressaient la peau humide et un peu salée de son torse. Le bout de sa langue passa sur sa toison brune, ses muscles saillants, ses mamelons durs. Elle le sentit frémir sous ses caresses. Ils détenaient un tel pouvoir l'un sur l'autre !

— Monsieur Grey, vous êtes un démon.

Il sourit lentement, oubliant momentanément quelle femme il avait en face de lui. Elle utilisa une des astuces de lutteur que René lui avait apprises, des années auparavant. Grey ne s'y attendait pas. Il ne lui opposa aucune résistance quand elle le fit rouler sur le dos, et elle se plaça à califourchon sur lui.

— Les femmes de ma famille, lui chuchota-t-elle à l'oreille, savent exactement comment il faut traiter les espions dans ton genre.

Il ne parut pas déconcerté. Peut-être connaissait-il l'astuce en question, après tout. Ses larges mains lui agrippèrent les hanches, et il souleva le bassin pour la pénétrer en murmurant :

— Oui, comme ça. C'est bien.

C'était un homme qui contrôlait parfaitement les passions qui enflammaient son cœur, sauf au lit, où il leur laissait libre cours. Ce n'étaient ni son habileté ni son corps dur et massif qui la rendaient folle de désir. C'était son ardeur.

Elle sentit l'intensité de son désir. Il n'était plus lent et délicat, mais animé d'une sorte de violence. Ses pensées s'évaporèrent, et il n'y eut plus ni questions ni réponses. Elle serra les cuisses autour de ses hanches et se laissa emporter par l'orage. Cambrée sur lui, elle s'abandonna dans un cri au plaisir infini qui déferlait en elle.

Beaucoup plus tard, alors qu'ils étaient blottis l'un contre l'autre, se protégeant mutuellement du froid qui pénétrait par la fenêtre, elle posa la tête sur son bras. Il ne lui restait plus que quelques heures à passer avec lui. Bientôt, il dormirait, et elle devrait partir.

— Je pourrais te protéger de Leblanc, si tu voulais bien me dire ce qui se passe.

Elle se contenta de secouer la tête en signe de refus. Le brouillard s'était abattu sur la ville, étouffant la lumière des lampadaires. Les pavés seraient humides et glissants.

Elle s'étira et posa les lèvres sur lui, pour lui murmurer à l'oreille :

— Je vais te dire quelque chose, Grey. Je ressens pour toi un amour profond. Je veux que tu le saches.

— Tu essaies encore de me dire au revoir. Je ne veux plus que tu fasses cela. Je ne laisserai jamais Leblanc te faire de mal.

— J'avais simplement envie de te le dire.

— Dors, Annique.

— Leblanc finira par tuer un des occupants de cette maison, si on ne l'arrête pas. Il sait où je suis, et il est dangereux. Il vaudrait bien mieux que tu me laisses partir pour que je l'affronte seule.

— Jamais. Dors, maintenant.

36

Elle se glissa comme une ombre dans l'escalier, nue, ses chaussures aux pieds, ses vêtements serrés sous son bras. Il s'écoulerait au moins quinze minutes avant que Grey ne se rende compte qu'elle n'était plus à côté de lui dans le lit.

Au bout du hall, une flamme jaune brûlait derrière une paroi de verre, dans la cheminée. Mais elle avait compté le nombre de pas qui la séparaient de la porte et aurait pu faire ce chemin les yeux fermés. Des débris de verre crissèrent sous ses pieds. Ferguson n'avait pas réussi à tout balayer. Pour une fois, le chien ne rôdait pas dans les couloirs, à l'affût d'un être humain à dévorer.

La porte du salon de devant était fermée à clé. Mais elle avait vu Grey l'ouvrir de l'autre côté à l'aide d'un levier dissimulé dans le mur. Il devait y avoir l'équivalent de ce côté-ci…

Le miroir à l'autre bout du couloir lui renvoya l'image de son corps nu et pâle. Une étroite table en marqueterie était poussée contre le mur. Elle la palpa du bout des doigts et s'aperçut qu'un des pieds arrière se soulevait. Un verrou caché tourna, et la porte du salon s'entrouvrit. L'air froid qui s'engouffrait par les vitres cassées lui effleura le visage.

Il ne s'était pas écoulé plus de deux minutes depuis qu'elle avait quitté le lit. Sans prendre le temps de se féliciter pour sa perspicacité, elle traversa le salon. Les meubles cassés avaient été poussés contre les murs. La desserte qu'elle trouvait hideuse était intacte – dans les batailles, les choses les plus laides échappaient parfois à la destruction. Le piano, en revanche, n'était plus qu'un tas de bois et de cordes métalliques. Plus personne ne pourrait travailler ses gammes sur lui, ce qui était une pensée somme toute réconfortante.

Une image lui vint à l'esprit, émergeant de toute la confusion et la peur de l'après-midi. L'image de la fenêtre.

Les barreaux noirs se détachaient dans la lumière grise du réverbère. Elle fit glisser ses doigts le long de l'appui de briques. Oui. Le barreau du milieu était descellé.

La cage allait s'ouvrir et l'oiseau s'envoler.

Armée du balai que Ferguson avait oublié contre un mur, elle pesa de tout son poids contre la barre métallique. Celle-ci bougea. Elle posa un pied contre le mur et tira de toutes ses forces. Lentement, le barreau plia.

Elle recommença, encore et encore. Haletante, elle mesura l'espace dégagé. C'était suffisant.

Dix minutes. Dix minutes avaient passé. Elle jeta le baluchon formé par ses vêtements sur le trottoir, devant la maison. Puis elle envoya ses chaussures les rejoindre.

Giles et Ferguson avaient ôté les carreaux qui demeuraient accrochés au chambranle, pour faciliter le travail des vitriers le lendemain, mais il restait des échardes coupantes un peu partout. Elle s'entailla les mains en grimpant sur le rebord de la fenêtre. Nue, le corps luisant de sueur, elle se glissa entre les barreaux.

Elle avait toujours été mince, et le voyage qu'elle venait d'accomplir lui avait encore fait perdre du poids, mais elle eut tout de même du mal à passer entre les barreaux. Le métal lui érafla la peau, pénétra dans ses muscles.

Grey allait bientôt s'éveiller et s'apercevoir que le lit était vide. *N'y pense pas.*

Et soudain, elle fut dehors.

Elle s'accroupit sur le rebord de la fenêtre et sauta sur le trottoir. Elle toucha le sol et roula sur elle-même, saisie par la douleur. Elle demeura un instant allongée, les bras écartés, étourdie.

Au bout de quelques secondes, elle reprit conscience et sentit les pavés glacés sous son dos nu.

Quatorze minutes.

Elle se releva rapidement, complètement nue. Les espions postés dans la rue allaient la voir, pâle fantôme égaré, enfiler sa chemise, puis la robe sombre qui l'aiderait à se fondre dans l'ombre.

Il fallait faire vite, maintenant. Grey allait partir à sa recherche. Déjà, des hommes devaient s'avancer dans cette jolie rue convenable. Ses bas. Ses chaussures. Elle avait préparé tous les détails de sa fuite. Quand on est en prison, on a du temps pour réfléchir.

Elle prit une grande inspiration. L'air était chargé de l'odeur de la poudre, comme sur un champ de bataille. Elle traversa la chaussée en courant et s'engagea dans une allée étroite entre deux maisons. Puis elle sauta par-dessus une clôture et se retrouva dans un jardin qui donnait sur Braddy Street.

Des hommes l'attendaient là. Elle les repoussa et courut à perdre haleine, se réfugia dans un petit potager, si légère que les chiens du voisinage ne bronchèrent même pas. Puis elle traversa une venelle, déboucha dans une autre rue et se remit à courir dans une direction différente.

C'était le Jeu qu'elle avait pratiqué si longtemps. En un instant, elle redevint le petit renard plus malin que tout le monde. Mais ce soir, cela ne l'amusait pas. Ce soir, elle avait mal à chaque pas.

Les espions surgissaient de toutes parts dans l'obscurité. Elle parvint à en éviter un grand nombre, leur filant souplement entre les doigts, les semant le long des rues. Mais les meilleurs d'entre eux ne la lâchaient pas, et elle s'attendait à être rattrapée. À la fin, elle se laissa prendre au piège dans un coin, près d'un magasin, par de grands hommes robustes et habiles, qui ne lui firent pas trop de mal en la capturant. Ils étaient français.

Adrian souleva la lampe afin qu'ils puissent examiner les barreaux tordus de la fenêtre.

— C'est peut-être Leblanc qui l'a attrapée. Ou Soulier. Reams a laissé quatre fusiliers marins postés dans Braddy Street, et les Russes rôdent toujours dans les parages, sans parler de Lazare.

— Lazare nous en veut.

Grey parvint à articuler ces mots, malgré la terreur glacée qui lui étreignait le cœur. Lazare achetait et revendait des femmes. Ils savaient tous ce qu'il leur faisait.

— Si c'est Lazare, nous avons un peu de temps devant nous. Il ne lui fera pas de mal ce soir, il la...

Adrian croisa le regard de Grey et se tut.

Galba posa une main sur les barreaux.

— Giles, trouve une chaîne pour fermer ça. Robert, a-t-elle des chances de sortir de Londres ?

— Aucune.

Grey prit la lampe des mains d'Adrian. Les empreintes d'Annique formaient des taches rouges sur le châssis et sur les barreaux. Elles étaient encore humides.

— Elle ne parcourra pas plus d'un kilomètre. Si Soulier ne la capture pas, Lazare le fera. Il sait qu'elle est importante pour Adrian.

— Où allons-nous envoyer nos hommes ? demanda Galba.

Grey contempla les ténèbres. Son esprit analysa froidement la situation, tandis que son cœur battait à grands coups affolés. Il allait tuer quelqu'un ce soir.

— Chez Soulier, pour commencer. Hawk, va t'habiller. Nous n'avons pas beaucoup de temps.

37

Annique avait connu Soulier toute sa vie. Il avait été l'ami de son père. C'était lui qui l'avait prise dans ses bras pour la faire sortir de la prison, quand son père avait été pendu. Des années plus tard, il était devenu l'un des amants de sa mère.

Il lui avait souvent rendu visite chez Françoise, dans le Quartier latin. Pendant qu'il complotait avec René et les autres, elle allait chercher des gâteaux et du café. Il l'avait surnommée Renardeau, et elle l'appelait Vieux Renard.

— Entre. Entre donc, petite.

Soulier l'accueillit comme si elle n'était pas encadrée par six de ses hommes qui surveillaient tous ses mouvements. Craignaient-ils qu'elle ne se jette sur Soulier pour le mordre ?

Soulier n'avait pas changé du tout. Mince, avec des manières exquises, il faisait penser à une vieille pie cynique qui avait vu beaucoup de nids pillés et d'œufs cassés. Ce soir, elle devrait lui mentir. Ce serait une tâche difficile. Le chef du quartier général des espions français en Angleterre n'était pas un imbécile.

— Approche, mon enfant. La nouvelle de la mort de ta mère m'a brisé le cœur, et je n'en suis toujours pas remis. C'était une grande dame, et elle était mon amie. Mourir si brusquement, dans un tel accident... Mon chagrin est immense.

Avec toutes les péripéties qu'elle venait de traverser, elle n'avait pas pensé au chagrin de Soulier. Son cœur était-il donc devenu aussi froid qu'une pierre ? Elle lui offrit le seul réconfort possible.

— Tout s'est passé très rapidement. La voiture a basculé, et... elle est tombée dans la mer.

— Disparue en quelques secondes. Elle va nous manquer terriblement à tous. Surtout à toi.

— Je n'arrive pas encore à y croire.

— Mais laisse-moi te regarder. Tu es devenue aussi jolie que ta mère. Je suis content que tu aies pu échapper aux Anglais.

— Moi aussi... bien que j'aie l'impression d'être tombée de Charybde en Scylla.

— Ah, ça... Fouché est fâché contre toi. Mais assieds-toi dans ce fauteuil, à côté de moi. Voilà, nous sommes confortablement installés. Avais-tu l'intention de venir me voir, mon enfant ? Je n'en suis pas persuadé.

— C'est une longue histoire. Par où dois-je commencer ?

— Parle-moi de M. Grey. Nous sommes nombreux à nous demander pourquoi tu as choisi de voyager en sa compagnie. Prends ton temps, réfléchis bien. Je voudrais que ta petite histoire soit parfaite.

— Moi aussi.

— J'ai confiance en toi. Il est même possible que tu me dises la vérité. Veux-tu des biscuits ? Du café ?

— Je n'ai presque rien mangé depuis que je suis dans ce pays. Je veux bien du café, et un morceau de pain. Vous ne pouvez pas imaginer ce que les Anglais mangent au petit déjeuner.

— Je vis ici depuis cinq ans, et je les crois capables de tout. Yves, demande à Babette de nous préparer un petit en-cas, avec du café.

Soulier tourna l'abat-jour de façon à éclairer le visage de la jeune femme.

— Nous allons boire du café, et tu me raconteras ce que tu as fait pour que Fouché m'envoie les ordres que j'ai reçus. Leblanc t'a pourchassée jusqu'ici.

Leblanc était un des sujets qu'elle ne souhaitait pas aborder.

— C'est très compliqué à expliquer...

— Il paraît que tu es devenue la maîtresse de Grey. C'est un homme admirable.

— Nous sommes amants, admit-elle.

— Cela te fera un bon souvenir à emporter, quand tu quitteras l'Angleterre. Ce n'était pas le choix le plus judicieux, mais je suppose que tu n'as pas eu ton mot à dire, hein, ma petite ?

Yves revint avec un plateau d'argent qu'il posa sur la table entre eux. Il y avait des petits pains très chauds, une cafetière en argent, du lait et de grands bols. C'était un petit déjeuner très français.

— Tu aimes le café au lait chaud avec très peu de sucre, je crois, dit Soulier en versant le café dans un bol. Nous attendrons ce soir pour goûter le vin que je gardais pour une occasion comme celle-ci. Un jour, tu auras suffisamment de palais pour l'apprécier.

Elle prit le bol de café au lait et un petit pain, comme si elle était chez elle et parfaitement en sécurité.

— Je vivrai donc au moins jusqu'à ce soir. Et peut-être même assez longtemps pour que mon palais se forme et que j'apprécie le vin.

— Si cela ne dépendait que de moi, tu vivrais aussi longtemps que Mathusalem. Naturellement, j'ignorerai les ordres de Fouché. Il avait dû manger quelque chose qui ne lui convenait pas le jour où il me les a donnés.

— Merci.

Il n'y avait que deux hommes dans toute la Police Secrète assez courageux pour ignorer les ordres de Fouché. Le deuxième était Vauban.

— Tu as fait une longue route, mon Renardeau, depuis Marseille. Avec Leblanc à tes trousses. Mes hommes n'ont pas su te secourir assez rapidement.

Je me sens fautif. Tu as dû te croire abandonnée. Et tu es tombée entre les mains des Anglais. Tu es restée plusieurs jours avec eux. Que leur as-tu dit ?

Ce n'était pas encore le moment de parler des plans.

— J'ai seulement confirmé le nom des plus anciens agents de Vauban. Ils nous connaissaient tous. Je leur ai donné Frederick Tillman.

Elle se méprisa elle-même. Sa loyauté envers la France avait disparu, et elle venait de trahir les services britanniques. Dorénavant, elle ne servait plus aucune nation.

— Tu n'avais aucune chance contre Grey, dit Soulier. C'est un expert. Regarde-moi, petite.

Elle obéit.

— Tu vas m'avouer tous les accrocs que tu as faits dans nos défenses. Je les réparerai. Ce n'est pas si grave.

— Mais vous ne savez pas tout.

— Renardeau, ces choses-là se sont déjà produites. Souvent. La France ne s'effondre pas comme un château de cartes chaque fois qu'un agent secret est capturé. Quelques opérations seront oubliées ; un agent sera remplacé et recevra un nouveau nom. Nous balaierons soigneusement dans les coins.

Mais les plans d'Albion n'étaient pas une affaire à traiter à la légère. Une telle trahison ne pouvait être pardonnée. Soulier recevrait de nouveaux ordres qu'il ne pourrait ignorer.

— Je t'emmènerai à Paris, où tu feras ce que Fouché te demandera durant un an ou deux. Et tu vivras. Je ne ferai rien pour gâcher tes souvenirs avec Grey, mais l'interlude est terminé. Tu as été écervelée. Maintenant, tu dois devenir raisonnable.

— Je ne me prostituerai pas pour Fouché, répliqua-t-elle fermement.

Soulier soupira et se tourna pour régler la mèche de la lampe.

— On ne te demandera pas ton avis, petite. Je ferai ce que je pourrai pour rendre la situation supportable.

Dis-moi plutôt pourquoi Leblanc est aussi fou de rage. Que lui arrive-t-il ?

— Comment savoir ? C'est un homme diabolique.

— Certainement. Mais jusqu'ici, il n'avait jamais voulu te tuer, même quand tu avais douze ans et que tu étais aussi agaçante qu'une armée de souris. Alors, pourquoi maintenant ?

Elle ne pouvait rien dire. Leblanc et elle se tenaient mutuellement. Elle ne proférerait aucune accusation contre lui. En échange, il garderait le silence sur Vauban et sur cette fameuse journée à Bruges.

Une jeune servante entra et murmura quelques mots à l'oreille de Soulier.

— Les nouvelles vont vite, dans cette ville. Quelqu'un te demande.

— Leblanc ?

Il était venu pour la tuer.

— Ne t'inquiète pas, Annique. Il ne répandra pas ton sang sur ce tapis. En revanche, je compte lui demander pourquoi il fait des choses aussi stupides ici, sur mon territoire.

Après un court conciliabule avec la servante, il annonça :

— Leblanc n'est que le premier visiteur. Grey le suit de près.

Elle lutta contre une absurde sensation de soulagement. Soulier traça un cercle sur le sol de la pointe de sa canne d'ébène.

— Cela promet d'être amusant. Je suis obligé de recevoir Grey. Je suis officiellement en poste en Angleterre, où il tolère ma présence.

— Vous devriez le chasser, il est dangereux.

— Certes. Mais il acceptera peut-être de me parler de Leblanc, puisque toi, tu évites le sujet.

Des portes s'ouvrirent et se refermèrent. C'était un désastre. Elle allait sûrement tomber sous les coups de Leblanc. Ce dernier entra, et elle fut si terrifiée que toute pensée cohérente déserta son esprit.

— Jacques, dit sèchement Soulier. Quelle surprise ! Entrez et buvez une tasse de café. À moins que vous ne préfériez du vin...

— Je suis venu chercher Annique. Donnez-la-moi, et je repartirai aussitôt.

Leblanc tenait son bras droit contre sa poitrine. Il souffrait donc encore de la blessure qu'elle lui avait infligée. Son visage était d'une pâleur mortelle. Pas seulement à cause de la douleur. Il avait peur. Craignait-il qu'elle n'ait révélé ce qui s'était passé à Bruges ? Il devait pourtant savoir qu'elle ne trahirait jamais Vauban.

— Vous êtes abrupt, Jacques. Cependant, il y a beaucoup de choses dont nous devons discuter. L'attaque...

— Je n'ai pas le temps de bavarder avec un vieil homme. Je suis un officier du Premier consul, et je ne traite pas avec les espions anglais. Quand la France est menacée, je choisis l'action. Je...

— Épargnez-moi votre comédie et asseyez-vous. Vous êtes sur mon territoire. Vous êtes entré en Angleterre avec vos hommes sans ma permission, et vous avez accompli des actes déraisonnables. Vous devez vous expliquer. Peut-être qu'ensuite, je déciderai de ne pas faire entendre ma voix jusqu'à Paris.

— J'ai une condamnation à mort à...

La porte s'ouvrit, et Grey entra.

Il venait la chercher jusque dans le bastion de ses ennemis. Jamais elle ne lui avait vu un regard aussi autoritaire et aussi menaçant. Soulier inclina la tête.

— Monsieur Grey, soyez le bienvenu. Pardonnez-moi de ne pas me lever, une vieille blessure me fait souffrir. Comme vous le voyez, Annique va bien.

Grey l'ignora et avança au milieu de la pièce.

— Je suis désolé pour les dommages qu'a subis votre quartier général, poursuivit Soulier. C'est l'œuvre de ce crétin. Dorénavant, nous le garderons sous contrôle.

Grey souleva Annique de sa chaise et l'embrassa passionnément sur les lèvres. Elle fut surprise, mais se ressaisit vite et cacha vivement le couteau qu'il lui fit passer entre les mains. Son expression était sinistre, et elle espéra que s'il tuait quelqu'un, ce serait Leblanc.

— Faites sortir cet Anglais ! s'exclama ce dernier en regardant les hommes de Soulier. Je parle au nom de Fouché.

Personne ne broncha. Soulier eut un léger sourire.

— Fouché sait-il que vous déteniez dans vos geôles à Paris le chef de la section d'espionnage britannique et que vous ne vous en êtes pas rendu compte ? J'espère pour vous qu'il sera de bonne humeur, le jour où il l'apprendra.

Leblanc devint aussi rouge qu'il était pâle un instant auparavant.

— Ne me provoquez pas, vieillard. Je suis puissant en France. Je suis le confident de Fouché.

— Dans ce cas, il sera peut-être indulgent envers vous en dépit de vos nombreux impairs.

Soulier et Grey échangèrent un regard froid, et le Français demanda :

— Pourquoi êtes-vous ici, monsieur ?

— Pour Annique.

— Elle ne peut pas vous suivre, c'est évident.

— Nous sommes en Angleterre, Soulier.

— Vous ne touchez pas à mes agents. En échange, Mme Carruthers, votre agent spécial, continuera d'habiter tranquillement sa maison du faubourg Saint-Germain. Le contrat passé entre Galba et Fouché est sacré. Donc, Annique reste avec moi.

— Elle n'est pas en sécurité avec Leblanc. Ce salaud veut la tuer.

— Pas chez moi. Maintenant que sa mère est morte, et mon vieil ami Vauban également, je suis son seul protecteur. Je ne laisserai personne…

Vauban ? Qu'avait-il dit ? Annique sentit la pièce se mettre à tourner, ses genoux se dérober sous elle.

— Vauban est mort ?

Ils se tournèrent vers elle.

— Tu ne le savais pas ? demanda Grey.

— Cela fait des semaines, ajouta doucement Soulier. On ne te l'a pas dit ? Le dernier jour de juillet. Il est mort paisiblement, dans son sommeil. Nous étions...

Il y eut un coup de feu, et une vive chaleur lui brûla la joue. Elle se retrouva au sol, face contre terre, sans savoir comment. Une odeur de poudre flottait dans l'air. Elle n'avait pas été touchée.

Elle perçut un bruit de lutte. Une chaise tomba, et un pistolet rebondit sur le sol.

Soulier sauta sur ses pieds et sortit une lame du fourreau de sa canne. Ses hommes se placèrent devant lui pour le protéger. Au même moment, Leblanc brandit un poignard.

Grey pivota sur lui-même et lança brusquement la jambe. Annique ignorait qu'il pratiquait la savate. Leblanc vacilla, hurla et se jeta sur lui.

Les deux hommes roulèrent à terre. Une lampe tomba, des plats se brisèrent sur le sol. Impossible de lancer son couteau – elle craignait de blesser Grey. Les gardes de Soulier restaient cloués sur place, comme des idiots.

Leblanc leva le bras, la lame de son poignard brillant comme de la glace. Grey lui saisit le poignet. La lame se balança de droite à gauche et finit par tomber aux pieds de Soulier. Grey assena un coup de poing à Leblanc, qui s'écroula, le visage en sang.

Annique s'agenouilla. Grey n'était pas blessé. Il était sauf.

— Yves, aidez Leblanc à se relever, ordonna Soulier. Monsieur Grey, je vous suis infiniment reconnaissant. Annique, ma chérie, tu n'as rien ?

Annique se redressa en s'essuyant la joue. Une simple éraflure. En revanche, la balle qui l'avait frôlée avait fait un trou rond et noir dans le mur recouvert de soie jaune derrière elle.

Leblanc, tenu solidement par les hommes de Soulier, avait perdu toute sa superbe. Il n'était plus qu'un petit homme laid et maigre, aux vêtements froissés et au visage ensanglanté.

— Vauban est mort, dit-elle d'une voix creuse. Je l'ignorais.

Elle eut soudain l'impression de flotter, et ses oreilles se mirent à bourdonner. Elle comprenait tout, à présent.

— Vauban meurt, et le carrosse de maman tombe, de façon inexplicable, du haut d'une falaise. J'aurais dû être avec elle dans la voiture, ce jour-là. Fallait-il vraiment que vous preniez aussi la vie de maman ? Craigniez-vous que je ne lui aie confié un certain secret ?

— Je... je ne comprends pas ce que tu veux dire, bredouilla Leblanc en détournant les yeux.

Il était coupable. Et il avait peur.

Laissant tomber son poignard, Annique marcha vers lui, et ses mains se refermèrent autour de sa gorge. Elle allait le tuer. Le mettre en pièces. Les hommes de Soulier essayèrent de la retenir.

— Arrête, chérie, dit Soulier.

— Je vais le tuer ! Assassin ! Monstre !

— Annique, arrête, dit Grey en l'entourant de ses bras. Explique-nous.

La chaleur de Grey l'envahit, et sa fureur s'apaisa. Elle s'abandonna contre lui, haletante. Des larmes lui brûlèrent les yeux. Elle voulut s'écarter, mais Grey ne le lui permit pas. Il la fit simplement pivoter entre ses bras, pour qu'elle puisse regarder Soulier.

— Je dois prendre une décision, pour Leblanc, déclara celui-ci. Dis-moi la vérité.

— Vauban a dérobé les plans, annonça-t-elle.

— C'est impossible.

Elle sentit les muscles de Grey se tendre contre elle.

— Il les a volés, pour les donner aux Anglais. Pas pour l'argent... même s'il y avait un paiement en or, afin que personne ne puisse le soupçonner. Il a préparé cela pendant des mois, seul, en secret. Je crois... je crois qu'il était devenu un peu fou, après la mort de ses fils en Égypte. Il disait qu'ils étaient morts… pour servir la vanité de Napoléon.

Soulier semblait effaré. Pourtant, il avait été l'ami de Vauban. Comment pouvait-il avoir l'air si choqué et désapprobateur ?

— Il était vieux et malade. Il avait passé toute sa vie au service de la France. Il avait tout perdu sous la Terreur – sa maison, sa famille, sa femme. Il ne lui restait que ses fils, et Napoléon les a entraînés dans ses désirs fous de conquête.

Elle se dégagea de l'étreinte de Grey et se mit à marcher de long en large, tout en parlant.

— Et voilà que Napoléon décidait de lancer une nouvelle expédition… en Angleterre. C'est pourquoi Vauban a volé les plans. Pour lui, Napoléon avait trahi la Révolution. Il s'est promis qu'il n'y aurait plus de batailles navales, plus d'armées françaises abandonnées. Il voulait empêcher tout cela.

Soulier leva les yeux.

— Tu étais sous ses ordres, Annique. S'il t'a demandé de l'aider…

— Non, il ne m'a rien demandé. Il m'a emmenée à Bruges pour accomplir de petites missions, comme d'habitude. Mais Leblanc…

Ce dernier se débattit, conscient de ce qu'elle était sur le point de révéler.

— Tillman a dit à Leblanc où l'or devait être remis. Les Anglais ont été trahis par l'un des leurs. Leblanc a attendu et a tué les hommes de Galba pour prendre l'or. Il a commis beaucoup de meurtres pour cet or.

Quand elle prononça ces mots, Grey hocha imperceptiblement la tête. Leblanc était un homme mort. Soulier vit son expression et comprit. Le visage de Leblanc se tordit de fureur.

— Elle ment ! Ce sont des mensonges, Soulier, je le jure. Vauban était le seul responsable ! Je ne sais rien !

Annique reprit, sans lui accorder un regard :

— J'étais avec Vauban. Quand Leblanc est entré dans l'auberge, ses vêtements étaient tachés du sang des hommes qu'il venait d'abattre. Leblanc savait que Vauban devait avoir les plans. Il les lui a demandés, en échange de son silence.

— Cette catin ment ! J'étais à Paris, ce jour-là. Une douzaine d'hommes peuvent en témoigner.

— Il était là. Caché dans la ferme de Paul Drouet, à Brésanne. Non, taisez-vous, misérable ! Vous avez vous-même ordonné la mort de vos hommes, Plachais et Vachelard. Les Drouet ont été brûlés vifs dans leur ferme, mais une de leurs filles a réussi à s'échapper. C'est un témoin.

— Vous n'allez pas écouter cette chienne qui se vautre dans le lit d'un Anglais !

— Vous avez tué ma mère quand j'étais aveugle. Et trois Anglais à Bruges. Et deux de vos hommes. Et la famille Drouet... même les petits enfants. Et Dieu seul sait combien d'autres encore. Tout ça pour un peu d'or...

Sa voix se brisa. Elle ne pouvait plus parler. Leblanc montra les dents, comme un rat pris au piège.

— Soulier, Fouché vous écrasera comme une mouche quand il apprendra cela.

Soulier lui lança un regard glacial.

— Vous êtes un homme cupide, Leblanc. Et je vous crois capable de ces atrocités. Tout cela répond parfaitement aux questions que je me pose depuis près d'un an. Et si ce n'était pas vrai, pourquoi voudriez-vous tant tuer Annique ?

— Elle ment ! répliqua Leblanc d'une voix sifflante.

— Vous êtes stupide, si vous croyez pouvoir vous attaquer à elle sous mon toit. Et encore plus stupide si vous croyez pouvoir tuer une femme que Grey a décidé de protéger. Imbécile ! Vous ne comprenez donc pas qu'il a une douzaine d'hommes qui attendent dehors ? Qu'il est venu ce soir pour vous faire pendre ?

Leblanc devint d'une pâleur verdâtre. Soulier remit son épée dans son fourreau d'ébène.

— Si Grey est d'accord, je lui épargnerai cette peine. Je vous livrerai à Fouché, pour faire un exemple. Il se distraira un peu, en faisant séparer votre tête de votre corps. Vous permettez, monsieur Grey ?

— Annique, dit doucement Grey, Leblanc est à toi. Veux-tu que je le fasse pendre ? Préfères-tu le tuer de tes mains ? Choisis.

Écœurée à l'idée de poser les mains sur Leblanc, elle secoua la tête.

— Prenez-le, dit Grey. Faites-le sortir. Il faut que nous parlions. Seuls.

Soulier fit un signe impatient de la main.

— Yves, mettez-le... Je ne sais pas. Je n'ai pas de cage pour ce genre de rat. Enfermez-le dans une cave. Et surveillez-le.

Leblanc fut emmené hors de la pièce, laissant derrière lui une traînée d'insultes et de menaces.

38

Leblanc sorti, un lourd silence retomba. Annique demeura blottie dans les bras de Grey, la joue contre son épaule, s'enivrant du sentiment de sécurité qu'il lui offrait.

Quand elle s'écarta, il eut un instant d'hésitation, avant de la laisser, à regret, s'éloigner.

— Soulier doit savoir la vérité sur ce que j'ai fait, dit-elle.

Grey était rusé, et cet avertissement à demi-mot était suffisant pour qu'il comprenne qu'elle s'apprêtait à mentir. Elle allait abattre sa dernière carte, en suivant le plan qu'elle avait échafaudé pendant des jours à Meeks Street, tout en jouant aux échecs avec Galba et en apprenant à jongler à Adrian. Si elle mentait bien, elle supprimerait la menace d'invasion, sans pour autant donner l'avantage aux Anglais.

Soulier était assis dans son fauteuil à haut dossier, aussi digne et guindé qu'un courtisan de l'Ancien Régime recevant un ambassadeur à Versailles.

— Je n'ai pas parlé des plans devant les autres, mais je dois le faire à présent, dit-elle. Les plans ont été détruits. Vauban les a brûlés ce soir-là à l'auberge, pour qu'ils ne tombent pas entre les mains de Leblanc.

— Tu en as assez dit.

— Mais auparavant, il me les a donnés pour que je les mémorise. Les Anglais savent que j'ai une mémoire exceptionnelle. J'ai passé plusieurs jours à Meeks

Street à recopier les plans. Ce sont eux qui les ont, à présent.

Voilà, c'était fait. La France n'envahirait pas l'Angleterre. Maintenant, elle devait affronter son propre sort.

Soulier contempla ses mains, croisées sur le pommeau de sa canne.

— Tu as fait cela pour Vauban.

— Oui, parce qu'il me l'a demandé. À Bruges.

— Il t'a donc condamnée à mort. Même moi, je ne peux pas te sauver.

Soulier se renversa dans le fauteuil et ferma les yeux. Annique sentit ses cheveux se hérisser sur sa nuque.

— J'ai accepté les conséquences de mes actes, dit-elle. J'ai longtemps retardé mon départ pour l'Angleterre, dans l'espoir que Napoléon renoncerait à cette invasion. Mais cela ne s'est pas produit…

— Annique, dit doucement Soulier.

— Oui ?

— Tais-toi. Je réfléchis.

Il rouvrit les yeux et fronça les sourcils.

— Et ne reste pas plantée là comme une potiche. Cette pièce a été mise dans un état lamentable par les hommes que tu as amenés ici et qui se sont battus pour toi. Rends-toi utile.

Il referma les yeux. Elle se sentit réconfortée. Soulier allait peut-être trouver un moyen de la sauver. Ce n'était pas impossible.

Grey ne dit rien. Il savait mieux que personne que les Anglais n'étaient pas en possession des plans. Mais, pour le moment, il entrait dans le jeu de la jeune femme.

Celle-ci redressa le guéridon, plaça dessus le plateau d'argent et s'agenouilla pour ramasser les débris de la lampe. Des activités ordinaires. La vie d'un espion était faite de tâches banales et ennuyeuses, accomplies quotidiennement alors même que la mort frappait au carreau. Soulier lui avait appris cela quand elle avait à peine sept ans.

Les choses n'allaient pas si mal, en fin de compte. Leblanc ne l'avait pas tuée. La lampe à pétrole qui était tombée de la table n'avait pas mis le feu à la maison. Elle avait servi à Soulier un mensonge convaincant, et il n'avait pas encore été obligé de la tuer. Peut-être aussi avait-elle empêché l'invasion de l'Angleterre. Dans l'ensemble, elle pouvait se féliciter. Soulier ouvrit les yeux.

— Tu n'as pas donné les plans aux Anglais.

Son cœur sombra. Il ne l'avait pas crue. *Diable !*

— Soulier, je ne...

— Cesse de jacasser. C'est Leblanc qui a vendu ces plans aux Anglais.

— Leblanc ?

— Exact. Je suis sous le choc. M. Grey vient de m'apprendre la trahison de Leblanc. Il a fait cela pour venger les morts causées par Leblanc à Bruges.

— Je vois.

— Toi, mon enfant, tu n'es jamais allée à Bruges. Tu étais à Dijon. Leblanc niera tout en bloc et s'embrouillera dans des douzaines de mensonges auxquels personne ne croira. Nous mettrons un crime de plus au compte de ce salaud, qui en a commis beaucoup. Malheureusement, il ne peut mourir qu'une fois. Et toi, mon petit, tu ne paieras pas pour la folie de Vauban.

— Ce n'est pas...

— Tu en as commis suffisamment toi-même. Et je dois m'occuper de régler ça à présent.

Grey s'avança aussitôt.

— Ces questions, c'est avec moi que vous les réglerez, monsieur.

— Vous lui avez sauvé la vie ce soir, monsieur Grey, et j'ai une dette envers vous. Mais elle n'a plus rien à craindre, désormais. Vous devez nous la laisser.

— Ce n'est pas envisageable.

Soulier hésita, puis posa sa canne contre l'accoudoir.

— Asseyez-vous. Discutons comme des gens civilisés.

Grey ramassa une petite chaise ornée de dorures renversée sur le sol et s'assit face à Soulier. Puis il attira Annique vers lui et l'enlaça.

— J'irai droit au but, monsieur, dit Soulier. Vous avez obtenu les plans, cela doit vous satisfaire. Comme vous aimez bien ma petite protégée, je vous demande de la laisser avec moi et de disparaître. Dites-lui adieu tendrement, mais partez vite. Ce sera moins douloureux.

— Je ne vous la laisserai pas.

— Si vous craignez que je ne me venge sur elle, vous me connaissez mal. Nous autres Français, nous tenons compte des faiblesses humaines. Et nous pardonnerons ses faiblesses à une femme comme Annique.

— Je me moque que vous lui pardonniez ou non.

Il y eut un long silence. Finalement, Soulier soupira.

— Annique est jeune, amoureuse, et elle croit un peu aux contes de fées. Elle ne comprend pas qu'une relation entre vous est impossible. Vous et moi, nous le savons. Si vous la gardez avec vous, vous signez son arrêt de mort. Fouché la fera exécuter dans le mois qui vient. Laissez le Renardeau avec moi, et je veillerai à ce qu'il ne lui arrive aucun mal.

— Écoutez, espèce de…

Soulier l'interrompit d'un geste.

— Laissez-moi finir. Parce que vous l'avez prise à la France, Fouché l'a condamnée à mort. Elle ne pourra pas lui échapper. Je dois réparer ce désastre. Je l'emmènerai jusqu'à Fouché et j'obtiendrai son pardon. Annique est un agent exceptionnel, mais vous avez failli la mener à sa ruine.

— Elle appartient aux services britanniques.

— Silence ! Ne dites pas ça ! s'exclama Soulier.

Il se leva, tremblant de rage.

— Tout peut être pardonné à un agent, excepté la trahison.

— Elle est à nous. Sa mère était notre agent.

— Lucille ?

— Agent secret des services britanniques.

— Nom de nom ! Non, je ne peux pas le croire.

— J'ai des preuves. Des rapports vieux de vingt ans. Elle a toujours été de notre côté.

— Ma belle Lucille… comment est-ce possible ?

Une longue minute passa, puis Soulier reprit, rêveur :

— Lucille… je savais qu'elle était la meilleure… Elle était… lumineuse. Et je l'aimais.

— On m'a dit que c'était une femme remarquable.

— Et elle travaillait pour l'Angleterre… Si cela venait à se savoir, nous serions la risée de toute l'Europe.

Les yeux perdus dans le vague, Soulier fut secoué d'un petit rire.

— Mon Dieu… Lucille rirait bien, si elle me voyait aussi étonné. J'imagine déjà la tête de Fouché quand je lui annoncerai cela. Seigneur ! Je vais avoir du mal à tout remettre en ordre. Elle savait tant de choses… J'ai des mois de travail en perspective. Annique, viens ici.

Elle lui prit la main et le regarda.

— Dis-moi, tu étais un agent double, même quand tu étais enfant ?

Lui faire croire qu'elle lui avait menti toute sa vie ? Certains mensonges sont impossibles à prononcer. Elle garda le silence.

— Hélas, Annique, nous ne t'avons pas bien traitée, n'est-ce pas ? Ni Vauban, ni Leblanc… ni moi-même, qui ne t'ai pas trouvée à temps pour te protéger. Tu t'es réfugiée auprès des amis de ta mère, et je t'ai perdue pour toujours. Et Pierre, ton père ?

— Un de nos agents, dit Grey.

— Morbleu ! Il ne faut pas que ça se sache. Pierre Lalumière est un martyr de la Révolution. Ne me dites pas, Grey, qu'il était anglais ?

— Je le crains.

— Bientôt, vous allez me dire que Voltaire et Racine sont des produits d'Oxford ! Quelle désillusion…

Soulier reprit sa canne et dit à voix basse :

— Je peux vous avouer, entre ces quatre murs, que je ne suis pas fâché que Vauban ait réussi. Prenez-la, Grey. Elle est votre agent, je n'ai aucun pouvoir sur elle. Il est probable d'ailleurs qu'elle vous rendra fou.

— Je vous ai donné Leblanc. Nous sommes quittes.

— Vous croyez ? Je perds un splendide agent, plein de ressources et d'intelligence, et je dois remplacer le chef de section du centre de la France, qui était un crétin de toute façon. Ma seule consolation, c'est que je ne serai pas obligé de débaucher la petite.

— Et les ordres de Fouché ?

— Considérez qu'ils sont annulés. Ils visaient seulement à empêcher des fuites. Il est beaucoup trop tard pour cela. Annique, embrasse-moi avant de partir. Et veille à ne plus croiser mon chemin, maintenant que nous sommes ennemis.

— Vous me manquerez, Soulier, dit-elle en l'embrassant sur la joue, comme elle l'avait fait des centaines de fois.

— Que le bon Dieu te bénisse. Il n'est pas très à la mode à Paris ces temps-ci, mais il réapparaîtra tôt ou tard.

Avec un soupir las, il ajouta :

— Je crois que je vais boire un verre de vin, avant d'aller me coucher.

39

La voiture des Services Secrets britanniques les attendait devant la pimpante maison occupée par Soulier. Annique s'assit à côté de Grey.

— Je ne sais plus où j'en suis. C'est bizarre, de ne plus avoir Leblanc à mes trousses.

Grey prit un long manteau de laine noire posé sur le siège et le drapa sur les épaules de la jeune femme. Elle ne s'était même pas rendu compte qu'elle frissonnait.

— Ceci est pour toi, dit-il en lui donnant un petit sac rempli de pièces.

— Cela fait beaucoup d'argent, commenta-t-elle en jetant un coup d'œil à l'intérieur.

— Je ne veux pas que tu partes sans un sou en poche. J'ai aussi trois livres et six pence qui t'appartiennent, dans le tiroir de mon bureau. Je te les rendrai.

— Oh. Étant donné que j'ai volé cet argent à Henri, je ne suis pas sûre d'avoir le droit de le garder.

Grey donna un coup au plafond du plat de la main, et la voiture s'arrêta.

— Si tu n'as pas d'objection, nous descendons ici.

— Tu me laisses partir ?

— En effet.

Il sauta à terre sans s'aider du marchepied et l'attrapa par la taille pour la déposer sur le sol.

Ils se trouvaient dans un quartier tranquille et respectable. Les maisons à l'allure prospère étaient encore endormies, les rideaux tirés, les portes fermées. Seul le cliquetis métallique des harnais brisait le silence de la nuit.

— Tu me laisses partir avec les plans dans ma tête. Cela ne me semble pas logique.

— Les Français sont tellement sûrs que les plans sont en notre possession que ça n'a plus vraiment d'importance. Ils n'oseront pas débarquer chez nous au printemps prochain.

Il referma la portière du carrosse, et celui-ci s'éloigna.

— Tu as fait ce que tu avais à faire en Angleterre, dit-il en resserrant les pans du manteau sur elle.

— Oui, admit-elle.

Il repoussa une mèche de cheveux et la cala derrière son oreille. Elle ne pouvait distinguer ses traits dans l'obscurité. Il n'était qu'une ombre, toute de douceur et de gentillesse. Mais la gentillesse n'est pas l'amour.

— Quand je suis partie, cette nuit, dit-elle, la gorge nouée, je n'en avais pas envie. Mais je n'avais pas le choix. Il y avait trop de vies en jeu.

— Je sais. Que vas-tu faire maintenant que tu es libre et que plus personne ne cherche à te tuer ?

Je vais me sentir très seule.

— J'ai toujours eu envie de devenir cuisinière. J'irai sans doute au pays de Galles. Le nom de Jones ne doit pas y être trop ridicule.

— Je te laisse partir. C'est par là, vers l'ouest.

Elle était libre, comme elle l'avait toujours souhaité. Il faudrait toujours réfléchir soigneusement, avant d'émettre un souhait... Mais qu'y avait-il à regretter, après tout ? En aucun cas un chef de l'espionnage britannique ne pouvait s'unir à une espionne française.

Elle lui tourna le dos et se mit en route vers l'ouest. Elle sut tout de suite qu'il lui avait emboîté le pas.

— Tu me suis, dit-elle au bout d'une vingtaine de pas. Pourquoi ?

— Pour te protéger. Et aussi parce que j'en ai envie.

— Tu comptes me suivre jusqu'au pays de Galles ?

— Oui, s'il le faut. Nous nous arrêterons à Tydings. Préfères-tu te marier ici, à Londres, ou dans la maison de mes parents ?

Il vint se placer devant elle et lui barra le passage.

— Tu ne m'as pas demandée en mariage, dit-elle, déconcertée.

— Épouse-moi, Annique.

Elle aurait voulu s'enfuir, mais elle était comme clouée sur place par une force mystérieuse.

— Il n'y a rien de possible entre nous.

— Épouse-moi, répéta-t-il en lui caressant les cheveux.

C'était donc à elle d'être raisonnable, même si cela était douloureux.

— Si tu épouses un agent français, tu perdras ta position.

— Eh bien, je démissionnerai. La lettre est dans le tiroir de mon bureau. Je l'ai écrite le jour où je t'ai fait entrer à Meeks Street. Doyle est au courant. Il ira la prendre demain, si je ne suis pas rentré.

— Cela n'arrivera pas, car tu vas immédiatement retourner dans ton bureau et la déchirer.

— Tu aimerais aller en Inde ? Un des directeurs de la compagnie des Indes m'a fait une proposition. Nous deviendrions riches.

— Je ne veux pas être riche. Et je sais que tu l'es déjà, car Adrian me l'a dit. Il pensait que je devais le savoir.

— Fais-moi penser à l'étrangler, un de ces jours. Nous pouvons nous marier dans cinq heures à Saint-Odran, si ça te va. Cela me laissera le temps d'avertir tout le monde. Nous inviterons Soulier. Ah, tu souris !

— Tu es fou.

Il considéra le vaste parc qui s'étendait devant eux. Les grilles étaient fermées pour la nuit.

— Ces piques métalliques te posent-elles un problème ? demanda-t-il.

— Cette petite clôture ? Tu plaisantes ? Mais je risque d'être gênée par ma jupe et par ce joli manteau. Tu devras donc m'aider.

Il lui fit la courte échelle et la rejoignit aussitôt dans le parc. L'obscurité les enveloppa. Le silence était tel qu'ils auraient pu se croire en pleine campagne. Annique songea qu'elle ne s'était jamais promenée la nuit, main dans la main, avec un amoureux.

Ils atteignirent un petit promontoire couvert d'une herbe drue, et Grey étendit le manteau sur le sol.

— Je te tiendrai chaud, dit-il pour prévenir ses protestations.

Sans lui laisser le temps d'articuler un mot, il l'allongea sur le manteau de laine et la prit dans ses bras.

— Tu es bien, comme ça ?

— C'est de la folie.

— Il n'y a pas eu assez de folie dans ta vie. Ne bouge plus.

Il la caressa et lui susurra des mots tendres, jusqu'à ce qu'elle se détende contre lui.

— Tu vas aimer Tydings, dit-il. Les vieilles pierres ont la couleur du miel. Il y a une prairie derrière la maison, et les collines s'étendent à l'infini. Nous y ferons l'amour toutes les nuits. Et quand nous serons vieux, nous descendrons jusqu'à la rivière et nous regarderons nos petits-enfants jouer dans la boue.

— Je n'ai jamais pensé devenir vieille.

— Il est temps que tu t'habitues à cette idée. Nous vieillirons ensemble.

— Tu ne peux pas quitter les services de renseignements, Grey. Napoléon n'envahira pas le pays au printemps prochain, j'ai fait ce qu'il fallait pour l'en empêcher, mais, un jour, il viendra. Tu ne peux pas abandonner ton poste.

— Doyle me remplacera.

Ses mains viriles glissèrent sur elle, et elle frissonna.

— Mais c'est toi, le chef. Tu protèges ces hommes, et ils ont confiance en toi. Tu es responsable d'eux. Tu ne m'écoutes pas, murmura-t-elle en se lovant contre lui. Tu ne penses qu'à me séduire.

— Acceptes-tu de m'épouser ?

— Ce n'est pas si simple.

Il se redressa sur ses coudes pour la regarder.

— C'est très simple. Il faut que tu choisisses entre la France et l'Angleterre.

— Oh, j'ai déjà choisi. Je dois me battre contre Napoléon. Mais le mariage... c'est une question de loyauté. Je ne peux pas être anglaise, tu comprends. J'ai trop de vieux amis en France... et tu es à la tête d'un réseau d'espions anglais.

— L'âme de mes agents ne m'appartient pas. Adrian a une amie française, ce qu'il croit que j'ignore. Et Doyle est à moitié français. Tu vois, tu trouverais ta place.

Il la caressa, faisant remonter sa robe sur ses cuisses.

— Je veux bien t'épouser, dit-elle.

— Maintenant ? Ce matin ? À Saint-Odran ?

— Oui. Oui, pour tout.

Les mains de Grey se glissèrent entre ses jambes fuselées, faisant naître un volcan en elle.

— Bien. Ensuite, nous partirons au pays de Galles.

— Pas tout de suite, protesta-t-elle. D'abord, nous allons faire l'amour, n'est-ce pas ? Dans ce parc ?

Et comme il le lui avait promis, il fit de son mieux pour lui tenir chaud.

Remerciements

Je tiens à remercier Pam Hopkins, mon agent, et Wendy McCurdy, mon éditrice.

Je remercie également la RWA pour leur aide sur le plan historique. Merci à Mary Ann Clark et Sofie Couch pour leurs conseils.

Merci aussi à CompuServe Books et à Writers Forum. Merci enfin à Allene Edwards, Barbara Rogan, Beth Shope, Betty Babas, Carol Krenz, Cat Dubie, Darlene Marshall, Diana Gabaldon, Donna Rubino, Janet McConnaughey, John S. Kruszka, Joyce Moye, K. C. Dyer, Karen Watson, Karl Hagen, Kim Laird, Kris Reekie, Linda Grimes, Margaret Campbell, Mark Mussari, Marsha Skrypuch, Martin McArthur, Pamela Patchet, Steve Lopata, Susan Adrian Barth, Varda Amir-Orrel, Vicki Pettersson, et bien d'autres…

AVENTURES & PASSIONS

7 juin

Katharine Ashe

Falcon Club — 2 — Deux cœurs dans la tourmente

Inédit

Après avoir été kidnappée par son père à l'âge de neuf ans, Viola Carlyle est devenue une corsaire aussi célèbre que redoutée au large des côtes nord-américaines. Depuis longtemps traquée par le capitaine Jinan Seton, ce dernier parvient enfin à la rencontrer et à la convaincre de retourner dans sa famille en Angleterre afin de devenir une femme digne de son rang. Mais la traversée est longue avant d'apercevoir les côtes anglaises et, bientôt, une ardente passion consume Viola et Jinan, rendant le retour dans la famille de l'indocile jeune fille de plus en plus douloureux. Viola trouvera-t-elle le moyen de concilier son amour de la liberté et celui pour son beau capitaine ?

✦

Lorraine Heath

Pour un duché — 3 — Les secrets de lady Lancaster

Inédit

Depuis que le duc de Wolfford a été pendu pour avoir tenté d'assassiner la reine Victoria, son fils, Marcus Stanwick, a tout perdu. Déterminé à redorer le blason de sa famille, il s'est fixé pour objectif de dénoncer les autres membres du complot et de les faire traduire en justice. Pour y parvenir, il fait appel à la plus rusée et la plus dangereuse des courtisanes : Esme Lancaster, qui accepte de l'aider. Tandis que leur quête de la vérité les expose à bien des dangers, Marcus découvre en Esme une femme moins froide et calculatrice qu'il ne l'avait imaginé. Bientôt une irrépressible passion les consume. Or, de lourdes menaces pèsent sur leur amour et pourraient ruiner leur unique chance de rédemption.

Laura Lee Guhrke

Abandonnées au pied de l'autel — 2 — Le scandale de l'année

Aidan Carr, le distingué et très conservateur duc de Trathen, manque de s'étrangler lorsque, un soir de bal, il se retrouve face à Julia Yardley. Six mois plus tôt, après l'avoir enivré, elle l'a séduit en s'arrangeant pour que son mari les surprenne en pleins ébats. S'en sont alors suivis un retentissant scandale et un divorce... Si Julia s'est libérée d'un époux violent, Aidan n'a pas oublié son humiliation publique et entend bien la faire payer au prix fort à cette créature dont le souvenir brûlant hante encore ses nuits.

✦

Eva Leigh

Dernière chance — 2 — Le fol espoir de Mlle Seaton

Inédit

Finn Ransome est un expert ès Dame Fortune et, à ce titre, refuse de parier sur l'amour. Cela étant, l'ultimatum matrimonial de son père arrive à échéance et la seule femme à retenir son intérêt est un bas-bleu qui ne saurait envisager d'épouser un débauché comme lui. Toutefois, Tabitha Seaton a besoin d'un mari. Après une entrée dans le monde désastreuse, elle a trouvé refuge dans les livres et rêve d'entrer à la Sterling Society, qui regroupe les plus brillants esprits de Londres. Hélas, son accès est interdit aux femmes célibataires. Le mariage est donc la solution logique. Cette union, opportuniste avant tout, laisse alors place à une passion inattendue et Finn devra bientôt jouer le tout pour le tout pour conserver ce fragile bonheur.

Jo Beverley
Les Malloren — 2 — Lady Portia
Inédit

Lord Arcenbryght Malloren ne veut plus entendre parler d'amour. S'il se marie, ce sera pour augmenter ses revenus et investir dans son projet de prédilection : la construction de canaux. C'est alors qu'il aperçoit Portia, dont la virginité est vendue aux enchères dans une maison close. Brygth ne peut se résoudre à abandonner la jeune femme à son sort. Et le voilà qui se retrouve, avec sur les bras une affaire de dette ruineuse et une demoiselle qui ne croit plus en rien ni en personne. À mesure qu'il la côtoie, le jeune homme en tombe éperdument amoureux. Mais saura-t-il la convaincre de lui faire confiance ?

✦

Suzanne Enoch
L'éclat de sa beauté
Inédit

Jack Faraday, marquis de Dansbury, est riche, titré, beau, et il s'enorgueillit d'une longue série de conquêtes. Il trouve enfin une adversaire à sa mesure en la personne de mademoiselle Lilith Benton, surnommée la Reine de Glace. Cette dernière doit restaurer l'honneur de sa famille et, pour cela, un mariage respectable est indispensable. Alors quand ce débauché notoire s'avise de lui faire la cour, elle choisit de l'ignorer. Mais leur implication accidentelle dans la mort d'un duc va forcer les deux jeunes gens à travailler ensemble pour prouver leur innocence, et Lilith a du mal à empêcher Jack de lui voler des baisers chaque fois que l'occasion se présente. Le froid dédain laisse peu à peu la place au désir brûlant…

Monica McCarty

Les chevaliers des Highlands — 7 — Le chasseur

Prétendant au trône d'Écosse, Robert de Bruce est soutenu par l'Église, puissante alliée qui possède un vaste réseau de messagers capables de recueillir de précieux renseignements. Mais, parfois, les choses tournent mal. Ewen Lamont, membre de la garde d'élite des Highlands, est envoyé au secours d'une nonne tombée aux mains de l'ennemi anglais. Mission bientôt accomplie, pourtant les ennuis d'Ewen ne font que commencer. Sœur Genna est certes une créature divine, mais sa blondeur angélique et sa beauté déchaînent en lui des émotions qui n'ont rien à voir avec la dévotion d'un bon chrétien.

9187

Composition
FACOMPO

Achevé d'imprimer en Italie
par GRAFICA VENETA
le 3 avril 2023

Dépôt légal : mai 2023
EAN 9782290391402
OTP L21EPSN002556-596344

ÉDITIONS J'AI LU
82, rue Saint-Lazare, 75009 Paris

Diffusion France et étranger : Flammarion